运河水 清悠悠

（上册）

丁文宏 著

天津出版传媒集团
百花文艺出版社

图书在版编目（CIP）数据

迎春河水清悠悠：全二册 / 丁文宏著. -- 天津：百花文艺出版社，2023.10
ISBN 978-7-5306-8543-3

Ⅰ. ①迎… Ⅱ. ①丁… Ⅲ. ①散文集-中国-当代
Ⅳ. ①I267

中国国家版本馆 CIP 数据核字（2023）第 173311 号

迎春河水清悠悠
YINGCHUNHE SHUI QINGYOUYOU
丁文宏 著

出 版 人：薛印胜
选题策划：胡晓童 责任编辑：胡晓童
装帧设计：书香力扬
出版发行：百花文艺出版社
地址：天津市和平区西康路 35 号 邮编：300051
电话传真：+86-22-23332651（发行部）
+86-22-23332656（总编室）
+86-22-23332478（邮购部）
网址：http://www.baihuawenyi.com
印刷：成都兴怡包装装潢有限公司
开本：880 毫米×1230 毫米 1/32
字数：390 千字
印张：17.5
版次：2023 年 10 月第 1 版
印次：2023 年 10 月第 1 次印刷
定价：78.00 元

如有印装质量问题，请与成都兴怡包装装潢有限公司联系调换
地址：成都市金牛区西华街道付家碾村 6 组 152 号
电话：（028）86965207 邮编：610037

纸上深度游（代序）

——读《迎春河水清悠悠（全二册）》有感

我们一直在游历中，一路走来，途径山水田园、经历春夏秋冬，人生也是一场漫长悠远、妙趣横生的旅途，我们遇见、体验、想象、思考、感悟、展望——每个人的岁月都如此丰富精彩，值得被诉说、描述，留作恒久记忆。而书写生活对很多人，尤其是孩子来说，却不是那么容易，现在丁文宏老师给大家提供了指引，做出了示范。

我给这篇读后感取了这个标题，源于散文集第一辑给我留下的最初也是最深的感触，即“游记写景散文”一辑，丁老师用笔墨展示了诸多风景：扬州著名景点瘦西湖、何园、个园、三湾、瓜州古渡、茱萸湾、凤凰岛、北湖公园，身边美景私家园林玉龙花苑、燕燕居、陈园，新东方校园、荷花池，闻名天下的经典名胜玄武湖、浙西大峡谷、淳安千岛湖、黄河壶口瀑布……每一篇游记都不是浮光掠影，不是仅仅把目光停留在花花草草、山峰流水、亭台楼阁上等眼前景致的走马观花式闲逛，而是追溯历史、体察细部、把方位顺序和游览流程讲得清清楚楚、明明白白的深度游。读了丁老师的游记，再去游览文中景象，就是一次经过预习的重逢，游得更明了、印象更深刻，写出来也会驾轻就熟。

完整通读了第二辑“写人叙事散文”、第三辑“借物抒情散文”、第四辑“观感说理散文”之后，更觉得丁老师的文字是流淌于笔尖、定格在纸上的有深度的人生旅途游记，是真诚朴素、细腻入微、敏感深情、深邃睿智的文字留存。《含辛茹苦的父亲》《母亲的目光》展示了亲情的平凡伟大、感人至深；《我爱香樟树》《紫荆花的风采》描摹了草木之美的同时挖掘了人文精神；《有福之人会读书——参观吴道台宅第有感》《仁者见仁，智者见智——参观严子陵钓台有感》等思考了人世万象，给出了独到的解答……

著名自然风光，描绘精细；重要人文景观，感悟深刻；校园风光文化，选材典型；日常生活记叙，情感浓郁；多种楹联文化，风格独特；读书后步宽宏，细雨润物；各类动物描摩，憨态可掬；民俗文化挖掘，具体全面；托物言志范文，主题鲜明。

人在世间，风景处处，丁老师是耐心又细心的导游；光阴可贵，值得记录，丁老师给予了素材、视角、技巧和方法的示范和指导，是优秀的作文老师。总之，《迎春河水清悠悠（全二册）》值得精读。

徐方芳

2023. 5. 20

徐方芳，江苏省作家协会会员，江苏省扬州市知名青年作家。发表各种体裁作品数十万字。出版散文集《花朵旁边》《指端光阴》。

自　序

2022 版新课标，已确认语文的显著地位，“大语文教学观”更加深入人心。考生能写出一篇优秀作文，当然就显得更加重要。把自己在作文教学工作中写的下水散文变成书本，在写作爱好者与作家之间架起一座桥梁，这是我的夙愿。为便于读者掌握写作技巧，我将散文分成写景抒情散文、写人叙事散文、托物言志散文和观感说理散文。

一、游记写景散文

学生多次游玩过的地方，就是写不出好文章来。要么大而化之，蜻蜓点水，写成流水账，让人读了味同嚼蜡；要么感悟不深、立意不明。2022 年扬州邗江区第三次模拟考试，要求是“任选扬州一处景点或你的家乡，以‘最美不过’为题写一篇文章”，有好多考生就捉襟见肘了。

究其原因，一是跟家长去玩，走马观花，多数没有导游讲解；即使有讲解，也是一听而过，速度是很快的，根本来不及记录；有些聪明的家长，如果知道拍照录像，让孩子们再仔细观察、探究，及时写作还好；否则，随着时间的推移，留在孩子头脑中的印象当然就模糊不清了。再加上导游只能讲一些重点，更不可能有生动的描写。二是学校组织春游秋游，或者是研学活动，准备不充分，计划不周密，要求不明确，犹如放羊一般，让学生这些小羊自己“找食”，没有自觉性的学生难得出来一趟，只知吃喝玩乐，缺少像画家写生一样的具体任务。对公园的景物观察不认真，联想不自然，描写不细腻，感悟不深刻。这样的行万里路，只能是事倍功半。即使写校园或小区的景色，也有类似情况。长期的作文教学实践告诉我，每个景点的楹联内容和周边景物有着密切的关系，不认识的字，要查资料，请教书法家，进行透彻探究，会有意想不到的收获，还要掌握景点的人物典故或故事传说，才能增加文章的趣味性。

只有“亲其师”，才能“信其道”。写好下水作文，为学生起好榜样作用，迫在眉睫。教师引导学生关注生活，可以体会学生写作的苦衷，学生也会更崇拜自己的老师。学生、家长及语文同仁在跟我交流时，都有共同的感受，如果带着写作的目的，先读一读写这个景点的文章，再去实地观察后回来写作，就能起到事半功倍之效。我写《趣游个园》一文时，先后三次走进个园，并请个园工作人员校对书稿，发现北区竹里亭的楹联“万重清霜节，能虚万物心”中的下联，应该是“能虚应物心”，错字得到了及时纠正，就可以有效防止以讹传讹了。学生读过以后，都觉得受益匪浅，还写了学习心得，找出可以学习的精美段落和读书楹联。本人还注意特色公园不同的写作重点。如写《动物乐园茱萸湾》时，就突出茱萸湾公园中动物给人们带来的乐趣和启迪；

写《湿地原生态，美丽凤凰岛》时，就突出治水的作用和生态湿地的特点；写《大美湿地，人文北湖》时，主要突出自然风光和人文情怀，同时，突出知识性和趣味性；写《古为今用的陈园》时，就突出“采众家之长”这一特点；写《曲江公园》时，要突出法制教育，让学生引起重视；写《游琼花观》时，注意弄清隋炀帝和扬州的关系，弄清杨广的是非功过；写《二分明月楼》时，就要关注一下徐凝等。书中有些篇章有共性，阅读时，可以前后联系起来，如读《文化气息浓郁的朱自清公园》一文，可以结合《参观朱自清故居》来读；读《趣游个园》里的《观赏豪宅》部分的读书楹联，可以和《有福之人会读书》结合起来读。本书还收录了在扬州作协征文活动中的获奖作品《“景”上添花》等，可以启示学生，多参加一些征文竞赛，产生写作兴趣的同时，还有一种成就感。

这样，就可以避免学生对扬州一无所知的尴尬，离开扬州，无论走到哪里，都能对扬州如数家珍。因为扬州“东亚文化之都”“世界美食之都”“世界运河之都”等在这一部分都有体现，“扬州是月亮城”也有所触及。到外地旅游也是一样，要多看多想多写。为防止孩子写作千篇一律，我在写扬州瘦西湖这样的长篇写景散文时，还注意用小标题单列出来，相当于一个景点，写一篇作文，这样就可以化难为易，写得具体、生动、细腻一些，便于学生在模仿的基础上有所创新。

二、写人叙事散文

写人叙事的散文，都是写自己的一些生活经历，因为考场作文，也有抒写“真情实感”的明确要求，而且细节具体、生活气息浓郁的文章，往往容易得高分。本书中，有写父母对自己潜移默化的深刻影响，有写姐弟间的互助合作，有写与孙辈间的天伦之乐，写同事和学生的文章，还有写干农活的情景，这就告诉学生，写人叙事的散文，就是要观察身边的人，关注身边的事，更要写自己做过的事和深切的感悟。其中的《一把锛锄，把我们养大》《母亲的目光》《亲见孙女体验乐》等都已在《扬州晚报》或《扬州时报》公开发表；《水车车水》《军事训练》《寻觅野菜》等故事，均已在“作家故事”公众号中发表，反响较为强烈，许多作家留下了精美评价与鼓励。有些文章体现了自己的感恩之情，如《顾先生给了我动力》《叔叔背我去上学》《偶遇苏州美女》等；有的文章是写家人遭受的委屈，如《真相大白》等，还有的是记录自己在劳动中成长的经历，如《选捡煤渣》《镇江卖灯》等。由此可见，父母不仅给了我一个强健的身体，还给了我一个勤劳的习惯，才使我在后来的工作中能吃苦耐劳，使得家庭事业双丰收。

南宋朱熹在《观书有感》一诗中告诉我们：“问渠那得清如许？为有源头活水来。”本书就是要用自己的作品告诉读者，生活才是写作的唯一源泉，千万不能平时对丰富多彩的生活视而不见、充耳不闻，到写作捉襟见肘时就闭门造车，结果漏洞百出，笑话连篇。

三、借物抒情散文

借物抒情的散文与游记写景散文有着鲜明的区别。游记写景的散文，是写某一处的自然风光和人文景观，抒发自己对祖国大好河山的热爱之情和独特感受；借物抒情的散文，是借某一种花草树木，表达自己的远大志向和独特情感。教材中，有许多托物言志或借物抒情的散文。如茅盾的《白杨礼赞》、崇璞的《紫藤萝瀑布》和周敦颐的《爱莲说》等，原苏教版中陶铸先生的《松树的风格》属于托物言志，原苏教版六年级下册陈荒煤的《广玉兰》属于托物抒情。这种文章要求作者用写人的词语写花草树木，为下文写人的品格、表达某种情感做好铺垫工作，然后自然联想到有这种精神品质的人，写出人和物之间的惊人神似之处，表达某种特殊情感。

书中收录了本人在汤汪中学紫藤萝架下写的中考下水作文《留香》，用韵文的形式，告诉读者，要多做善事，留下美好的品德；还有写本人于20年前在汤汪中学亲手栽的树，即《我爱香樟树》，启迪读者能像香樟树一样，自觉抵御病虫害的侵袭。还有在新东方校园观察发现以后写的文章，《山茶花的启迪》让读者知道，除腊梅花外，山茶花也能够迎着寒风绽放，而且充满了青春的活力，给人精神振奋的心理感受，启迪人们能在艰苦的环境中，顽强生长，绽放美丽，更能得到人们的赞赏；《紫荆花的风采》让读者知道，红花虽好，不一定都需要绿叶扶持，我们也要靠自己的努力，实现人生的价值；《娇艳的海棠》让读者知道，海棠花是性格温柔的象征，可以联想到性格温柔、与人为善的人，“垂丝海棠”的“丝”与“思”谐音，可以与思念家乡、思念亲人的思想感情联系起来思考；《跨上台阶》让读者知道，学习工作就和登台阶一样，要不断地向上攀登，才有可能登上峰顶。由此可见，我们观察花草树木，不仅可以作一些哲理思考，而且启示读者，世界上不是真的缺少美，而是缺少发现美的一双慧眼，缺少深入思考的一个大脑。从这些散文中，我们可以得到非常深刻的成长感悟，从而树立远大的理想，确立宏伟的志向，产生一种拼搏前行的强大力量！

另外，上册的《诗画瘦西湖》中的《湖上梅林》，重点写的是梅花凌寒独立、自强不息的精神；《“景”上添花》一文的前面部分，重点与菊花高雅傲霜、坚韧顽强的品质；《趣游个园》中的《品种竹林》，重点写竹子的目标坚定、富有气节、和虚怀若谷的不俗之气；《逛荷花池》和《大美湿地，人文北湖》中的《三十二西湖的魅力》等，都有对荷花美丽外形和高尚精神的详细描写，值得借鉴。

四、观感说理散文

俗话说得好：“文史不分家。”观感说理散文，叙议结合，具有杂文的一些性质特点。有些以说理为主，如《为官者应从古书中汲取营养》；有些是一事一议，如《有福之人会读书》；有的是夹叙夹议，如《仁者见仁，智者见智——参观严子陵钓台有感》；还有说理抒情相结合的文章，如师范同学聚会发言稿《岁月不老，情谊永存》，可以让大家珍惜友情；有些是观后感，如《欣赏高雅艺术》是参观张若虚纪念馆有感，《向古银杏树鞠躬》是参观普哈丁墓园有感；有的是演讲稿，如《为英雄点赞》；还有的是为了让学生结合外出参观，了解历史，激发爱国热情，如《拜谒中山陵》可以让读者进一步了孙中山先生的“三民主义”，《拜谒明孝陵》可以让读者了解朱元璋及皇家园林；《参观定远舰》《刘公岛不仅是个岛》《今非昔比的旅顺》等，可以激发大家的爱国热情等等，这些文章都是为了说明一个深刻的道理，让读者受到良好的思想教育。还有关注新农村建设的观后感《最美乡村的家风长廊》，关注古琴展演的观后感《欣赏古琴艺术，弘扬传统文化》，这就注意到了选材的多样性。《领异标新的扬州八怪》是参观扬州八怪纪念馆有感，赞扬的是扬州诗画学派代表人物的创新精神；大明寺和平山堂虽是一个地方，但侧重点截然不同。《不能忘却的大明寺》是参观大明寺有感，重点歌颂的是鉴真以坚韧顽强的毅力和百折不挠的精神，为中日文化交流所做出的杰出贡献；《应当铭记的平山堂》是参观平山堂有感，重点歌颂的是欧阳修和苏轼这些文章太守、扬州的贤官代表贤守清风、与民同乐的思想情操。写这些文化名人，主要是为了突出东亚文化之都的深刻内涵等。《喜闻乐见的对联》重点突出传统文化的适用价值；《风格独特的汪氏小苑》重点突出了主人曾经遭受的种种磨难和后人的强势崛起，突出小苑景点的雅致，突出民俗文化底蕴的深厚；《优美热闹的七里河公园》主要突出市民重视读书、赏景、锻炼等兴趣的转移，这就注意到了选材的多样性。

“多彩生活蕴藏美文，源头活水猛浪若奔。特级教师率先垂范，学以致用创新有成。”这是我出这本书的目的。实践证明，本书不仅可以供小学高年级学生、初中生和高中生阅读，也可以供家长和语文老师和写作爱好者阅读，还可以成为学生的研学阅读教材。

丁文宏

2023 年 8 月 24 日写于扬州

目录 Contents

上册

第一辑　游记写景散文

目录 Contents

下册

第二辑　写人叙事散文

第三辑 借物抒情散文

第四辑　观感说理散文

第一辑

游记写景散文

瓜洲古渡，焕发青春

——瓜洲古渡公园游记

2020 年 10 月 21 日（星期三）上午 9：40，我们来到了位于长江和运河交界处的瓜洲古渡公园参观，大门两侧的楹联选自宋代陆游《书愤》的颔联：“楼船夜雪瓜洲渡，铁马秋风大散关。”该公园位于东侧的瓜洲节制闸与西侧的瓜洲船闸中间，堪称：“江滨宝石，古渡明珠。”在这里，可以欣赏“千年古渡春江暖，两岸新桥花月明”的优美景色。

因地制宜建公园

随着扬州古城周边工厂的退城进园项目的实施，古运河瓜洲闸的货运功能已逐步退出历史舞台，瓜洲闸管理处，充分利用水土资源，挖掘历史沉淀，美化环境建设，在抓好水利工程节制闸、船闸、抽水站及排涝闸安全运行管理的基础上，对闸区进行了园林化建设。

这里有唐玄宗时开挖的伊娄运河。2014 年，京杭大运河成为世界文化遗产，伊娄河也评为第五批国家级文物保护单位。运河的水，满河碧透；长江的船，百舸争流。岸上的花草，鲜艳夺目；林中的飞鸟，精神抖擞。

现在，扬州已开通了东关古渡至瓜洲古渡公园的水上游览线路，连通了扬州段的古运河遗产点和游览点。瓜洲古渡公园正受到越来越多的中外嘉宾的青睐。

瓜洲古渡公园分南园和北园。进入南园，沿着右边往里走，首先看到诗渡瓜洲文化展示馆，接着就看到锦春园、映影池、园中园等，然后就能看到古运河边的诗廊。

古镇诗歌竞风流

千年古渡，胜境犹存。南园背倚长江。自古以来，瓜洲不仅是兵家必争之地，也是许多文人墨客南下北上的交通要道。在陆上交通不发达的古代，水运自然成了人们南来北往、东奔西走的首选，面对长江其波澜壮阔的宏伟景象，无数骚人墨客荡气回肠，流连忘返。唐代高僧鉴真从这里起航，扬起风帆东渡日本，康乾二帝及历代诗人墨客途经瓜洲，留下了许多脍炙人口的诗篇，那些代表性的诗作，或刻在了公园的长廊中，或雕在了草坪的石头上。可以说，这里是学习古典诗词的崭新天地，欣赏各种书法的快乐公园。

路边的大石头上刻有南宋刘过的《瓜洲歌》(楷书)，记录了瓜洲曾经战斗失利的无奈：“冠来不能御，贼去欲自囚。”陆游的《书愤》(隶书)：“楼船夜雪瓜洲渡，铁马秋风大散关。”宋金对峙，爱国诗人在瓜洲前线，欲收复故土而壮志难酬，忧愤之情涌上自己的心头。接下来，就到了相思亭。“汴水流，泗水流，流到瓜州古渡头。”白居易在《长相思》中，用三个“流”字，写出古运河水的蜿蜒曲折，酿造成低回缠绵的相思情愁。正如楹联所写：“时贤俊采留芳躅，画境臻情茁野川。”诗长廊内，除了有很多诗歌书法展示，有白居易介绍外，还有温庭筠、张子容、杨广、陈叔宝等人物简介。

诗廊中间有洗心堂，旁边的楹联是：“扬子江波浩浩公德，伊楼河水涓涓素情。”西侧还有诗廊，镌刻着许多诗歌。再向西是一水亭，旁有楹联：“地分吴楚星辰内，水迫沧溟宇宙间。”中间刻有王安石的诗歌：“京口瓜洲一水间，钟山只隔数重山。”王安石泊船瓜洲，眺望江南，对家乡，对故土，对亲人思念悠悠。可以想象，中秋时节，来到这里，就有“星垂平野阔，月涌大江流”的深邃意境；李白《题瓜洲新河饯族叔舍人贲》：“齐公凿新河，万古流不绝。丰功利生人，天地同朽灭。”赞颂了润州刺史开凿新运河的丰功伟绩。接下来，河边大大小小的石头上，还刻有很多描写瓜洲的诗歌，如袁枚的《夜过瓜洲》中的“霜雁一声语，烟江两岸秋”，点明了季节；杨万里的《过瓜洲镇》：“夜愁风浪不成眠，晓渡清平却宴然。”充分证明，诗渡瓜洲，名不虚传。

几千年来，变化万千，沧海桑田，令人感叹不已。虽然古老的瓜洲早被江水吞没，著名的于园早已沉入江底，但经过瓜洲人的不懈努力，现在不断完善的瓜洲古镇已经焕发出了青春活力。

十娘怒沉百宝箱

瓜洲古镇历经千年风雨，也留下了许多凄美动人的故事，家喻户晓的杜十娘怒沉百宝箱的故事就发生在这里，旁边的石头上记载了这一故事：

明朝万历年间，京师名妓杜十娘为了赎身从良，追求真爱，将自己的终身托付给太学生李甲。虽然李甲对杜十娘真心爱恋，二人情投意合，携同南返，船经瓜洲，被风雪所阻。但他生性软弱，自私，又屈从于社会，家庭的礼教观念，再加上孙富的挑唆，李甲将杜十娘转卖给了好色又阴险的富贾孙富。杜十娘闻知，如雷轰顶，心灰意冷。指着价值连城的金银珠宝，痛斥李甲忘恩负义和利欲熏心，把一件件宝物抛向江中，最后纵身跃入滚滚波涛之中。

《杜十娘怒沉百宝箱》以其细腻的笔触塑造出一个执着追求自己心中美好愿望的女性形象，取得了非凡的、卓越的艺术效果，在文学史上被定义为反封建反礼教的爱情小说。该小说曾多次被改编成戏曲、电影，也曾被翻译成外文，在国内国外都产生了广泛的影响。除了杜十娘这一悲剧人物形象感人以外，作者对“百宝箱”这个意象的处理，可谓匠心独运，具有很高的艺术价值。

为纪念杜十娘怒沉百宝箱而建的沉箱亭，静静立于古渡景区的江边。八根廊柱撑起八角形的飞檐穹顶，亭内立着一块石碑，上书“沉箱亭”三个篆字。

沉箱亭前有杜十娘的汉白玉雕像，体态丰满，浑身雅艳，纯净洁白。“两弯眉画远山青，一对眼明秋水润。”我深深感到，沉箱亭和杜十娘的雕像，时刻提醒人们，不要因为名利地位，而亲手毁坏了“美”。

往前走，就看到“江天胜境”的牌楼，牌楼的楹联，涤荡心胸，催人奋进：“渡头纵目气贯江淮，浊浪排空势吞吴越。”从牌楼拾级而上，就看到巨大的石刻——栩栩如生的巨龙，在搏击风浪，长年累月，不知疲倦地看守着这一方风水宝地，给人们带来幸福安康的征兆；中间有“瓜洲古渡”碑，上面有观潮亭，这是一个三重檐五角攒尖亭，始建于明代正统年间，周边花木扶疏，楼台隐映，曲径小道，别有情趣，是观赏江天胜境的绝佳之处。

再往回走，就看到了“银岭塔”，这是一座七层式砖混结构建筑，六角攒尖顶，建于20世纪80年代，是积贮水、照明、园林景观于一体的多功能宝塔。

诗情画意泉水响

游完南园，感到这里细水淼淼，湖河溪流汇江海；再看北园，只觉那边大木森森遮日光，松柏梧桐伴杨柳。这里的大门上方悬挂着“江河天地”四个大字，下方的楹联很有气势：“空波两岸明，地分吴楚星辰内；桂楫中流望，水迫沧溟宇宙里。”北园大门背面的楹联是：“新园开胜境，何日几人能得道；古渡动奇思，而今我辈却成仙。”写出了开园之日，人们所思所想所盼，表达了人们改造旧山河的自豪之情。

往前走，就听到潺潺的流水声。寻声而望，斜卧在大小山石上的苍劲有力、蓊蓊郁郁的古松柏下面，有悬泉瀑布滴入下面的清澈的小溪中，前面还有一些大大小小的坛坛罐罐，整齐地排成一列横队，承接着上面的山涧流下的水，营造出一种“泉水叮咚响”的艺术效果；旁边山坡上的水井中，始终整天地汩汩地冒着流不尽的清澈泉水，滋养着身边的花草树木，象征着一种取之不尽，用之不竭的力量源泉。

再往前走，就可以看到江风山月亭等景点，看到方形石柱上刻着几个正楷大字：“教子成名持家尽礼千百。”对人有启迪作用，令人感到惋惜的是，有的已经残缺不全；再往前走，就来到了江影堂、迎波亭、镜水堂、雪江钓艇、游廊等景点。

这里的亭台楼阁上的楹联言简意赅地写出了这里的胜境和独特风貌。在这里，可以“鱼惊出浦火，月照渡江人”；在这里，可以“歌吹千载瓜洲渡，诗赋一江扬子潮”；素月亭中，可以“鹭鸟绕帆追好梦，烟林傍水醉流年”；安澜阁里，可以“江名天堑元通蜀，地入瓜洲始接淮”；楹联对联工整，情景交融，历史遗迹与今朝人文交相辉映，让瓜洲古渡，焕发出朝气蓬勃的青春活力。

彤云阁畔铁犀昂

走过儿童游乐区，就来到了北岛岛头，看到一幢三层重檐官仿古建筑，翘起的飞檐直上云天，绿色琉璃瓦覆盖，与周边景色相得益彰，这就是彤云阁，登上彤云阁，可以眺望玉带似的运河美景。

下面有楹联记载尽收眼底的美景：“襟大江瞰京口，水墨雄姿凛凛威仪，观四时美景；际沧海挽钟山，津关险地遥遥岁月，捧千缕朝霞。”丹曦亭中：“桂楫西来风夹雨，锦帆东去水携云。”运用了对偶、拟人等修辞手法，有叙事，有抒情，富有诗情画意。“惊涛拍岸，伊娄水大江澜东海潮，从此汇流千古渡；借阁凭栏，吴楚风唐宋韵西山月，在斯凝秀百年楼。”有自然风光，有历史遗迹。“乘舟吟碧浪，八万顷伊娄水天壮阔，诗韵凝芬名玉宇；登阁吻苍穹，两千年渡口今古风流，春花吐蕾寄彤云。”对偶拟人，收放自如，气势恢弘。有一副篆书楹联，我与夏春萌老师未能认识出来，后拍成照片，请教了爱好书法的曹敦昌老师，才得到最终答案：“登巍巍高阁，绿水青山都收眼底，笔下情思袒放；看混混长江，吴风楚韵尽注心头，行间文赋初成。”借景抒情，信手拈来，笔底出采。

彤云阁畔，有一巨大铁犀昂首苍穹。“淮水北来河泱泱，长堤如虹巩金汤。冶铁作犀镇甘棠，以坤制坎柔克刚。容民畜众保无疆，亿万千年颂平康。”康熙年间，因黄河夺淮，致江淮水患频发，为镇住“水中妖怪”，朝廷根据“五行相生相克”之理，变水患为水利，在淮河下游至入江处，以生铁铸成十二只动物，即“九牛、二虎、一只鸡”，先后置于涟水、洪泽、高邮、邵伯等地。后因瓜州江堤年年坍塌，遂将原卧于邵北湖堤墩之上的铁牛移至瓜洲小南门镇水。乾隆五十七年（1792年），小南门与铁牛沉没于江中。

新中国成立后，政府治理淮河，疏浚水道，消除水患，“九牛、二虎、一只鸡”已失去了原有的作用。在沧海桑田中，“鸡”飞“虎”跑，只剩下几只铁牛散落于河堤之上，经受风雨侵蚀。现在，瓜洲古渡公园内这只铁牛，昂首挺胸，精神抖擞，重新焕发出光彩，与彤云阁相伴，成为这里的代表性景点，热情接待着来自五湖四海的中外宾朋。铁牛，是历史的见证人，更是瓜洲的瑰宝。

今天的游览，了解了瓜洲古镇丰富的古代文化，拓宽了知识视野，欣赏了自然与人文美景，陶冶了自己的情操，真是不虚此行。

三湾公园美不胜收

北有瘦西湖，南有古三湾。扬州运河三湾风景区位于扬州古运河三湾段，以运河三湾及周边湿地风光为依托，因地制宜的配置人文景观及休闲设施而形成的大型生态人文景区。总占地面积3800亩，其中核心区占地面积约1520亩。三湾是“宝塔湾、新河湾、三湾子”的总称。从隋唐到明清，古运河的三湾段走过诸多重量级人物，既有隋炀帝、唐鉴真，更有康熙、乾隆六下江南；又有文人雅士在此停留赏景，吟诗作词。2016年4月18日，三湾公园就第一次揭开了神秘的面纱，2018年12月20日被评定为4A级景区。现为世界文化遗产、国家水利风景区。景区规划建设以扬州的高旻寺和文峰寺为端点、以古运河为轴线、以运河三湾风景区为核心，充分彰显水工技艺和运河文化，打造与瘦西湖相呼应的城市南部风景名胜区、体育休闲区和

旅游度假区。

走进三湾公园东大门，就看见了广场的恢宏气势。宽阔的广场两边有苍劲有力、造型优美的松柏，正面是巨大的波浪形木栅栏，上面有七个白色行楷大字：“运河三湾风景区”，两边各有三幅富有诗情画意的铜质镂空雕刻。

左边前住后依次是：唐代李白的七言绝句《黄鹤楼送孟浩然之广陵》：“故人西辞黄鹤楼，烟花三月下扬州。孤帆远影碧空尽，唯见长江天际流。”宋代苏轼的词《西江月·平山堂》：“三过平山堂下，半生弹指声中。十年不见老仙翁。壁上龙蛇飞动。欲吊文章太守，仍歌杨柳春风。休言万事转头空。未转头时皆梦。”唐代杜甫的七绝《解闷十二首之一》：“商胡离别下扬州，忆上西陵故驿楼。为问淮南米贵贱，老夫乘兴欲东流。”

右边从前往后依次是：清代金农的七绝《过小孤山》：“古县萧条对岸开，大江行色榜人催。水多风处轻抬眼，浮出青山似覆杯。”唐代杜牧的七绝《寄扬州韩绰判官》：“青山隐隐水迢迢，秋尽江南草未凋。二十四桥明月夜，玉人何处教吹箫。”清代郑燮的《竹石》：“咬定青山不放松，立根原在破岩中。千磨万击还坚劲，任尔东西南北风。”这就是文化古城的艺术魅力所在，难怪古人要“烟花三月下扬州”呢。

城市书房与雕塑。三湾公园东大门往西走，看到北侧有题词：“扬州是个好地方。”扬州既是联合国评定的“世界最佳宜居城市”“世界运河之都”“世界美食之都”，又是“东亚文化之都”。来到古运河东岸，就看到一座漂亮的城市书房，坐在里面读书，时间久了，可以抬起头来，欣赏一下大自然的美景，不仅可以消除视觉疲劳，还可以陶冶情操，再静下心来读书，当然有事半功倍之效。城市书房的北侧，有一座外形像三湾的黄铜雕塑《三湾抵一坝》记录了扬州人民开凿古运河、兴修三湾水利工程的壮观场面：明万历二十五年（1597 年），扬州知府郭光复为解决运河漕运船只搁浅倾覆问题，运用“三湾抵一坝”的原理，率民工将扬州城南（现三湾段）舍直改湾，把原来的 100 米，改变成 1.7 公里长的湾河道，形成曲折的“三湾”，放水通航后，果然不再船只事故频发，体现出扬州先民尊重自然、顺应自然、保护自然、利用自然的治水智慧，进一步促进了国家南北文化和经济的融合交流，故有“三湾抵一坝”之美誉。

铁镬与神兽。城市书房西侧的古运河边上有一亲水平台。平台南侧的古运河边上，有七只“扬州铁镬”，体现了扬州悠久的历史，因为镬之本意就是形如大盆，用以煮食物的铁器，最早见于商周。又体现了三湾“古”的特点：扬州因水而建，因水而兴，既享受水利，也时有水患。南朝萧梁时，当地人用铁镬倒扣长江堤岸镇水，每只重数千斤，可见当时治水之技高超，铸造之术发达。至今扬州共发现 9 只，其中 2 只是 1921 年由诗人焦汝霖移至瘦西湖徐园，另 7 只经多次迁移，分别放置于天宁寺、史公祠等处，2013 年 4 月，将后 7 只铁镬移至三湾公园集中展示，见证历史，祈顺未来。

在亲水平台外侧，伏着一只神兽“趴蝮”，又叫“蚣蝮”，是中国古代神话传说中龙王所生九子中最喜欢的一个。头生犄角，身披龙鳞，面如雄狮，尾似猛虎之尾，喜爱玩波弄水，长年累月在水中玩耍，擅水性，吃水妖，是大运河常见的镇水之兽，能震慑水怪，警示水位，达到祈福四方平安的寓意。

儿童游乐场体育活动区。南侧一大片是体育活动区域，有儿童游乐场，可以共儿童们嬉戏游乐。旁边还有各种可以强身健体的体育设施，还有足球场、篮球场等。可谓有静有动，动静相宜，可供有不同爱好的人们各取所需。

津山远眺与凌波桥。再往南走，就看到了一座高山，这是东南方的制高点“津山远眺”。这完全由太湖石堆叠而成，下有冬暖夏凉的曲径通幽的山洞。从东北面的山坡拾级而上，可以看到两边桃花盛开，犹如一张张喜悦的笑脸；直达山顶，可以看到东侧有六棵粗壮的榆树，不仅象征历史悠久，而且预示连年有余，丰衣足食。南北两侧的悬崖绝壁上，有红竹和翠柏点缀其间，错落有致，情趣盎然。西侧的缓坡披着青翠的草坪，像绿茵茵的地毯。

上有休闲远眺的二层十角凉亭，两边各五角，中间成方形。“欲穷千里目，更上一层楼。”沿着楼梯登上二楼，大门向东南方向，每天迎着日出的升起，有一副楹联：“碧水迂回城外去，白鸥浩荡画中来。”对仗工整，色彩鲜明，概括景色特点，富有诗情画意。西北方向也有一副楹联：“倾心天地多佳赏，属意河山足胜游。”站在凉亭向南眺望，古运河像一条银龙游向瓜洲，直达镇江。

西侧则是白色的凌波桥，横跨在古运河东西两岸，因为扬州“州界多水，水扬波”而得名，她像大风吹过河面形成的凌碧的波痕，又像是一位素雅纯洁的白衣仙女在风中跳着优美的舞蹈；整个桥身显得柔美大气，富有现代气息。这是三湾公园南端的标志性建筑。

向北观赏，三湾段美景，尽收眼底，醉人心房。清清的河水缓缓地向南流淌；碧绿的荷叶和鲜艳的荷花，依傍在东岸边，茁壮成长；挺拔的水杉和茂密的芦苇，在河西的洼地里徜徉；树上的鸟儿引吭高歌；传说的知了激情欢唱；河面的水鸟，正在旁若无人地觅食；美丽的白鹭，展开双翅，欢快地飞翔。

九龙冈与九龙潭。走进三湾湿地公园的西大门，东方的九龙冈横卧在面前，像一条巨龙，龙头向南，龙尾朝北，仿佛正要沿着古运河飞向云天，向全世界报告扬州宜游宜居宜业的特大喜讯。拾级而上，条条小径旁的鲜花绽开五彩缤纷的笑脸，夹道欢迎，游客赏光，这里简直成了花的海洋。鲜花引得动物界不甘寂寞，“蜂争粉蕊蝶分香”，蜜蜂争相采集着花粉，蝴蝶也分享着花的芳香。山边有碧桃林，树林间的鸟儿时而叽叽喳喳，仿佛在召开新闻发布会，宣布正式走进世人的眼帘；时而放开悦耳动听的歌喉尽情欢唱，呼朋引伴地召唤大家，一齐来到这美丽的天堂；这里既有“山光悦鸟性”的愉快，也有“潭影空人心”的静谧。沿着九龙冈南侧九层八十一级木台阶向下走，就来到九龙潭，这里潭水水平如镜，清澈见底，能映照出游客美丽的脸庞；微风过处，形成一道道凝碧的波痕，在阳光的映照下，闪耀着迷人的金光。潭中的鱼儿一会儿在潭底闲游，尽情享受着这美好的春光，一会儿又露出水面，你追我赶，嬉戏玩耍，逗得九曲木桥上的游客们心花怒放，一阵阵悦耳的欢声笑语在潭水上空悠悠飘荡。

三湾公园的东侧，就是九龙住宅区，已经建成的有腾龙苑、飞龙苑、吉龙苑、祥龙苑、安龙苑、康龙苑、福龙苑、瑞龙苑、旺龙苑等，九龙齐飞，充满希望。中华民族本来就是华夏子孙，龙的传人，这里的山山水水都用龙来命名，反映了扬州人民正在用自己的勤劳和智慧，把一幅幅美好蓝图变成现实的乐章。

乐水园与听泉四景。三湾湿地公园特点是水资源非常丰富。因此，这里除了上面所写到的九龙潭以外，还有乐水园。乐水园由《论语雍也》中“智者乐水，仁者乐山”而得名。乐水园中，有黄石堆叠的假山，假山上独具特色的喷泉，飞珠溅玉般奔流而下，气势恢弘。一个个微型景点仿佛一个个大大小小的岛屿，又仿佛是被古运河水衔在口中的一粒粒珍珠。在乐水园中，游客可以脚踏水中石块，经过一个个小岛时，和清澈的古运河水来一个亲密接触，体验一下掬水弄花的诗境；还可以和这里的原生态水草握手言欢，感受一下它的强大生命力。

因为这里有连续三道湾，古运河水流到这里即拐一个 180 度的弯，所以水流变得相对平稳，并形成一个近似爱心形状的湿地，这就是三湾公园的核心。这里还建有听泉四景：听泉园、闻香园、融乐园和观涛园。营造了小桥、流水、古树的宜人美景，构成了人与自然和谐相处的乐园。在听泉园里，潺潺的流水之声伴着泉水叮咚的美妙节奏，引人遐想；在闻香园里，花海里的芬芳之气迎面扑来，令人陶醉；在融乐园里，我们可以深切地感受到“醉翁之意不在酒，在乎山水之间”的深刻含义，仿佛触摸到了三湾湿地的自然之韵，融入了大自然的怀抱；在观涛园里，可以观千年运河之美，欣赏到古运河水昼夜不停由北向南流淌气势，感受无论是自然还是社会，都有不可阻挡的前进脚步。

喜欢来这里游玩又乐于赏水的智慧游客，看到灵动的河水，一定不亦乐乎吧！

彩虹桥与琴瑟桥。在九龙山和九龙潭的东侧有一个广场，这是整个公园的中心位置，山水相接处，有一块椭圆形的巨石上，竖着雕刻着“三湾公园”四个正楷红色大字。右侧有一座横跨溪水两岸的拱桥，桥旁的栏杆上鲜花盛开，争奇斗艳，充满活力。远远望去，美不胜收，让雨后的天上彩虹也感到自愧不如呢！

广场东面的河边建有一座具有古筝元素的琴瑟桥。琴瑟桥上部有一根根金属线造型，像古琴和古瑟中的一根根弦，从空中看，此桥的设计是把古代的琴和瑟这两种乐器合为一体，象征和谐共鸣，正弹奏着一曲曲清幽悦耳的天籁之音。我想，设计者和建设者就是想用这两种中国传统的民族乐器，合而为一，奏响中国人民心中努力奋进的最强音吧！人们来这里休闲、观光、度假，可以养精蓄锐，以便重返建设战场。

身披鲜花的彩虹桥加上别出心裁的琴瑟桥，还有九龙潭水面上的九曲木栈桥，从高到低，相互映衬，相得益彰，给整个公园

架上了联系的纽带，使整个公园形成一个有机的整体。

观鸟廊与观鸟屋。三湾湿地公园里因为树林成片，水草丰茂，一直是众多水鸟聚会栖息的佳地，因此，东侧近水处，有观鸟廊，来到这里，可以坐在长条木椅上，静静地观赏栖息在对面水杉林中的飞鸟。水杉的特点是："寿比南山老，颜如玉女娇，春织绿羽氅，秋染大红袍，挺拔舒傲骨，刚正不折腰！"据说，水杉是国家二级珍稀树种。无污染，无病毒，来到这里，就是进入了天然氧吧和天然空调房，令人心旷神怡。当然，这里也是鸟的国度，鸟的天堂。再向西北方向看，不远处，有一间观鸟屋，可以看到平静的水面上和水草丛中的鸟儿光滑漂亮的羽毛和优美动人的舞姿，体会一下"草长平湖白鹭飞""一行白鹭上青天"的动感和"几处早莺争暖树，谁家新燕啄春泥"的调皮劲儿，你也一定乐此不疲吧！

在这里，不仅能见到数十种珍稀的鸟类，还可以听到鸟儿欢快悦耳的叫声，既有"春去花还在，人来鸟不惊"的和谐，也有"月出惊山鸟，时鸣春涧中"的惬意。从"两个黄鹂鸣翠柳"到"处处闻啼鸟"，再到"自在娇莺恰恰啼"，大自然奏出的和悦动听的天籁之音多么令人惊喜呀！

剪影桥与锦瑟桥。与南端的凌波桥相呼应的是北端的剪影桥。剪影桥设计别出心裁。桥的颜色是大红色的，像热情燃烧的火焰，在碧绿的公园里显得鲜艳夺目；桥体形状是两头大，中间小得像美女的小蛮腰，两头大得像喇叭口，整体像剪刀剪成的拉花艺术，显得精巧秀美，给人一种完美的艺术享受，体现了扬州剪纸艺术的世代传承。

凌波桥和剪影桥将整个三湾公园连成一个整体，形成一个铁环形状，河东河西的市民可以自由来往。

剪影桥东南侧，还有一座与南面的琴瑟桥遥相呼应的锦瑟桥，因为造型相似，也可以说是琴瑟桥的姐妹桥，桥的旁边有片荷塘，每到夏天，这里是绽放的荷花露出了粉红色的美丽的笑脸，静静地守候着这片美丽的水面。每当烈日高照时，林中的鸣蝉会放声高歌，歌唱扬州这一方人杰地灵的风水宝地；每当暴雨过后，荷塘中的青蛙会齐声合唱《扬州是个好地方》。

玉凤台与含月亭。经过诗词长廊，再往前走，就看到了玉凤台和含月亭。《诗经·大雅》中写道："凤凰鸣矣，于彼高冈。梧桐生矣，于彼朝阳。"高歌凤凰啼鸣，灵音招贤引才，秉承佳时兴盛的祥瑞之情。而且自古就有龙凤呈祥的美丽传说与良好祝愿，因此在三湾湿地中心的设计也满足了广大人民的美好愿望。有龙必有凤，古运河西岸有九龙冈，古运河东岸有玉凤台与九龙冈隔河相望。玉凤台是一座圆形高地，西侧有一块像栩栩如生的凤一样的石头，上面镌刻着苍劲有力的繁体正楷红色大字"玉凤台"，旁边有一棵饱经风霜而焕发出青春活力的古树，见证者三湾湿地的悠久历史。

这两个景点是公园的两个制高点，可见他们也在深情地凝望着，就像天上牛郎织女一样。不过，现在的古运河上，已经出现两座桥：南有凌波桥，北有剪影桥，这样整个三湾公园就形成环道了，龙凤间可以自由自在地往来了。玉凤台东侧河滩，有一片原生态的芦苇，这片白色的芦苇和玉凤周边的五彩缤纷的花草树木组成了一幅色彩斑斓的彩色世界。文友们看了还情不自禁地朗诵起了《诗经》中《蒹葭》里的句子："蒹葭苍苍，白露为霜。所谓伊人，在水一方。"这种意境不仅引起了热恋中情人许多美好的遐想，更增添了三湾湿地公园的历史厚重感。

玉凤台旁边还雄踞着一座含月亭，"月映林塘淡，风含笑语香。"每当皓月当空，坐在含月亭中，沐浴在如水般的月光中，欣赏着古运河底如碧玉般的月亮，就犹如进入了人间仙境，这是一种何等惬意的生活啊！这一景点也为扬州这座月亮名城增加了赏月的好去，增添了永久的光辉。

大运博物馆和非遗文化区。到2021年，三湾公园还在不断完善，雄伟壮丽的大运博物馆已经落成，大运塔巍然耸立在古运河东岸，与北面古运河东岸文峰寺内的文峰塔、南面古运河西岸高旻寺的天中塔，一同构成三塔映三湾的壮丽景观。大运博物馆东侧的非物质文化遗产区已经以自己独特的湿地芳容展示在世人面前，让游览者心旷神怡，流连忘返。

三湾公园，以充满生机的形象展现在游客面前，这是一片宜居宜游又宜业的乐土。

夜晚散步漫三湾

吃过晚饭，我们一家三代六口——我和老伴、女儿女婿、两个孙女，来到刚刚建成开放的三湾湿地中心二期散步。刚走进位于九龙小区运河东侧的南大门，就看到门外公路两侧停着不少汽车、电动车、自行车。进入大门后，视野顿时开阔起来。放眼远望，繁星似的灯光照得公园美如天上仙境，刚上一年级的大孙女激动地说："真漂亮！"14 个月大的小孙女也高兴得"呀呀"直叫。

锻炼与健康。从东入口再往里走，就到了第一个广场舞现场，随着音乐的响起，数十位中老年妇女翩翩起舞。十几个穿红衣服的教练，舞步轻盈，舞姿优美，满脸自信，如鱼得水；二十多个新手，也跳得专心致志，有板有眼，动作整齐划一。连我那小孙女也随着节奏，扭起了屁股，舞起了双手，惹得大人们哈哈大笑。

再向前走不远，又是一片开阔平地，下面贴着大理石，也是跳舞的绝佳之地。这里又是另一支广场舞团队，她们似乎在默默苦练，准备与前面一支舞蹈队一决雌雄。

继续往前走，就到了青壮年男子和儿童活动区。铁网内，一个个生龙活虎的男子汉正在精神抖擞地打篮球，虽是业余爱好者，但他们的接球运球、声东击西地传球、三分球、三步上篮，都打得得心应手。秋天的凉风正在给运动员降温呢！

旁边的儿童活动区，也是人头攒动，一群孩子，爬阶梯，攀悬崖，钻隧道，坐滑梯，荡秋千，走木墩，玩得不亦乐乎。我的大孙女想玩却玩不到，眼馋不已，奶奶只好跟稍大一点的姐姐协商，让大孙女如愿以偿地荡了几分钟秋千，我们才依依不舍地离开。

来到观鸟平台，又看到一支舞蹈队，这里虽然跳的是交谊舞，但与众不同的是，这里全是中年妇女，有两个领舞者，每一个动作都配合得天衣无缝，非常默契，真是心有灵犀。

现在，人们生活水平提高了，工作之余，来到这个天然氧吧，欣赏美景，陶冶情操，活跃身心，增强体质，延年益寿，不亦乐乎！

雕塑与诗廊。大门左侧的几颗参天耸立的大树旁，有一块银色雕塑。雕塑上方的一个方框内镶嵌着三湾显地公园的标志图案，对三湾湿地公园的地形地貌就有了一个大致的了解。中间雕刻着“三湾湿地生态中心”的字样，地面上用白色的碎石布置成功的三湾形状的图案，将雕塑上的图案放大了数倍。原来，古运河到这里连续弯了三道湾，这里形成了一个心字形，就把急流的水变得平缓了，这里也是船民们一个极好的避风的港湾吧！

往前走不远，很快就到由著名雕塑家、清华大学美术学院潘松教授设计的《妙笔绘杉湾》雕塑前，整个雕塑是由一块巨大长方形铜质板材铸造而成一个巨大的砚台，又像是一只两端微微翘起的竹筏，其实是一幅卷轴画，上面画着三湾的标志图形——一支巨大的毛笔直竖在砚台旁。不少游客还站上去用双手握住如椽巨笔作描绘状，仿佛自己就是绘出三湾美景的人。上面还刻有扬州知名学者郑鸿鸣题写的一首诗："谁拥椽笔走龙蛇，霁雨林塘翠作涡。漫说春风原自好，万家灯火淡星河。"这首诗言简意赅地突出了雕塑作品的主题，集中体现了设计和制造者的聪明才智——人们用生花妙笔描绘出了三湾湿地中心的一幅巨大而美丽的画卷。据刘俊经理介绍，在东门还会有《三湾放歌》和《高山流水》两组大型雕塑华美呈现。

再往前走，就到了诗词长廊，与其他长廊不同的是，这里的经典诗词不是雕刻在墙面上，而是镶嵌大有大理石铺成的地面上，这是用黄铜铸造成功的二十九首跟扬州有密切关系的具有代表性的古代名人的诗词，有行楷，有魏体，字迹雄浑，刚劲有力，让人赏心悦目，流连忘返。有些古诗词的排列顺序特意被打乱，来考验扬州市民和来自国内外游客古诗词的熟悉度，可不能读错噢！

这些雕塑和古诗词充分体现了古城扬州丰厚的文化底蕴和深厚的艺术造诣，值得人们仔细揣摩。但我在校对时，查出了多数错误，反映到作协，由相关政协委员提交提案，最终在公园升级改造时将其拆除，部分古诗移到东门标志处，《妙笔绘三湾》雕塑在后来的改造中已拆除。这反映了扬州人民有错必纠，精益求精，把扬州这个好地方打造得越来越好的不断进取的精神风貌。

美丽的玉龙花苑

位于三湾湿地生态中心东岸的玉龙花苑，是三湾湿地公园的园中园，原是新颖别致的私人花园，独由朱玉龙先生以毕生精力精心打造的，弥补了城南无园林的空白。

名石古树

进门就看见一块侍女迎宾巨石，就像一个体态丰腴的唐代侍女日日夜夜站立在门口，时时刻刻欢迎来自四面八方的宾朋。由此可见，园主人具有热情好客的鲜明特点。园内散落着诸多风景，有的像看门名犬，有的似雨后春笋，有的像出水芙蓉，有的似寿龟驼山，显得姿态万千，惟妙惟肖。看似随心所欲，实则独具匠心。这些石头身上有无数条花纹，由细到粗，由浅到深，每块石头似乎都蕴藏着一段不寻常的感人故事。

往前走，一棵身材矮小而枝叶蓬松的树映入眼帘，走近一看，才知道这是一棵具有 400 多岁高龄的枸杞树。它原本是一株藤木，经过数百年的风吹雨打，现在居然长成了一棵饱经风霜、枝干遒劲的树，而且焕发出青春的活力。你看，它的枝条上长着翠绿色的叶子，叶子中间点缀着红彤彤的枸杞，就像天空黑色幕上缀着的闪亮的星星，更像镶嵌在绿色衣服上的红宝石。微风吹来，一粒粒枸杞像一只只红色的眼睛，还眨呀眨的。

这里还有造型优美的盆景，这些盆景枝干粗壮，三九严寒无所惧，酷热炎阳不低头，一年四季神采奕奕，精神抖擞地展示自己动人的风采。

青山绿水

再往前走就到了居安堂，竖柱上的楹联是："借用小楼一角，移来绿水青山。"小楼当然是指居安堂了，往左看去，一角指的是居安堂旁边的边边角角的地块。"绿水"指的是旁边的水池及其小溪河流，秋风吹来，水面上泛起粼粼波纹，仿佛文友们微笑的脸庞。河面上有座小桥横跨在小河上，月牙似的桥身倒映在水中，形成一个圆的造型。这座小桥就像一个顽皮的小孩蹲在潺潺的流水之间玩耍。流水则像少女披在身后的飘逸的长发，风一吹，长发就能飘向远方，迎接那源头活水。这让我想到南宋诗人

朱熹的一首七绝："半亩方塘一鉴开，天光云影共徘徊。问渠哪得清如许，为有源头活水来。"

水中的彩色鱼儿自由自在地玩耍，就像一群顽皮的孩子，一会儿跳出水

面，一会儿潜入水底，像在和游客捉迷藏，正“往来翕忽，似与游者相乐”呢。鱼儿们给这座私人花园带来了勃勃生机，营造了“小桥流水人家”的美好意境。青山指南侧靠墙的连绵起伏的贴壁假山，有一条弯弯曲曲的小路一直通到山顶。拾级登山，来到最高处的待月亭里小憩，可以俯视整个园子，一切美景尽收眼底。真是美不胜收，让人心旷神怡，流连忘返。可以想象，如果是晴朗中秋的夜晚，坐在亭子中，任凉风拂过脸颊，静静地等待银盘似的月亮从东海冉冉升起，把银色的光辉无私地洒向大地，是多么惬意的一件事情啊！假山下面还有几个山洞，具有冬暖夏凉的特点。这座假山造型别致，下洞上台，状若天上云朵，又似人间玫瑰。假山石来自安徽宿州。朱先生兴奋地说：“这些石头不但质地好，硬度高，而且色泽大气厚重，能够凸显它所要体现的扬州人务实、勤劳的精神。”山水之间，还有一座长方形轩榭，其上的楹联写出了这里的意境：“掬水月在手，弄花香满衣。”突出了扬州月亮城的文化特点和玉龙花苑花多花香的显明个性。

风景长廊

玉龙花苑的长廊分为三个部分：第一部分是“玲珑”。只见长廊内悬挂着许多名人画像，可见园主人平时也是“谈笑有鸿儒”噢！长廊的两侧布满了花草，盆景和斑竹，我们犹如沐浴在绿色的海洋中。左边一排排斑竹昂首挺胸，傲然耸立，象征园主人刚正不阿的高洁品质。在扬州做过半年太守的苏轼曾说过：“宁可食无肉，不可居中无竹。无肉使人瘦，无竹使人俗。”可见主人文化底蕴深厚，园林设计大气。难怪竹子坚贞不屈的性格、正直无私的品德和谦虚谨慎的作风倾倒了无数的文人墨客。另外，善于画竹的郑板桥还写过一首石竹："咬定青山不放松，立根原在破岩中，千磨万击还坚劲，任尔东西南北风。"这正象征了园主人朱玉龙具有一种不达目的誓不罢休的顽强精神，终于让这座新颖别致的私家园林得以揭开神秘的面纱，将她美丽的容貌毫无保留地呈现在世人面前。

长廊的第二部分是"洞天"。一幅自然之画很快吸引了我的目光。苍劲有力的青松，正直向上的翠竹，凌霜傲雪的梅花组成一幅岁寒三友图，给人深刻的启迪。长廊的左边的绿水环绕，显示出灵动的特点。正当我们沉醉在美景之中时，突然"哗"的一声巨响，随着巨大的水声，只见一泓清泉从假山石缝中喷涌而出，真有一种《西游记》中所描述的"水帘洞天"的意境呢！

长廊的第三部分是"廊桥"墙上挂了数十幅书画，因为这里还是玉龙书画院所在地。画面上有许多令人赏心悦的山水、花鸟，更有令人传诵千古的诗词歌赋，充满了浓郁的文化气息，我们真切地体会到"雨过琴书洒，风来翰墨香"的幽雅氛围，处处体现出"政通人和"的时代特质。

大运河博物馆参观记

举世瞩目的扬州中国大运河博物馆，终于在扬州三湾文化主题公园揭开了她神秘的面纱。

参观大运河博物馆需要凭本人身份证提前一周网上预约，每一个半天只能预约5000人，每天不能超过1万人，上午9点钟开馆。

2021年6月23日上午8点半钟，我们来到南大门排队，偌大的广场上，已经有了浩浩荡荡的参观队伍，排成了巨大的S型，炎热的太阳照得人大汗淋漓，但丝毫没有影响人们参观的热情。准备参观的人们戴着五彩缤纷的口罩，打着五颜六色的遮阳伞。多数人能自觉间隔一米距离，但也有少数人还在谈笑风生，还有的人在拍照、摄像，发朋友圈。

广场的东南西三面，绿树成林，鲜花盛开。彩色的蝴蝶翩翩起舞，北侧的巨大灰色船型建筑上方，有个椭圆形的黄边红底的印章，上面有两个竖排的隶体白字：“扬州”。东侧是8个黑色正楷大字：“中国大运河博物馆”。博物馆的顶上，中间是一座两层圆形凉亭，两侧各有一座方形凉亭；西侧的古运河边上，有一座地上11层、地下1层，总高近百米的大运塔，通过一座今月桥与博物馆相连。有一种李白诗句“今人不见古时月，今月曾经照古人”和徐凝诗意“天下三分明月夜，二分无赖是扬州”的意境。

9点钟开始，博物馆的大门就开了；9点半左右，我们终于可以扫健康码进门参观了。一进大门，就看到大厅北侧有一个大天井，把博物馆分成东西两个部分。大厅里，淡红色方形底座上安放着一个金色七层宝塔，正在闪闪发光，显得富丽堂皇。参观后，我心潮澎湃，受益良多。

悠久的历史和庞大的水系

博物馆的展出，从前言到尾声，中间共13个展馆，通过文字、书法、绘画、图片、实物、视频等丰富多彩的形式，具体生动地向观众们展示了大运河悠久的历史和庞大的水系。

在2500多年的历史长中，勤劳智慧的世界各国劳动人民总共开凿了500多条运河，其中，包括中国大运河在内的6条运河，是其杰出代表。它们让浩荡流水穿越山岭，跨过河海，以“运河”的名义，连通五大洲四大洋。全球3000多座城市因运河而生，因运河而兴。

公元前2000多年，中国就有“大禹治水”美丽传说。中国大运河位于中国中东部，地跨北京、天津、河北、山东、河南、安徽、江苏、浙江等8个省级行政区，包括隋唐大运河、京杭大运河、浙东运河三大部分10段河道，沟通海河、黄河、淮河、长江、钱塘江等五大水系。从公元前486年吴王夫差开邗沟起，扬州即与中国大运河同生共长，成为历史上世界著名的繁华城市之一，至今已拥有2500多年的光辉历史。

有趣的故事和丰富的物产

13个馆中，有几个馆最受小朋友们欢迎，2号馆讲的是中国古代航行在大运河中的各种船只。大至龙舟，小到渔船，各种模型，让游客一览无余，真是讲述船知识的宝库。再往前走，是一艘真实的龙舟，工作人员称之为“沙龙舟”。走入船内，桌上用3D投影投放了四道民间小炒。前面的桌子上还写着中国有名的戏剧，只要你触摸一下那个牌子，墙上就会传来你想听的戏剧，如京剧、扬剧等。从船两边的窗户上，可以看见江南人民赶集的热闹场面。3号馆以一条商业街的形式，展现的江南运河两岸丰富的物产和淳朴的民风民俗，因为古代运输主要靠水运，因此，运河两岸的城市比较多，商业比较发达。10号馆是以视频的方式让观众详细了解大运河水系中鱼儿和各种鸟类的生存状况，表现了大运河的水产资源十分丰富。13号馆是一个密室，名字叫运河迷踪，里面有的题目是有关大运河知识的。在这里，我们可以了解到许多有趣的故事和大运河畔丰富的物产。

独特的风格和灿烂的文化

大运河成就了一座座城市的独特风格：米迪大运河是创造奇迹的土木工程，那里有“船闸之最”；巴拿马运河改变了国际的航运格局，那里有“世界桥梁”；迪拜大运河赋予了城市以新的灵魂，形成了“沙漠之舟”。纽约因伊利运河成为国际贸易中心，莫斯科因莫斯科运河成为“五海之港”，威尼斯因威尼斯运河而成为“水上都市”，阿姆斯特丹因阿姆斯特丹运河成为“海上马车夫”，塞得港因苏伊士运河成为“世界加油站”。

中国大运河是持续使用时间最长、空间跨度最大、“具有重大科技价值”的运河，是创新精神的杰出代表，被称为“运河之母”。扬州地处中国水路大动脉长江和京杭大运河的交汇处，是“世界运河城市论坛”的牵头成市，也是中国大运河申遗的牵头城市，素有“中国运河第一城”的美誉。它与世界上的其他 5 条运河一起，因承载着“见证人类文明历史的价值”而被认定为世界遗产。人们常说：“上北京，爬长城；下扬州，赏运河。”因此，中国大运河博物馆落户扬州，也是实至名归。

大运河在历史上所发挥的巨大作用——防洪、灌溉、通航。促进着商贸互通，传播着科技文化，孕育着城乡发展，滋养着社会文明。大运河承载着运河的过去、现在和未来，承载着共同的文化基因：“我家住在运河边。”回首历史去，一条条运河仿若一个个足迹，见证着人类在改造自然上的雄心壮志；蜿蜒回转间，一座座城市就像一个个音符，吟唱着人类在利用自然上的高昂赞歌。

鸟儿的天堂和鱼儿的乐园

一方水土养一方人，一条运河注一河情。长长的运河，像美丽的丝带，连接着江河湖海；满满的湿地，像神奇的宝石，守护着草木虫鱼。春天在哪里？鸟儿知道，去问一问优雅的大雁和敏捷的白鹭吧！夏天在哪里？鱼儿知道，去问一问活泼的草鱼和淘气的泥鳅吧！秋天在哪里？风儿知道，去问一问红彤彤的柿子和黄灿灿的芦苇吧！冬天在哪里？雪儿知道，去问一问寂静的树林和宁静的水面吧！

清清河水在这里静静流淌，肥肥鱼儿在这里悠悠徜徉。这里是鱼儿的乐园，这里是鸟类的天堂。叽叽喳喳的鸟儿在这里尽情欢歌，肥肥硕硕的瓜果在这里缓缓放香。这里是昆虫的天下，这里有人们的梦想。彩蝶在这里翩翩起舞，情侣在这里漫步丈量。这里是植物园的百科全书，这里是《昆虫记》的观察现场。蝴蝶是完全变态昆虫，其一生包括卵、幼虫、蛹与成虫四个阶段。毛虫从卵中钻出后，不断生长发育，经历数次蜕变，然后变得丰满肥美，最终成为蝴蝶。破茧成蝶的深刻哲理，激励着多少青年努力蜕变成国家栋梁，像雄鹰一样自由自在地展翅飞翔。

独特的风俗和有趣的事儿

大运河，非物质文化遗产。灵韵流淌，匠心传承，汇聚成运河两岸独具特色的风土人情，孕育了灿烂多姿的民间文学、音乐、舞蹈、戏剧、曲艺、美术、技艺、医药、民俗、体育、游艺与杂技等非物质文化遗产。运河沿岸，工匠往来，技艺交流创新；市场活跃，物资络绎不绝。

民俗万象，展示了千姿百态的民俗文化。如著名的苏绣苏扇，蓝印花布，印染技艺；匠心司艺，展示了运河沿岸手工技艺独具匠心，闻名遐迩。如北京的景泰蓝色彩富丽，晶莹亮泽；还有扬州盆景、宜兴紫砂、无锡泥人等。锦绣霓裳，寓意吉祥，谱写了中华织绣文化的多彩华章。时令气候，与农民生产有着密不可分的关系，种出了数不清的优质食粮。

“南京云锦，织造技艺”让人会不由自主地联想到《红楼梦》的作者曹雪芹的父亲曹寅，曾经是红极一时的江宁织造。

视频《隋炀帝》再现了当年隋炀帝乘着富丽堂皇的龙舟，率领着上百条船只，浩浩荡荡地下扬州看琼花的宏伟场面，当然也反映了一代昏君灭亡的历史史实，给人们留下了深刻的思量……

大运河以水为主，但大运河畔有许多名山，这里展示了它们的缩微模型，如山东五岳独尊的泰山、北京万里长城的代表八达岭、江苏南京的钟山、浙江的佛教圣地普陀山等。

参观完毕，站上大运河博物馆的顶部欣赏美丽的空中花园，瞭望三湾运河文化风景区的美景，这是运河风景文化的杰出代表，让人心旷神怡，流连忘返。“欲穷千里目，更上一层楼。”最后登上大运塔，眺望北侧文峰寺的文峰塔和南面的高旻寺的天中塔，感受在一条直线上的三塔映三湾的精妙构思；

站在大运塔的高层，展望古城文化与现代文明交相辉映的名城扬州，真是百感交集，感慨万千。

发展中的新运输方式对运河发起了新的挑战。挑战与机遇并存，遗产价值让世界运河焕发新的生机。共享机遇，世界运河城市的联系更加紧密；面对挑战，运河城市的美好未来更加值得畅想。

逛荷花池

荷花池公园因园内广植荷花而得名，是一座免费公园，位于苏北医院西南侧，西北面通过一条小河与瘦西湖相连，东面通过一道闸与古运河相通，由九峰园、影园遗址组成。影园以“山影、水影、柳影”三影闻名于世。东侧就是扬州南门遗址广场，西侧是扬州大学荷花池校区。它既是扬州大学的东花园，也是苏北医院的南花园。

大门上有一副楹联：“平临一水入澄照，错置九峰出古情。”东大门没有开放，只能从北侧的小门进入。这“一水”即指荷花池，“九峰”即荷花池中的九尊形态各异的太湖石（主要采自安徽巢湖）山峰，这是经长时间自然侵蚀后的石灰岩，最大的特点就是“通灵剔透”，有“皱、漏、瘦、透”的鲜明特征。有的背倚柳树，有的头顶鲜花，有的身披绿叶……现在看到的是20世纪90年代重建的九峰。最大的一块在东门进来便能一睹它的芳容，它像一个顶天立地的巨人，矗立在公园东门入口处。石身高6.8米，重达224.8吨，有上万个洞，而且洞洞相连，洞洞相扣，真是让人不得不佩服大自然的鬼斧神工；有的峰头像一头石狮子，俯卧在那里欣赏美景；有的石峰像一位老寿星在打太极拳，锻炼身体。最西边的一尊山峰，位于荷花池公园的水榭，据参加重建的扬州假山叠石艺人孙玉根介绍，这是原九峰园的遗石。

荷花池公园下面藏有扬州最大的地下停车场，有效地解决了扬州这个繁华地段的停车问题。荷花池公园的南侧是一池清澈的活水，沿着洁白的白玉九曲桥（中段有一座石拱桥）往前走，就可以来到水面中间的一群古色古香的建筑，这就是“砚池染翰”(因为池南不远处有文峰塔，俗称文笔，称此池为砚池)。这里设有“冶春茶社”，正南方外面一片南湖的楹联是：“层轩皆画水，芳榭曲迎春。”里面砚池染翰的楹联：“高树夕阳连古巷，小桥流水接平沙。”上联写荷花池周边的特点，下连写北侧通过九曲桥和一座拱桥连接陆地公园。

游客早晨来这里采用打太极拳、练太极剑、跑步等方法锻炼身体后，在这里吃早茶、赏美景，还有人来这里遛鸟、唱歌，享受美好生活的乐趣。

夏天的荷花池公园更是美丽，四周是翠绿的垂杨柳，犹如披着秀丽的长发的婀娜多姿的美少女，微风吹来，她仿能扭动细腰，姿姿起舞。西侧的水面上，有满池碧绿接天莲叶，中间有别样红的映日荷花，西门有楹联为证：“接天莲叶无穷碧，映日荷花别样红。”池塘上是这样一幅画面：“惟有绿荷红菡萏，卷舒开合任天真。”那些含苞待放的荷花，就像羞羞答答的少女一样，让人充满了期待，又像一支支倒置的毛笔，引得五彩缤纷的蜜蜂，站在她的头上，与之相互比美；洁白的蝴蝶也在快乐地上下翻飞，翩翩起舞。荷花“出淤泥而不染，濯清涟而不妖”，让人联想到那些身处恶劣环境，而又能保持洁身自好的高尚品质的人；早开的荷花已经把自己艳丽的姿态换成了青色的莲蓬，静静地等待那些想来卧剥的无赖小儿；为荷花提供丰富营养的莲藕也在一天天长大，等待着走向人们的餐桌，为人类提供营养丰富的美食。

旁边还有“八面藕风”景点，抱柱正楷楹联为：“可知坐近莲花俯，应许歌传荷叶盃。”写出了周边的景色特点。夏日夜晚，来到由涟漪荷塘、船厅、荷花仙子等三个主题组成的“荷塘月色”景点，看月光朗照，又让人联想的朱自清先生的美文《荷塘月色》中的美景，更是令人陶醉。

西侧有一座凉亭上有“十里芙蕖”四个字，柱子上有行书楹联：“冥冥湖云合，苍苍堤树长。”“兴尽晚回舟，误入藕花深处。”“荷叶罗裙一色裁，芙蓉向脸两边开。”李清照如荷花一样美丽的脸庞，又会出现在眼前。荷花与碧水之间，还有一位亭亭玉立的白色荷花仙子微笑着面对游客，留给人们许多美好的联想。

走过一座拱桥——青莲桥，就可以看到一处漂亮的景点，这是由巨大栎树盆景构成的，树冠像一

层层一团团青云，树干有的像连理树，给人以丰富的想象和深刻的启迪。北侧是市委市政府对外办公室。

市民们在这里可以锻炼身体，增强身体素质；可以陶冶情操，拓宽知识视野。岂不是心满意足了吗？

诗画瘦西湖

烟花三月，扬州瘦西湖美不胜收，富有诗情画意。令人遗憾的是，扬州的孩子去过瘦西湖次数不少，但常常是老师把孩子们往里面一放，分成几个小组，由组长负责安全，规定一个集中时间，然后师生各玩各的，孩子往往只知道来这里是吃喝玩乐的，很少有带着写作任务来欣赏美景、深究文化底蕴的，所以笔者觉得很有必要，从一个观赏者的角度，作一点深入的探索，也算是老师的下水之作吧！首先要说明的是，瘦西湖水上游览线路，是从天宁寺开始，经过冶春、西园曲水、卷石洞天、大虹桥一路而来的。

过了大虹桥，就看到瘦西南大门，两边有一副长楹联：“天地本无私，春花秋月尽我留连，得闲便是主人，且莫问平泉草木；湖山信多丽，杰阁幽亭凭谁点缀，到处别开生面，真不减清阌画图。”上联抒发悠然闲逸之情，可以来此当一回主人；下联写瘦西湖景区的妙处所在，值得徜徉流连。

长堤春柳

从南大门进入，向北行走，看到的就是“长堤春柳”，左边是小山丘，小山丘上是茂密的森林，高大的树木。右边是在微风的吹拂下形成凝碧波痕的清澈的湖水，长堤的两边，三步一桃，五步一柳，桃红柳绿，相映成趣。

桃花似少女见到心仪的帅哥一般，羞羞答答地露出了粉红色的笑脸，真是“桃花人面相映红”；也不乏像火一样热情的大红，像雪一样纯净的洁白。勤劳的蜜蜂也嗡嗡地闹着，选好了花蕊，一头扎进去，尽情地采集花粉，为人类酿造最甜美的蜜汁。五彩缤纷的蝴蝶翩翩起舞，誓与桃花相媲美，为万紫千红的春色增光添彩。

像少女披着嫩绿长发的垂柳，争先恐后地抽出了嫩芽，就像二月春风刚剪出的细叶，正印证了诗句：“不知细叶谁裁出，二月春风似剪刀。”“吹面不寒杨柳风”，和煦的春风吹过来，柳枝们立即踩着节拍，兴高采烈地扭起了细腰，跳起了美丽的华尔兹。有些柳枝垂在湖面上划着水，形成一阵阵涟漪。真是：“杨柳袅袅溢春意，湖水荡荡漾涟漪。”湖面上，时不时地还有自由自在的鱼儿，一会儿在水中静静地晒着太阳，佁然不动；一会儿又互相嬉戏，追逐打闹；玩累了，又露出水面，看看如织的游客，透透新鲜的空气呢！

“处处闻啼鸟”，小鸟在东侧叫荷浦熏风的长条形小岛上的树林里的枝头叽叽喳喳地叫着，唱出了春天欢乐的颂歌；小岛上还有一个草盖的亭子，遇到恶劣天气，鸟群还可以来此休息；水面上，一群群洁白的白鹭一会儿站在那里赏景，一会儿掠过水面，展翅飞翔，形成一道靓丽的风景线。

走了一段路，就看到路的东侧的水边，有一座凉亭，凉亭的内侧上面书有“长堤春柳”四个大字，抱柱上有一副楹联：“佳气溢芳甸，宿云澹野川。”这是一副集句联，意为美好的风光向长满香草的效外流溢，清澈的湖面上，云影浮动，水波不兴。对仗工整，景色宜人。由此可见，只有集句者阅读面宽广，才能信手拈来，而且对得恰到好处，天衣无缝。

徐园览胜

沿长堤春柳往北走约一公里，就到了第二个景点。我们看到，一堵高大的白墙下面有一个圆门，圆门上方刻有“徐园”两个大字。不过这两个大字的风格截然不同，“徐”字是行书，“园”字是繁体草书。据刘芳导游讲，这是扬州有名的书法家、曾担任徐宝山的幕僚的吉亮工（号风先生）手书。

徐园，原为辛亥革命时期加入革命党、率军为光复扬州做出过不小贡献，后被孙中山任命为北伐第二军军长的徐宝山的祠堂。

徐园虽然不大，但是布置精巧，拉开了游览全湖的序幕，体现了瘦西湖园中园的特点，园中有用黄山石迭砌的荷塘，还能听到哗哗的水流声，转头一看，荷塘的西南角有白色的悬泉瀑布，引得诸多锦鲤前来吸氧；西侧墙边上有青青翠竹，竹笋似的假山石点缀其间，自然得体。东侧，有一棵树骑在红石上面，就像一个游客伏在石头上观赏美景。池塘里面水与东侧的湖水相连，池中就有了源头活水，上面由春波桥，连接东侧小岛，游客可以跨过石桥，到东面的小岛上去游玩。

荷池的东北角是徐园碑记亭，北侧是徐园正厅听鹂馆，这是根据杜甫的诗句“两个黄鹂鸣翠柳，一行白鹭上青天”的意境修建的。听鹂馆中间抱柱楹联是：“绿印苔痕留鹤篆，红流花韵爱莺簧。”这是同治年间状元——曾担任末代皇帝溥仪的老师陆润庠所写。“绿印苔痕”和“红流花韵”都是写这里原景美，“留”和“爱”是动词，“鹤篆”是鹤的爪子，其形迹如同篆书，把仙鹤在苔痕上留下的印迹比作篆书，比喻新颖而贴切。“莺簧”指黄莺的鸣声，其声音如笙簧奏乐，使得红花的气韵也如莺歌之声流动起来也是形象化的比喻。整个楹联对仗工整，富有诗情画意，与周边景色相映成趣。两边的抱柱上的楹联是：“江波蘸绿岸堪染，山色迎人秀可餐。”选自陆游的《江亭旅食京华兴已阑》，经查证，原句应为：“江波蘸岸绿堪染，山色迎人秀可餐。”这样对仗才工整，扬州自古就被为江城，江波就是指湖波。用在这里，写清澈的湖水倒映出周边的碧树，染绿了堤岸；写山水美景，贴切自然。这里的山既可以指北侧的小金山，也可指远方的蜀冈诸峰吧！山色鲜嫩碧绿，惹人喜爱，犹如秀色可餐。听鹂馆内堂楹联为："斗洒双柑，三月烟花来胜侣；湖光山色，四时风物待游人。"这里一年四季景色宜人，都适合游人观赏。四周有书法绘画作品，让游客有一种美的熏陶。前有相传为南朝箫梁时的镇水铁镬两具，旁边有《铁镬记》，体现了扬州悠久的历史。

正厅的西侧是"春草池塘吟榭"，取自南朝宋谢灵运《登池上楼》的诗意："池塘生春草，园柳变鸣禽。"南宋诗人赵师秀《约客》一诗中也有诗句与之有关："黄梅时节家家雨，青草池塘处处蛙。"榭外柱上悬挂一副集句联："笔落青山飘古韵（杜牧）；绿波春浪满前陂（韦庄）。"上联写园内春天的青山（假山）飘出古时韵味，下联写清澈的池水在微风的吹下，在阳光的照耀下，波光荡漾，粼粼发光。假山因池塘里的水而鲜活起来，池塘里的活水因假山而秀丽无比，二者相得益彰，生动传神，别有一番情趣。此联用来表现徐园春草池塘的景色，自然贴切，显示出春天的勃勃生机。

据说，乾隆有一次来到这里，看到周边是大雾，于是出一上联："烟锁池塘柳。"要求手下对出下联，这有一点难，因为上联五个字中含有"金木水火土"，有位大臣眉头一皱，计上心来："炮堆（塔）镇海楼。"下联虽然对仗工整，五字的偏旁也符合要求，但缺少应有的意境，与上联无关。又有人说出另一下联："沙坪烧铁树。"这个下联是因，上联是果，前后就有关联了。但也有人觉得，上下联字的偏旁未能对应，于是说出他的下联："烬铺泽地桥。"因为徐园东侧有一座桥，燃烧的灰烬铺满了这一沼泽地的桥，才有了烟锁池塘柳的结果。对仗工整，平仄和谐，意境相关在。由此可见，对对联也是要反复推敲的，真正的高手有可能就在民间。西侧有冶春后社，上面已建成党建园地；疏峰馆已变成瘦西湖船娘服务中心的抱柱上的集句楹联是："千重碧树笼春苑，一桁晴山倒碧峰。"上联写碧树之繁盛茂密；下联写碧峰错落有致，又暗扣馆名中的"峰"字。旁边的茅顶圆亭有一种自然之趣，院中的镂空石块已与藤蔓植物融为一体，合作共赢，美不胜收，给人以深刻的启迪。春节前后来，蜡梅花盛开，香气扑鼻在。

南侧还有各种盆景展示，供大家欣赏，真是美不胜收。只有先用铁丝缠绕，才有美丽的容颜。这对那些不能遵章守纪、难以成才的人也有深刻的启迪。

游小金山

走过小红桥，就到了瘦西湖的第一湾——小金山（在长春路旁，又称长春岭），这是湖中一个长岛，这里的建筑依山傍水，因地制宜。这里曾是扬州盐商的一个私人花园，圆门的门口，有一对保存得非常完好的南方的汉白玉（据说产自镇江高资）雌雄石狮子，歪头斜耳，四目对视，笑容可掬，雌狮子身上还有一只小狮子，因为南方的人做生意，讲究和气生财。中间的地面伏着一只用鹅卵石铺就的梅花鹿，寓意是“福和禄”，旁边各拼有一朵象征着富贵的牡丹花，可见生意人在设计园林时是有讲究的，这也是一种民俗文化吧！

小金山有其鲜明的特点：“挖土堆山，围山造屋，结构紧凑。”堪称古典园林的典范。小金山是瘦西湖中最高的一个岛屿，与钓鱼台、五亭桥在一条中轴线上。沿着北侧的蜿蜒曲折的山路拾级而上，就能登上小金山的风亭中，来到瘦西湖的最高处，周边美景和扬州文化古城的风光尽收眼底，心胸顿时豁然开朗。风亭上有一副楹联：“风月无边，到此胸怀何似；亭台依旧，羡他烟水全收。”四十年前，我在扬州读师范时，经常在凌晨来这里欣赏美景，朗读诗句美文，体会瘦西湖和小金山的妙处，有一种深刻感悟：“山不在高，贵在层次；水不在宽，妙在曲折。”

下山以后，从圆门进入关帝庙，就看见抱柱上有一副楹联：“弹指皆空，玉局可曾留带去；如拳不大，金山也肯过江来。”有人认为，上联含有苏东坡与其好友佛印和尚裙带互赠的故事。苏东坡晚年在四川玉局化（观）当过官，故称苏玉局。但我更相信这样一个传说：有一回，扬州和镇江的两个和尚在闲聊，镇江和尚说：“青山也厌扬州俗，多少峰峦不过江。”扬州的和尚当然不以为然，于是两人下棋打赌。结果扬州和尚棋高一着，此处便定名为“小金山”，还在庭中的抱柱上挂了这样一副对联。这是扬州和尚对镇江和尚讥讽扬州的有力反驳，体现了扬州和尚的聪明才智。

这里诗文联对众多，花木精致，属于湖上书卷气浓郁，文化内涵丰富的一角。院内西北墙角有两幅扇面石刻，上面一幅是刘墉手书的范仲淹《道服赞》，下面一幅《罗浮仙影》，蝴蝶翩翩起舞，传播道教文化；东北墙角石刻为吉亮工所作狂草书法。院内有两株三百余年银杏，绿叶蔽空，绿荫下有扬州最大的一块船型钟乳石。据说，是宋代“花石纲”的遗物，在运输过程中，因浙西暴发方腊农民起义，从而运输中断，遗落于此。钟乳石造型奇特，是由自然界鬼斧神工做成的盆景，一旦下雨，很像是缩小版的瘦西湖，还有一条条水道，现在成了镇园之宝，具有很高的文物价值和观赏价值。

关帝庙东厢房有一副对联：“借取西湖一角，堪夸其瘦；移来金山半点，何惜乎小？”这是扬州国画院李亚如老院长书写的一副对联，她还幽默地调侃过，湖瘦是苗条，山小是精巧，具体体现了扬州的不落俗套。上联将瘦西湖的瘦与杭州西湖的肥进行对比，下联将镇江金山的大与扬州瘦西湖金山的小进行对比，形象生动地写出了扬州小巧玲珑而又美观精致的特点。

小金山正门东侧的琴室，据《宋书徐湛之传》记载，早在1500多年前，广陵有风亭、月观、吹台、琴室之盛，这里的琴室面水而建，门外杨柳依依，流水缓缓，行船悠悠。抱柱上有一副富有诗情画意的楹联：“一水回环杨柳外，画船来往藕花天。”写出了此处春夏风景的鲜明特点，水边有婀娜多姿的杨柳环绕瘦西湖翩翩起舞，湖中的一艘艘画船在莲花中穿梭来往。既写出了山水环境的优美，又写出了湖中游人的快乐。既是状景，又是道情，非常贴切眼前景物。在琴室的东侧有一座四角方亭名为“观自在”，东南两面临水，可以观水中画船，东侧美景，很是惬意。

在琴室后面有八角吹花门，这是“静观”所在地，园内有15株老桂树，全部开花之时，芳香浓郁醉人，让人心旷神怡，叫人流连忘返。

小金山月观是临湖建筑的厅堂，四面都有花格的窗扇，上有一副对联：“莲出绿波，桂生高岭；桐间露落，柳下风来。”上联出自《西游记》最后李世民的《雁塔圣教序》：“譬夫桂生高岭，云露方得泫其花；莲出绿波，飞尘不能污其叶。”“莲出绿波”写的是美丽的莲花从瘦西湖清澈碧绿的湖水中探出头来，绽放出艳丽的光彩。“桂生高岭”写的是小金山山顶上有桂树飘香，后面是桂花树林，当八月桂花遍地绽放之际，推开窗户，欣赏皎洁的月光，闻着四溢的清香，真是花月不醉人自醉；下联写的是梧桐树叶间，有清露滴落下来，婆娑的垂柳下，阵阵秋风拂面来，到此赏月一点也不会后悔呀！

小金山西侧山脚下有一个玉佛洞，洞上（半山腰）有一个单檐六角亭，名为“寒竹风松”亭，抱柱上有郑板桥所撰、柳曾符所书楹联：“江秋逼山翠，日瘦抱松寒。”意思是江（湖）面上秋风渐起，逼得山中的常绿树显出苍翠之色，秋天的落日拥抱着有傲霜之姿的松柏，在湖面上映出美丽的倒影。此联运用拟人手法，生动形象地描绘出秋季山水独有的喜人特色，表明这里有悠久的历史，更有灿烂的文化。

小金山西侧有两棵100多年的古老紫薇树，枝干遒劲，精神抖擞。每到夏季，枝头缀满了一簇簇像紫色云朵一样美丽的紫薇花，与湖面上绿色荷叶衬托着的鲜红的荷花。遥相呼应，真是美不胜收，精美绝伦。

在小金山西侧，有一个绿荫馆。外面抱柱上有楹联：“四面绿荫少红日，三更画船穿藕花。”这是写夏天的周边景色。上联写白天所见之景，四周是浓荫密布，清凉宜人，是湖上避暑胜地；门前是荷叶田田，荷花盛开，这里是瘦西湖荷花的最佳观赏地。下联写湖上夜游之人，虽已夜半三更，仍有载着游客的画船“误入藕花深处”，穿梭来往于湖面藕花之中，可见游客兴致之高。

鱼岛垂钓

再沿着伸向湖心的植有垂杨柳的道路向西行走约 100 米，就来到了钓鱼台。这里的南西北三面临水，原是演奏丝竹乐器的地方。钓鱼台是一座四角小亭，它的南面、西面和北面都有圆形洞口，站在钓鱼台的东北角向西南望去，彩色五亭桥位于西侧圆洞内，巍巍白塔、灵巧凫庄位于南侧桥洞中，这一立一卧，配合精当；一素一彩，相得益彰。游客站在东北角，就可以留下这一圆形镜框式的靓丽的画面。这里是瘦西湖宽阔湖面的中心地带，四面八方，到处可见美丽景观。左右皆有画船穿梭来往，络绎不绝：船上游客美丽，歌声飘扬；水中鱼儿飞跃，涟漪荡漾。朝东一面有启功先生所书集句联：“浩歌向兰渚，把钓待秋风。”幽兰在水中小块陆地绽放之时，来到孤悬湖上的钓鱼台演奏乐曲，放声歌唱，吟诵诗文；秋风拂过湖面时，来到这里，静心垂钓，岂不悠闲快活，自得其乐？

据说当年乾隆皇帝逛到这儿，突然想钓鱼。有人立即送上了鱼竿。可是这里饱食终日、自由自在的鱼儿却偏偏不屑一顾，平时一呼百应的乾隆皇帝钓了半天，仍然一无所获。陪同的扬州盐商先是心急如焚，后是急中生智，悄悄选了几个机灵的水手，从小金山旁边的荷塘潜到湖中。一只手举着如伞的碧绿的荷叶，只靠荷茎来换气；另一只手抓着肥硕的大鲤鱼。上面的乾隆鱼竿一落，下面的鲤鱼就被水手挂上了钩。这下乾隆爷自然是龙颜大悦，心情舒畅了。这个故事虽然可信度值得推敲，但这说明扬州人富有聪明才智，也说明皇帝也能与民同乐。

由此可见，这个景点虽然不大，但设计非常精巧，故事感人，让人有耳目一新之感，如果不来此一游，那是一种遗憾哟。

水云胜概

在此留影以后，再回头往东走，过小金山北侧的拱桥往北，再折向西，看到有很多人在喂雪白的鸽子，鸽子一看到人们把可口的食物撒下来，一会儿津津有味地吃着，一会儿又抬头看看蓝天白云，吃饱的鸽子，有时还展开双翅，成群结队地飞舞起来，在空中形成一道靓丽的风景，也好像在向人们表示谢意！旁边有一对漂亮的孔雀在与人们合影，形成一幅人与动和谐相处的动人画面。

来到二十四景之一的水云胜概景点，四面厅三楹，四周绕以回廊。抱柱上悬挂楹联：“林外钟来知寺远，柳边人歇待船归。”

西北方向，大明寺的钟声传到这里，余音袅袅，似有若无；垂柳树边，有游客在此休息，等待游船上的同伴归来。站在这里，可概括欣赏其他的壮丽景色。巨型太湖石上，刻有启功书的“琼枝玉树”，后面就是琼花观赏区。每到阳春三月，琼花盛开，洁白如雪，芳香怡人。放眼望去，湖面宽阔，碧波荡漾，云水交辉，银光闪耀，画船穿梭，看到西南方的五亭桥（又叫莲花桥）、白塔和莲性寺，景色迷人。门口水边有两块延伸到湖中的平地，是拍摄风景的最佳处。

西侧有梅园，上面的韶濩之台的抱柱上有集句联：“佳气浮丹谷（李义府），安歌送好音（羊士谔）。”吉祥之气浮现在红色的山谷之中，人们神态安详地倾听着好消息。湖边也有一块取景地，一块高高耸立着的青石上刻着绿色行草对联，赞颂了周边景色的美丽风光：“五亭高耸千桥逊，一树低横百趣生。”上面有一棵主干横卧着的垂杨柳，尽情欣赏着世上最美的五亭桥及湖边景色。站在这里，可将五亭桥和白塔放在柳枝和右侧的树间拍出一张靓照。

五亭白塔

再往前走，就到了五亭桥（又叫莲花桥）景点。下面是模仿北海的17孔桥建造的，具有北方的雄浑；上面是模仿北海的五龙亭建造的，具有南方的秀丽。

五亭桥，顾名思义，桥上有五座亭子，黄色的小瓦盖顶，亭子的四角像鸟张开的翅膀，正欲飞翔，角上有一串串风铃，随风摆动，奏出悦耳动听乐曲，像是佛教圣地奏出的乐音。本来五个亭子是独立的，直到民国时期才砌得连接起来，即使遇到雨雪天气，在桥上观赏美景也不受影响。因为五亭桥建在莲花埂新河上，所以又叫莲花桥。这是瘦西湖的中心景点，又是扬州的标志性建筑，扬州这座世界美食之都中的扬州包子，就有以“五亭”来命名的。

五亭桥也是中国最美的桥之一。传说扬州官员为迎接清乾隆皇帝下江南，组织盐商修建了这座大石桥。皇帝路过扬州，看到五亭桥，说这座桥美不胜收。据沈复的《浮生六记》中记载，莲花桥门通往八方，桥上有五个亭子，扬州人称其为“四盆一暖锅”，后来人们就说周边四个亭子犹如四盘菜，中间一个大亭子就是中间暖锅（也有人说是一碗汤），可惜还缺一壶酒。说者可能无意，但听者已经有心。接待的人心领神会，知道皇帝的用意，就连夜动员扬州盐商用一袋袋洁白的盐，在南岸堆起了一座美轮美奂的白塔，第二天，皇帝一看，盛赞扬州盐商的富有和建塔的神速。这就是人们传说中的一壶酒，与五亭桥交相辉映，相得益彰。白塔上面有“白塔晴云”字样，这就是扬州神乎其神的“一夜造塔”之说。据相关记载，此塔是于清乾隆年间，借鉴北海琼岛春萌之白塔建造的，高28.5米，由十三天、龛和塔基三部分组成，这是我国为数不多的现存砖砌喇嘛塔之一。每到晴日当空，塔顶金光四射，蔚为“邗上巨观”。东侧为法海寺（皇帝御赐为“莲性寺”），西侧有御碑亭，两侧抱柱上有行书楹联：“潮海广陵声声飞远梵，树连邗水钦语出中天。”

清朝，乾隆皇帝六次南巡，驻跸扬州，留下吟咏扬州的诗作百余首。此处有乾隆题莲性寺两首。第一首：“一朵花宫结净因，周环绿水漾波新。歌台画舫何妨闹，恰是亭亭不受尘。”感叹此处清幽静谧，不受尘世纷扰。第二首：“江都城北多陂泽，水物由来清且奇。潇洒青莲宇标性，交芦同悟合还离。”见江南多水，水物清奇，暗含佛理。还有两首是追忆赞颂欧阳修清正廉洁的诗作。东侧有不少人敬香拜佛，祈求菩萨保佑，成就了今天游客看到的景点。

大家耳熟能详的电视连续剧《西游记》中的《除妖乌鸡国》中的王宫，就取景于五亭桥。扬州人看到这一段时，是不是觉得新奇而又亲切呢？

人在桥上走，船在桥下过。暑假游瘦西湖，来到五亭桥上，稍作休憩，谈笑风生。东望近处的钓鱼台、远方的小金山，南观昂首挺立的白塔，西观二十四桥景区，吹着习习的凉风，汗水全收，浮相联翩。听着林中鸟鸣声、桥上的风铃声、湖中游客划船的击水声，就像听着一首交响乐，让人精神振奋，心情愉悦。

五亭桥的东面湖中有一座四面环水的小岛，岛上建筑精美，犹如湖面园林的建筑小品，引人注目。从白塔北侧脚下，走近一看，小巧玲珑的竹木结构的庄，门楼上有两个字：“凫（野鸭子）庄”，旁边的石块上刻有介绍，这原来是扬州乡绅陈臣朔的别墅。这里构景的最大特点是尽量取小，细巧铃珑。走过一段曲桥，就到了凫庄，东面建有水榭，南面设有水楼，西面筑有水阁，水阁上有楹联：“塔秀云天驻（停）兰（木兰）桡（桨，代船），莲出绿波涵（沉）月影。”“塔秀云天”体现南侧风景的雄伟奇丽，

“莲出绿波”体现周边风景的妖娆多姿，它们都清晰地倒映在水中，体现湖水的清澈透明，周边有画船，来回穿梭，络绎不绝，动静相宜，美不胜收。

中间有四季常青的黄杆的筱竹，还有冬日开放的梅花、春天开花的桃树、秋天绽放的桂树，亭榭廊阁，布局精当，小巧别致，似野鸭凫水，来到这好似人间仙境的地方品茶，真是一种难得的享受，别有一番情趣。北面的假山高处有一座六角雕花凉亭。站在这里，可以看到五亭桥的下面共有十五个桥洞，每到中秋节，从每个桥洞中，都可以看到一个皎洁的月亮。这时荡舟湖中，犹如进入仙境。这是扬州赏月的一个绝佳景点，是“天下三分明月夜，二分无赖是扬州”的真实写照。桥上的楹联作了高度的概括：“高卧清波，错落翼亭飞远近；横飘碧水，参差轮月照古今。”莲花桥和白塔已经成了世界文化遗产。

我曾经穿上唐装，参加过扬州作协在瘦西湖举办中秋赏月活动，还现场朗诵了自己创作的一首诗《七律·月夜瘦西湖》：“皓月当空微带笑，湖中璧影静悄悄。簪花四相扬城聚，云栈双峰志气豪。壑壁流淙听碧水，桥旁美女赏吹箫。金山也肯竹西住，喜上眉梢把客邀。”这也是扬州被称为月亮城的原因之一，正如清黄惺庵在《扬州好》一词盛赞：“扬州好，高跨五亭桥，面面清波函月影，头头空洞过无桡，夜听玉人箫。”

我们小时候徒步来瘦西湖游玩，到这里就全部结束了，从五亭桥北侧的门出去，就回家了。也可能先去平山祭扫烈士墓，深情缅怀烈士们的丰功伟绩，然后再步行到这里进门游玩，再从南门往回走。至于后面要说的二十四桥、万花园、石壁流淙等景点，都是后来扩建的。

美食街坊

走过五亭桥，沿瘦西湖北岸向西行，就看到有美食街坊门楼，有楹联："好山入座清如洗，嘉树当窗翠欲流。"

这里有蟹粉狮子头、文思豆腐羹、荠菜汤圆、鸭血粉丝，"静香轩"两旁挂有对联："园中草木春无数，湖上山林画不如。"说明游客来这里，可以一边品尝美食，一边欣赏美景，既能大饱口福，也能大饱眼福，真是两全其美噢。还有对联表达了游客的闲情逸致："青山郭外，四时逸兴骋怀去；碧水村边，一片闲情雅客来。"

这里还有闻名中外色样味俱全的扬州炒饭，穗金馆的抱柱上有楹联："满座茶香，阔论高谈崇正气；一湖春色，嘉朋俊采璨文明。"餐英别墅里："童真可爱佳滋味，竹雅犹怜茁壮成。"这里还有降龙十八爪，有知味石锅拌饭，有扬州素烧鸭，有石小沫煎饼果子，有潼关肉夹馍，有花甲米线，有宝应长鱼面："荷乡佳藕，白玉登盘誉中华；范水名肴，黄鳝入席成美味。"

各种特色小吃应有尽有，充分体现了扬州这个世界美食之都的无穷魅力，中外游客来到这里，不仅可以大饱眼福，而且可以大饱口福。

人们常说："'进出口公司'本来就是一家人，是无论如何都不能分开的。"你看，美食街坊门楼东侧，就有一座非常漂亮的洗手间，还有别具特的对联："去浊除秽，获取一身轻松，必认准方便门径；宽怀静心，放下满腹得失，巧迎来快然人生。"可见这里的非常讲究厕所文化。

白塔晴云

再往西行，就到了“白塔晴云”景点，旧属私人别墅。说起“白塔晴云”，人们总会以为这处景点就是与五亭桥齐名的白塔。其实不然，这座园林虽确实与白塔有关，但它采用的是造园艺术手法的一种，即借景法。主要由花南水北之堂、积翠轩、曲廊、半亭、林香榭、半青阁等建筑组成，现在已布置成非遗文化园。有明扇、香粉、剪纸、丝绸、刺绣、筝琴、通草花等展馆。

这里岸滑外拓，与浅水平。湖水当中，巨石成群，如各种野兽蹲观跃望。秋冬之时，水落石出，错落有致，形成一级级的石阶。它与白塔隔湖相望，每当天高气爽，白云飞动之时，就可以欣赏白塔秀拔的身姿。下午站在湖边，可以从西侧拍摄五亭桥和白塔，不会因逆光而影响拍摄效果。我是清明节的傍晚站在对岸拍摄的，效果真的不错。

花南水北之堂有集句联：“别业临青甸，前轩枕大河。”别墅建筑在草色青青的郊野，前轩靠近宽阔的瘦西湖。优美风景，历历在目。

北侧积翠轩为明扇馆，集句楹联为篆体字：“叠石通溪水，当轩暗绿�。”意思是用叠石建成池塘，通连下面的湖水和上面的溪水，院中的绿竹积聚苍翠的浓荫，环境怡人。

东侧有一个“半青”阁，上有篆体集句楹联：“才见早春莺出谷，更逢胜日柳含烟。”刚刚看到早春的黄莺飞出山谷，争着暖树，景色本就十分可爱，更何况又适逢晴朗的日子，柔媚的柳条像薄烟一样在摆动，岂不更美。此联写出春天的可爱景象，动静相宜。

听到水声潺潺，放眼望去，是从北面小山坡上流下来的清澈的溪水：“小院回廊人寐寂，碧桃红杏水潺潺。”背面（西侧）有“探碧”二字，可见风景这边独好。

南湖边的林香榭香味四溢，这是扬州谢馥春的香粉馆，“谢馥春”是扬州中华老字号化妆品牌，1915 年荣获巴拿马万博会大奖，受国家重点保护。创始人谢宏业以“谢馥春”为店名，“谢”为姓，汉语中有凋零衰败之意，故加“馥春”二字，“馥”字意为馥郁芬芳，并与“复”字谐音，与“春”字相连，即寓回春之意，青春永驻。林香榭门外有集句楹联：“名园依绿水，仙塔俪云庄。”（经查，原句中“俪”为“俨”）。这里的“云庄”，与对岸东南方向的白塔，隔湖相望，高低错落有致，色彩相映成趣。

再往前走，就看到“瘦西湖艺术中心”，抱柱楹联为：“闲寻水槛知鱼乐，缓步松蹊有鹤随。”闲暇时间，来到有栏杆的水边，可以看到鱼在水中欢乐地游玩；漫步在松林的小路上，有仙鹤跟随左右，真是悠闲自在，乐在其中。里面是花竞争春，是瘦西湖以梅花为主题的中国画展，书画爱好者来此一游，必定受益匪浅，不虚此行。

二十四桥景区

瘦西湖的第二湾——二十四桥景区，是因唐代诗人杜牧的千古绝唱“二十四明月夜，玉人何处教吹箫”而得名，由熙春台、望春楼、小李将军画本和二十四桥等景点组合而成。

东侧有望春楼，粉墙黛瓦，飞檐翘角，中间有清澈的水池，成群结队的锦鲤在池中无忧无虑地追逐嬉戏，似与游人逗乐；两边有小桥相连，外面的湖水中，有野鸭戏水，情趣盎然。

水面上形成一朵朵美丽的浪花，这些浪花形成的大大小小的晕圈又由小变大，由近而远，扩展开去。望春楼的抱柱上有五字草书集句联：“飞阁凌芳树，双桥落彩虹。”写出了春日绿树开花，亭阁凌空，高耸入云，飞檐如鸟翼，跃过树梢；两座小桥犹如雨后彩虹，飞落在碧绿的溪水之上，形成一幅完美的画面：自然风景，绰约多姿，风情万种；亭台楼阁，雍容华贵，美轮美奂。第二副楹联为行草：“北榭远峰闲即望，月华星采望来收。”经查，原句为“坐来收”。此联紧扣望春楼，上联是写白天闲暇时向远方眺望思绪万千，下联写夜晚月朗星稀时向着天空仰望，浮想联翩。面向熙春台的就是园林馆，上面书写着“小李将军画本”，抱柱上的楹联是篆体：“万井楼台疑绣画，千家山郭静朝晖。”站在这里，向北眺望，可见蜀冈三峰；向西近观，可赏熙春台之金碧辉煌，二十四桥之秀丽端庄。

对面的主体建筑熙春台碧瓦飞甍，气势雄伟，富有皇家园林之气概。前面原是湖上赏戏的戏台，“熙春”一词出自春秋时老子《道德经第》十二章中的名句子：“众人熙熙，如享太牢，如春登台。”意思是众人欢欢乐乐，就像享用祭祀后的猪牛羊，就像游览美妙的景色。指熙春台前，人来人往，摩肩接踵的繁华景象。熙春台是两层飞檐翘角的小楼，好多著名的戏班都曾在这里为游客演出。乾隆皇帝曾在这里为皇太后祈福，祝她健康长寿，故又称“春台祝寿”，可见当时的场面多么壮观。两柱悬挂一副楹联：“胜地据淮南，看云影当空，与水平分秋一色；扁舟过桥下，闻箫声何处，有人吹到月三更。”这副楹联既写出“秋水共长天一色”的周边现实美景，又再现了唐代扬州的繁华景象。这里是游览的胜地，皓月当空之时，如水的月光洒满清澈的湖面，悠扬的箫声飘荡在无边的夜空，令人舒心陶醉。门口有毛泽东主席用草书写的唐朝杜牧的《寄扬州韩绰判官》，外柔内刚，潇洒脱俗。

北侧水边有二十四桥书坊。南面的楹联是：“开卷神游千载上，垂帘心在万山中。”是说博览群书，思考着上下几千年的历史。置身山环水绕的美景之中，可以更好地修身养性。东侧的楹联是：“两岸青山，半湖春水；二分明月，数点梅花。”这副楹联的妙处就在于“两岸”和“二分”，用得绝妙至极，深度品尝后，很有意味。北侧的楹联是："碧瓦朱甍照城郭，浅黄轻绿映楼台。"颜色明丽，五彩纷呈，还有一种"绿树村边合，青山郭外斜"的诗情画意。

这里建筑屋面的主色调为绿色琉璃瓦，洋溢着皇家气息；与东面的黄顶朱柱的五亭桥和玉体金顶的白塔的主色调相互映衬，与小金山在东西向的一条直线上。这里湖面开阔，碧波荡漾，鱼在水中欢快地游，鸟在林中尽情地唱；向北望，沿着狭窄的湖面和诗画长廊与北侧观音山与平山堂中间的双峰云栈在南北向的一条直线上。东北侧则是扩建的万花园。

二十四桥是连接东西两岸的一座由西边的山涧栈道与中间的单曲拱桥、东边的三折平桥和吹箫亭相连接而成的组合桥。山涧栈道，又叫落帆栈道，由黄石垒成，还有粗壮的铁链加以固定，雄浑古朴。单曲拱桥为白色栏杆，如玉带飘逸，似霓虹卧坡；桥长 24 米，宽 2.4 米，桥上下两侧各有 24 级台阶，围以 24 根白玉栏杆和 24 块栏板，栏板上有彩云追月浮雕，桥与水衔接处，有巧云状湖石点缀其间，数字皆与 24 对应。此桥主要得名于唐代诗人杜牧的《寄扬州韩绰判官》这首诗："青山隐隐水迢迢，秋尽江南草未凋，二十四桥明月夜，玉人何处教吹箫？"（注：扬州在地理位置、环境特点和江南相似）这是杜牧回到长安后，给韩绰判官写的诗，可见他们是同道中人，透过杜牧的诗句，可以想象唐代扬州的繁华，"性疏野放荡"的杜牧在这里也有不少风流韵事。在"月照花林皆似霰"的中秋之夜，杜牧也曾在这里欣赏如花似玉的美人吹奏的悦耳动听、让人神思飞扬的优美箫声，共度美好的夜晚，因此，杜牧离开扬州到达唐都西安，也想象在扬州任判官的韩绰也同自己一样，享受着在扬州的潇洒生活。周边遍植馥郁丹桂，体现了云、水、月、花的美丽，与“二十四桥明月夜”的意境相映成趣，令人浮想联翩，心旷神怡。

关于二十四桥，宋代沈括的《梦溪笔谈·补笔谈》中认为，唐代扬州城内水道纵横，有二十四座桥。但姜夔在《扬州慢》中写道：“二十四桥仍在，波心荡，冷月无声。含桥边红药，年年知为谁生？”由此推断，二十四桥即为现在这一座桥，又称为红药桥。

现在节假日来到这里，还有可看到熙春台前的广场有人跳舞，听到里面有人吹箫呢。

玲珑花界

往西走，就到了西门，西门上有一副楹联：“两堤花柳全依水，一路楼台直到山。”运用互文、对比、夸张、对偶等修辞手法，生动描绘了诗画扬州的旖旎风光。这一景色，实际是从天宁寺开始，经冶春、西园曲水、卷石洞天、大虹桥、过长堤春柳，过徐园、小红桥，到小金山，看钓鱼台，赏五亭桥，品二十四桥，赞四相簪花，游石壁流淙、万花园，直到观音山和平山堂。更浓缩了瘦西湖的风景长卷。真是移步换景，一步一幅画，让人感到美不胜收。

从二十四桥景区往南走，再沿着瘦西湖中段（东西方向）的南湖边折向东走，就看到一个伸入湖中的平地，石头上刻着“二十四桥景区”字样，这里是拍摄二十四桥全景的最佳地方。再向东走，就到了瘦西湖邮局，上有隶书楹联：“红桃绿柳垂檐向，碧石青苔满树阴。”

再往前走，就到了玲珑花界。上有集句楹联：“花柳含丹日，楼台绕曲池。”运用拟人手法形象生动地写出了花柳与红日互相映衬，楼台与曲池相得益彰的美丽景象。玲珑花界以栽种芍药、牡丹为特色。古有“洛阳牡丹、广陵芍药”之说，欧阳修有“琼花芍药世无伦”之句，郑板桥云：“千家养女先教曲，十里栽花算种田。”清人李斗则称：“扬州芍药，冠于天下。”玲珑花界有一处长廊，廊一端有一座观芍亭，上面有楹联：“繁花及春媚，红药当阶翻。”花开时节，花色艳丽，繁花似锦，姿态万千，是赏花的最好季节。

晴云轩美食

回头走到晴云轩美食广场，看到一副楹联：“湖中春水，半含晴云清能饮；桥下莲花，初绽新蕊秀可餐。”春天的瘦西湖水，更清澈透明，就像一面明镜，将蓝天白云含在口中，渴了便可饮用。到了夏季，法海桥下的荷花新蕊积累力量，尽情绽放，秀色可餐。

东面的蝴蝶厅两侧悬有隶书楹联：“近岸维舟花欲语，开轩论茗客常来。”游船停靠在岸边，花也善解人意，绽开笑脸，仿佛与人交谈：“欢迎大家游览！”鲜花尚且如此，主人就更加热情，让游客有宾至如归之感。因此，大家会经常来这里品茶叙旧，畅所欲言。可见这是一副具有因果关系的流水对。

“和风霁月”匾额两侧有选自宋代真山民的《闲中》一诗中的行书楹联：“引鹤徐行三径晓，约梅同醉一壶春。”早上带着丹顶仙鹤慢慢地走在小路上，仔细欣赏家园周边美景；晚上邀请不怕严寒的梅花带着香味一同饮酒，一醉方休。

“餐霞饮瀣”匾额两侧有行书楹联：“好把深杯倾绿酒，直须平步上青云。”举起高杯，开怀畅饮，但要适可而止，方可养性通神，长生不老。

再抬头一看，这里又到了五亭桥南侧脚下，从这里右拐弯，经过白塔，向南，就来到叶林。在这里，可以看到一对夫妻青铜塑像，旁边还有一棵奇特的树，同树根上长着两棵主干同粗，上面有枝干连接在一起，形成三角形树洞的树，称为三角枫，这就是“在天愿作比翼鸟，在地愿为连理枝”的诗歌意境吧，人们不得不赞叹大自然的鬼斧神工哟！你看，在人物雕塑与连理树的中间，有一块青石上还刻着四个绿色大字：“共谐连理。”突出了景点的主题。我以为，青年男女结婚前来这里拍婚纱照是再适合不过了。

再往南走，就可以看到路旁有匹神态安详的一对青石马，旁边还有一头身材高大、回头远望的长颈鹿，象征森林是动物的天堂吧。

四相簪花

万花园的中部南侧，有一座假山，假山顶上有一座六角形的亭子，仿宋式建筑，重檐攒尖顶——屋面在顶部交汇为一点，类似椎形，这就是簪花亭。北侧的抱柱上有繁体正楷楹联：“名花别韵，瑞色祥开簪四相；曲水流觞，幽情畅叙赋千诗。”芍药这种名花别具风韵，颜色充满吉祥的瑞气，曾戴过花的四人都成了宰相；在曲水流觞的游戏中畅叙友情，饮酒赋诗，诗兴大作。巧用数字和典故，概括叙写了四相簪花的故事。

簪花亭四周，松柏常青，繁花似锦。北侧山腰上，有四个青铜的人像雕塑，这就是四相簪花的故事。石桌上摆放着一只酒壶、一盘荔枝、一盘橘子、两盘糕点和四双筷子。四个人在开怀畅饮，饮酒赋诗，畅叙别后思念之友情。

站着的是主人韩琦，左手拈着一朵金缠腰芍药花，花瓣中间镶嵌着一根金黄色的线，右手食指竖着，表示他家的金缠腰芍药花天下第一。王安石、陈升之、王珪三人的帽子上都戴着一朵金缠腰芍药花，神态各异，栩栩如生。王安石略有醉意，半躺半倚着，品味手中的金缠腰芍药花；陈升之举起酒杯与王珪、韩琦遥相应和，王珪已不胜酒力，斜倚石桌。

北宋科学家沈括《梦溪笔谈·补笔谈》中记载，在北宋时期，扬州太守韩琦，在官署后花园中，有一种叫“金带围”的芍药，一枝四岔，每一分岔都开了一朵花，花瓣上下呈红色，一圈金黄的花蕊围在中间，所以被称为金缠腰，又叫金带围。此花美轮美奂，很像红色的官服，中间有一根金腰带，因此，这种花一开放，必定出宰相。

当时，同在大理寺供职的王珪和王安石两人也正好在扬州，陈升也正好路过扬州，韩琦就邀请他们一同参加小聚，正在大家饮酒赏花之际，韩琦拿起剪刀，剪下这四朵金缠腰，在每个人头上插好。无巧不成书，在此后的三十年中，这四个人都先后做了宰相，这里讲述的就是这样一件广为流传的“四相簪花”的趣闻轶事。“琼花芍药世无伦，偶不提诗便怨人。”诗人欧阳修用极度宠爱的口吻歌颂这两种举世无双的奇花，二者皆是扬州的市花，琼花象征着扬州城奇异瑰丽的历史，芍药象征着扬州城深厚的文化底蕴。

故事的结局虽然很美好，但我以为，这四个人如果平时只想着吃喝玩乐，肯定于事无补，而是从小就能树立远大志向，一直注重刻苦学习，相互鼓励，相互帮助，分享学习心得，共同前进，才是他们成为宰相的真正原因，也可以说是天道酬勤、水到渠成吧。

洛春堂

由簪花亭向西南走，就会曲径边有一处坐东朝西的四合院，名曰“洛春堂”。门前的石并没有上有介绍，洛春之名，出于宋代欧阳修《花品叙》中“洛阳牡丹，天下第一”之语，牡丹号称“国色天香”，四月开花，清代瘦西湖上诸园亦多植这种富贵之花。

洛春堂正门两旁抱住上有楹联：“黄昏花影二分月，细雨春林一半烟。”我们来的正是黄昏前夕，拍摄照片时，正好是顺光。黄昏以后，月亮升起，在二分明月的银光照耀之下，花影婆娑多姿；春日的绵绵细雨洒在树林里，犹如腾起一片轻轻的烟雾，更是显出一种朦胧阴柔之美。

进门是一个池塘，池塘周边，各种石块的设计错落有致，美不胜收。对面有一幢建筑，屋顶歇山小瓦，古色古香，称为“金玉交辉”，门前所挂楹联：“风前月下妖娆态，天上人间富贵花。”这一联是写人间富贵之花——牡丹的娇美之态。

南侧为听雨厅：“琴音三秋润，书声六月凉。”这里犹如一座古代文人隐居的别墅。细雨滋润的深秋时节，扶琴弹奏，悠闲自得。虽是炎热无比的盛夏，因大雨刚过，读书时，也很凉爽，其乐无穷。更重要的是洛春堂外有绿树环抱，鸟语花香；内有溪水潺潺，鱼翔浅底，确实是一个清静安身之处。

石壁流淙

石壁流淙是瘦西湖东大门——万花园西侧的一个著名景点，原景早已毁于可恶的战火，现景是由中国工程院院士孟兆桢设计，景点外面有一块巨大的黄石，上面刻有“石壁流淙”四个蓝色隶书大字，后面有一棵枝干粗壮、造型优美的松树像哨兵似地守卫着这个景点。由此向西侧眺望，整个景点风光尽收眼底。

“石壁流淙”共有九座厅堂。阆风堂是第一间厅堂，“阆”指宫殿空旷的地方。据说，古代主人一有空闲时间，就在堂中独坐，感慨宦海艰难，顿生归隐之心。抱柱上有一副楹联：“红桃绿柳垂檐向，碧石青苔满树阴。”在画阁朱楼的廊檐下，红桃绿柳，互相映衬，排列成行，这是静态；巨大的石头上已长满碧绿的青苔，高大的树木，郁郁葱葱，遮住炎炎烈日，留下一片绿荫，这是动态。动静相宜。

从碧山房楹联是：“淀碧涔红，新篁解箨；鸣湍叠濑，匹练悬空。”门前的湖水中倒映出雨后春笋，假山上飞泻而下瀑布，激起阵阵白雾，具有磅礴的气势。

西侧坐西朝东如意馆的楹联是：“好春流水湾湾好，明月随人处处明。”一湾一湾的春水，水质清澈良好。一轮明月随人走动，处处洒满银光。月光如积水空明，令人心旷神怡，真如馆名一样，感觉万事都如意。

东侧的第一幢坐北朝南清妍室上的集句楹联是：“露气暗连青桂苑，春风新长紫兰芽。”秋天，露气虽重，但青色的桂花树上，已开满珍珠一样的小花，芳香扑鼻；春风吹拂以后，新长的兰芽，充满勃勃生机。清妍之美，确实美不胜收，难怪游人如织，流连忘返。

“曲室”是古代人听曲的地方。过静照轩和曲室就看到名为“聆清音”的凉亭，亭上的楹联是：“瀑布松杉常带雨，橘洲风浪半浮花。”聆听清音，就是聆听的松杉林里的风声雨声和山上的瀑布之声、水中的轻微的浪花之声等大自然的天籁之音，让人们的心灵得到净化。

走过聆清音、花潭竹屿，就看到水竹居的楹联是：“水色清依榻，竹声凉入窗。”水色清澈，亲近几案；竹声清凉，传入窗帘。“石壁流淙”房屋有很多门窗，所有门窗都有一个共同特点，均为镂空雕花，但装饰雕刻各不相同、式样各异，每一块都是独一无二、绝无仅有的。

细心的语文老师都知道，明清时期的文学名著如《桃花扇》《牡丹亭》《儒林外史》《浮生六计》等，常能见到扬州园林的踪迹，就连《红楼梦》最主要的怡红院的内景和潇湘馆的外景就是以扬州水竹居为蓝本而写的。正如屋前石块上隶书："石壁流淙，茹古涵今。"屋子的南侧有清澈的湖水，有一群鸭子一自由自在地游泳觅食，还不时"嘎嘎"叫上两声，仿佛与人交流："看，我多自在。"溪边一座黄石假山，屋后有三座耸入云霄的黄石假山，洁白的悬泉瀑布，飞漱其间，声音洪亮，衬托出公园之幽雅，山林之静谧。

乾隆皇帝来到这里，看到亭台楼阁旁边，高于屋檐的假山耸立巍峨，一直绵延到水里，山顶的瀑布飞流直下，繁花似锦，绿柳茵茵，提笔为"石壁流淙"题词："柳堤系桂双，散步俗尘降。水色清依榻，竹声凉入窗。幽偏诚独擅，揽结喜无双。凭底静诸虑，试听石壁淙。"因为这里景色优美，无与伦比，青竹摇曳，水资源丰富，所以皇帝特赐名：水竹居。

《扬州画舫录》作了较为详尽的记载："石壁流淙，以水石胜。也是园辇巧石，磊奇峰，潴（积聚）泉水，飞出颠崖峻壁，而成碧淀（浅湖）红涔（积水多），此'石壁流淙'之胜也……"如新篁出箨，匹练悬空，挂岸盘溪，披苔裂石，激谢柔骨，令湖水全活，故名曰“淙”（是指水攒集在高处泻下形成瀑布景观）。淙者众水攒冲，鸣湍叠濑，喷若雷风，四面从流也。

旁边的假山用一块块巨大的黄石堆叠而成，层层叠叠，错落有致，山上绿树葱茏，枫叶鲜红，洁白的人工瀑布从山顶落下，跌落至第二层石块，再分别向下一层，再下一层流入深潭，水花四溅，水雾朦胧，犹如进入山水仙境，瀑布哗哗的声音传入耳鼓，令人精神振奋，浮想联翩。虽是人工堆叠，但胜过大自然的鬼斧神工。

置身其中，感受扬州曾经的繁华，品味扬州今日的宜居，一种无比自豪的感觉油然而生。

游万花园

万花园西面和南面紧靠瘦西湖，东面有大门面对平山堂路，路东是宋夹城，北面有瘦西湖北门，出门从东向西依次是观音山、双峰云栈、平山堂。

4 月 18 日前后，进入万花园大门，就进入了花的海洋。两边各有一棵白色弯曲枝干的大树，抬头仰望，树的各枝顶端有一个圆形花盆，花盆中紫红色的鲜花竞相开放。预示着紫气东来，好运挂彩。既像一棵花树，又像一个身穿花衣、亭亭玉立的美丽少女，伸开长臂，热情欢迎游客到访美丽的万花园。

前面还有两只巨大的传统水壶造型的绿色雕塑，盖子顶端有一个黄色圆形小抓手，茶壶身上还有深褐色的花纹，茶壶嘴里仿佛里面还冒着热腾腾的水汽，周边还有几只绿色茶杯，充分体现着扬州人的热情好客，也给人一种宾至如归的亲切感受。再到四周，也是各种盛开的万紫千红的鲜花。一到这里，精神就会为之一震，旅途的疲劳就会消散殆尽。

万花园还有一个巨大的花廊，道路的上方是拱形管制过路花架，顺着人走的方向有一道道开着各种颜色鲜花的篮子挂在头顶上，从左往后，依次粉红色、大红色、翠绿色、金黄色、紫红色等，真是五彩缤纷，姹紫嫣红，人们徜徉在这样的花海中，岂不是一种无与伦比的享受吗？

再往前走，路边还有粗大的彩色花柱，像一个个昂首挺立的守卫万花园的哨兵。有的小道旁边是大片的红黄相间的郁金香，园内有花色鲜艳的各种果树：泰国的象牙芒果、台湾的红芒、广西的紫花芒、高州的储良龙眼、增城的挂绿和妃子笑、新加坡的杨桃等等。闭上眼，树上仿佛已经长满各种丰收的果实。不过，这些美好的记忆，只是万花园开园时，恰逢扬州烟花三月经贸旅游节主会场在此举办的胜景。现在南侧已经是一片琼花林了，清明过后，琼花盛开，景色同样十分迷人。

听说每到腊月，那些淡黄色的蜡梅花、粉红色的春梅花，就会微笑着迎接客人的到来，洁白的兰花吐露出醉人的芬芳，芍药呈现出妍丽的色彩，水仙花保护着扬州这座城市的吉祥如意。一盆盆鲜花姹紫嫣红，争奇斗艳。

万花园中，既有扬州市花琼花和芍药，也有紫薇林、石榴林；既有古色古香的名人别墅，也有冬暖夏凉的草屋让人安居。

这里既是古今中外各种名贵花木的大聚会，也是各种飞鸟栖息的天堂，是中外游客无比向往的地方。

湖上梅林

在扬州瘦西湖万花园的石壁流淙南面，簪花亭和洛春堂的西边，静香书屋的东北部，有一大片湖上梅林，占地将近300亩，这里是“雪晴花发，香艳袭人”的最佳赏梅胜地。在农历正月底二月初，这里有近万株五彩缤纷的梅花竞相开放，姹紫嫣红，形成了瘦西湖公园中梅花的海洋。它们将万花园装扮得分外妖娆，再现了清代扬州“层林尽染、平冈艳雪”的美丽风光，共同迎接象征希望的春天的到来，共同唤醒春天的花朵竞相开放。人们来到湖上梅林，犹如进入人间仙境。在此驻足赏梅，自然会把人间所有烦恼忘却得一干二净，顿时感到心旷神怡，浮想联翩。

这里有数十种万紫千红的梅花争奇斗艳，全靠自身独立成长，没有一片绿叶前来扶持，仿佛梅花也懂得一个深刻的道理：“做一点减法，更好。”决不能让一片片绿叶来与自己争抢本来就不太温暖的阳光，更有利于集中自己拼尽浑身力量而吸收来的有限的水分和养料，让自己身上的鲜花开得更加艳丽动人，让自己身上的芬芳更加沁人心脾。为了描绘梅花“朵朵放光彩”的美妙身姿，赞美梅花“无需绿叶扶持”

的独立人格，歌颂梅花“馨然玉貌妆”高洁品质，弘扬梅花“凌寒独自开”的顽强精神，这里正在举办以“探梅、画梅、唱梅、舞梅”等丰富多彩的梅花艺术节活动。

静香书屋北侧的腊梅（也可写作“蜡梅）花，又叫冬梅、黄梅。在寒冬腊月打破群芳竞相躲藏起来的尴尬局面，不怕寒冷，顽强生长。色彩有淡黄色的，像刚破壳的黄色雏鸡一样柔嫩；有金黄色的，如刚出模子的黄金首饰一般闪烁耀眼。宋代尤袤在《蜡梅》中写道：“破腊惊春意，凌寒试晓妆。应嫌脂粉白，改染曲尘黄。”这里用拟人手法描写腊梅花开，让枯寂的冬惊讶不已，昭示着生机勃勃的春日已经悄悄来临。还在寒风料峭的早晨，就尝试着穿上春日的盛装。她可能也是嫌弃脂粉的白腻，将自己染出淡淡尘黄。宋代张孝祥在《风入松（蜡梅）》中写道：“素衣嫌怕姮娥妒，染成宫样鹅黄。”诗人写蜡梅花是担心月宫中的嫦娥妒忌，才将花色染成鹅黄色的。元代叶颙在《蜡梅》中写道：“月下开金盏，风前换玉装。”蜡梅花的花瓣薄如蝉翼，花朵小巧玲珑。朴素无华，谦虚低调，在寒冷刺骨的寒风中绽开她那娇嫩的黄色小花，晶莹剔透，低头不语，精心呵护着花蕊，像一只只风铃挂在寒冷的枝头。宋邵叔齐在《鹧鸪天（蜡梅）》中说：“高悬蜡蓓蜂房密，遍挂金钟雁字斜。”腊梅花花期长，初春还在偷偷绽放，为的是等待春梅的共同绽放，装点春天，久久不肯离去吧！

宋代陈与义《同家弟赋蜡梅诗得四绝句（其一）》："一花香十里，更值满枝开。"南宋张镃《种蜡梅喜成（其一）》："道旁方讶扑人香，金蓓花开满担装。"宋代王安中《六花冬词（其三）腊梅口号》："雪里园林玉作台，侵寒错认暗香回。"由此可见，蜡梅的花香要比春梅浓郁醉人，更能体现不畏严寒的高贵品质。

前面写的腊梅属于腊梅科。后面写的五彩斑斓的梅花是春梅，是春天的使者，属于蔷薇科。这里有像彩色云霞一般的宫粉梅，有绿如碧玉一般的绿萼梅，有热情似火焰一般的朱砂梅，有纯洁如瑞雪一般的玉蝶梅等等。

宫粉梅，有的已毫无顾忌地尽情开放，像涂满粉红色粉黛的少女的脸庞，花瓣层层叠叠，友爱相生，由内而外，由粉红逐渐变得浅白；花蕊嫩黄而稀疏，一朵朵硕大的花朵紧紧抓住细枝，尽情展示自己美丽的容颜，随着春天吹来的暖风，摇曳多姿；有的正积蓄浑身的力量，含苞待放，准备在最后绽放自己的光彩。

宫粉梅与稍后将要绽放的樱花相近，但色彩要比樱花稍淡一些，而且一点也不需要绿叶的扶持，具有很强的独立性。春梅的这一特点，和同时期绽放的紫荆花、稍后开放的桃花有异曲同工之妙。

绿萼梅，开放后的花瓣，是淡绿色的，花瓣的边缘也是渐渐变成偏白色，像是用绿色玉璧做成了艺术精品，晶莹剔透，美不胜收，让人看到就觉得是一种高档的艺术享受；又像扬州的翡翠包子，里面包裹着香甜软嫩的淡绿色馅心，看着就让人觉得淡雅而舒心，恨不能马上咬一口，津津有味地细细品尝，慢慢享受她独特而又悠长的地方风味。

朱砂梅，枝条的颜色是乌红色，花朵绽放后，像幼儿园的孩子在舞台上打开的一把把小红伞。因为朱本来就指红色，不过，花瓣虽有三至四层，而且都是你不让我，我不让你地拥挤在一起；白色的花蕊长得很细长，而且全部绽开，紧贴在花瓣上，花蕊顶端的白点，已经伸展到花瓣外侧，像一粒粒的小白砂，又像一粒粒的珍珠一样，闪闪发光，而且能散发出一种浓厚醉人的香味。如果不仔细分辨，你可能将她和红梅混为一谈。其实区别也很明显，朱砂梅的红色更加鲜艳，更加深浓。而红梅的颜色要稍淡一些，边缘偏向粉红色。人们对红梅的赞颂有托物言志的作用，值得我们品赏玩味。《红梅赞》唱道："红岩上红梅开，千里冰霜脚下踩，三九严寒何所惧，一片丹心向阳开。红梅花儿开，朵朵放光彩，昂首怒放花万朵，香飘云天外，唤醒百花齐开放，高歌欢庆向未来。"难怪有一些美女，穿上漂亮的汉服前来与盛开的梅花合影留念呢！

湖上梅林中间小岛上有一座小亭子，西侧上方匾额上写着篆体"梅亭"二字，旁边有一副隶书楹联："潭影梅间动，天香云外飘。"上联写出了各种颜色的梅花倒映中清澈的潭水中美丽动景，下联写出了梅花能够飘到九霄云外的醉人香味（也指高尚品德的馨香）。东侧上方匾额写着"小香雪"三个字，两边柱子上的楹联是："等待春消息，唤起繁花锦绣；馨然玉貌妆，传来誉品诗风。”梅花有“万花之魁”的美誉，上联写梅花一旦闻到春天的讯息，马上次第开放，唤醒百花盛开，装点大地；下联写梅花的色香形貌皆美，品格高尚，富有诗情画意。

玉蝶梅，花色洁白如玉，像白色的蝴蝶在枝头飞舞；又像硕大雪花从天空落到枝头，不易衰败，花色跟梨花相似，花形跟白色的桃花也相仿，花瓣重叠或复合在一起，花蕊为淡青色，花萼为绛紫色，还有三轮玉蝶梅，像是三胞胎玉体姐妹，让人心生怜爱疼惜之情。宋王安石《梅花》是这样写的：“墙角数枝梅，凌寒独自开。遥知不是雪，为有暗香来。”它常与洁白的春雪做伴，虽然没有雪白，但浓香醉人，难怪宋代卢钺在《雪梅》中说：“梅须逊雪三分白，雪却输梅一段香。”她们真是各有千秋啊！

宋代陆游《卜算子咏梅》：“无意苦争春，一任群芳妒。零落成泥碾作尘，只有香如故。”梅花盛开在百花之首，根本无心同百花争享春光，还惹来众多凡花俗朵的嫉妒。即使花瓣飘落，被碾作尘泥，它也依然将永久的芬芳留在人间。正是这种高尚的品德，才不得不让人从心灵深处发出赞叹之情。近现代毛泽东主席在《卜算子·咏梅》中赞颂：“……已是悬崖百丈冰，犹有花枝俏。俏也不争春，只把春来报。待到山花烂漫时，她在丛中笑。”梅花具有不畏艰难险阻的乐观主义精神，也告诉人们一个深刻的哲理：“不是一番寒彻骨，怎得梅花扑鼻香？”启示人们，无论是要想在事业上获得辉煌成就，还是要在生活上获得幸福甜美，都需要经过一番艰苦的磨炼才行。

人们耳熟能详的《一剪梅》歌词也有赞颂之情："就在最冷枝头绽放，看见春天走向你我。"春梅给人们带来了无限的希望。

瘦西湖万花园的湖上梅林，梅花家族在这里大融合，大聚会。她们在初春时节，将万花园区域装扮得万紫千红，分外妖娆，湖中的倒影更增加了景致的深度，真是美不胜收，让人流连忘返。引来勤劳的蜜蜂、争先恐后，不分昼夜地采集新鲜的花粉，酿造甜美的蜜汁；引来色彩缤纷的蝴蝶翩翩起舞，竞相媲美；引得美丽的鸟儿引吭高歌，唱出生活的幸福美好；引得水中的鱼儿，怡然不动，一边晒太阳，一边欣赏水中的倒影。

梅花有着凌寒傲雪的风骨，朴素纯洁的清韵，仪态万方的雅致，顽强不屈的精神，谦虚高尚的情操。她的意志像久炼的钢铁一样顽强，她的气质像天上的皓月一样清朗，她的馨香像地上的兰草一样芬芳，她的品质像水中的芙蓉一样高洁。难怪有那么的多的文人墨客为她写诗作画，难怪有那么多的艺人为她载歌载舞。

因此，走马观花，只能由梅花之影的看到颜色的五彩缤纷；慢慢赏花，才能由靓丽梅朵寻觅到"她在丛中笑"的乐观风采；细心品味，才能由自然之趣探寻出生活的趣味真谛；反复揣摩，才能由自然之理提炼出人生的深刻哲理。

静香书屋

沿着二十四桥东岸向北走，跨过一座拱桥，就来到了“静香书屋”景点。

静香书屋最初是乾隆年间盐商所筑，扬州八怪之一的金农常来于此，后来复建。门头匾额上“静香书屋”四个字隶体字是集金农墨迹而成，字体方整朴拙，笔力雄劲。金农以画梅花著称于世，今日屋内陈设雕有梅花，屋外也遍种梅花。南门外就是“湖上梅林”的西南起点，巨大的橙色的石块上“湖上梅林”四个绿色的行楷大字，苍劲有力，气势非凡。

走进大门，左侧是半座陡峭的黄石假山，之所以说它是半座山，是因为南侧健在院墙之上，就像是何园的贴壁假山一样，山上有一座凉亭，掩映在绿树丛中，坐在凉亭上，可欣赏书屋内外的山水美景，聆听树枝间的悦耳鸟鸣；可以静观清澈的半湖水中的鱼儿的欢腾跳跃。

说是半湖，是因为这儿的湖水有着它的独特之处——西侧是与瘦西湖从二十四桥到平山堂这一段的湖水连成一体的，所以完全是清澈的活水，就像京杭大运河文昌大桥东南侧的京杭之心一样美丽。

右侧是前半艘画舫，后面连接陆地，北侧与长廊紧紧相连。画舫上方有“莳玉”二字，两边的篆体集句楹联是：“山月映石室，春星带草堂。”此联写出了夜晚令人心旷神怡、浮想联翩的优美景色，西侧半山顶上的月光照在湖面上，映在船舱中；春日的星光倒映在水中，仿佛走进花草掩映中的草堂。在江南水乡扬州出入，肯定离不开船，同时，船也表示主人曾经四处漂泊，居无定所。

往北走，就看见曲曲折折的长廊，通向两边对称的“天然桥”，就像张开的双臂，一手拉着长廊，一手扶着画室，目不转睛地观赏着全景。长廊西侧，有一株饱经风霜的水杨柳，横卧在假山石上，在水面上照出了美丽的倩影。天桥上的集句楹联是：“天上碧桃和露种，门前荷叶与桥齐。”和着露水种成的天上碧桃和与桥平齐的门前荷叶，都是大自然的恩赐，在此优雅静谧环境中静心读书，难道不是一种享受吗？小小荷塘对面就是半座石桥，这石桥，只有北侧一半有石栏杆，南侧则没有。

这里可见静香书屋的四半——半山、半湖、半舫、半桥，特色是很鲜明的。我猜测，金农在这里作画时，心里感觉到有山、有湖、有舫、有桥相伴吧！唯有天然桥两边是对称的。我想到了另一句俗语：“室雅何须大，花香不在多。”这里的景区虽然不大，但很精致。这和扬州这座城市一样精致而美丽。西北角就是金农的“静香书屋”（画室、厅馆）了，门前的集句楹联是：“飞塔云霄半，书斋竹树中。”北面不远处，有大明寺耸入云霄的栖灵塔相伴，厅馆的四周有绿树环抱，后院有亭亭玉立的紫竹守护，让人感到心旷神怡。知道主人的爱好不落俗套！

《扬州画舫录》中这样描写静香书屋：“右入浅岸，种老梅树百株，枝枝交让，尽成画格。中建香书屋，汲水护苔，选树编篱，自成院落，如隔人境。”金农选择这样一处安静而又带着花香的雅室，饱读诗书，专心作画，宁静致远，岂不妙哉？

扬州瘦西湖是闻名世界的5A级城市公园，也是被列入大运河世界文化遗产的公园之一，集优美的自然风光与悠久的人文景观与一身。初春有湖上粉红的梅林可观，盛春有清白琼花可赏，夏天有紫色的紫薇、红色的荷花可品，中秋的金桂、银桂、丹桂的芳香四溢，令人陶醉；秋天的菊花争奇斗艳；冬日的蜡梅又要吐蕊。私人别墅，星罗棋布；名人楹联，数不胜数；民间故事，扑朔迷离。化处处闪烁着扬州人民智慧的光芒，只有慢慢走，细细赏，才能领略其中的独特风味和深厚意蕴。

“景”上添花

2016年的瘦西湖菊花展完美落幕之前，我们终于度过了漫长的秋雨天气，等来了初冬雪霁，在太阳露出美丽而又温馨的笑脸的时刻，如愿以偿地赶上了瘦西湖赏菊的末班车，美丽的瘦西湖添加上这些多姿多彩的诱人菊花后，显得更加生机盎然。这让我对秋菊的耐寒精神和傲霜斗志更有敬畏之意，对设计美、创造美、贡献美的人们油然而生感激之情。

瘦西湖的山水之美，月光之美，建筑之美，传说之美，文化之美等，古今中外，世人共知。管理者并不满足于现状，而是另辟蹊径，力求创新。春天，办兰花展，让满湖的浓郁香气醺醉人；夏天，办荷花展，让满湖的洁净之气净化人；秋天，办菊花展，让满湖的傲霜之气启迪人；冬天，办梅花展，让满湖的希望之气鼓舞人。这样，一年四季来瘦西湖观光的新老游客都有不同的审美享受，都有更加丰富的深度联想，都有更加深刻的有益启迪。

由于辛勤园丁的细心呵护，才使这些美丽的菊花能有那么多争奇斗艳的品种，菊花家族有这样万紫千红的盛景。“金背大红”

欣喜地告诉人们，虽是晚秋初冬，扬州人接待宾客的热情，犹如一团团火焰，在熊熊燃烧。“唐宁傲金”犹如一枚枚金光灿灿的宝石，给晚秋初冬的瘦西湖带来了无比的富饶；“玉龙闹海”犹如一朵朵洁白无瑕的浪花，把美丽的瘦西湖装扮得更分外妖娆；“霞光四射”让我们看东方天幕上的朝霞，给多姿多态的瘦西湖带来了崭新的希望，消除了本不该有的烦恼。扬州大学的“仙露蟠桃”让人联想到孙悟空偷吃仙桃，长生不老；“岸之华山”让人联想到武林高手华山论剑，辈出英豪；“古刹钟声”让人联想到大明寺的新年钟声，又想到“夜半钟声到客船”的寒山寺庙；“润颜含笑”让人联想到秦罗敷的窈窕身材和动人美貌；“桃红柳绿”又让人回到了阳光明媚、万紫千红、莺歌燕舞的大好春潮。“钢铁意志”令人敬仰，“金凤还巢”让人遐想，“霞光四射”诱人神往，“盘龙春晓”引人盼望。它们艰苦自立，高雅傲霜，坚忍顽强，充满了蓬勃向上的高尚情操。

由于布展大师呕心沥血的精心设计，才有那么多精妙绝伦的艺术创造。你看，长堤春柳标志亭前，由朵朵小巧玲珑的雏菊组成的左右对称的五星花造型，与远方的水中树影、蓝天白云组成了一幅层次分明的画卷，沟通了“佳气溢芳甸，宿云淡野川”的艺术之桥！旁边的一黄一紫两条玉柱盘龙，随着湖水在阳光照射下散发出来的蒸腾的热气扶摇直上，直冲云霄。正在这时，湖面上开过来一艘龙船，这样岸上湖中遥相呼应，徜徉在这样的仙境之中，还有什么能比这“景”上添花更能使游客们心潮逐浪高呢？在一面梳妆镜造型前驻足欣赏，又是一番舒心的味道。近处酷似一只盛开着粉白相间的菊花篮，后面是色泽鲜红的枫树，再远处是高大的棕榈，这样远近搭配，高低参差，简直是艺术的精华绝招。钓鱼台北侧的岸边，在一片五彩缤纷的菊花海洋中，停泊着一艘小巧玲珑的木船，很像江南水乡放鱼鹰的木船。船的两边各有一株高出船舷的水草，这样的设计与地理上属于江南的扬州配合得天衣无缝。再往旁边看，果然不假，原来这是苏州拙政园景区的展品，苏州拙政园与扬州瘦西湖真是心有灵犀呀！江南水乡，当然离不开水，正是由于水的滋润，才使水乡的菊花园林艺术和水乡人民那么富有灵秀之气。有水，当然离不开船，正是有了一艘艘新颖别致的木船，一个个不畏风浪的船夫，才让水乡人民将水的灵动之美，菊的顽强之神传遍大江南北，传遍长城内外，传遍世界的每一个地方。五亭桥南侧的金鱼对戏，煞是生动，两尾金鱼竖起侧鳍，摆动尾巴，跃出菊花水面，张开大嘴，诉说着彼此间的浓情蜜意，表达自己置身仙界瘦西湖景区的满足与自豪。

鲜花总是会招蜂引蝶的。熙春台南侧弯角处的菊花丛中，一对硕大的紫色蝴蝶造型受到游客的青睐，它们正展翅欲飞，想尽快传送花粉呢！再转身就可以欣赏到金黄色、深红色和粉紫色的菊花“树”，它们把远处绿色的熙春台、白色二十四桥，衬托得更加多姿多彩，分外妖娆。熙春台前的“枯木逢春”，两棵粗壮的枯树桩上，爬满了很有层次的雏菊，右边是金黄色，有享受富贵之意，左边是淡紫色，有紫气东来之思。让游客们受到有益的启示：学会借力，懂得合作，力争双赢，多么美好。这不正是瘦西湖一年四季的不同花展给我们深刻启迪吗？再看右侧，有两个宝葫芦似的造型的上端还冒着仙气呢！由熙春台驻足东望，前面的小岛近水处，有几只菊黄色的飞燕刚刚横渡湖面，进入它们栖息的天堂，在青草绿树碧水的映衬下，更加惹眼。这些造型，无不体现出布展者的匠心独运和艺术诀窍。

在这里，我们不仅欣赏到了自然界的菊花的神韵，而且欣赏到了通草菊花和国画菊花的艺术魅力。在小金山下面的玻璃橱窗内，陈列着扬州制花厂的工艺大师钱宏才的五盆通草制菊。乍一看，碧绿的叶子，弯卷的花瓣，鲜艳的色彩，还以为是真实的菊花盆景。再一了解，原来是用通草制成的艺术菊花，达到了出神入化的地步，简直可以以假乱真，让人叹为观止，啧啧称道。即使到了严寒酷冬，真实的菊花全部凋零；然而通草菊却犹如经霜秋菊一样，凌寒怒放，永不衰凋。他为何能有这么高深的艺术造诣呢？原来钱老先生和陶渊明一样深爱着菊花，为了制作菊花，钱老先生在家门前的空地上种上了好多菊花。一有空闲，就忙着浇水施肥，治虫除草。到了秋天，百菊怒放，五颜六色，品种各异，尽展窈窕。而钱老先生聚精会神地仔细观察菊花的神态，努力创作出扬州的艺术珍品——以假乱真的通草菊来。扬州通草花是非物质文化遗产，这就可以让更多的人感受到民间工艺的独特魅力。这也充分说明“真正的高手在民间”的深刻道理。在徐园内，还悬挂着令人赏心悦目的菊花图，真是惟妙惟肖，同样能一年四季都能给人以美的艺术熏陶。

当然，我们也不能忘记市作协杜海主席，是他这位扬州文学艺术的领头雁与瘦西湖景区的负责人一道，给我们创造了“慢慢走，细细欣赏”的机会，让我领略到欣赏瘦西湖“景”上添花的惬意，让我们身临其境地感受到自然之优美、艺术之雅趣和文学之精妙。

趣游个园

今天参加了广陵区作家协会新春座谈会的活动后，游览了中国四大名园之一的个园，觉得妙趣横生，兴致盎然。

个园北门位于盐阜路，始建于明代，名为寿芝园。清朝嘉庆年间，两淮盐业总商黄至筠改筑后成为家宅。其中的叠石，据说为清初大画家石涛手笔。已跟大运河一起，被列入世界文化遗产，值得我们仔细欣赏。

北门上方书写“个园”二字，两旁有楹联：“春夏秋冬，山光异趣；风晴雨露，竹影多姿。”较为全面地概括了个园的鲜明特点：上联写的是中部四季假山的变化无穷，妙趣横生；下联写的是北部区域，随着天气的变化多端，青青翠竹，竹影婆娑，摇曳多姿。

品种竹林

因主人酷爱竹子，所以园中多植竹子。又因竹叶形似“个”字，所以称为个园。我来到竹子观赏区，首先看到各种各样的竹子，竹林的前面，迎着北大门有块两层石块，有人说它像沙漠里的骆驼，还有人说，像大乌龟驼着一只小乌龟，反正是“仁者见仁，智者见智”，还有一些像某种动物或人形的石块和像竹笋一样的石条点缀其间，富有情趣，使竹林不显得单调，又富有诗情画意。

菲白竹（倭竹）的竹身低矮，叶片狭长，像针形，绿色底子上有黄白色纵向条纹，边缘有纤毛，好像是竹子中的弱者；强竹的竹竿较细，相邻的竹节交互倾斜，但竹节间正常是不会成畸形的；龟甲竹的竹竿中部以下的一些节间极度短缩并一侧肿胀，相邻拓节交互倾斜，于一侧彼此上下相接或近于相接。竹竿外观似亀甲、龙鳞、人面。乌龟是长寿的象征，有坚强刚毅的品质，很受人们的喜爱，是著名的观赏竹。

西侧竹林中，有一座八角竹里馆，旁有楹联：“万重清霜节，能虚万（应）物心。”写出环境对心情的影响。旁边既有香气浓郁的淡黄蜡梅，也色彩鲜艳的红色梅花（春梅）。虽然楹联中写的是“万”，但向个园相关人士求证时，都说是“应”，可见写楹联也要细心慎重，不能以讹传讹。

黄竿乌哺鸡竹的竿节间为黄色，老竿为金黄，幼竿奶黄，笋色独特，对比强烈，属于非赏美丽的多用途观赏竹种；锦竹色彩艳丽，刺黑竹色彩暗红，麻衣竹色如麻衣灰白，金镶玉竹的竿呈金黄色，但沟槽为绿色。可以说，这里是展示品种竹子的大观园。

西南侧还有竹语间，实际是竹文化展示馆。门口的地面上，用鹅卵石铺成的美丽花纹，有飞舞的蝙蝠，谐音“福”字；有牡丹花，象征富贵等。门上有楹联：“两枝修竹出重霄，几叶新篁倒挂梢。”里面有很多关于竹子的民间传说，王母娘娘的外甥女绿竹仙羡慕人间美景，于是下凡人间，生儿育女，从此人间大地就有了竹子。据《列仙传》记载，春秋时期，萧史善吹箫，秦穆公的女儿弄玉也好吹箫，穆公便将她嫁给萧史，并筑凤凰台给他们居住。一天傍晚，夫妇吹箫引来凤凰，弄玉乘凤，萧史跃龙，双双升天仙去。这就是“凤凰台上忆吹箫”的典故的来历。这些传说给竹子，也给个园增添了不少神秘色彩和趣味。

国际上有一竹藤组织，通过竹藤产业帮助生活在有竹藤地方的人们消除贫困，因为竹子除了有观赏功能外，还有很多实用功能，如篾竹有韧性，可以做竹篮、竹蒸笼等器具；燕竹因为具有坚硬的特点，可以做竹篙；毛竹因为粗壮，肉厚，可以做成竹筷、竹席等，还可以做成各种工艺品。

据统计，全世界有竹子 90 多属，1300 多种，竹子分布广，生长快，用途多。更可贵的是，个园主人喜欢竹子，是因为竹子有高尚的精神品质。首先，竹子目标坚定，不随波逐流。清郑燮在《竹石》中写道：“咬定青山不放松，立根原在破岩中。千磨万击还坚劲，任尔东西南北风。”我们可以学习竹子目标坚定的品质。其次，竹子笔直向上，跟“人往高处走”的古训相吻合，给人以努力前进的深刻的启迪。其三，竹子有节，象征着人有气节。毛泽东说过，朱自清宁可饿死，也不领美国的“救济粮”的“骨气”，表现出我们民族不屈不挠的英勇气概。其四，竹子是空心的，象征着虚心。毛泽东说：“虚心使人进步，骄傲使人落后。”墙上悬挂着用宽大的毛竹主干雕刻的“琴、棋、书、画”四条屏，具有极高的艺术品位。竹子的生命力很强，无论你是挖竹笋吃，还是砍竹子用，来年春天，它还是会茁壮成长。可以说，竹子一年四季，精力旺盛。有人把“梅、兰、菊、竹”称为四君子，有人称“松、竹、梅”为岁寒三友，也写了很多歌颂竹子的诗歌。

扬州八怪之一的郑燮喜欢画竹，还写了一首诗：“衙斋卧听萧萧竹，疑是民间疾苦声；些小吾曹州县吏，一枝一叶总关情。”作者在衙署书房里躺卧休息，忽然听到窗外阵阵清风吹动竹子呜咽的声音，产生一种十分悲凉凄寒的感觉。作者由自然界的风竹之声而想到了老百姓的疾苦，好像是饥寒交迫中挣扎的老百姓的呜咽之声，充分体现了作者身在官衙心系百姓的情怀。“些小吾曹州县吏”，既是写自己，又是写包括那些为民解忧的所有的公职人员时刻把老百姓的温暖记在心头。人民也会永远把他们记在心中。

宋代苏轼说过：“宁可食无肉，不可居无竹。无肉令人瘦，无竹令人俗。”难怪，现在无论是哪个公园，哪个学校，或者哪个小区，都少不了竹子的影子。可谓是处处修草绿筱，片片青碧竹海。但我以为，他们植竹时，都没有个园的主人这么专心致志地营造竹园。

为了使竹林不显得单调，这里既有树龄125年的枫杨，有120年树龄的桂花，还有五针松等名贵花。

旁边还有兰园，展出了各种兰花；还有盆景园，展出了盆景艺术，给人以不同的美感享受；上面的铁丝和棕绳还给人深刻的启迪：要想成人成才，受人敬仰，就要从严要求，管束好自己。竹林中间，还有映碧水榭，实际上这是个园茶室，外面的楹联："暗水流花径，清泉满竹林。"里面的楹联是："静坐不虚兰室趣，清游自带竹林风。"南侧的假山错落有致，清水悠悠，锦鲤轻游。蓝天白云，亭台楼阁，倒映在水中，让人心旷神怡。在茶室东侧的长廊南侧的六角小亭子，叫步芳亭，亭上有楹联："径隐千重石，园开四季花。"正是接近正月十五，有猜灯谜，有文艺节目表演，热闹非凡，喜庆异常。

整个赏竹区域既能突出个园竹子品种众多这一重点，又形式多样，使游客不感到单调。

四季假山

个园中部，以叠石精巧闻名。园内春、夏、秋、冬四季假山，皆为不同石头堆叠而成，所以来到这里，主要是观石。石山与楼、台、厅、轩紧密相连，和谐统一，特色鲜明。这是个园的主园区。

趣味春山　入园处，两边皆有长方形花台，花台上青翠的修竹密布其间，翠竹丛中，石笋参差。象征雨后春笋，层出不穷。古人造园，讲究有虚有实，虚实相生，犹如写意画，可让游客发挥想象。正中为园门，圆门上方，镶嵌着"个园"二字。

走进园门，就看到用太湖石砌成的花坛，此为春山，春山虽然不高，但由高低不同，形态各异的群峰组成，给人提供了诸多想象的空间。据导游讲解，这里有十二块不同的石头，组成的十二座高低不同的山峰。只要你充分发挥想象力，仔细观赏联想，就会发现很有趣的现象——这些石头，很像地支里的十二生肖。有的匍匐在草丛中，像夜间出来寻觅食物的老鼠；在西侧路边，像在努力耕地的老牛，角虽已断，但脸形逼真，特别是两个圆洞，就像两只大眼睛；在东半边的中间一块石头，像调转头来，张大嘴巴，咆哮山林的老虎；在东边的北侧，有像悠闲吃草的玉兔；在东侧墙边有一最高的石块，像腾空欲飞的金龙；在圆门北侧偏西处，有像高昂起头的白娘子；在牛后面，有像奋蹄奔腾的骏马，“山上无老虎，猴子称大王。”在圆门进来的小路西侧，有一块高起的石头，就像孙猴子，俗称“马上封侯”；在西侧偏北方向，有一块高起的石头，上面像飞翔的老鹰，南侧的像吃草的白色绵羊，北侧像按时报晓的雄鸡，有的像忠诚护院的狗，有的像膘肥体壮的猪……这是一幅百兽闹春图，显示出春天的生机盎然。

山间遍植桂花。北侧有四面厅，原来叫桂花厅，单檐歇山屋顶，现在叫作宜雨轩，面南而建，东西共三间。原为园主人接待宾客之处。宜雨轩的抱柱上有楹联：“朝宜调琴，暮宜鼓瑟；旧雨适至，新雨初来。”上联写这里既适合弹琴，又适合吹箫。主人与宾客能够以琴瑟交友，让人联想到“调素琴，阅金经”的闲情逸致，不仅显得古朴雅致，而且蕴藏着深长意味，让人觉得精彩纷呈，拍案叫绝。下联旧雨、新雨，说明老朋友刚到，新朋友又来，络绎不绝。主人不仅有风雅的待客之道，而且德行美好。无论老朋友，还是新宾客，只要能够坐在此轩之内，都适宜观看四面不同季节的雨，欣赏“春雨绵绵夏雨急，秋雨凉爽冬夹雪”的不同景致。

还有一副楹联：“世无遗草真能隐，山有名花转不孤。”说明真正的隐士，就要远离红尘，不把一点痕迹留在人世间。即使在深山老林，也不会感到孤独，因为有山花山草和他朝夕相伴。

门前铺的是像云朵一样的太湖石，两边还有突起的部分，其寓意是，中间是平步，两边是青云，从这里走过的人，就可以平步青云，这种设计真是别具一格，怎能不令人向往呢？

宜雨轩的西南有一座小楼，称为“觅句廊”。悬挂楹联：“月映竹成千个字，霜高梅孕一身花。”写出个园此处以竹为刚劲的精神，以为梅为靓丽的特点。此情此景，风光无限，觅得佳名，更有乐趣。

清凉夏山　在宜雨轩北侧，有一座抱山楼，从东到西，共有七间二层楼房，楼上两端各有攀登的小道曲折蜿蜒，如伸出的双臂，东边搂住“秋山”，西边挽住“夏山”，所以叫作抱山楼。

厅西北有一清澈荷池，温柔的睡莲绽放出美丽的身姿，色彩娇艳；彩色的鲤鱼游动出整齐的队伍，朝气蓬勃。南侧水边大大小小的石块自由散落，参差不齐，曲折有致，逶迤连绵，具有自然之趣。西侧临水有一石块，像一只乌龟驼着一只青蛙要饮水。我想到了一句诗："黄梅时节家家雨，青草池塘处处蛙。"中间还竖着一方奇妙的石头，整体看，像一个"月"字，体现了扬州月亮城的特点。把下面遮住，上面又像一个"丑"字，有人认为它是一块"丑石"，而且以丑为美，真是"不同的游客，会有异样的发现"啊！

西北有太湖石堆叠的山体一组。整个山体以白色为主，一位学识渊博的男导游称其为"银山"。山腹之中，有幽深的山洞与外界相连，山下有碧绿的池水，流入洞中，池上有石梁曲折相连。盛夏之时，进入洞中，清凉无比，适宜避暑。夏山山顶之处，有一座四角小亭。据说是根据"鹤鸣九皋"古句，取名为鹤亭的。但我以为，自古扬州多富有，有"腰缠十万贯，骑鹤下扬州""白鹤专拣兴地飞"之说，鹤来到扬州总要有地方休憩之处，而主人又善于养鹤，想得周到，在这山顶上建有鹤亭一座，柱子上有楹联一副："立如依岸雪，飞似向池泉。"亭畔有古柏劲松，苍翠如盖。这是借景手法，实际为松鹤亭，寓意是松鹤延年。西南植竹为林，满目青翠。山巅的东侧与七间长楼——抱山楼相连。

抱山楼上走廊的柱字上有楹联："淮左古名都，记十里珠帘，二分明月；园林今胜地，看千竿寒翠，四面烟岚。"既写出了扬州的繁华和月亮的文化，又写出了个园独特的风貌和景色的迷蒙。走廊外面的横额上写有"壶天自春"字样，"壶天"是指公园的壶状结构，经过狭长的过道后，豁然开朗，进入"人间仙境”，“春”则是大自然的意思。这里有一年中的春夏秋冬四季山景。抱柱上有楹联：“修竹抱山，春亭映水；幽兰得地，虚室当风。”用对偶、比喻等修辞手法把周边的景色高度、凝练、形象地描摹了出来。这里曾是中国人民解放军第三野战军八兵团渡江战役指挥部旧址，承载着辉煌的历史记忆。

丰收秋山　在宜雨轩与抱山楼之间的荷池东侧，也有一塘荷池，清水悠悠。有一座六角单檐小亭，名为清漪亭。西侧有楹联：“何处箫声，醉倚春风弄明月，几痕波影，斜撑老树护幽亭。”每到夜晚，明月当空，来此饮酒听箫，习习凉风缓缓吹来，波影荡漾，锦鲤徜徉。

抱山楼有复道廊接园东侧拔地而起的黄石山，就像一座巍然屹立的金山，在夕阳的照耀下，宛如一幅秋天丰收的山景图画。中部有一间石室，中间有一方形石桌，可以在此喝酒，上面有桂花树，每到秋天，便有桂花飘落下来，飘进杯中，杯中的酒就成了天然的桂花酒，香气浓郁，真是酒不醉人人自醉啊。即使真的醉了，也不用担心，北侧就有横放着的石床，可供醉客休息，因为这里的夏天特别凉爽，简直可以比置身于空调房还要舒服惬意。

石室南侧是一方洞天，如果遇到下雨，这里会形成自然的瀑布，声音洪亮，雨雾迷蒙，有一种天籁之音。走出山洞，回首仰望，峻峭的石峰之间，有一座石桥，凌空飞架，山顶古柏挺立，人们仿佛置身于深山幽谷之中。

在秋山的最高处，建有一座四角、单檐、卷棚顶的亭子，称作拂云亭，秋高气爽之时，站在这里，就可以手拂蓝天上的白云。山间石道盘旋而上，迂回而下，曲径通幽，变幻莫测。秋山山腰偏南侧，建有住秋阁，东倚围墙，坐东朝西，南、北、西三面为窗。上有楹联：“秋从夏雨声中入；春在梅花蕊上寻。”对仗工整，意境深远。既有对以前的回顾总结，也有对未来的追寻展望。

南侧有异峰突起，山间有粗壮的红枫，让人马上联想到杜牧的诗：“停车坐爱枫林晚，霜叶红于二月花。”恰到好处地彰显出秋山的特点。

雪白冬山　秋山向南有坐面朝北的3间房屋，名叫透风漏月，南倚春山东侧的院墙。

屋南沿着东南西的院墙，筑起一组气势磅礴的宣石山。山势盘亘而上，山峰蜿蜒曲折，连绵不断，山色洁白如玉，像刚下过一场雪，上面的石英石闪闪发亮，就像是雪后初晴，银装素裹，分外妖娆。雪景在阳光的照耀下，闪着金光一样。仔细观赏，发挥想象，整个冬山，很像一群洁白的狮子在与雪嬉戏，雪花飞舞，充满欢乐，栩栩如生，妙不可言。

山南面的粉墙上，开凿了24个一尺左右的圆洞，上下4排，每排 6 个，交错排列，整齐有序。正好让人想到 24 个节气："春雨惊春清谷天，夏满忙夏暑相连。秋处露秋寒霜降，冬雪雪冬小大寒。"大风乍起，孔洞中会发出吼叫的风声，有一种三九严寒的隆冬意境。

北侧山脚的地面上用碎石块拼接铺成的冰裂纹，仿佛告诉人们，游客在冰上行走，踩碎了冰块，寓意为"岁岁平安"。这是人们对一年四季即将结束，春节来临时的最吉祥的祝福语！

山西侧墙上辟有两个洞窗，让游客可以看到生机勃勃的春景，告诉游客一个哲理："银装素裹的冬天来了，生机勃勃的春天还会远吗？"这就告诉游客，真正充满希望的还是春天，因为"一年之计在于春，一日之计在于晨，一生之计在青春"。

游完冬季假山，向东走进一扇小门，就看到通向园东南之楼阁——从丛书楼。可能是提醒人们，读书跟习武一样，除了"夏练三伏"以外，还要"冬练三九"吧。抱柱上有楹联："清气若兰，虚怀当竹；乐情在水，静趣同山。"这副楹联不但突出了个园竹子和山水的特色，而且告诉了人们读书应掌握正确的方法，才能收到事半功倍的效果。告诉人们，读书时，要像兰竹一样香气四溢、虚怀若谷，才能进入书中境界，尽情吸收知识营养；读书时，"仁者见仁，智者见智。"要像奇山异水一样，坚持自己的个性理解，才能获得丰硕成果。

我看看里面，心中产生的疑问，读书楼为什么没有楼梯，该怎么上楼呢？导游还卖了一下关子，让我自己思考。我在百思不得其解之际，只好从原门返回，看到楼后面，有一条石径，可以上楼。我恍然大悟，原来主人是在告诉读书人："书山有路勤为径，学海无涯苦作舟。"真是独具匠心，用心良苦啊！

观赏豪宅　在四季假山的东侧，有一条南北方向的幽静小巷，两边长有树木，是一条林荫小道。侧北瓶形门头写有“竹西佳处”四个字，南侧八角门头写有“润碧”两个字，这是从赏竹区到豪宅区的重要通道。

主人黄至筠的住宅区域在最南侧，南大门在东关街，门外有大照壁，传说可以挡住歪风邪气。门内还有隐壁，是为了挡住牛鬼蛇神。来到这个区域，主要是观赏豪宅。个园生活区域分三路：东路、中路和西路住宅。

东路住宅以“禄”为主题。所以屋檐滴水瓦和窗上都有梅花鹿的图案。最南侧是清美堂，寓言清正廉洁，据说这是接待一般客人、处理政事的地方。楹联与读书扣得紧密：“传家无别法，非耕即读；裕后有良图，惟勤与俭。”意思是，传家没有别的好方法，只有好好耕田种地，认真饱读诗书；要想让后代富裕起来，最好的打算就是保持勤劳和俭朴的美好品德，这是主人对治家、传家的深刻感悟和经验总结。中堂对联：“竹宜著雨松宜雪，花可参禅酒可仙。”（汪士慎自题联）竹子遇到雨就更加潇洒，松树遇到雪就更加高洁，花和酒可以远离尘世。这副对联借物抒情，借竹、松、花、酒，表现出一种淡然处世、超然的精神境界。

向北走就到楠木厅，这是园主人举家用餐、举行小型宴会之所。桌凳等家具皆是圆形，寓意是事业圆满，合家欢乐。抱柱楹联："家余风月四时乐，大羹有味是读书。"园林里面有四季都有美景可供游乐，最美味的佳肴就是读书。这是借论酒谈羹说人生感悟。中堂对联："饮量岂止于醉，雅怀乃游乎仙。"告诉人们，喝酒要适度，不宜烂醉如泥，而应当是似醉非醉，飘飘欲仙，才是最优雅的状态。最北面就是厨房了。

中路的主题是"福"，所以门窗上的图案是蝙蝠。汉学堂是主厅，是正式礼仪接待场所。汉学堂中堂是画的竹子，对联是郑板桥自题书斋联："咬定几句有用书，可忘饮食；养成数竿新生竹，直似儿孙。"这就告诉我们，读书可以有滋有味，废寝忘食，儿孙要具有像竹子一样的精神品质。这些楹联能够看出主人对儿孙后代的教育十分重视。

在东路住宅和中路住宅之间，有一个过道门，门头上有"崇德"字样，可见主人是崇尚高尚品德的人。

中路中进是勤博堂，这是主人儿子的住所，正是前厅后寝。上面两个字："勤博"。"勤"字左下方少"横"这一笔，"博"字右上方少点这一笔。这不是无意写错，而是有意为之。这就告诉后人，在读书问题上，只要少一点勤奋，就会少一点渊博的知识。给后人以善意的提醒，真是妙不可言，用心良苦。其楹联是："漫研竹露裁唐句，细嚼梅花读晋书。"它的意思是，用竹叶上面的露水磨好墨汁，批点唐诗，细品梅花的清香，静心阅读古书。提醒人们，读书要深钻细研，才能读出味道来，就像漫研竹露，细嚼梅花一样，有滋有味。旁边有楹联：“三千余年上下古，一十七家文字奇。”说明中国历史悠久、卷帙浩繁、源远流长，留下了众多优秀古典书籍。我们要多阅读，才能有真才实学。

黄奭，字右原，本名黄锡麟，为黄至筠的二儿子，因其父捐资，被朝廷授予刑部员外郎之职，后因顺天府尹吴杰的推荐，黄奭被钦赐举人。黄奭少年时代在扬州安定书院读书，被两运淮盐使曾燠的赏识，介绍给著名学者江藩，专门研究经学。在清代，他与另一位学问家马国翰齐名，被称为“辑佚两大家”，作品丰硕。有《近思景集说》十四卷，《胪云集》两卷，《存悔斋集杜诗选》三卷；辑佚的丛书，有《清颂堂丛书》八种，《汉学堂丛书》二百二十六种，《汉学堂知足斋丛书》二百一十五种，以及《黄氏逸书考》等。

中路三进是主人的起居室和书房。其楹联是：“云中辨江树，花里听鸣禽。”说明主人热爱大自然，喜欢从远处缥缈朦胧的云雾中，仔细辨别江边树木的种类；喜欢用听鲜花丛中不同的鸟叫声，来判断不同种类的鸟。表明主人有隐逸山林的怡然自得。

去西路住宅前，有一条火巷，南宽北窄，俗称“棺（官）材（财）巷”，寓意是升官发财。南宽，说明前途广阔；北窄，表示向家里聚财。此巷又称船巷，寓意一帆风顺，永不翻船。这里南部偏东告墙处有一口古井，便于住宅平时取水；若万一发生火灾，亦能由此取水灭火。东墙偏下方，有一个拱形墙，主要是

防止长期取水后地基下沉，体现了古代劳动人民的聪明才智。

个园的西路住宅主题是“寿”，所以门窗上都有仙鹤和寿桃图案。首进为清颂堂，有楹联，再次强调读书：“几百年人家，无非积善；第一等好事，只是读书。”这是祭祀场所，也是唱堂会的地方。牌位放在西侧阁楼，寓意是高高在上。祭祀时，才能取下来，放在条台上。清颂堂中间是大寿桃，前面有八仙椅子，寓意是八仙拜寿。这副楹联总结家族成败兴衰的经验教训，提出“读书与积善”的重要人生哲理，成为亘古不变的家族规训。

天井是唱堂戏的地方，地面是中间高，四角低，有漏井，雨水可以流进去，叫作“肥水不流外人田”；前有两个大瓷盆，里面有水，寓意是：“门前有洋，金玉满堂。”

这里是中规中矩的建筑——前厅后寝。中进与后进，都是二层小楼，楼下是明三暗五，中进是主人黄至筠的住宅，后进的楼上是小姐“大门不出，二门不迈”的绣楼。客厅的西北侧有锁着的小门，这是供身材苗条的小姐上楼的地方。不是所有女孩都可以上楼去，只有成年女子才可以上去。俗话说：“十三上楼，十四盘头，十五抛绣球。”

个园的品种竹林观赏区，引人入胜；四季假山轮转区，曲折幽深；儒商豪宅品鉴区，文脉清晰。它们的布局都很精当巧妙，文化底蕴也很丰厚醇香。亭台楼榭，相映成趣；花草树木，品味高洁，充分体现出江南园林的秀美风姿。说明园主人是个儒商，是个真富豪，而不是土豪。

漫游何园

何园位于徐凝路西侧，偏向南通东路一边，为晚清第一名园。

里面的园门上有“寄啸山庄”字样，这是根据陶渊明《归去来兮辞并序》中的“倚南窗以寄傲”和“登东皋以舒啸”之意而命名，以表达主人何芷舠对晚清政府昏庸无能的强烈不满之情。旁边有一棵145年树龄的瓜子黄杨。坚强不屈，茁壮成长。凌霄花已经紧紧拥抱着太湖石，爬上顶峰，绽放美丽的黄红色花朵，像一只只面向天空吹奏的喇叭，将精致扬州号角吹响。

东园览胜

从东门进入何园的后花园，先看后花园的序幕——东园，右侧是蜿蜒曲折、连绵起伏的贴壁假山，有的地方高峻空兀，有的地方奇峰耸立，有的地方

孤峰突起……虽身居城市，但仿佛和陶渊明一样，有隐居乡村，身居山林的惬意，给人以无限的想象空间。青松翠柏，傲立山顶，充满生机。在扬州这座古城古巷内："无山却有山情，无水而有水意。"

左侧是牡丹厅，东墙歇山顶尖嵌有"风吹牡丹"的砖雕山花而得名，而且厅前种有园花牡丹，更显华贵。还有牡丹和凤凰图案，工艺精湛，惟妙惟肖，是不可多得的艺术珍品。凤凰有凤凰涅槃的故事，是指凤凰经过火的燃烧后重生，比喻一种不屈不挠的奋斗精神和顽强意志；牡丹也有象征意义，《牡丹之歌》中唱道："……百花丛中最鲜艳……众香国里最壮观……"虽在春天开放，象征富贵，但在冬天也历尽平寒，给人以深刻的启示。

右侧是一船厅，园主人何芷舠一生与船紧密相连，此厅是其形象化的标志性建筑。船厅有四面窗户，四面走廊，人犹如站在船舷之上，四面瞭望；专家们也为"窗开四面，地铺波纹"的构建手法叹为绝妙。歇山屋顶，四角翘起，就像鸟张开翅膀，向远方飞翔，竖柱上悬挂着一副行书楹联："月作主人梅作客，花为四壁船为家。"这副楹联既富有诗情画意，又表明了自己的心声：自己的心灵就像月亮一样洁白，邀请不怕严寒具有顽强精神的梅花来此做客。船就像自己的家一样，四周的墙壁的窗子上都有各种花纹，外面也有鲜花相伴。这让我陷入了沉思之中：每一个人都像驾着一艘小船，在社会这片海洋上漂泊，能够把握好方向盘（遵章守纪）的人，就能到达成功的彼岸；不能把握好舵，随心所欲、随波逐流的人，就有可能遇到翻船的危险，官员们来到这里，更要牢记人民群众就是大海里的水："水能载舟，亦能覆舟。"

四周的地面上，是用鹅卵石和小瓦铺就的一圈圈凝碧的波纹，犹如阵阵涟漪，随风荡漾，象征着主人一生就像在船上一样，四处漂泊。

贴壁假山的两个转角处，各有一座亭子。南侧有一四柱方顶“接风”亭，有为来客接风洗尘之意；北侧一转角处，有一六柱圆顶“近月”亭，有身在高处，接近月亮的美丽之意。

右侧贴壁假山的尽头就是何家二层读书楼，当年园主人何芷舠的大公子何声灏在此读书。何氏是由科举及第而走向发达的家族，尤其重视对子弟的教育。这里有何氏《读书写字之规》，用一千多字详尽论述了读书治学之道——治学三部曲：读书学习能不能有成，首先要看有没有“敬”——从主观意识上崇尚学识，热爱学问；其次要看能不能“习”——读书以百遍为度，反得咀嚼，烂熟于心；再次是会不会“思”——研究潜思，参明义理，才能把知识学问化为自己的东西。最后还提出了与孔孟“学而优则仕”和“万般皆下品，唯有读书高”不同的主张，要求族人实事求是，量力而行：能读书的安心读书，“何必入仕然后谓之能行”；不能读书的安心生理，“何必读书然后谓之能知”。

何声灏在此读书，冬天有蜡梅相伴，书香与梅香醉人。何声灏后被钦点为翰林院庶吉士。里面有他当年考取状元的喜报和优质试卷，小正楷字体非常漂亮，无论是文学功底，还是书法艺术功底，都异常深厚。可见，只有平时的争分夺秒，勤奋读书，才能换来最后的天道酬勤，飞黄腾达。

西园探秘

再往西走，就到了后花园的高潮部分——西园。

这里有长达一千多米的回环通畅的复道回廊，巧妙地将西园、东园和南侧的园居连接起来——人称“天下第一廊”。回廊不仅在于长，而且在于曲，被誉为中国立交桥的雏形（最初蓝本）。在里面穿行游览赏景，可以不怕雨雪遮天，不惧烈日曝晒，专家称此串楼廊道构建手法为“江南园林的孤例”。步行绕回廊，徜徉赏美景；步移景色异，身动风光美；假山峰连峰，花树肩并肩；高低参差，错落有致；有的山峰矗立转角边，有的山体掩映在树丛中，有“楼建于山”之说，一面一处景，一步一幅画。

回廊中漂亮的花窗带——漏窗（空窗）、花窗，形式各异，大小不同，隔而不隔，界而未界，既增加了景致的深度，又显得变化无穷，人称“天下第一窗”；有水中戏亭——西园水心亭，称为“天下第一亭”。水中的各色鲤鱼，从容自在，直视无碍；西南方树上的飞鸟，放开动听的喉咙，唱出悦耳的歌曲。可以想见，园主人在节假日时间，请上专业戏班子，来此演出，众宾客在四周的回廊上观赏，真是赏心乐事一件，正如汤显祖在《牡丹亭》里所唱：“良辰美景奈何天，赏心乐事谁家院?”被专家视为中国戏亭的范例。也有专家认为此为扬州园林中的“小方壶（海中仙山）”。笔直向上的芭蕉，直冲云霄，与假山屋顶似比高。

北侧的蝴蝶厅，厅角昂首翘角，像一只巨大的蝴蝶，振翅欲飞。这是主人宴请宾客的地方。

西侧是用雪白的太湖石堆叠的假山，山上的树木郁郁葱葱，遮天蔽日，转过西侧廊道，来到南侧，这是园主人何芷舠专为母亲所建的赏月楼，楼上平台半出，可凭栏赏月。楼前有一棵巨大的女贞树，树龄已有145年。因为女贞树“此木凌冬青翠，有贞守之操，故以贞女状之”（李时珍语），主人是以此树来象征伟大的母亲吧！

生活区域

再往东走，就到了玉绣楼，因院中植有广玉兰和绣球而得名。这是主人全家男女老少居住的地方，具有一百多年的历史。具有中西合璧的建筑风格，既有中国传统的砖木结构，又采用了法式的百叶门窗、日式的拉门，还有发式的壁炉和铁艺的卧床等等。可以说是中西合璧，兼收并蓄，推陈出新。前面的二楼走廊上有园洞，据说是下人在楼下烧好饭从此洞吊上来，再把不用的东西吊下楼去。也就是说，下人是轻易上不了主人居住的楼的。这也是等级制度的体现。

再南面一幢楼，是一展览馆。园主何芷舠，是朝廷正一品官员，49岁归隐扬州。何芷舠的父亲何俊是翰林，何氏家族几代人，百余年兴旺发达，完全得益于良好的家风。受“道德传家，教育救国”理念的影响，何家英才辈出，清代有祖孙翰林何俊、何声灏；民国期间兄弟博士何世桢（近代政治家、教育家）、何世枚（律师、教育家），父女画家何适斋、何怡如；新中国成立后，又有姐弟院士王承书、何祚庥。何世模，是中国银行的奠基人之一。曾孙祚字辈40人，有在海内外的杰出人士，在大陆从事科教文卫工作的高达82%，有不少正高职称，何承书为我国第一颗原子弹爆炸的核燃料工程做出了杰出的贡献，在这个“豪门望族”的大宅门中，竟出过六位中共地下党员。

何家有从孝敬亲长、隆师亲友、节义勤俭、读书写字、出处进退等十一个方面详尽地规范了家族成员和修身处世、待人接物之道，是一部循循善诱的家庭教科书，凸显着一个传统家族的文化渊源、道德理想与生存智慧。这是我们参观何园得到的深刻启迪。

再往南走就到了楠木厅，这是扬州面积最大、保存最为完好的一座楠木厅。主人接待嘉宾，有一种庄重而舒朗的感觉。距今已有400多年历史，窗户上用的法国玻璃被枪击穿，但玻璃未破；北侧长有芭蕉，每逢雨天，雨打芭蕉，声声入耳。南面的抱柱上悬挂着行书楹联：“退士一生藜苋食，散人万里江湖天。”写对联的何绍基虽与何家非亲非故，但他曾主持扬州书局，和何俊同为翰林。里面是煦春堂，有一副篆书楹联：“莫放春秋佳日过，最难风雨故人来。”出自清代孙星衍，用于告诫人们要好好珍惜大好时光，不要让美好时光匆匆流过。人生最难得的就是和朋友欢聚的时刻，给游客留下深刻的启迪。

再往东走，是印象何园，门口有楹联：“东阁梅花扬州风骨，南塘野草何氏山林。”里面是何家姓氏起源：“千枝归一本，万派终同源。”还有一个牌匾告诉我们一个深刻的道理：宁静致远。

片石山房

南园片石山房是“天下第一山”，是清代石涛和尚留下的人间孤本。石涛原名朱若极，是明王室后裔，清初大画家。

片石山房的第一个景点是在南侧敞开的房屋内的琴、棋、书、画，“琴”是指屋内的中间那一口井，有风吹来，会发出悦耳动听的声音，如琴音一样美妙；“棋”是指东侧的地面上有一段大树根，上面有象棋棋盘和棋子，旁边有凳子，游客可以在此下棋；“书”是指西侧的那一间书房，可以随时拿出一本书，坐下来静静地读；“画”是指南侧的墙上有一扇漏窗，窗外长着青青翠竹，犹如一幅精美的画，让人赏心悦目。

这是一种高雅的兴趣爱好，高档的文化素养。时刻提醒人们，要时刻记住一个真理：有成就的古人，都要有独特的才华，不能随波逐流、混吃草粮。

中间是一个清澈的池塘，北侧是用白色的太湖石堆叠的山峰，峰峦叠嶂，高耸入云，奇峭陡绝；山上松柏青青，不怕风吹雨打，电闪雷鸣。此处有三绝：石壁清凉、石磴平坦、山涧流水潺潺。

此处有“水中月镜中花”的说法。水中月是指在晴天，阳光透过山石映在北侧的白色墙面上，再倒映在水中，就像月亮在水中一样，有一种“静影沉璧”的意境；确实会出现这样一个奇景：“天上有个太阳，水中有个月亮。”因此，这里也可以说是“日月同晖”的景点，也是扬州成为月亮城的理由之一。西侧的墙壁上有一面巨大的镜子，能够将东侧的山景鲜花映在镜子里，不但将景色的面积增加了一倍，而且告诉人们一个深刻的道理：“镜花水月”是一种美好的假象，并不可信以为真，这就是造图者的智慧所在。

片石山房，占地不大，但景色优美，给人的想象比较丰富，启迪非常深刻。

二分明月楼

为了纪念中唐诗人徐凝，扬州人将何园门口这一条街命名为徐凝大街，南侧古运河上的桥命名为徐凝门桥。桥与徐凝门大街之间一石牌坊，上面写着“南河下历史文化街区”。徐凝门桥南岸东则的公园叫徐凝园。沿徐凝大街向北至广陵路向西走约 100 米，就看到路南的一条一人巷，上面写上隶体字：“二分明月楼（广陵路 263 号）。”这个天下第一楼，就像是一个顽皮的孩子，在跟游客捉迷藏呢。游客如果不仔细找，还真的找不到呢！

沿着巷子向南走 50 米左右，眼前就豁然开朗，这就是二分明月楼所在地。整个园子里，东西宽约 25 米，南北长约 45 米。

因是扬州旱园水做的孤例而闻名于世。为突出主题，该园到处都有月亮的影子。全园山水相连，水意含蓄，达到了眼无神有的境界，实乃扬州“旱园水做”的私家园林的珍品。该园最早是清代中叶的员姓豪门所建，后为盐商贾颂平所有。

西边是诗画长廊，长廊的墙壁的砖块上，刻有唐代张若虚以孤篇压倒全唐的《春江花月夜》：“春江潮水连海平，海上明月共潮生……”张乔的《寄维扬故人》：“离别河边绾柳条，千山万水玉人遥。月明记得相寻路，城锁东风十五桥。”这是写给女友的情诗，明月之夜，思念之情难以遏制。还有李白的《送孟浩然之广陵》和徐凝的《忆扬州》。这些诗都和明月有关，紧扣住此园的主题。

中间半圆的亭子上写有“伴月”二字，楹联是：“留云笼竹叶，邀月伴梅花。”因为这里坐西朝东，正好可以热情迎接月亮的升起，迎接月光的照临。

向南迎着石阶而上，就看到西南角的三间“迎月楼”，两边有楹联：“朗抱开晓月，高文激颓波。”将月亮迎进小园后，就有人在平廊中间的“伴月亭”中陪伴月亮，整个设计充满了人情味。东侧是假山竹林，侧耳倾听，有悦耳的鸟叫声，给人带来无尽的快乐。

竹林北侧的边上有一面对池塘的扇面小亭叫“梅溪吟榭”，

窗户两边，有一集句联，上联选自唐代山水田园诗人孟浩然《夏日南亭怀辛大》中“荷风送香气”，意思是“清风徐徐送来荷花幽香”，这是作者的触觉和嗅觉感受；下联选自孟浩然的《宿业师山房期丁大不至》中的“松月生夜凉”，意思是“月光照进松林夜晚渐生凉意”，这是作者的视觉和心理感受。小亭两边各有一个月牙形的小窗户，像两只耳朵，在倾听全园的天籁之声。

东侧有一平台，平台上有曲水流觞的水池设计，旁边置有石桌石凳，可供文人墨客举行饮酒赋诗的高档游戏。

向北过月牙门，就看到西侧墙壁上有一轮圆月，拾级而上，登上东阁就看到“夕照阁”，又称“送月楼”。因为坐东朝西，所以可能依依不舍地送别月亮离去。走出这一隅黄石假山高楼，看到西侧有一座月牙小桥，拱桥像月牙，汉白玉栏杆也像是月牙。这里旱园水做，中间有一片宽阔的池塘。

跨过小桥，就看到池边的金灿灿的迎春花已经绽放，就像满天的星星一样，在微风的吹拂下，还眨着动人的眼睛呢。倒映在南侧的一池碧水里，宛如一位动作优雅的少女正抚着青丝，照着镜子梳妆打扮呢！水中成群的锦鲤在游动，配合春风的吹拂，荡漾起一层涟漪。周边还有一些各具特色、大小不一的假山，组成独特的山水画卷。在这扬州这座闹市中，能找到这么一处幽静得让人赏心悦目而又充满文化气息的小型公园，难道不也是一件乐事吗？

最北面的一座七间二层长楼，坐北朝南，正中

间上方悬挂着清朝钱泳题写的匾额："二分明月楼"。楼栏形同虚设，作"美人靠"；楼顶飞檐翘角，像雄鹰展翅欲飞。楼下有抱柱楹联："春风阆苑三千客，明月扬州第一楼。"

因为中唐诗人徐凝在《忆扬州》中写道："萧娘脸薄难胜泪，桃叶眉头易觉愁。天下三分明月夜，二分无赖是扬州。"这本是一首怀人的作品，但标题却是怀地。前两句的意思是："少女娇嫩的脸庞难以承受离别相思的眼泪，桃叶眉上所显示出来的一点忧愁也容易被人察觉。"是作者描写在扬州与妻子分别的情景，"萧娘""桃叶"表思念。通过"愁眉""泪眼"等神态愁容描写，用"难"和"易"这一组反义词，写出离别时的缠绵愁绪。真是"相见时难别亦难"啊！后两句的意思是："天下的夜晚，若是有三分明月的光华，可爱的扬州啊，无奈要留下二分。"在这里，不仅可以仰望天上的月亮，还可以俯瞰水中的月亮。由"但愿人长久，千里共婵娟"和"海上生明月，天涯共此时"可知，这原本是写照人离别之月，思念之情，溢于言表。真是"剪不断，解不开"啊！

读懂了这首七绝的本意，才知道这两句被提取出来当作描写扬州月夜的美景，扬州这座名城独占明月风流，为扬州命名为"月亮城"奠定了坚实的基础，成为描写扬州的传神名句，成为宣传扬州的重要名片之一，难怪扬州人要时刻记住徐凝呢！

丁家湾的古典美

2019 年 7 月 7 日（星期一），我们广陵作协一行二十人，开展“探广陵、拍广陵、写广陵”系列活动，第一站来到了扬州古城南河下的丁家湾民居采风。

扬州自古“园林多是宅”，在丁家湾街道附近，就有很多民宅的私家园林，像一颗颗璀璨的明珠，镶嵌在南河下历史文化街区，充分显示这里的古典之美。今天，我们就撷取几颗闪光耀眼的明珠与读者分享。

走进静庐

我们首先来到位于丁家湾东侧的方圈门 17 号，这里有一座高大的门楼，墙面是用六角形灰色砖块砌成，大门上方的长方形砖雕内，镶嵌着白玉蓝字繁体隶书“静庐”二字，取名“静庐”有“闹中取静、宁静致远”之意。两边还有砖雕花纹，最上端有三层飞檐，层次感很强。整体上显得大气又古朴，旁边侧屋的砖墙不是乱砖堆叠，而是主人用历经艰辛而收集到的整砖所砌，每块砖的顶端还有铜钱字样，充分体现了古典美的风貌。侧屋的最上端与门楼的衔接处，有一群在绿叶衬托下的充满生机的橙色凌霄花精神抖擞地立在墙头，微笑着欢迎客人们的到来，真的是："满园'夏景'关不住，'一群凌霄'出墙来。"

一跨进大门，就见灶壁的墙上，有一福祠，中间空房准备安放土地老爷，下方为石栅栏，左右两侧各有一扇花窗，下方各有两个外方内圆的雕刻，上方是一只巨大的展翅飞翔的蝙蝠，"蝠"与"福"同音，两边配着吉祥的云彩，随风飘浮，送来安康；最上面长方形的花边内，是一幅椭圆形的盛开的牡丹花，象征着大富大贵。这些都表达了主人对美好生活的向往之情。

走进一看，北院的木质雕花窗下有一口古井，据主人介绍，这口井其实是新近凿成的，勒痕深凹的古井栏是自己在外面历经艰辛才淘得的。只有这样，才有古代的风味。旁边有一株挺拔的绿色芭蕉，正当梅雨季节，雨点敲打在硕大芭蕉叶上，发出清脆的响声，意境幽美，令人心醉。旁边有叶色青青的紫竹，竹下有"破土而出"的石笋，真有个园里春山的勃勃生机。苏轼曾说："可使食无肉，不可居无竹。无肉令人瘦，无竹令人俗。"可见主人是一位不同于世俗的儒雅之人。美丽的月光下，微风吹来，竹影婆娑，更加姣美。客厅的条桌上方，是一幅富贵竹中堂，桌子上有一只象征平平安安的宝瓶。前厅皆为雕花门窗，古色古香。抱柱上的楹联写出了前院的风景："闲庭竹影水印月，傍山砚池兰亭风。”屋前花园中，小桥流水，假山轩榭，应有尽有。太湖石堆叠成的假山——“洞天福地”，真是别有洞天。假山分为三层：最下面一层在水中，是锦鲤的藏身之处，给人以水帘洞的感觉；山脚的太湖石如波浪翻卷，汹涌澎湃。中间一层内，有石桌石凳，洞中冬暖夏凉，适合休闲，富有何园之中片石山房的独特风韵。山顶上也有石桌石凳，每到中秋时分，来此欣赏当空圆月，岂不让人心旷神怡，浮想联翩？半山腰的石缝里，有几株黄金竹摇曳生姿，既作为假山的一种陪衬，不让假山显得单调，又有“咬定青山不放松，立根原在破岩中”的深厚意蕴。同时，黄金竹还有富贵之意，当然是当今幸福生活的写照，抑或是对更加美好生活的向往。外面有凌空飞下的水帘，发出清脆悦耳的声响，有“大珠小珠落玉盘”的铿锵悦耳；如果遇到下雨天，真有庐山三叠泉的磅礴气势。下面有深潭溪流，小溪上有小石桥相连，水中色彩鲜艳的游鱼欢乐嬉戏，翻起阵阵美丽的浪花，好似与游人逗乐。旁边的依山亭中，有木制桌凳，既可下棋打牌，又可读书赏景，邀上三五好友品酒论诗，无不惬意。整个静庐占地 183 平方米，建筑面积 105 平方米，但由于走廊部分与花园互相借用，所以给人的感觉有 230～250 平方米，在这小小的空间内，既有个园的四季流转、何园的古朴典雅，也有小盘谷的移步换景、汪氏小苑的民俗文化。这就是造园的智慧所在，真是妙不可言。正如前厅抱柱楹联所云：“闲庭竹影水印月，傍山砚池兰亭风。”

听雨书屋

来到丁家湾，走进一条 1 米多宽、30 多米长的幽静小武城巷

18号，就可看到尽头门上有繁体隶书“听雨”二字，这就是听雨书屋所在地。上面古色古香的小瓦屋檐上，垂下一根碧绿的藤蔓，庭院之内一定显得生气勃勃。

走进门内，主人胡炳泉先生热情接待了我们。中间是一间客厅，客厅北侧的条形桌上，有20世纪六七十年代照明用的马灯等旧物件，毛玻璃窗外的墙上，有古诗雕刻，有绿色植物，形成一幅若隐若现的意境清幽的朦胧山水画；旁边的博古架子上，有青花瓷花瓶等艺术品；厅房设置了大面积透视冰裂纹木格窗，窗内外相互借景，十分静谧风雅。东侧是一幅清晰的青青翠竹图，与花窗配合得十分完美，里面的翠竹昂首挺立，像不知疲倦、日夜守卫美好家园的忠诚卫士。

透过紫红油漆的镂空花窗，就可清晰地看见正厅南侧的别有洞天。这里是主人精心打造的庭院，东南角是由白色太湖石堆叠而成的假山，一棵造型优雅的龙爪槐与一块山石相映成趣，山腰和山脚都有一两竿青青翠竹的巧妙点缀；山水相接处，还有一盆红枫，将山水景色装扮得生机盎然；西侧的贴壁“润碧”亭临水而建，两旁的红色木质抱柱上有一副楹联：“石榻观云坐，溪窗听雨眠。”在方亭中，一边听雨声、听蛙鸣，一边读名著、读经典，岂不快哉？岸旁绿色植物自然分布其间，还有刚钻出水不久的粉红色荷花欲放还羞，旁边还有两棵桂花，一到秋天，香气四溢，沁人心脾；一到冬天，磬口的蜡梅吐着幽香，静候客人们的到来，人们在这里可以“赏寄幽芳”，一年四季都不感到寂寞。丰茂的水草旁边，一群红色的鲤鱼排着整齐的队伍，鱼贯而出，热情地欢迎客人们的到来，水面上有一平板石桥与方亭相连。地面用青砖铺成通幽曲径。整个庭院设计精巧，布局精当，建造精致。观赏之后，有精美之感。

梦溪小筑

梦溪小筑位于广陵路傅家甸14—1号，被称为“庭院缩微园林——最美庭院”。门楣有一块硕大的黑漆绿色繁体楷书：“怀素抱朴。”大概是表达主人胡炳杰是怀着一颗平常的心，本着一份朴素的理念来造园的吧！

墙上悬挂着用黑漆白字写的王实甫《西厢记》的一幅行楷楹联：“花阴重叠香风细，庭院深沉淡月明。”显得黑白分明，一清二楚。我想，这就是主人造园的意境和目标吧。

墙上镶有“惠风和畅”四个繁体黑色楷书大字，喻指这里风和日暖，景美人欢。下面还有一尊栩栩如生的石娃，抬头仰望着园内美景，好像很不服气地说：“你这块满身是洞眼的石头，凭什么长得比我高大?”一棵高大的枇杷树为人们挡住炎炎烈日，为半个院落落下浓荫，让人神清气爽。鹅卵石把路面遮得严严实实，人们在其上徒步行走，犹如让大自然为自己进行无偿足底按摩，有利于强身健体，何乐而不为？你看，上面还有一个大大的繁体“寿”字呢！墙上有静觉斋诗句：“半毫壑秀怡倦眼。”说明这里虽然不大，只有60平方米，但照样能够让你放松疲倦的眼睛。

这里还有各种石头小品的精心点缀。“皱、漏、瘦、透”的玲珑剔透的白石太湖石，形状各异，姿态万千；裂纹纵横、雄奇险峻的龟纹石，纹路自然，坚硬无比；大小各异、高低顾盼、错落有致的石笋石，势峭俊秀，别具一格。石笋石旁边配有桂花、山茶等名贵花木，换一个角度欣赏，就如长在石笋上，令人叹为观止。

为了让鸟儿们常来作客，主人还在几棵树叉上安放了数只鸟屋，再放些食物和水，每日会有一些“不速之客”前来觅食饮水，唱出悦耳动听的感激之歌，这样一派人鸟安乐祥和的动人景象，怎么能不让人感到心满意足呢？

这里一年四季鲜花盛开。春天，茶花吐蕊，牡丹绽放；夏日，杜鹃展姿，睡莲张望；秋天，菊花微笑，桂花飘香；冬天，枇杷露白，蜡梅傲放。真是一处四季都鲜花盛开，让人心旷神怡的百花园。假山上有藤蔓植物攀爬，有盆景点缀，充满生机活力。步上二楼，看到一株造型别致的盆景旁的墙上，有“迎曦”字样，旁边有一长椅，主人每天都可以早早起床，端坐在这里，精神抖擞地迎接崭新一天的到来。

悦园觅趣

来到位于丁家湾的悦园，青砖所砌的门楼上方有“悦园”二字。进门以后，就觉得这里妙趣横生，别有一番天地。

整个庭院像一位身材修长的蛮腰少女。蓝灰色的院墙与景致十分协调。西侧有两块奇石，南面的石头像一位老者坐南朝北，与北面的一块似坐北朝南的鸟状石块在谈笑风生。旁边是一张圆形石桌，东北西三面有一张石凳，一家三口在这里休闲小酌，赏月吟诗，真是妙绝。

地面上是鹅卵石铺成的波纹，不但美观漂亮，而且有助于健身，还能象征主人生活惬意，能激起一朵朵美丽的浪花。花池内有几根昂首挺立的石笋，与西侧的奇石形成呼应之势。因为地形狭窄，阳光稀少。一棵身材魁梧的棕榈树和一株身材苗条的池杉树，为了沐浴更多的阳光，早已捷足先登，穿过了屋顶。一棵榆树，能识时务，依据地势，长成藤条形状，爬上了屋顶。榆树主干与葡萄主干，在空中手拉手，肩并肩，形成了天然支架，供葡萄生长。原来植物也知道互助谦让，合作共赢，才能在逆境中茁壮成长，真是趣味横生，妙不可言啊！

这里虽只有20平方米的有限窄巷，但趣味假山，奇花异草，水池盆景，多姿多态。主人也把目光投向了空中，人们沿着像迷宫一样的门当和楼道，走过放有民国家具的卧室、藏书丰富的书房、装饰典雅的客厅，来到平台，看到历尽艰辛才爬上架的葡萄，已经结出了累累硕果，向人们展示着丰收的喜悦，难怪叫“悦园”呢！

参观逸庐

丁家湾社区的逸庐位于小盘谷西侧。走进一条悠长的润碧小巷，就可见到爬墙虎张开利爪，沿着两面的墙壁，奋力向上攀爬；凌霄花已登上屋顶，

绽放橙黄色的喇叭花，仿佛告诉来宾：“看我居高临下，多么潇洒。”走进园内，看到这里的绿墙下面有一镇园之宝，这是一块长方形雕着龙纹图案的竖石，上面刻有“圣旨”二字，可见此物来历不凡。

该园的鲜明特色是景中有景。风景优美的圆窗外，有绿色花草和假山奇石，让人浮想联翩，心旷神怡；圆窗内，安放着一只半人高的淡蓝色宝瓶，象征主人一生平平安安。菱形圆角窗外，绿树衬托出的青砖黛瓦马头墙，是多么的宏伟壮观！

有一雕花圆门上方，书有绿色匾额——“谷西亭”，两侧的集句楹联是：“开帘见新月，椅树听流泉。”拉开门帘就可以欣赏到刚刚升起的一轮圆月，背椅大树，就能够听到悦耳的清清泉水流动的声音，这就形象地写出这里夜晚景色的美妙绝伦。曾有一个电视剧剧组来到过这里拍戏，花了两天时间呢！这里环境优美，庭院开阔。据说，这里的整个庭院占地360平方米，这么大新扩建的私家庭院，在周边并不多见，难怪要把这里作为今天游览的压轴大戏呢！

得意轩的抱柱上有一集句楹联：“帘外微风斜燕影，水径疏竹近人家。”总体写出了院落的特点。这里的山石曲径通幽。假山上披挂着的橙色凌霄花已开满枝头，充满生机活力，显得更加宜居。山下的活水池塘，阳光直射下来，波光粼粼，熠熠生辉；“游鱼细石，直视无碍”。人在桥上行，鱼在水走游，各有所乐。小池塘中央，有一株绿色慈姑点缀其间，真是妙绝。主楼前，有一棵巨大的枸杞树，每到秋天，红果累累，鲜嫩甘甜，令人垂涎，象征主人生活的美满惬意。楼旁燕竹和石笋林立。砖雕“厚德载福”，体现出主人的幸福生活来源于“德馨”。

最美庭院是精致扬州建设的一个缩影，它呼应了古城的扬州园林，丰富了扬州的公园体系建设。既反映了扬州市民对古典美的钟情与酷爱，又体现了扬州市在建国七十周年之际，生活富裕以后，对精神美的一种不断追求。

游琼花观

今天下午，我来到位于文昌中路的银河大厦对面、市一中西侧的琼花观（俗称），原为后土祠，专门供奉主管万物生长的后土女神，唐时增修为“唐贞观”，是江淮一带著名的道观。门前有一高大的石牌坊，上面写着“蕃厘观”三个大字，这是宋徽宗取福多福大之意而赐名的。左右各有两根石柱，上圆下方，柱的顶端分别雕刻日月形状，左为赤乌，象征着太阳，右为玉兔，象征着月亮。

往里走，就看见“山门殿”，右边挂着“扬州市文学艺术界联合会”的牌子，左边挂着“扬州市文艺家活动中心”的牌子，因为这两家机构就在里面的西北角。这里也是扫行程码、购门票的地方。

沿着石板路通道往里走，两边绿色植物郁郁青青，焕发出勃勃生机，左右中间的洁白琼花已经盛开，右侧的老榆树见证着历史的兴衰沧桑。

前面高大的古色古香的高大建筑就是“三清殿”，抱柱上写着楹联：“事纪扬州千古胜，名传天下万花魁。”（选自王信《咏扬州后土祠琼花》）表明琼花观曾是千年古道观，现在虽已没有道士，大殿内也未塑神像，但它作为扬州著名道观和著名的历史文化遗迹，在人们心目中始终享有崇高的地位。现在是“扬州美术馆”所在地。

平台四周都以白石栏杆围着，殿前西侧有一株具有三百四十多年树龄的古老银杏树，饱经沧桑的身姿返老还童，长出了嫩绿的叶子。两侧有枝丫纵横交错的伞状龙爪槐和纯洁质朴的雪白琼花。

观内琼花分外美

在三清殿的北侧，是琼花观的后花园，围墙的东侧有大门，上方写着“琼花园”，两边有楹联：“江北江南无二本，花开花谢几千年。”犹如小说设置了悬念，引起了读者的浓烈兴趣。

往里走，看到了简介才知道，西侧有造型别致的琼花台。台上有琼花一株，树大花繁，远远望去，几朵琼花拥在一起，挤在一块，洁白可爱；有的像一朵朵白云，飘忽不定；有的像一朵朵巨大的白色雪花，落在树冠上；有的像翻飞的蝴蝶，令人顿生怜爱之情。走进细细观赏，别有一番风味。朝阳地方的琼花，像落落大方的少女，穿着洁白的连衣裙，在春天的暖风中尽情绽放自己的曼妙身姿，一朵巨大琼花，中间是淡黄色聚伞花序，周围有 8 朵大型的洁白琼花，又称聚八仙。每朵 5 片花瓣，近似五角星。光照不太充足的地方，含苞待放的琼花就像一个羞羞答答的小姑娘，躲在家里，不愿出来会见陌生的游客。白花在翠绿色叶子的衬托下，更显洁白无瑕。琼花相传天下无双，故此观又被称作琼花观，千百年来，琼花以其清雅独特的风姿，吸引着扬州太守欧阳修、婉约派大词人秦观等许多文人墨客前来赏花题咏。北宋大臣扬州知州韩琦赞曰：“维扬一株花，四海无同类。”千百年来，琼花正以其天下无双的靓丽风采笑迎海内外嘉宾和亲朋好友。

欧阳修任扬州知州时，特在观内的东北角的假山上建巧夺天工“无双亭”，以供人们观赏琼花，并作诗曰：“琼花芍药世无伦，偶不题诗便怨人，曾向无双亭下醉，自知不负广陵春。”每当暮春三月，花开时节，朵朵奇葩，若蝴蝶戏珠，似八仙起舞，留下了绰约的芳姿和美丽动人的传说。

隋朝时，扬州东门外一个名叫观郎的小伙子，在河边散步时救回一只受伤的白鹤。后来，观郎结婚时，白鹤衔来一粒种子表示祝贺。种子长成一株琼花，阳光时节，琼花每隔一个时辰，就会变换一种颜色，流光溢彩，美轮美奂。隋炀帝听说后，便急不可耐地赶到扬州来看琼花，可琼花却突然凋谢了……扬州民间流传着这样一首民谣："隋炀帝，下扬州，一心看琼花，陆地去行舟。到头来，万里江山一旦休。"传说这里的琼花本是仙花，不愿将自己的冰清玉洁的姿色献给昏庸淫荡的杨广，在杨广到达扬州的前夕，琼花在大风大雨的袭击下，全部凋谢了。民间传说虽是虚构的，便情节生动，故事感人，世代相传，影响深远。

这里不但可以了解隋炀帝和琼花的神奇故事，而且据说琼花只爱扬州。宋仁宋、宋孝宗都曾将它移植都城内苑，但难以存活，只能迁回扬州。据说，《儒林外史》的作者吴敬梓在落魄的晚年常常流连于这里的琼花台畔，悲悼自己的坎坷身世也像琼花一般。他的侄儿金兆燕有诗云："峨峨琼花台，郁郁冬青枝。与君攀寒条，泪下如连丝。"描写了吴敬梓在琼花观里怆然涕下、泪湿衣衫的情景。

琼花台北侧，有一玉勾井，井上盖有一凉亭，凉亭上方有一个洞，可以看到湛蓝的天空，让井水览星映月，这是美好的景色，聪明的设计。但也会有人联想到"坐井观天"的成语故事，横梁上有"玉钩洞天"四个淡蓝色行草大字，抱柱上有楹联："坚贞岂许移殊域，萌蘖依然茁故乡。"写出了琼花淡雅的玉容，天生的丽质，坚贞的品质，顽强的意志。“蘖”是树枝被砍去后，又长出来的新芽。“茁故乡”指只有在故乡扬州才长得旺盛茁壮。

石碑上有介绍：玉勾井，全称“玉勾洞天井”，旧在琼花观（蕃厘观）后。相传有道士持画见守帅，画中字皆云章鸟篆，不可识，既去。使人尾其后，至后土井而没。乃吏狱囚下视之，见一洞，署“玉勾洞天”，复使人入，则水漫不可寻矣。至民国年间，蕃厘观东的一井，仍名玉勾，为民间公用，水皆清冽。但玉勾洞天，已无踪迹可寻。只留下楹联：“天机不可泄，云章鸟篆千道画；神水有缘来，土井玉勾一洞天。”这一神话传说，交代了玉勾井的由来，又为琼花观增加了一些神秘色彩。但不知道是“玉钩”对，还是“玉勾”对呢！

花园的中间有小桥流水，长廊楼阁；水下游鱼肥，树上锦鸟飞；多姿盆景，古老苍劲；别样花卉；整个花园浓缩了江南园林美景之精华，令人浮想联翩，流连忘返。

西侧有“聚琼轩”，抱柱上有楹联：“一树团叶花簇蝶，满庭璀璨玉生香。”写满树的琼花像白色蝴蝶一样美丽，让整个庭院像玉一样璀璨夺目，香味扑鼻，令人陶醉。

西南侧有玉立亭连接着东侧记载着隋炀帝与扬州的连环画长廊，抱柱上的楹联是：“玉容偏雅淡，国色自清腴。”也写出了琼花的玉容和自清的特点，难怪会成为扬州的市花之一呢！

玉立亭的北侧就是市文联和文艺家之家所在地了。这个院子的中间有一株340多年的银杏，长得枝繁叶茂，生机盎然，虽是古树名木，却充满了青春的活力，下面有两株春山茶开着鲜艳的红花，更是美不胜收。古老的银杏象征着扬州的文学艺术源远流长，又在春天显示了青春的活力；到了秋天，这里将会铺上一层厚厚的黄金叶，将整个庭院衬托得金碧辉煌，让人不忍心影响她的安宁。

杨广与扬州有缘

琼花观后花园的东侧有仙葩亭，亭上有楹联："标格异凡卉，蕴结由天根。"连接仙葩亭向南再折向西有九曲碑廊，上面有二十块连环画石刻，详细介绍了隋炀帝和扬州的故事。

在中国的历史长河中，隋炀帝如流星一般的短暂而炫目，但他与扬州却有着不解之缘。隋炀帝，名叫杨广，是隋文帝的次子。早年史书说他仪容美丽，年少聪慧，文武双全，才华横溢。先平定南朝的陈乱，再平定江南高智的叛乱，屡有战功。二十岁的杨广协助父亲统一中国后，被调任扬州任十年总管，坐镇东南，曾在扬州设千僧会，被佛教浙江天台宗创人智头授予"总持菩萨"的名号，智头也被尊为"智者大师"。最后杨广还遵照智头的遗愿，将寺院命名为"国清寺"。扬州成为杨广展示政治才能的平台和龙兴之地。后以弑父杀兄的手段登基为皇帝，充分体现了"无毒不丈夫"的特点。

隋炀帝与扬州有着不解之缘，主要考虑扬州政治、经济和战略的独特地位，并非出于看琼花的目的。即帝位前，曾任十年扬州总管，隋炀帝即位不久，即派大臣往江南采木，命扬州工匠造龙舟、楼船数万艘。杨广乘龙舟巡幸江都时，船队相接两百余里。礼部尚书杨玄感起兵反隋，龙舟被焚毁。隋炀帝又命扬州重造，在很短的时间内，扬州完成了两批规模更大的龙舟建造任务，从一个侧面反映了扬州当时造船的技术力量的雄厚和规模的庞大。

杨广在位十四年，先后三次巡幸扬州，还将扬州升格为陪都，与西都长安、东都洛阳同等看待，并在蜀冈东峰建有江都宫、显福宫、临江宫（扬子宫）等十宫。第一次来扬州，停留半年多；第二次来扬州，停留近一年；第三次来扬州避乱一年多，直至宫廷政变，自己被杀，长眠于此。

杨广与扬州美食也有密切关系。魏晋南北朝时期，广陵（今扬州）船民创制了方便、价廉、耐饥的蛋炒饭，隋炀帝十分喜爱隋代改制成的“碎金饭”，到了明代，扬州民间厨师又在炒饭中增加配料，形成了扬州炒饭的雏形。到了清代，扬州知府将之传到南方，才被称为“扬州炒饭”，后来被传到世界各地，成了扬州这个世界美食之都的一张靓丽名片。

扬州美食中久负盛名的淮扬菜“蟹黄狮子头”，又名“葵花献肉”，据说是为纪念隋炀帝游览扬州名景葵花岗而作，隋炀帝品尝之后，大加赞赏，赐宴群臣，一时传遍天下。唐时改为“蟹黄狮子头”。可见扬州美食源远流长，世界美食之都实至名归。

隋炀帝即位后，定扬州为陪都，开凿运河，使扬州成为交通枢纽，对外贸易的港口，人文荟萃的圣地，促进了中国经济和文化重心的南移，为扬州的繁荣发展做出过重要贡献。

杨广的功过是非

为选拔人才，巩固政权，隋炀帝在文帝草创科举的基础上，正式设立进士科，中国科举制度从此诞生，考生以考政论文章为主，优选考虑人品，同时选拔“文才秀美”的人才，为唐初培养大批刚毅正直之才，也为下层优秀知识分子展示才华提供了大好机遇，削弱了门阀大族的世袭特权，对中国封建社会的繁荣发展起到了重要作用，并一直沿用到清末。

隋炀帝曾西巡张掖，开拓疆土，打通了丝绸之路，稳定了边境，促进了对外贸易交往。建章改制，修建东都，开凿运河，修理驰道，建筑长城，经济实力增强，文化艺术得到空前发展，出现大批人才，如赵州桥的建造者李春等，国内呈出现一片繁荣发达的景象，被誉为“大业之治”。

隋炀帝曾下令先后开挖了通济渠、邗沟、永济渠和江南运河，用人工方式将长江、淮河、黄河、海河、钱塘江五大水系沟通连接起来。形成一个五千多里的全国水运大动脉，为封建社会的持续繁荣奠定了坚实的基础，为扬州的繁荣昌盛埋下了厚厚的伏笔，和秦始皇筑长城一样，杨广为世界文化遗产做出了杰出贡献，因此有“到北京看长城，到扬州看运河”之说，但在当时也付出了国家衰败的惨痛的代价。

后又因为隋炀帝三征高丽，穷兵黩武，国力受损，农民起义风起云涌。炀帝见天下大乱，自己已经无力回天，就想避乱扬州，岂料被以宇文化及为首的部下缢死于扬州，和自己的父亲下场如出一辙。由萧后和宫人草草埋葬于江都宫流珠堂下，后由将军改葬于吴公台；唐朝平定江南后，才以帝礼改葬于扬州北郊槐泗雷塘，留下了短暂而又辉煌的隋朝。

唐朝诗人皮日休对杨广有过公正的评价："尽道隋亡为此河，至今千里赖通波，若无水殿龙舟事，共禹论功不较多。"杨广爱好文学艺术，又因曾经亲历塞上，远征辽东，所以部分诗人对自然风光和戎马生涯的描写，境界开阔，风格质朴，如《泛龙舟》："舳舻千里泛归舟，言旋旧镇下扬州。借问扬州在何处，淮南江北海西头。六辔聊停御百丈，暂罢开山歌棹讴。讵似江东掌间地，独自称言鉴里游。"

游览琼花观，不仅可欣赏琼花的动人美貌，还可以了解隋朝短暂而又辉煌的历史，了解隋炀帝与扬州的不解之缘和功过是非，真是受益匪浅、不虚此行啊！

曲江公园

曲江公园位于文昌路与观潮路交叉路口，建于2009年。是一个集休闲、文化、娱乐于一体的开放式公园。2010年又精心打造成生态化、亲水式、文化型的开放式公园。公园入口处有一棵粗壮古老的树根雕塑，象征着顽强不屈的精神和悠久的历史。雕塑后面是一座美丽的小花坛，再后面就是三角形的大门，中间有竖写的“曲江公园”四个红色大字。

法制公园

曲江公园南侧的巨石上刻有“曲江法制文化公园”8个正楷红色大字，往里走的正门两侧，共有六位名人的头部石像。

大门左侧从右向左依次是：第一位是汉代大儒董仲舒（公

元前 179—前 104)，其“三纲五常”“正谊明道”之说，开中国法学思想之先河，为后世统治者所尊崇，扬州北柳巷建有“董子祠”就是最好的见证。第二位是朝廷重臣、开封府清官包拯（999—1062)，人称“包青天”。他刚正不阿，清正廉明，断狱神奇，家喻户晓，流芳千古。第三位是郑燮（1693—1765)，任县令期间，“惠政于民”。有一年闹饥荒，他为民请命，要求赈灾，忤逆了上司，于是以生病为由请求归乡，居住扬州，有“诗书画”三绝之称，是“扬州八怪”中最具代表性的人物，有著名诗作为证：“衙斋卧听萧萧竹，疑是民间疾苦声。些小吾曹州县吏，一枝一叶总关情。”可见，他是封建社会中的官品楷模。

大门右侧从左往右看，右侧的第一位是鄂森（1902—1970)，上海律师兼东吴大学法学院教授，第二次世界大战时曾参与远东国际军事法庭对日本战犯的审判，见证了那一场艰苦卓绝的较量。第二位是改革开放前的全国律师公会常务理事兼秘书长、全国著名的大律师戴天球（1895—1975)。第三位是民国时期的全国律师公会常务理事胡显伯（1880—1948)，曾两度出庭为从事革命活动两次被捕的江上青辩护，为营救江上青做出了重要贡献。这三个人是全力维护法律尊严的典范，值得我们纪念和学习。

反对邪教

北面一个小门进来，在北侧挡雨长廊外侧，有一块白石，上面用黑漆竖写着字，这里是由广陵区司法局和防范办设立的“广陵区反邪教主题公园”，向西的步道旁边，还可以看到大理石上刻着的关于法制方面的名人名言。

1. 只向真理低头。——江平

2. 法官是法律世界的国王，除了法律，就没有别的上司。——【德】卡尔·马克思

3. 自由就是做法律许可范围内的事情的权利。——【古罗马】马库斯图留斯西塞罗

4. 程序是法治和恣意而治的分水岭。——西方法谚

5. 故治国无其法则乱，守法而不变则衰。——欧阳询

6. 法者，天下之公器。——梁启超

这些名言都谈到依法治国的重要性，不仅每个成人公民来此休闲有收获，即使学生（特别是立志将来从事政法工作的孩子）也要来此接受深刻的教育。

北侧走廊的东边的廊柱上有漂亮的隶体书法，由西向东依次是：

1. 锤开旧宇地天新，镰拍朽枯风卷尘。百姓有灯明暗夜，中华旗举敢争春。

2. 暗夜南湖亮斗星，燎原烈火向天明。征程二

万经风雨，宝塔擎旗进北京。

3. 腔腔碧血染旗红，唤醒神州百万工。构建和谐新社会，东方跃起中国龙。

4. 罢郡轻舟回江南，不带关中一点棉。回看群黎终有愧，长亭一别心黯然。

5. 乌纱掷去不为官，囊橐萧萧两袖寒。写取一枝清瘦竹，秋风江上作渔竿。

6. 一湖春水半湖烟，船载星辉荡九天。侵晓鸣鸡千古白，风华赤子凯歌旋。

7. 高悬右臂对锤镰，烽火硝烟沥胆肝。回首平生无憾事，红星血染佩胸前。

8. 萧萧行李向东还，要过前途最险滩。若有脏私并土物，任他沉在碧波间。

这些七律诗虽然没有题目，但其中心主旨是一目了然的。如第一首，是解说党旗党徽的意义和作用，第二首开始，记录了中国共产党成立一百年来所走过的光辉历程，提醒党员干部不忘初心，廉洁奉公，为民服务。在这里，可以了解中国共产党为人民谋幸福的宗旨。

曲江观潮

“广陵曲江有涛”的记载古已有之，最著名的是西汉辞赋家枚乘所写的词赋《七发》有具体描述，据古书记载，大约盛于汉代到六朝，当年海潮上溯至广陵城南曲江江段时，因水道曲折，又受江心沙洲的牵绊，形成怒涛奔涌之势，蔚为壮观。大约在唐代，此处形成了冲积平原，广陵涛渐渐消失。

从门口往东走，就看到大道两边各有一道风景长廊，可以在艳阳天或雨天在此休息，竖柱上挂有正楷书写的关于曲江观潮的记载。

南侧走廊内从东向西依次是下列内容：

1. 南朝阴铿《广陵岸送北使诗》：“行人引去节，送客舣归舻。既（应为‘即’）是观涛处，仍为郊赠衢。”

2. 明郭谏臣《送陆春元北上》节选：“剪烛夜倾桑落酒，扬帆时度广陵涛。看花上苑春将近，不惜临行赠佩刀。”

3. 隋杨广《春江花月夜》：“暮江平不动，春花满正开。流波将月去，潮水带星来。”

4. 汉枚乘《七发》节选：“将以八月之望，与诸侯远方交游兄弟，并往观涛乎广陵之曲江。”

5. 南朝民歌《长干曲》：“递浪故相邀，菱舟不怕遥。妾家扬子住，便弄广陵潮。”

南侧有无花果、杨梅、桃树、石榴等果树。

北侧走廊内从西向东依次是这些内容：

1. 唐李白《送当涂赵少府赴长芦》节选：“我来扬都市，送客回轻舠。因夸楚太子，便观广陵涛。”

2. 唐韦应物《酬柳郎中春日归扬州南郭见别之作》：“广陵

三月花正开，花里逢君醉一回。南北相过殊不远，暮潮从去早潮来。”

3. 明冯梦龙《月》节选：“广陵潮渐长，梅影入帘浮。”

品读这些诗句，就能够了解曲江的来历，这里曾是长江入海口，当时汹涌的潮水犹如今天钱塘江大潮般壮观。

北侧长有美人梅、玉兰、榆叶梅、桂花、结香、乌桕、合欢、垂丝海棠、香樟、樱花、琼花等名贵花木。让来这里的游客徜徉在花丛中，陶醉在美景里。

经过长廊，就来到了临水广场。广场西侧是大理石两边有两行行书字：“烟花三月和谐美，绿杨城郭法制明。”中间的大理石上是金色的隶书字，较为详尽地介绍了曲江公园的设计和曲江观潮的盛况。站在广场上，想象当时的观潮盛况，也是一种难得的享受。

儿童游乐

广场上可容纳多支队伍来此跳舞。两侧便是儿童游乐场。水边广场的南侧是收费区（一个项目玩一次收费 10 元），有如下项目：“魔幻彩球”和“自控飞机”，都有 8 个舱，每个舱可坐一个大人，一个小孩；“马戏团”和“长颈鹿飞椅”一次可坐 10 小孩；“宝马车”一次可坐 3 组，6 至 7 人。孩子们可以在这里尽情玩耍，享受童年的快乐时光。

中间的水面上，还停着各种游乐划艇，等待着家长带孩子们租用。水边还有一只惟妙惟肖的绿色充气小象站在水边观赏着清澈宽活的一大片水域，守卫着鲜嫩活跃的鱼虾，充满喜悦之情。

向东，经过一座平桥，就到了东北角免费的儿童游乐区，主要是一些攀爬器材和滑滑梯之类，儿童们可以在家长的陪伴下，来这里无忧无虑地玩耍，得到彻底的放松，享受童年的快乐。

宪法主题

再沿着步道向东南走，就看到一片昂首挺立的雪松林，路边有一平放的石块，上面刻有选自《史记循吏列传》的名言："法令所以导民也，刑罚所以禁奸也。"这是告诉我们法令是用来引导百姓从善的，刑法是用来禁止奸恶罪过的。经过一座一大四小的连拱（五拱）水泥桥，就到了中心小岛上，这里是广陵司法局有设立的宪法主题园，北侧是三块展牌上分别介绍《中华人民共和国宪法》《宪法宣誓誓词》和宣传大幅标语："建设法治广陵，弘扬宪法精神。"东侧三块展板上回答了"宪法跟你的一生到底有什么关系"等问题，西侧的展板上，是"盘点我国现行宪法的历史修改"（共六次）的情况。背面是"国家宪法日五个问题带你了解宪法""什么是遵守宪法和法律的义务"等问题。我想，如果政治老师在讲到"宪法""依法治国""反邪教"等内容时，能将学生带到这里来上课，岂不收到事半功倍之效？那些贪官污吏和刑事罪犯能早一点到这里来接受教育，岂不是可以避免身陷囹圄之痛？家长带孩子来游玩时，能来关注一下法治宣传，岂不是能起到防微杜渐的作用？

健康驿站

宪法主题园的南侧有供成人锻炼身体的各种器材，西侧有紫藤长廊，下面有可供下象棋的桌凳，桌上有棋盘和棋子，玩累了，下两盘棋，岂不也是一件乐事？四周的步道是用鹅卵石铺成的，走在上面，可以刺激脚底的各个穴位，促进血液循环。如果累了，可以坐下来休息；如果饿了，这里还有曲江餐馆，真是想得太周到不过了。

从南侧绕到东侧的运河北路边上，还看到两座小山，北侧的小山上还有一座四方凉亭，这是全园的最高峰，坐在亭中，向西眺望，曲江公园尽收眼底，扬州古城和东南新城交相辉映。向东瞭望，京杭大运河近在咫尺，广陵新城鳞次栉比。

下山从北侧向西走，就来到的健康驿站，健康驿站的宣传牌上有《健康生活方式与行为篇》中的《中国公民健康素养66条》，对我们提出了具体要求，大家只要照着做就万事大吉了，四四方方的健康亭两边有一副对联："胸有宏愿春常在，心无烦忧寿自高。"提醒人们如何强身健体。路旁还用鲜明的对比手法，言简意赅地对我们提出了生活要求："多蔬多果多动，少油少盐少酒。"市民在这样的城市公园中，既可以休闲娱乐，强身健体，又能欣赏美景，受到崇高思想的熏陶，真是一举多得，何乐而不为呢？

动物乐园茱萸湾

以前经常带孩子来茱萸湾活动，指导孩子写作。但真正到自己想写一点东西时，还是要再来现场，仔细欣赏。5 月 16 日（初夏）的中午，我吃过午饭，驱车来到位于扬州市广陵新城北侧的湾头镇的朱萸湾公园。

清水池中的珍禽水鸟

这里不仅东北西三面环水，风景优美，而且藏有许多珍贵的动物。一走进公园，就见右侧有一池碧绿的荷叶，荷花还在积蓄着准备开放的力量。

四周的树木郁郁葱葱，右侧是一座白玉石拱桥，桥两边的栏杆上刻有栩栩如生的牡丹、茱萸、梅花等花卉图案。桥北侧的巨大水塘里，有各种颜色、大小不一的各种水禽。

滨水步道旁，一对年轻夫妇带着一个四五岁的小男孩，正在给三只白身黑颈的天鹅喂蛋糕，黑颈天鹅通体呈雪白色，头部和颈部是黑色。吃到蛋糕的天鹅昂起头，嘎嘎地叫着，仿佛说："真香，谢谢!"说完，又划着两只脚，向湖中心游去了。两只黑天鹅带着 5 只鹅宝宝在水面上徜徉，旁边还有两只小野鸭在快乐地觅食。

天鹅比家养的白鹅要大一些，种类很多。除上面写到的黑颈天鹅外，还有白天鹅、黑天鹅、疣鼻天鹅等。白天鹅全身披着白色羽毛，只有鸟喙和脚是黑色的；黑天鹅通体羽毛漆黑，只有喙是红色的，喙端是白色的；疣鼻天鹅，因前额有一块突起的黑色瘤疣而得名，喙呈淡黄色。它们都是癞蛤蟆望尘莫及的，难怪人们会说那些不干实事、异想天开的人是"癞蛤蟆想吃天鹅肉"呢!

体形较小的有鸳鸯、灰雁等。鸳鸯中，雄鸟的喙呈红色，羽毛艳丽，头上有冠羽，眼后有白色眉纹，翅上有一对栗黄色扇状直立帆羽毛；雌鸟通体为银灰色。因为如此漂亮的鸳鸯成双成对在一起游玩觅食，人们常以鸳鸯比喻夫妻恩爱，所以说鸳鸯很受人们欢迎；灰雁身上的羽毛呈淡灰色，脚和喙呈粉红色，虽属于雁类，但不能展翅高飞。

麻鸭家族也是"鸭"丁兴旺呢。赤麻鸭全身赤黄色，像金子一样闪闪发光，翅上有明显的白色翅斑和铜绿色羽境；花脸鸭很漂亮，雄鸭脸部由黄、绿、黑、白等多种色彩组成，花纹斑状让人赏心悦目；翘鼻麻鸭的体羽上面和肚子部呈白色，侧面、头和上颈为黑色，具有绿色光泽；红色的喙较长，且微微上翘，这样更放便觅食吧。

这里的珍禽水鸟发出的呼朋引伴的声音与周边树林里的飞鸟发出的悦耳动听的声音互相应和，奏出了大自然高亢和谐的交响曲。

岸边的桃树已经挂果，但还未成熟。旁边的小树林里，有一群通体淡红的高个子火烈鸟，有的在悠闲散步，有的在埋头休息，有的在抬头仰望，还有的在水面上觅食呢。

沿着小湖走一圈，看完这些大大小小的水禽在觅食、戏水、玩乐之后，就到了鱼类观赏区。一块池塘中，各种大大小小的锦鲤，在自由自在地游泳，展示自己美丽的身姿，以表示对这里优美生态环境感到惬意。红的像火，白的像雪，黄的像金，真是五彩缤纷，不亦乐乎！

东西山上的仙鹤孔雀

刚一参观完珍禽水鸟，我就来到的北侧的鹤生态园。南侧的小岛上是黄山石堆成的鹤苑，上面有两排红色大字："腰缠十万贯，骑鹤上扬州。"说明扬州当时的繁华，消费能力极强。旁边就是鹤鸣湖，走进北侧的木制滨水步道，就可以看到鹤家族的英姿了。"白鹤专拣兴地飞。"鹤的腿很高，喙很长。它们来到精致扬州的茱萸湾公园，这里顿感蓬荜生辉；人们跳舞时常说的动作"白鹤亮翅"，形容老年人精神健旺用的成语"鹤发童颜"，其中的鹤都是指的白鹤，它的浑身都是洁白的羽毛，只有喙和脚都是以黑色为主，中间还夹杂着一些红色。旁边有一只黑颈鹤，头部和颈部以及翅膀的尾部都是黑色的，它正站在水中的石头上，把头藏在翅膀里休息呢。丹顶鹤，又叫仙鹤，是长寿的象征。过去，人们砌房子，中堂上一般要画一棵松树，一只丹顶鹤，题字为“松鹤延年”。白枕鹤的体型比丹顶鹤要略小一些，后颈部和喙是白色的，眼睛发红。

鹳鸟形似鹤，亦如鹭，有很长的腿，我看到一只黑鹳，身上的羽毛很紧，喙长而尖，呈红色。据说，鹤类只能栖止于地面，鹳鹭可以栖息在树枝上，仙鹤叫声嘹亮，鹭鸟的叫声单调而又嘈杂；白鹳一般“闷声大发财”。唐王之涣有《登鹳雀楼》：“白日依山尽，黄河入海流。欲穷千里目，更上一层楼。”

再往东走，就到了孔雀园，据饲养员讲，这里共有30对孔雀。美丽的雄孔雀的头是深蓝色的，还带着花纹的绿得发亮的屏羽，灰中带黑的翅膀。为了展示自己的美丽的一面，它会使出吃奶的力气，沙沙抖动着身子，将修长而美丽的羽毛全部舒展开来，形成一个巨大的扇形半圆，将自己的身子一分为二，前面身子大，后面尾巴小。这叫孔雀开屏，还不停地发出“咯咯”的叫声，仿佛是对雌孔雀说：“你我的身姿漂亮吗？喜欢我，就多看我两眼吧！”正在整理灰褐色羽毛的雌性孔雀仿佛也在欣赏地点点头，表示同意。可见它们也很恩爱。这在其他公园难得一见，但在这里已不足为奇了，像是选美比赛似的，一只只雄孔雀接连不断地展示自己漂亮的尾羽。长长的深褐色羽毛上，有一个椭圆形的绿色花纹，中间为深蓝色，上面为黄色，像个发光的小火炬。游客也在竖起大拇指，不断地赞赏：“漂亮！漂亮！”这时，它们就舍不得马上收屏了。噢，原来，动物也爱美，也需要同伴的认可和游客的点赞与鼓励！

调皮灵活的猴子家族

走到淡黄色弧形紫藤萝架下时，看到两个双胞胎兄弟在父母的陪同下，在逗从它们的领地中偷偷跑出来玩的两只环尾狐猴。它们两眼侧向似狐，尾有环节，背上呈现出棕色，臀部呈灰白色，耳朵、颈部、腹部为白色，嘴是黑白的，腿脚高而灵活，跑跳轻盈敏捷，超过身子的长尾巴高高举起，不动时像一根旗杆；摇动时像风吹小树。尾巴上的毛黑白两色，一圈圈地间隔开来，非常漂亮。小孩子把手上吃的零食与它们分享，它们也愿意笑纳，并且友好地与小朋友们拍照留念。

前面就到猿猴王国——猴岛了。来到环尾狐猴的领地，通向猴岛的地方，有一座小桥，有一管理员大娘坐在门口的小凳子上，手里拿着一根竹竿，注视着环尾狐猴的一举一动。我好奇地问：“师傅，您看这么紧，怎么还有两只环尾狐猴溜之大吉了呢?”她笑着回答：“它们跟孩子一样既灵活，又调皮，稍不注意，就会逃之夭夭。

不过，玩累了，它们会回来休息；玩饿了，它们就会回来吃饭的。”得到管理员的允许，我走进了猴岛，近距离观察。一只环尾狐猴，发现察觉有人靠近，就当机立断，迅速往树上爬，爬到有浓密叶子的地方，停下脚步休息，一条长长的尾巴笔直地下垂，漂亮极了。

看向旁边的铁丝网里，关着东非黑白疣猴，一只黑白疣猴坐在中间木头上，头部、背部和胸部都是黑漆漆的，眼睛以下是白色的，背部与腹部的分界线，即身体的两侧长着头篷一样的白色长毛，从肩膀向下，一直延伸到整个背部，美丽飘逸的尾巴比身体还长，连着长长的尾巴，尾巴的根部是黑的，中间是灰的，尾尖部是雪白的。尾巴足有一米长，一直垂到地面，尾巴末端的毛很长，像扫把一样。但拇指已经退化成一个小疣，所以叫疣猴。

旁边就是阿拉伯狒狒的领地了，我看到了狒狒一家三口。雄狒狒身材魁梧，四肢粗壮。颈部和背部的银白色的醒目的鬃毛，既长又闪光，一根尾巴，前后一样粗细，像一样毛茸茸的棍棒。屁股上有一大块红色的肉，坐下来，就像坐在软垫子上一样，非常舒服。它正坐在地上教“瘦孩子”扒地上的泥块。雌狒狒体型苗条，全身灰得发亮，没有鬃毛，脸色红润，在一旁观看欣赏这

一对父子的一言一行。“瘦孩子”玩累了，一会儿跟父亲交流，一会儿又跑到母亲怀中来撒娇呢。听游客说，上午因为孩子调皮，被它们父亲狠狠教训了一顿！难道狒狒也知道“养

不教，父子过”吗？玩了一会儿，雄狒狒居然坐到了玻璃窗口来，隔着玻璃，与两个双胞胎兄弟交流，光滑而又长长的脸形被看得清清楚楚。

最漂亮的要数川金丝猴了。颊部及颈侧棕红，肩北长毛色泽金黄，洁白如玉的脸上，镶嵌着两只炯炯有神的大黑眼睛和小鼻孔，一副聪明伶俐的模样。不过，有一些人对金丝猴并没有好印象，因为“精”和“金”同音，所以，人们常常把精打细算的人，称作“像金丝猴一样”，这句话常常带有贬义，表示小气的意思。

猴子既有聪明伶俐的一面，又能活泼好动的一面，人们常常利用猴子家族的这一特点，找一只猴子玩起了猴马戏；我们从电视节目上看到，有些猴子还配合地下党，有效逃过了敌人的追捕，为抗日战争的胜利立下了汗马功劳；在西游记中，顾全大局的孙猴子率领几个师兄弟，扫除种种阴霾，排除千难万险，协助僧唐前往西天取得了真经。毛泽东这样赞赏它：“金猴奋起千钧棒，玉宇澄清万里埃。”我们要学习猴子的优点，摒弃猴子的顽劣性格。

体态憨厚的珍贵动物

往前走，我们就来到了熊猫馆。小熊猫虽是熊猫家族的一种，但并不是大熊猫的幼仔，因为它与大熊猫没有亲缘关系，只与小浣熊同宗同源，以棕红色为主，耳朵嘴部是白色的，还有一条蓬松的九节环长尾巴上，你看它的尾巴上，还有几圈淡淡的白痕。它的攀爬技术高超，能稳稳当当地爬上树顶，甚至爬上细树的枝丫处，悠闲自得地打个盹，或者美美地睡上一觉，就会精力充沛了。

旁边的两只小浣熊可能是玩累了，正在呼呼睡大觉呢。它们跟小熊猫差不多大，身上的毛黑白相间，形成灰色；眼睛上方和鼻子周围是纯白色，白胡须较长，像猫的胡子一样；尾毛也是黑白相间，像环尾狐猴一样。它们喜欢在河边措食鱼类，还喜欢在河边浣洗食物，所以称为“浣熊”。它有“水陆两栖动物”的功能，既可以爬到果树上吃果子，也可以下河游泳，捕食鲜活鱼虾。

大熊猫的头部以白色为主，一对耳朵，两只眼睛和鼻子都是漆黑的，可谓黑白分明，毫不含糊，绝不拖泥带水，但是身上和毛色是黑中带褐，白中带黄。大熊猫看起来萌萌的，憨态可掬，但牙齿非常锋利，那只大熊猫正在将一根粗竹子咬开，再像篾工一样，撕成条状，再慢慢享用，吃得津津有味，还发出响声，一点也不觉得劳累。你别看他浑身肉团团的，跑起来却很凶猛，几乎没有天敌。因此，它从本质上来讲，属于熊科动物，不属于猫科动物，只是外形像猫而已，我觉得，应该称它为猫熊才对。它的攻击性很强，孩子要注意安全。大熊猫也很顽皮，你看，有一只大熊猫爬到了一棵上，屁股坐在树杈上，前肢抱着树枝，在美美地睡觉呢！

旁边石群中五只熊猫或躺卧，或行走，或倚坐，或食竹，形态各异，原来是惟妙惟肖的雕塑，是既满足孩子拍照所用，又保证安全用的景点。

为了不打扰安睡的大熊猫，我便来到了院子较大的鹿苑，中间高大的鹿棚内，有两头长颈鹿，一头低着在饮水，一头伸长脖子在吃树叶。长颈鹿身材高大，全身深棕色的龟裂花纹，纹间有雪白毛发勾勒线，腿高、颈长、头小，白色的耳朵真竖着，认真倾听自然界的各种声响。旁边的亲子林的有两头栩栩如生的长颈鹿雕塑，也是供游客拍照留念用的。

趣味横生的澳洲袋鼠

袋鼠是澳大利亚特有的动物之一，是他们国家的标志和民族的象征，所以随处可见。最著名的是赤大袋鼠，又称红袋鼠。袋鼠虽属鼠类，和我们当地的老鼠一样，常在夜间活动。但又有明显的区别：一是袋鼠的个头特别大，跟小山羊差不多大，二是由于前腿太短，后腿太长，所以它不像老鼠一样机灵会奔跑。袋鼠连路都不会走，哪里还谈得上跑呢？它只会跳跃，而且跳得很高，因为它的后腿弹跳力很强，最高可跳 4 米，最远可跳 13 米，简直是动物界的跳远冠军，因为它有一个长尾巴为它做平衡器呢！它们缓慢走动时，尾巴就是它的第五条腿；遇到天敌时，尾巴就是它的自卫武器！

袋鼠属于群居动物，“种族歧视”十分严重，无法容忍外族成员进入领地。袋鼠群中，即使本家族的成员外出时间长了，就作为叛变本家族论处，回来后，也要接受严厉的教训，直到学会许多规矩才可以接纳。人与动物有多么惊人的相似之处啊！

它的胸前有一个育儿袋，小袋鼠出生后，爬进母袋鼠的袋子中继续生长，六个月以后，才从袋中出来活动，遇到危险时，又逃回袋中避难。动物界的母亲对子女的呵护与爱意也和人类一样的呀！

用铁丝网隔开的，还有一对洁白的袋鼠，雄性的在到处寻找食物，还不时地把头抬起来张张望望，像是侦察兵一样；雌性的袋鼠也在树荫下休息呢！这两只袋鼠像白狐一样富有灵性，惹人喜爱！

历史悠久的茱萸湾头

茱萸是吴茱萸、食茱萸和山茱萸的通称。茱萸湾公园就是因茱萸而出名，唐代著名诗人王维在重阳节写了一首七绝《九月九日忆山东兄弟》："独在异乡为异客，每逢佳节倍思亲。遥知兄弟登高处，遍插茱萸少一人。"因此，公园建有茱萸轩，有茱萸林、红药圃等，也是登高（登上最北端的茱萸宝塔）远望、寄托思念亲人感情的好地方。登上高处，就会想到，亲人何时才能回到身边与自己团聚呢？

记录历史遗迹的主要在最北端。这里处于廖家沟与京杭运河的交叉口处，登上七层高塔远望，滚滚长江、滔滔淮水、举世闻名的京杭大运河，均在此处交汇。正如南侧的二层小亭中的石碑上所写，这里具有"扼江控淮"的重大作用。

再往南走，就见到一座四面镂空具有雕花大窗的聆弈馆，两边的抱柱楹联是：“如此风神，惟须饮酒；既佳光景，当是剧棋。”在这里吹凉风，赏美景，饮美酒，下象棋，岂不是一件赏心乐事？西侧有一片竹林，东侧有一丛林，再往东走，就看见了宋井。

东面树林阴翳，里面藏有一座重九山房，上面有楹联：“芝草琅玕培福地，卿云宝露润仙林。”居住在这一风水福地，岂不是神仙过的日子？旁边有座簪萸亭，小瓦盖顶，飞檐翘角，两边有楹联：“浮蚁醅开黄菊酒，沉檀香暖紫茱烟。”茱萸轩两边的楹联为：“湾通茱萸，松竹三霄水碧；阶翻云叶，亭台四序天香。”

西边的绿树丛中，还有鹿鸣苑，现在成了淮扬菜品尝之地。两边也有楹联：“洞府人闲，酒三瓯，棋两局；芝田春到，云一缕，玉千竿。”仙楼楹联：“乐无事，日有喜；饮且食，寿而康。”兼味斋两边方柱上悬挂的楹联是：“把酒却逢星涨满，行厨遥映小山开。”

这里还记录着江苏各市的市树市花。其中，扬州市的市花是琼花和芍药，市树是柳树和银杏。

本性凶猛的食肉动物

正坐在木制凉亭中休息的东北虎，前脚撑着，闭目养神。毛色浅黄且厚，中间有黑纹相间，额头上的花纹极像“王”字，又称“王老虎”或“百兽之王”。还有一只伏在树荫下的地上沉思：“我们什么时候才能回归山林，尽情奔跑，自食其力呢?”

东北虎的旁边就是熊的领地了，一头淡褐色的大熊，一头小一点的黑熊，都在草地上闲逛。它们也是无所事事，每天的任务就是吃饱饭以后，随便转悠，专供游客欣赏，就万事大吉了，可它们也闲得慌啊!

公园里有非洲狮。雌性狮子毛发短，毛色金黄，而雄狮长有浓密的鬃毛。这一对狮子可能刚吃完午饭，都匍匐在草地上休息呢！也可能是因为无法展示自己的雄风而闷闷不乐吧!

想想这些原本凶猛无比的肉食动物，现在不需要费吹灰之力，就能吃一些美味肉食，虽然品种有限，也不太新鲜，但能吃饱肚皮，也就心安理得了。因为它们知道一个深刻的道理：“既然已经无法改变现实环境，还不如老老实实地适应这种‘坐吃山空’，无所事事的生活环境呢！毕竟调整好心态，才能健康长寿嘛!”

铁笼子里，还有淡黄色的狼和带有花纹的金钱豹，同样不愁吃，不愁喝，就是失去了自由之身。还有棕色的秃鹫。这是一种大型猛禽，比较危险，所以要用铁笼子关着。

这里还有最大的鸟——非洲鸵鸟，虽有双翅，但已退化，不能飞翔。《圣经》说："当上帝关了这扇门，一定会为你打开另一扇门。"这种鸟善于奔跑，嗅觉听觉都十分灵敏。满身灰色，颈长，脸小，喙尖。身上的毛色不纯净，像浮在身上一样。鸸鹋是除了非洲鸵鸟以外的最大的鸟，身上的毛像蓑衣，一条一条，长长的。它和鸵鸟一样，双翅已完全退化，只擅长奔跑。

性格温顺的食草动物

西侧的院子里，正在闲逛的白长角羚，身体白色，颈项栗色，脸形长而像马，白色的底子上而有栗色条纹，头上有两把军刀状的长角，足有一米左右的，这可能是自卫的利器吧！

东侧的院子里，正在食草的黑尾牛羚，身体后面部分纤细得像一匹马。色彩像水牛，不管雌雄，头上都有弯角，所以又称"角马"。

南非剑羚，又叫南非长角羚。通体以白色为主，只有脸中部、尾巴和肚皮下面有一些黑色。头上的两只角像两把笔直的长剑，让人毛骨悚然。

两匹漂亮的斑马在马厩里细嚼慢咽地吃着草料，除腹部外，斑马身上和四肢都有黑白相间的条纹，肩颈处有鬃毛，养得膘肥体壮。

麋鹿，又名“四不像”。头脸像马，角像鹿，颈像骆驼，尾巴像驴。还有梅花鹿，身上有棕色的毛，中间一个个的白色圆点，就像一朵朵梅花，故称“梅花鹿”。里面还有白色和棕色的山羊，还有黑色的绵羊等。这些食草动物大多性格温顺，能与人和睦相处。

茱萸湾公园，除了北侧体现悠久的历史，公园中有诸多名贵的植物外，这里主要是动物的天堂，孩子们的乐园。因为这里还有大型动物表演和海狮表演，有枪林弹雨射击基地，还可以乘上小火车，进行丛林狩猎。学生到这里来，既可以了解悠久历史，欣赏名贵花木，还可以认识各种珍贵的飞禽走兽，和动物成为最好的朋友。

湿地原生态，美丽凤凰岛

今天上午，随广陵作协部分文友来到位于扬州市生态科技新城泰安镇北部的生态区域采风。

传说雕塑

我们一下车，就看到了很有特色的大门楼，左边是一座高大的淡棕色的叠石假山，假山的左侧雕刻着杨广的《春江花月夜》："暮江平不动，春花满正开。流波将月去，潮水带星来。"诗情与这里的画意正相吻合，右侧竖写着"金湾秀色"四个大字。假山顶上，还长有青松和绿色藤蔓植物。门楼的顶端有两排字：石门上面隶体字是"扬州凤凰岛生态旅游区"，石门头上刻的是楷体"扬州凤凰岛国家湿地公园"。

门前广场上，有一方水池，周边是石块垒成，中间是一个女神铜像“奔”，她正目视前方，在水面上张开双臂，劈波斩浪，向前飞奔。据导游介绍，京杭大运河、金湾河等都是扬州的母亲河，雕塑为母亲形象，因为女神治水，具有以柔克刚的寓意，保证这里不受水灾的困扰。弄懂了来龙去脉以后，我们才向门内走去。

一进门，就看到了足有两层楼高的“吹箫引凤”花岗岩石雕塑。传说，秦穆公的女儿弄玉和华山青年音乐家萧史合奏笙箫，引凤成仙。既呼应本公园的凤凰文化主题，又与扬州“筑巢引凤”（招商引资、引进人才）的理念相吻合。唐代诗仙李白在《登金陵凤凰台》中说：“凤凰台上凤凰游，凤去台空江自流。”凤凰台上曾经有凤凰鸟来这里游憩，而今凤凰鸟已经飞走了，只留下这座空台伴着江水仍径自东流不息。为了弘扬凤凰文化，政府还在聚凤岛上建成了一座“凤凰台”，金湾大坝东南侧，还建有“凤凰阁”。

在东方灿烂的文化里，“龙”和“凤”代表美好之意，走进婚姻殿堂，就叫“龙凤呈祥”。中国古代把“麟、凤、龟、龙”称为“四灵”，还有这样一种说法：“有羽之虫三百六十，而凤凰为之长。”

读书人都知道“凤凰涅槃”的故事，说的是凤凰浴火燃烧，向死而生，在火中燃烧后重生重现，并得到永生，比喻一种不屈不挠的顽强精神和勇敢奋斗的坚强意志。现在常用来比喻一个人经历了漫长的时间和人世的磨难洗礼后，获得了重生般的改变，人格变得更加坚强，精神变得更加独立，品质变得更加高尚。

桑蚕文化

向里走，首先看到的是古桑树林，据民间传说，乾隆的容妃娘娘回乡路经金湾大坝御码头，遗落桑葚，在大自然的孕育下，形成了未经人为破坏的原生态桑树林。据说已有 300 年历史了，这是没有经过嫁接的桑树林，一根根主干笔直向上，足有两层楼高，桑叶桑葚都比较小。桑树长得慢，材质紧，农村人常用它来打八仙桌子边和腿（用楝树板做桌中板）。现在这里是夏天避暑的好地方，又是一座天然氧吧！

参观完古桑树林，就到桑蚕文化园。李白诗曰："秦地罗敷女，采桑绿水边。素手青条上，红妆白日边。"向人们展示一幅生动鲜美的古代采桑图。中国是最早种桑饲蚕的国家，距今约有 4000 年的悠久历史，蚕本身也是一种独特且有趣的生物，形成了最具中国特色的桑蚕文化。我们称嫁接过的桑树为胡桑，只有一人高左右。胡桑叶子大，便于养蚕，由蚕抽出洁白的丝，用来织成绫罗绸缎，美化我们的生活。我在胡桑林门口，先品尝了采好的桑葚，深紫色的桑葚大，水分足，口味甜，营养高。虽然有采好的桑葚卖，但大家还是觉得自己采桑葚有趣味，桑葚更加新鲜，食用更加放心。

我随着采风团，顺手在旁边的桌子上取了一个塑料筐子，走进了一望无际的胡桑林，一会儿，我们一行 30 余人，就像捉迷

藏的孩子一样，迅速躲藏起来，不见了踪影。桑林里，刚结出的已经成熟的桑葚呈深紫色，个头比较大，水灵灵的；还没有成熟的桑葚，个头小，呈现青绿色，风一吹，就像风铃一样摇晃，好像还想发出声响；虽然长大了，但还未成熟的桑葚，似乎已经羞红了脸庞；只有红得发紫的桑葚才算成熟，它们躲在巨大的桑叶间沉思：我是立即去丰富人们的生活，还是继续入土，培育后代……我听不懂它的语言，只用右手拿着小塑料筐，目不转睛地盯着桑树的枝丫间，左手挑选大而成熟的桑葚，小心翼翼地采摘下来，轻轻放入筐内。看到特别大的，还忍不住往嘴里送一个，弄得嘴唇上，手上都是紫色的斑痕，但大家沐浴在灿烂的阳光下，生活在甜蜜的采访中，心情仍然很舒畅。

大约一刻钟光景，一小筐桑葚就采好了，拿到门口秤时，工作人员帮我扔掉了两个不太好的，还热情地帮我们打好包，便于我们携带回家，与家人分享。这说明他们还是挺讲诚信的。

这里的桑葚茶也是很好的饮品，不仅可以增强免疫力，增强血液的新陈代谢能力，还具有防病治病、提高身体素质等功效。

生态湿地

我们带着桑葚，继续往前走，就到了湿地风情园，欣赏这里保护完好的生态湿地。这里长有芦苇、芦竹、香蒲、茭白等草本植物，供各种水鸟藏身觅食。看到北侧的芦苇荡湿地，我就想到了《诗经》里的《蒹葭》：“蒹葭苍苍，白露为霜。所谓伊人，在水一方。”这是一种多么美好的意境啊！蒹葭就是嫩绿的芦苇，不过，芦苇有雌雄之分，雄性芦苇比较坚硬，可用于为农作物搭架子；雌性芦苇的嫩叶子在端午节前后，可以用来裹出各种形状、各种口味的粽子。成熟的茎可以编成芦席，用于养蚕；编成窝结，用于储存粮食；编成芦帘，用来搭草房子。芦竹质地坚硬，叶子可以用来做斗篷，芦竹竿可以用来搭架子用。来到南侧的香蒲观鸟，看到的是条状的嫩绿叶子，挺拔有力，可以编织造纸，经济价值高，还没有花序，上网一查，其花序粗壮，呈深黄色，称水蜡烛，让人看了有舒心惬意之感，具有很高的观赏价值。花粉可入药，花序可作为枕芯和坐垫的填充物。茭白具有食用价值，而且有清热解毒、利尿通淋、补虚健体和降血压的作用。看到如此美景，我情不自禁地打开手机照相功能，拍下了类似油画的照片，左下方戴着草帽的姑娘，其实是苏北医院的营养学主任医师赵绮华女士，体现了“远方，水天一色；近处，人景同美”的构图理念。

再往前走，就到了农艺坊，占地上千亩，由传统特色的建筑群组成，房子全是木板墙壁，稻草盖顶，让我不由自主地想起小时候住过的冬暖夏凉的农村草屋，这里再现了“昼出耕田夜绩麻，村庄儿女各当家”的农耕文化。展示了风车、纺车、石磨、

独轮推车、犁等农具，外面还有体现古代劳动人民智慧的木质水车体验。湿地公园以“琴棋书画、渔樵耕读、人在自然的诗意栖居”为主题，游客进入湿地公园，犹如进入了世外桃源。

这里的路边草地，各种各样的草木鲜花竞相开放，五彩斑斓，色彩鲜艳。蓝花矢车菊，花瓣呈尖头状，像要射出去的箭头一样。颜色五彩缤纷，有的像雪一样洁白，花蕊呈淡黄色；有的像火一样红艳，给人精神振奋之感；有的像朝霞一样粉红，如小姑娘羞红的笑脸；有的像藤萝一样的淡紫，给人温馨之感。细长的嫩叶将它们衬托得更加艳丽动人。香石竹，又叫狮头石竹，叶子尖尖的，花的颜色有深红、淡红、银白，每一朵花上的花瓣，围绕着深色的花蕊，有 12 支小花均匀地围在周边。淡紫色的龙胆呈现出五星的形状，长有棕色的花蕊。宿根亚麻茎长叶小，淡黄色的小花蕊周围，有五片降落伞形状的花瓣。香根鸢尾深紫色的花共有六瓣，其中有两瓣较大，都像鸢鸟的尾巴一样美丽，花也有三瓣，每瓣中间分别有一根黄色的细丝，使花色不至于单调。假龙头花呈白色喇叭状，类似于牵牛花，但它长生在地面上，没有藤蔓。虞美人从中间向外，由白逐渐变红，很有层次地排列着，花瓣从小到大，相互依偎着，紧紧地团结在一起，组成一个牢固的圆形。黄色的金鸡菊，把脖颈伸得长长的，仿佛向游客炫耀自己的美丽与富贵。万寿菊比金鸡菊的花形小一些，但花瓣要厚一些，仿佛是浓缩的精华。纯粉红色的大花牵牛更加鲜艳耀眼，为了不影响花的美丽，白色的花蕊尽量缩小，几乎可以忽略不计。花菖蒲，又叫玉蝉花，被粗壮的叶子呵护着，有紫红，有粉嫩，色彩鲜明，令人赏心悦目，流连忘返。淡紫色的蓝盆花花朵虽大，但分布在周围的花瓣似乎稀少，中间一大丛都是像金针菇一样的花蕊，显得独具一格。还有一些不知道名字的野花自然生长在水边草地，一丛丛，一簇簇，仿佛不需要别人照料，就能独立生长，把这片湿地装扮得美妙绝伦。

再往前走，就看到一片清澈的水域，湖中有一对黑天鹅在成双成对地秀恩爱，周围的绿岛上栖息着各种颜色的大小水鸟。走过长长的金湾桥，我们就来到了金湾河西岸，岸边草木茂盛，鲜花盛开，桃子已经露出了带着红晕的笑脸，热情欢迎游客的到来，大家又争先恐后地举起了相机。

可以这样说，这里湿地资源充足，植被丰富，水质优良，还新增了白皮鹿和小天鹅等多种珍贵水禽和动物。还新栽了杉树和柳树等树种，这里有科普宣教中心，还有具体的动植物科研和保护措施，保证这里的一草一木不被破坏，一鸟一虫不受侵犯。如果沿长廊漫步，还可以了解更加丰富的显地知识。

金湾大坝

北走沿着金湾河西岸往北走，很快就到了金湾半岛的顶端，据说康熙六下江南，舟行至此，说这里“康泰平安”，简称“泰安”。这里也是乾隆皇帝下六江南的御码头。耸入高空的牌坊上写着“金湾大坝”四字隶书大字。据说，清代乾隆皇帝沿运河六下江南巡视，四次驻跸金湾。

这里北接邵伯湖，南连长江，地处京杭大运河淮河入江水道，又是南水北调东线工程水源地保护区，是独具特色的河流岛屿型国家湿地公园。两边的楹联是："御舟早候运河滨，归路还从水路循。"

金湾大坝是"归江十坝"中的一坝，"归江十坝"处于邵伯湖南侧的湖口至七河八岛一线，建成于清康熙年间，被誉为中国古代水利史上和四川都江堰、广西灵渠、新疆坎儿井齐名的四个伟大的人工水利枢纽工程之一，其中古东湾坝遗止位于凤凰岛湿地公园内，是扬州人民利用湿地调控应对自然灾害的有力见证。这和公园门口的治水雕塑遥相呼应。

旁边有一座塔式方楼，叫"瞭望塔"，沿着木梯盘旋而上，凭栏西望，波光粼粼的原邵伯湖尽收眼底。因为它连着高邮湖，所以感到烟波浩渺，无边无垠，一望无际。水中鱼儿肥，空中鸟儿飞。忽然，有鸟展翅飞翔，正如王安石所云："忽见鸟飞平地起，始惊身犹半空中。"此时的感受更加真切。内侧一座凤凰阁，传说，供凤凰休憩所用。

沿着右手向前走，我们来到"竹烟波月"景点，这里有本土名竹四十多种，可谓品种繁多，数十亩竹林，成片地生长，显示出不俗的气势。唐代诗人白居易在《池上篇》序中有言："酒酣琴罢，又命乐童登中岛亭，合奏《霓裳散序》，声随风飘，或凝或散，悠扬於竹烟波月之际者久之。"月光下的竹林倒映在波光粼粼的清澈湖面上，另有一番别样的风情。

傍花杉林中，有笔直向上的杉木；凤凰园里，有凤凰的传说故事；幸福园承载着婚庆文明，留下了情侣爱的记忆。大运河观光栈道西临京杭大运河，依傍金湾半岛，迎着晨曦夕照，漫步河边栈道，饱览大运河上百舸争流、水天一色的运河美景。

这里江河湖紧紧相连，水天一色。岛上草深林密，杂花生树，郁郁青青；水边芦花飞扬，禽鸟相逐，此唱彼和；湖上舟楫蜿蜒，渔歌唱晚，丰收满仓。真像诗人所说，这里碧水连着蓝天，岛上住有神仙，树林茂密无边，鸟儿舞姿翩跹。生态湿地展示馆有对七河八岛各种知识的详细介绍。

既然是湿地公园，那就离不开湿地文化。这里水质优良，鱼儿肥壮；这里树林阴翳，鸟儿飞翔；这里水草丰茂，花儿鲜亮。

这里风景优美、设施先进、格调雅致、文化厚重、古今融合、寓教于趣、特色鲜明。凤凰岛“历经风雨，放弃眼前利益；借助外力，跃至国家战略”的成功实践，充分说明“有志者，事竟成”的深刻道理。

大美湿地，人文北湖

“春风十里扬州路，风光最媚在城郊。”心动不如行动。2022年6月6日星期一，我乘15路公交车到长生站，一下车，就看到公路两边花团锦簇，右侧（路东）五级台阶，五彩缤纷，层次感特强，最上方有绿草环绕的“北湖湿地公园”几个行楷大字。这就是位于公道、杨寿、方巷交界处的北湖国家湿地公园。

从斑马线走到公路西侧，就见两边各有一棵巨大的古松雕塑的枝条伏在大门的楣上，门头上有烫金行楷大字“北湖湿地公园”。门口广场的东北侧，在鲜花的东面的木墙上，有“绿水青山就是金山银山”的宣传标语。北侧是为纪念清代经学家、数学家、戏曲理论家焦循而设立的广场，因为北湖公园就是根据焦循的《北湖小记》而建造的，广场上还有供游客休息的木结构的草顶长廊，南侧是两只巨大绿色水鸟的造型。

引人入胜的序幕

走进第一道大门，就进入了公园的序幕场景，这里是不要门票的，先让游客对公园有一个大致的了解。正大门的清澈的河水倒映着蔚蓝的天空，两边是经过石头驳岸的，水面上方的岸边分布着大大小小的黄山石。门内是鲜花盛开，湖水两边是碧草连天，中间两边有扬州老鹅的雕塑造型，有的正在津津有味地吃草，有的在凝望着湖面，有的展翅欲飞。

我沿着右侧道路往前走，就看到路边的宣传牌，有清代焦循《北湖小志》的内容："枝去树则叶萎，命系于彼也；果去树则种存，性足于此也。"枝被砍去，树叶就会枯萎，是树叶的生命系在树枝上啊；果子摘去，树的种子就存下来了。树的特性说明，有了种子，树就足以能生存下去了。"观一树生意，莫如初茁之芽；观一茎生意，莫如初蕊之花。""生意"即生命的意义。初出芽，充满生长的希望，初蕊之花，充满盛开的美丽和结果的欣喜。这些句子，很有科学哲理。"春雨一犁耕苜蓿，秋风满棹采茭蒲。"这是写农民一分耕耘，一分收获："春种一粒粟，秋收万颗子。""春水生菱叶，秋风摘菱丝。"这里的自然环境非常适合红菱的生长。"一曲柳塘栽菡萏，数间茅屋隐菰蒲。"可以想象，这里一定会有很漂亮的荷花，有很多古朴而又冬暖夏凉的茅屋。

这里有清代阮世衡的《梓潼祠记》里面的句子："湖滨田肥美，亩获稻数钟，茭、蒲、芡、鱼、鳖、虾、蟹之属，数十里为薮。"写出了这里所有农田和水中的产品，可以说是鱼虾肥美，物产丰饶。有清代吴绮的《归湖诗》里的诗句："黄鸟莫辞经日啭，白鸥闲订旧时盟。”用拟人手法，写鸟都能按时归来，说明这里是鸟的天堂，既有安全保障，又有鱼虾和甜果共享。有清代范荃《题湖西别业》的诗句：“满沼荷香消夏日，一帘柳絮扑春风。”上联写夏日之景，下联写春日之景。喜悦之情充满在画意之中。有清代王阮亭《贺新凉》中的句子：“六折山桥三面水，远却桃花几步。稳著得、闲鸥无数。”词句的内容准确地写出北湖湿地公园的鲜明特点。有清人常海天的《红桥鱼泛》中的诗句：“三尺长竿莲叶外，数声短笛蓼花中。”对仗工整，有声有色。

再往前走，就到了游燕双桥（因为这里有十字水面），桥栏杆上有各种花纹石刻，增加了双桥的文化底蕴。

过了桥，就看到鲜花旁边的草地上有四条两头尖的红色木船。这是过去放鱼鹰或采菱用的。

再往前走，就看到石墙上焦循的《北湖小志》：

第一，东南晓帆古渡：“晓日红满湖，行人各来去。扁舟欸乃间，古人陆行路。登楼望北湖，何年始僧渡？”（注：网说《晓帆古渡》为阮元作）

第二，东南隔江山色：“隔湖见林表，一抹江南山。雨后黛色浓，不是有无间。清风阅十万，老目今试还。”

第三，南西湖角归渔：“西沙欲锁水，湖光亦渐收。晚渡趁归人，暮亦归渔舟。张网即举鱼，复见得凫鸥。”

第四，西南墓田慕望：“千户居城南，避难来道桥。墓田在桥西，松柏寒无凋。子孙登此楼，西望墓不祧。”

第五，西中松楸叠翠：“墓田多松楸，霭翠浓湘叠。繁林二百年，国恩雨露洽。迄楼聚桑榆，夕阳亦黄叶。”

可见这《北湖小志》的内容，既描写了美好的外景，又叙写了湖畔的农耕生活。旁边就有木制的农耕生活的图景。

沿途是关于湿地知识的宣传栏，下面是畲芳社景点，景点的中央由汉白玉雕刻的是先生教两个弟子读书的情景。再往前走，就到了正门，上面有红底金字：“扬州北湖湿地公园。”旁边有楹联：“荷柳满圆馨岁月，湖天百里壮襟怀。”上联写北湖的景物特点，下联写宽阔的湖面，辽阔的天空。

朝外面（东侧）的一副楹联是：“临流洗出二分月，入境相携一路花。”轻风掠过湖面，形成清澈的涟漪，映照出二分明月。一路上有鲜花相伴，心情一定非常愉快。既有对仗，又有拟人，生动风趣。购票进门就开始了三湖的观光游览。

三十二西湖的魅力

进入正门，首先看到前面的石头上“北湖文苑”四个苍劲有力的红色魏体大字。据说天下已有三十一处西湖，因此，这就是北线中烟波浩渺的第三十二西湖了。因为湖面太大，我就花二十元，购了一张车票，上了观光游览车。其他人一般不下车，而我每到一个景点，就必须下车，慢慢走，仔细欣赏。

第一个岸边景点叫“邗上吟”，楹联是隶书红底金字：“景融词赋，春深满眼；名倚阮焦，香远一湖。”说明这里美景与诗词

歌赋相吻合，满眼都是美景；这些美景与阮元和焦循齐名，香气传播得很远，充满了整个湖面。草房12扇门上配有彩色图画的12首写莲花的诗词，从左向右依次排列，犹如一个有关莲的诗词专题大观园。

1. 宋代杨万里的《晓出净慈寺送林子方》："毕竟西湖六月中，风光不四时同。接天莲叶无穷碧，映日荷花别样红。"这是描绘了湖西岸的真实美景。

2. 唐代皇甫松的《采莲子》："船动湖光滟滟秋，贪看年少信船流。无端隔水抛莲子，遥被人知半日羞。"这是描绘了一幅具有民歌风味的水乡风物人情画。

3. 唐代王昌龄的《采莲曲其一》："吴姬越艳楚王妃，争弄莲舟水湿衣。来时浦口花迎入，采罢江头月送归。"这是描绘了水乡姑娘的采莲活动。

4. 唐代王昌龄的《采莲曲其二》："荷叶罗裙一色裁，芙蓉向脸两边开。乱入池中看不见，闻歌始觉有人来。"采莲少女与大自然融为一体，美不胜收。

5. 唐代李白的《渌水曲》："渌水明秋月，南湖采白蘋。荷花娇欲语，愁杀荡舟人。"这是一幅胜似春光的迷人秋景图，表现诗人的喜悦之情。

6. 唐代卢照邻的《曲池荷》："浮香绕曲岸，圆影覆华池。常恐秋风早，飘零君不知。"此诗先写花好月圆之美景，后借物言情，含蓄地抒发自己的怀才不遇，早年零落的感慨。

7. 唐代陆龟蒙的《和袭美木兰后池三咏白莲》："素花多蒙别艳欺，此花端合在瑶池。无情有恨何人觉？月晓风清欲堕时。"此诗抓住白莲颜色的特点，抒发自己才能被埋没、被摧残的悲愤的情感。

8. 唐代李商隐的《赠荷花》："世间花叶不相伦，花入金盆叶作尘。惟有绿荷红菡萏，卷舒开合任天真。此花此叶常相映，翠减红衰愁杀人。"荷花与荷叶虽命运不同，却相互映衬，真诚而不虚伪。

9. 有宋代杨万里的《小池》："泉眼无声惜细流，树阴照水爱晴柔。小荷才露尖尖角，早有蜻蜓立上头。"初夏小荷，风姿绰约，充满希望，引人赞赏。

10. 清代石涛的《荷花》："荷叶五寸荷花娇，贴波不碍画船摇。相到熏风四五月，也能遮却美人腰。"此诗人景互映、动静相宜，花叶互衬，错落有致。

11. 唐李白的《折荷有赠》："涉江玩秋水，爱此红蕖鲜。攀荷弄其珠，荡漾不成圆。佳人采云里，欲赠隔远天。相思无因见，怅望凉风前。"亭亭玉立的鲜红荷花引人入胜，虽然全诗语言委婉含蓄，却把人物内心相思的情感淋漓尽致地表现了出来。

12. 宋代杨万里的《昭君怨咏荷上雨》："午梦扁舟花底，香满两湖烟水。急雨打篷声，梦初惊。却是池荷跳雨，散了真珠还聚。聚作水银窝，写清波。"此小令用轻松活泼的笔调，写梦中泛舟西湖和被雨惊醒后的情景。

看到这里，我就想到了原来苏教版上的"荷专题"，这里比"荷专题"介绍的诗更全面，而且能看到实物。如果能看到《爱莲说》，就更完美了。

通过一座木桥就可以到湖中水面上的景点“寻莲社”，通过中间的圆门，我们可见湖中美景，朝岸的一面楹联是：“人在潇潇水竹围，月落空梁月已非。”水竹就是芦竹，这是湿地常见的植物。朝水两边的楹联是：“风吹鸣鸟春何远，肯来湖曲寻莲社。”

另一边上面是“醉红”二字，两边是篆体楹联：“三十二湖文字饮，百千万盏芰荷擎。”水边亭亭玉立的绿色菖蒲已长出像蜡烛一样的驼红色的花絮，在风中摇曳；水中的红莲有的才露出尖尖小角，像倒置的毛笔一样，充满着奇特的幻想和美好的希望。岸上的树林里，还有调皮的小水鼠骑在大水鼠背上的雕塑，在观察水中美景。

欣赏完荷花专题，我就继续往前走，看到牌子上的宣传内容，有选自《北湖小志》的柳堂荷雨：“何叶亭亭出绿蘋，忽飞骤雨撒龙鳞。红开急棒催花鼓，翠飐攲盘迸水银。惟此声中清老耳，问谁风里染微尘？宛然一幅鸥波画，只少新歌送酒人。”《闻望湖草荷花盛开，以诗东望湖，少紫》：“颇闻菡萏花，刺水千柄长。晚风荡漾之，时送花气香。”《南园八景水曲芙蓉》：“潇湘渺无津，日暮秋风里。何以赠我思，芳泽凋兰芷。同此方寸心，一曲芙蓉水。”

跟车来到了第二个景点“三下六陂亭”，其楹联是：“甓社夕霏明月在，露筋晓色白莲开。”这里是“十顷湖光碧，柳丝烟霭里”。

往前走，有时鲜珍果《枇杷专题》酸甜多汁，西汉文学家司马相如在《上林赋》中写道：“黄甘橙楱，枇杷橪柿。”描绘了皇家贵族丰富多样的水果，体现出其生活的无比奢华。“枇杷”原写作“批把”，指的是一种游牧民族的弹拨乐器，“批”和“把”都是弹拨的动作。由于乐器是木质的，故写作“枇杷”。又由于水果“枇杷”的叶子像这种乐器，才把乐器写成了与琴有关的“琵琶”而把“枇杷”让做了水果名称。

文人对枇杷多有记载的赞美。明代著名的栽培作物著作《群芳谱》说：“秋萌，冬花，春实，夏熟，备四时之气，非他物可与比者。”杜甫诗曰：“榉柳枝枝弱，枇杷树树香。”写出农村田园生活的美好与惬意。枇杷的树叶四季常青，成熟的果色颜色金黄，果内味甘而绵软，象征财富与殷实。果内含有一至数粒种子，象征多子多福，后代兴旺。枇杷不择地势，生命力顽强，象征健康长寿。是一种吉祥树，深得人们喜爱。有一种“烟波清远，水木明瑟”的自然湿地气息。

这时候，跟上观光车，来到前面的景点“临湖草岗”。“畅泳”旁边的楹联富有诗情画意：“一湖云水天铺纸，万柳情怀雁写诗。”“翠浦”两边的楹联是一副倚丽的画卷：“疏林风软芳茵绿，瑶水烟柔柳线青。”“倚月”两边的楹联景致奇特，诗意盎然：“绿毯风鬟妆玉镜，蓝天云影托莲舟。”

石榴正在开出满树红花，海棠已经结出了硕果。岸边还有海棠专题，在北宋僧人惠洪的《冷斋夜话》和张爱玲的《红楼梦魇》中，都恨“海棠无香”，其实，海棠有四品。垂丝海棠和西府海棠以观花为主，属于苹果属，都有淡淡的清香，只是不像玫瑰和桂花香那么浓郁而已。《四库全书》记载有宋代吴芾所作《海棠》："海棠无自有天香，底事时人故谤伤。不信请来花下坐，恼人鼻观不寻常。"可喜的是，如今专家已经培育出浓郁香味的海棠品种了。而贴根海棠和木瓜海棠属于木瓜海棠属。海棠的果实就像迷你小苹果，可见它们是近亲。旁边还植有桃林："六湖旧是桃源地，溪畔桃花溪岸村。"可见这里是新的桃花源啊！

这里还有树姿优雅的三角枫，它干皮美丽，春季花色黄绿；入秋叶片变红，是良好的观叶树种。有十大名花之首的梅花，与兰花、竹子、菊花共同列为"花中四君子"，又与松与竹并称为"岁寒三友"。

再向前走，就可以近距离体验湿地公园的区域了。走向湖边，看到高个子、大叶子的花，用"花伴侣"软件上网查了一下，才恍然大悟，它叫"再力花"，水竹芋属，花的主干突出很高，花色紫白相间，一丛丛一簇簇，抱在主干周围，微风一吹，摇头晃脑，显示自己的健壮美丽。

走到水中曲曲折折的栈道上，就可以与美丽的荷花亲密接触、仔细欣赏了。如擎雨盖的荷叶已铺满两边，大多数淡粉色的花朵含苞待放，充满希望；只有少数吃饱喝足的荷花捷足先登地露出了少女般带着酡红的笑脸。来到中间的"荷香亭"，我看到一对 80 岁相敬如宾的老夫妇在吃午饭（干粮），我主动为他们留下

了美好的纪念，也教老太太为我拍了一张与荷花的合影。荷香亭两边的楹联是：“舟舣鸳鸯浦，窗度荷芰风。”再现了“十顷湖光碧，诗人寄此居”的北湖风光。

欣赏完接天莲叶和映日荷花，就到了三十二西湖南岸，看到了木芙蓉专题：“芙蓉”最早指“荷花”，说它是“出水芙蓉”，《楚辞》记载：“制芰以为衣兮，集芙蓉以为裳。”《长物志》中说：“芙蓉荷宜植池岸，临水为佳，若他处植之，绝无风致。”把它种植在池水岸边，称为“临水照花”。王安石在《木芙蓉》中说：“水边无数木芙蓉，露染胭脂色未浓。”由于一天之中，气温等环境因素有变化，花青素和酸的浓度发生变化，木芙蓉花色“一日三变”，初开时为白色，中午转为粉色，傍晚时变红，人称“芙蓉三醉”。木芙蓉与菊花一样，从初秋一直到霜降时节，都能看到红色、粉色、白色的云彩一样的硕大花朵。宋代苏轼在《和陈述古拒霜花》中赞曰：“千林扫作一番黄，只有芙蓉独自芳。唤着拒霜知未称，细思却是最宜霜。”明代王象晋的《群芳谱》中有赞誉：“八九月间，次第开放，深浅敷荣，最耐寒而不落。”具有不畏严寒、品性高洁、顽强自信的精神品质。

再往前走，首先看到的是山楂专题：山楂富含有机酸，具有健胃消食、舒气散瘀的功效，但口感偏酸，不能空腹吃，也不宜多吃，山楂富含果胶，做成山楂片等食品，口含醉甜，令人“爱不释口”，能让人增长知识。

游客玩累了，口渴了，可以来“竹林茶隐”，两边有楹联：“一庭新绿煮春茶，百岁老人谈旧事。”在这里一边喝茶，一边可以欣赏墙上的四条屏诗文。一是阮元的《吴兴杂诗》：“交流四水抱城斜，散作千溪遍万家。深处种菱浅处稻，不深不浅种荷花。”二是阮元的七律：“疏影暗香交水月，若教作画颇难工。谁知和靖诗心在，透入苍山石骨中。清浅倒垂枝掩映，黄昏斜倚气朦胧。妙从不甚分明处，两面纵横觅句同。”三是阮元的《珠湖草堂》：“我念珠湖岸，先人旧草堂。到门布帆落，曳屐板桥长。偶捕鲜鱼煮，旋舂新稻尝。农乡好风景，那得久相望。”

扇面画上还有对阮元较完整的介绍，他是扬州公道人，被称为清代“三朝阁老、九省疆臣、一代文宗”。

来到“结庐僻境”（码头），看到楹联：“已归田里何防隐，如此烟波大可渔。”“青霞”旁边的楹联是：“深柳堂前流水绕，雕菰楼上夕阳多。”在这里，三十二湖的真面目，可以一览无余。

经过一段有爱心形状的花廊，就到了在三十二西湖与柳湖之间有一座非常靓丽的两面都是廊桥的游燕桥。两端分别写着四季楹联。游春：“胜日寻芳怡两岸，和风剪影滟三湖。”赏夏：“云约相随青雀舫，月邀共赏翠莲湖。”饮秋：“桂月如银迷士子，霜湖似酒醉诗人。”吟冬：“允为冷霜添雅韵，堪从明月詠高情。”

乘北线车到终点站附近，看见一座长满鲜花和树木的小山，名“琼花坞”，拾级登山，看到了三十二湖的旖旎风光。山顶上有一座茅屋，院门上的楹联是：“名城千古胜，玉蕊五洲魁。”山顶茅屋就是琼花坞，楹联是：“四海无双誉，一陂聚八仙。”里面有阮元的扇面画《琼花真本》。

精致玲珑的柳湖

步行走过一座挂满紫藤萝花的大桥，就来到玲珑精致的柳湖，这里满眼都是郁郁青青的柳树，仿佛进入了柳的天堂。岸旁，柳树成行；湖边，柔软的枝条在微风的吹拂下，扭动着腰肢在水边照出靓丽的倩影。这里景点繁多，值得细品。

首先看到的景点是“龟莲沼”。旁边的楹联是：“昨夜梦灵龟，游上青莲叶。”左边的路旁有对水产品的详细介绍，有涸辙之“鲋”——鲫，有“冬鲫夏鲤，六月天的鳑鲏”的高体鳑鲏，有嘴大吃天下的鲇，有“白鱼如切玉”的翘嘴红鲌，有“爨烟惨淡浮潜浦，鱼艇纵横逐钓筒”的黄颡鱼，有“其状如犁牛，其音如彘鸣”的鳙，有“西塞山前白鹭飞，桃花流水鳜鱼肥”的鳜，有“古称孝鱼，实则护仔”的乌鳢。

右边的路旁有《北湖渔猎》中的“取鱼虾之法”“业渔之法”，难怪有人说：“从此愿偕栖隐去，一溪春水乐耕渔。”旁边清澈的池塘中，两对红鼻白嘴黑身子的天鹅在水中与锦鲤嬉戏，一幅大自然和谐温馨的画面。

往前走，爬上台阶，就到了“珠湖草堂”，南门两边楹联是：“三十年前旧草堂，草堂宛在水中央。”对仗虽不够工整，但写出了景点的独特之处。站在这里依次向北走，看到“练影”的楹联是：“柳风摇韵啭黄鸟，荷屋枕波盟白鸥。”除对仗工整以外，还运用了拟人手法，生动地写出了动植物间惹人喜爱的美好景象。“瑶光”的楹联是：“耕钓常安千里路，诗书至乐半窗风。”写出耕钓与读书两不误。“柳堂荷雨”的楹联是：“陇亩尚存千树柳，烟波久漫十围桑。”陆地与水面，柳树与桑树，刚柔相济。前面是两幢房子，两边是曲折的茅屋长廊，走过中间小道，就到了最北面的一幢，南面朝阳的是“太平渔乡”，楹联是：“南北平分万杨柳，客主晤对几桑榆。”朝北的一面是“南万柳堂”，楹联是：“丘隅有约巢黄鸟，湖水无端没绿秧。”这里的楹联都突出了“柳”这一中心主题，外边的浅灰石巨石上，刻有正楷黑字的是阮元的《扬州北湖万柳堂记》，对万柳堂的来龙去脉进行了详细的记录。

接下来，在路边看到的是柳文化知识主题宣传栏：

人们爱柳。自古以来，人们对柳就情有独钟，春秋时期的柳下惠，原本并不姓柳，因为喜爱柳，才改性柳，仿佛在柳下得到了许多恩惠；东晋诗人陶渊明，在门前栽了五棵柳树，自号“五柳先生”；北宋散文家欧阳修，人称“欧公柳”；明末小说家蒲松龄，自称“柳泉居士”；现代画家丰子恺，曾将屋子取名为“小柳屋”；现代史学家陈寅恪，书房叫“寒柳堂”，著述编为《寒柳堂集》。

人们射柳。人们早在百步之外，用弓箭射悬挂的柳叶，作为竞技活动。到了唐代，“射柳”被官方定为体育竞赛项目。

人们插柳。“无心插柳柳成荫”，寒食节至清明节前后，为了纪念春秋晋国介子推，人们在门前插上柳枝，柳就能成活，可见柳的成活率高，人们在头上戴个柳条帽圈，到外面踏青，感受大好春光。

人们送柳。“柳”与“留”谐音，古人折柳相赠有“挽留”之意。又因为柳树极易生长，用它送别友人，意味着无论漂泊到哪里，都能枝繁叶茂；纤细柔软的柳丝又象征着朋友之间情意绵绵。

人们喻柳。这时候，正好踏青赏柳，正如《武林旧事》上所说：“清明前后十日，城中仕女艳妆饰，金翠琛玉，接踵联肩，翩翩游赏，画船箫鼓，终日不绝。”人们还把初生的柳叶称为“柳眼”，把女子的秀长细眉称为“柳眉”，把柔软的细腰称为“柳腰”，把散落的柳絮，称为“柳绵”。难怪南宋志南和尚在《绝句》说：“沾衣欲湿杏花雨，吹面不寒杨柳风。”

人们咏柳。可以欣赏历代咏柳诗，《诗经》中有描写：“昔我往矣，杨柳依依。今我来思，雨雪霏霏。”唐代白居易的《杨柳枝》：“依依袅袅复青青，勾引春风无限情。”人们最耳熟能详的，是贺知章的《咏柳》：“碧玉妆成一树高，万条垂下绿丝绦；不知细叶谁裁出，二月春风似剪刀。”清代扬州八怪之一的金农有诗：“夕阳返照桃花坞，柳絮飞来片片红。”夕阳照射在桃花坞的桃花上，白白的柳絮变成淡淡的红色，漂亮极了。

接下来，看到的四角草亭叫“三十六陂亭”，其楹联是：“新亭东北两窗推，旧日湖光扑面来。”周边的柳湖风光扑面而来，两边长着茂盛的三棱水葱，亭子四周植有杉树。前面长有一株粗壮的黄山栾树。栾树在春季长出嫩叶多为红叶，夏季黄花满树，入秋叶色变黄，果实紫红，形似灯笼，是十分美丽的观赏树木。

接着可以沿着曲折的木桥，走进芦荡迷宫。北湖湿地“滩隈陇阜，错落其中，若爪若角，若木之交枝，非生长其间，往往迷其棹焉”。深秋季节，秋风乍起，芦絮飞舞，就像一场秋雪。就像战争年代沙家浜的芦苇荡一样，在里面与敌人周旋，可以打得敌人晕头转向。在和平年代，置身自然长成的芦苇迷棹，穿梭其中，可感受来自大自然带来的无穷乐趣。

这里有对蕹菜（空心菜）的介绍，据《本草纲目》介绍：“蕹菜，今金陵及江夏人多莳（栽种）之，性宜湿地，畏霜雪。”其花色或白或紫红，与牵牛花十分相似，二者属于“亲戚”关系。还有对“菽”（大豆）的介绍，《诗经小雅小宛》中说：“中原有菽，庶民采之。”人们常说：“谁能吃了五谷不生灾?”古代说的“五谷”就是“稻、黍、稷、麦、菽”，古人称初长的豆苗为“藿”，称成熟的豆子为“菽”。

再向前走，就看到七字形草屋。这就是“柳湖僻境”。靠近路边，屋山头朝外的是“流芳”，楹联是：“春藏柳色诗人影，月映湖光古渡潮。”“晴蔼”的楹联为：“巧留芳影水如境，飞递春风柳欲花。”再前面，是一座长廊，这就是采菱轩了。柱子上有楹联：“深处种菱浅种稻，不深不浅种荷花。”另一端写着不同的楹联：“题诗旧日立吴兴，既种荷花又种菱。”虽对仗不够工整，但也告诉了我们“靠水吃水”的道理，这正体现了古代劳动人民的聪明才智。旁边的树林里，还有栩栩如生、惟妙惟肖的三只水牛塑像和两只梅花鹿塑像，让人看到这里曾有过的农耕场景和湖畔乐趣。

旁边有一座圆草亭，叫“定香亭”，其楹联是：“月明船留参差起，风定池莲自在香。”这里夜晚的月光之美，莲花之香，让我又情不自禁地想起了朱自清先生的《荷塘月色》。

原汁原味的荒湖

对面向前，就是原汁原味的荒湖了。首先看到的是“九顷古渡”：“晚渡趁归人，暮亦归渔舟。”早上从这里出湖打鱼，傍晚归来就会鱼满舱。湖中碧波荡漾，闪烁着粼粼波光，让人看了就心情舒畅。

再往前走，就看到一座四层高塔，上面“黄鸟隅”有三个大字，这是观鸟塔了，因为这里是原生态的湖泊，很多珍稀水鸟，就会来这里安家。因为地方太大，我只好又登上的观光车，绕荒湖一圈，远远看去，里面滩头，有一大片白花花的东西，我惊奇地问开车师傅：“那白的是什么？”师傅面带微笑，热情地说：“那是白鹭的家。这里是原生态的湿地，吸引了很多鸟类来此安家。”远处还有不少水边平台，师傅说：“那是供人们钓鱼的地方。”

“古城楼影横空馆，湿地虫声绕暗廊。”大美湿地，人文北湖，给人带来了无穷的乐趣和想象的空间。这里地方宽大，范围广阔，景色优美，物产丰富。有焦循和阮元做坚强后盾，文化积淀丰厚，楹联诗赋众多，人文气息浓郁。既是游客观赏江南水乡自然美景的绝佳之地，也是品尝淡水湖水产品的美食广场，更是孩子们学习湿地水产百科知识，掌握楹联诗赋的研学之地。

北湖文苑

2022 年 7 月 3 日（星期日）上午，北湖公园还没有开门，我就赶了数十里路，来到这里等候购票，为的是弥补观赏上次因阳光的毒辣和饥渴难耐而遗漏了的重要景点——北湖文苑。

刚进大门不久，就看到右前方有一块像山一样的巨大的黄山石，上面用刻着四个刚劲有力的红色魏体大字“北湖文苑”。再往前走，就看到了一大片荷塘，碧绿的荷叶，你不让我，我不让你，都挤得水泄不通，粉红色的荷花露出了美丽的笑容，像少女羞红的脸庞；又像碧蓝的天空中，闪烁着的数不清的星星。

前面掩映在绿树丛中的小岛上的美不胜收的别墅就是“北湖文苑”，这是我见到的北湖公园中唯一一处青砖黛瓦的古色古香的建筑群。

正门朝南，横额为“北湖文苑”，抱柱楹联为：“考古超韩（愈）柳（宗元），传经比（刘）向（刘）歆。”北面横额是“甘棠广庇”，两边抱柱楹联是：“湖边旧雨逢今雨，海上文星作使星。”比喻老友遇新朋，谈笑皆鸿儒。

中间一幢房子朝南的匾额“萃乡贤”，抱柱楹联为：“正曲删繁，乃前贤典范；穷微极眇，为后学津梁。”纠正错误，删除就简，成为前代贤人治学的典范；追根究底，探索精妙的道理，起到了承先启后的桥梁作用。

东屋的朝湖的一面，亭子上的门头有“自风流”匾额，抱柱楹联为：“抚景为怀风月主；及时修学圣贤心。”告诉我们一个深刻的道理，既要亲近自然，风流倜傥；又要以书为友，潇洒通达。

西厢房横额为“清气概”，抱柱楹联为：“锦囊句好题新画，石鼎茶香读异书。”题写新画时，有美句相配；阅读异书时，有香茶相伴。文人可以乐其所乐，墨客能够喜不自胜。

朝北的匾额是：“通经致用”，抱柱楹联为：“光萃乾嘉成一派，声如江海漾千秋。”赞扬清代扬州学派成就如星光一样，璀璨夺目；声名同江海一样，波光荡漾，永不停息。

最北面临湖的一幢，朝南的匾额是“仪范”，其抱柱楹联是：“济世安民施德善，传家教子读文章。”此联告诉我们一个深刻道理：“广施善德，能够济世安民；博览群书，可以传家教子。”

东厢房朝西“膺旷典”三字匾额。抱柱楹联是：“文辞高峻岳，名德望云天。”这是对文人的广义赞誉。

西厢朝东的是“策清名”三字匾额。抱柱楹联是：“论经学士雕菰饭，训诂文宗锦带羹。”上联赞焦循孝敬父母，下联颂阮元乐于交友。

朝北的匾额是："政佐文昌。"抱住有楹联，上联称赞阮元"三朝九省钦文达，千秋泰斗"；下联歌颂焦循"六艺五经诣理堂，一代通儒"。

游客来到这里，既可以欣赏不可多得的楹联书法，发思古之情。想到以阮元、焦循为代表的扬州学派的文人墨客曾在这里孜孜以求，为人类留下了宝贵的精神文化遗产，又可以站在北侧的亲水大平台上，远眺碧绿如伞盖的荷叶，欣赏盛开的粉红似美人脸的荷花，仰望悠悠碧空中的淡淡白云，俯瞰波光粼粼湖面上，淡水鱼的欢呼雀跃，鸥鹭的展翅翻飞，聆听蓊蓊郁郁、蔚然深秀的树林中飞鸟呼朋引伴的尽情欢歌，岂能不感到舒心惬意？

游客沐浴在灿烂的阳光里，让湖面的习习凉风从身旁拂过，顿时感到汗水全收，会情不自禁地感叹："哎哟，好美呀！""哎哟，好舒服呀！"

古为今用的陈园

早就听说，扬州除个园、何园外，还有一个第三园叫陈园。我请扬州市庭院艺术研究会老会长徐鹏志先生帮忙，找到新任会长周启发先生联系，才在七月流火的夏日，冒着骄阳似火的酷暑来到这里参观。这里的新负责人朱会井先生热情地接待了我们。

陈园，又称盐商遗梦园，位于扬州市邗江区甘泉街道长塘村高庄组，占地一百余亩。正好与甘泉影视基地为邻，是由今天的民间收藏爱好者陈建先生投巨资建造的私家园林。北门在影视基地西侧，门额为“陈园艺术馆”，内侧为“钟灵毓秀”四个隶体字，说明这里凝聚了天地间的灵气，孕育着优秀的人物。东门头迎路的一边有“陈园博物馆”五个大字。南门的东侧路南有“家风长廊”，路北小路尽头的古色门楣上有“高翔故

里”四个字。广场南侧的照壁上，有“陈园”两个金色大字。园主人陈静先生从安徽、山西等地收购运回了一座座富有历史价值和收藏价值的古宅，再经过精心的设计、巧妙的组合而建成园林，这里陈列着省内外古典园林建筑的精华，也可以这样说，陈园是各地园林艺术的集大成者。

大门两边的楹联是：“一园可得千种佳趣，四季竞展百卉秀容。”十分贴切地写出了主人造园的特色。门边一雄一雌两只惟妙惟肖的明代石狮子四目相视，笑容可掬，仿佛表示：“有朋之自远方来，不亦乐乎？”中间两扇大门上是立体感十足的两尊巨大彩色门神，栩栩如生、形象逼真。他们全神贯注地守卫着这座来之不易的私家园林。左侧一块瘦透漏的巨型太湖石——立峰“碧云”，约有两层楼高。两边已长满了绿色藤蔓爬山虎，为这尊巨石增添了勃勃生机和不少灵性，仿佛和主人一起欢迎游客的远道而来。北侧好似倚在一棵棵耸入云霄的参天大树上，稳如泰山。西侧有一座带走廊和圆门的独立院落，两边的抱柱上有楹联：“阆苑有书多附鹤，女墙无处不栖鸾。”整个园林分为三个部分。

端庄大气的南部凌枫阁

南入口进门，是南园。回望大门内侧的抱柱上有楹联：“神交菊竹松龄正气，友结诗书子美罡风。”要人们善交友，讲诚信，树新风，爱读书。西侧圆门上有“艺术的味道”五个字，原是文化体验区，将来可能改为民宿；东侧外面园门上有“紫气东苑”四个字，原是团队接待区，将来可能改为食堂。

迎面看到的是凌枫阁，它分上下两层，从南面看好像只有一层，上层略高于地面的五楹房屋是汉服馆，喜欢汉服的人可以来此欣赏选择拍照，四面有洁白的汉白玉栏杆，呵护着凌枫阁，一尘不染。凌枫阁的飞檐如鸟的翅膀一样，凌空展开，仿佛要振羽飞翔；门前两侧各有一棵高大的银杏，夜以继日地守卫着陈园，它们身材魁梧，精神抖擞，参天耸立，不屈不挠。花圃中有“澄元美术馆”字样，澄元与陈园同音。阁前花圃的前面，有两尊硕大的铁艺狮子，卷须锐爪，刚柔相济，寥寥数笔，惟妙惟肖。显得别具风味，独领风骚。门前的紫薇花已经盛开，鲜艳夺目；铁狮子后面高大的枫树正在努力吸收阳光，为展示鲜艳的红色积蓄力量。

站在河北往南看，实际是两层，下层临水而建，共七楹，整个凌风阁显得气势非凡。下层就是澄元美术馆。爱好美术的人可以在此驻足，仔细欣赏品味。

视野开阔的东部小宏村

右转，经过“来紫”圆门，就到了东宅院，视野比较开阔，中间有湖水。北面有七幢徽派古民居建筑，叫小宏村，这里的马头墙各有千秋，绝不雷同，将来要建高档民宿馆。它是将安徽的古建筑拆下来，编上号，再小心谨慎地运回来，还要按原样一点不差地建好，要花费多少心血汗水和智慧啊！真是印证了一句话："不经历风雨，怎么见彩虹？"东面的岸边上有一块方正的大平台，平台上还有一个有三层顶的高大的明代石牌坊，上方有"荣恩"两个大字，下面有"世科"两个大字，也是从安徽运回来的，据说《扬州晚报》登载的消息还引起了安徽文物部门的关注呢！下面的平台像是水上游船的码头。将来，这里既可以搞水上游船，也可以让学生搞水上摘红菱实践，还可以让孩子们"溪头卧剥莲蓬"呢。东北角上是盐商博物馆，再现了清代徽商的衣食住行及文化娱乐活动。东南角的计划是建城市书屋（高翔书房）。中间清澈宽大的湖面上，水平如镜时，倒映着蓝天白云和四周美景；微风吹过湖面时，水在阳光的照耀下，波光粼粼。南面的湖面上长着碧绿的菱角，中间有石板桥横穿而过，左边还有一个尖顶的水上凉亭，在此，可以看到水中肥美的鱼儿在尽情地嬉戏，桥上的行人谈笑风生，村上鸟儿的叫声此起彼和，唱响天籁之音。再往左，就到了水上画室。在这风景优美的环境里写诗作画，心旷神怡，才思敏捷，岂不快哉？我一时兴起，铺开宣纸，拿起毛笔，醮上墨汁，写了"山清水秀，人寿年丰"八个草书大字。

走出画室，往东走，

就看到湖中心的“水榭茶韵”；再向东走，就看到了宋代的石拱桥和水上的圆形凉亭。走累了，在这里歇凉，真有“清风徐来，水波不兴”之感，很是舒心惬意。湖上园林之中，有徽派园林的建筑风格，也有扬州园林的鲜明特色。有的地方是抑景，有的地方是借景，有的地方是隔景，有的地方是漏景，真是移步换景，一步一步画，妙不可言。就连蓝天上的朵朵白云，也在伫足欣赏，久久不愿离去。湖的西北角，是一座拱桥，拱桥的西侧就是咖啡厅。

古色古香的中部博物馆

从水上画室向西走，看见一座用古青砖砌的廊桥——功谐桥，就到了西园。

首先看到的是南河北侧的厚德堂，又叫国学厅，是目前扬州最大的金丝楠木厅，价值一定不菲。里面的一张大桌子，就值几千万元。外面的楹联为：“述古喻今，文无妄作；观天察地，人不虚生。”说的是无论写什么文章，都要严谨从事，不能胡言乱语；无论做什么决定，都要审时度事，不可虚度光阴。里边的楹联为：“世事让三分，天宽地阔；心田存一点，子种孙耕。”告诉人们，要懂得谦让，以和为贵，学会耕种，自食其力。

经过西侧有圆门的聚雅居，就看见一处开阔的庭院，两侧各有一棵胸径一米以上的唐代古银杏，苍劲古朴，身材魁梧，夜以继日地守卫在陈园中央。虽已历经1300多年的狂风暴雨的战斗洗礼，电闪雷鸣的残酷折磨，硝烟战火的严峻考验，移栽乔迁时的刀砍斧斫，也留下了朝代更替的历史沧桑，但仍然精神抖擞，枝

繁叶茂，焕发出青春的活力，结出了银杏硕果。有一块巨大的太湖石“青云峰”伫立在中央，旁边有一藤蔓植物，已经为石峰穿上了绿装。这跟古城扬州文昌中路“唐宋元明清，从古看到今”的意韵一致，体现了“古为今用，洋为中用”的扬州悠久的历史和盐商文化。

北侧庄严肃穆的高墙大院，让人肃然起敬。原来，这是安徽黄山脚下的一座古宅，共有三路三进建筑，门头有字，门前有高高的石雕瑞兽，门上方长满了爬墙虎，这是主人历尽千辛万苦，发挥聪明才智，完整无缺地迁移过来的。地面上还放着一些长方形的石缸，石缸四周有表现农耕生活的石刻，还有一些带花纹的石鼓，每一件物品，都具有很高的艺术价值。石缸上方，长有枝叶茂盛的龙爪槐，像美女披在肩头的长发，充满活力；又像是一把遮阳伞，呵护着下面的小花小草。

东路门头上是漂亮的砖雕，中间是“琴棋书画”四个大字，这是公子读书楼。东路门内的木楼南墙上，嵌有一幅巨大的徽派砖雕——《童子闹春图》。全图共刻有700多个顽童，有的在尽情舞龙，有的在悠闲放牛，有的在放声歌唱，有的在切磋棋艺，再现了一幅童趣盎然的童年快乐生活图景。从东面的门往里走，豁然开朗。这是一个大厅，这就是国学馆。可开展250人左右的活动，四面的墙壁上，都悬挂着图文并茂的美德传统文化。如：“诚立身、孝当先、俭养德、忠无私”“仁、义、礼、智、信”

“光盘行动”等，便于学生来此研学。再后面，就是小姐的绣楼。

中路门上有“名扬遐迩”四个大字，门口有“紫檀古代瓷器馆”字样，这就是瓷器艺术馆。进门的天井里，东侧有一个大缸，上面雕刻着花纹；西侧是一口古井，井栏有深深的勒痕，说明年代已经久远了。北侧的门，每扇门都是雕着花的。里面就是一个二层楼的展览馆，有园主人陈列的一些家具。上面是玻璃，门边有木花格子。下面是木板，上面有铜质发亮的花纹。东西二面的墙上，各有四条屏的汉画像石，内容既有建筑设计智慧，也有山水景物描绘，还有生活画面展示。

西路上面的字看不清，但下面绿色藤蔓植物叶子后面隐约可见“民俗博物馆”字样。

“诗礼传家”的中堂对联是：“福禄寿三星高照，康宁乐四季平安。”这是对主人的良好祝愿。天井的西侧墙壁上挂着大红底子金黄古字的百福图，充满艺术研究价值，中间的柜子上坐着一尊雕像，这是一个慈眉善目、面带笑容的老翁，披着一身白衣，左手端着酒杯，头上有发髻，嘴上有长髯，这是福星。东侧的四条屏，每一条屏都是精美的红色木雕中间，有四幅白色的人物花鸟画，向人们讲述着一个个动人的故事。房间内有金碧辉煌的大床，有玲珑剔透人的梳妆台。

书香浓郁的高翔故居

往西走，“山林功臣”匾额下面，有很多栩栩如生的砖雕作品，有盛开的荷花等名贵花卉，有腾云驾雾的仙人，有凡间的官人，有微笑的老者等。雕工精细，神情毕现。

走廊的东侧有“眠云”二字，西侧有“天和”二字。西北角是结构紧凑、玲珑精致的是高翔故居。有“高翔故居”标志的是圆门。故居圆门两侧，有两只双眼圆睁的老虎雕像，目光炯炯地看着游客，面带微笑，憨态可鞠。有楹联：“白袷惯倾花屿酒，青山只取砚田钱。”这是好友马曰琯所作七律《器高西唐》的颔联，体现出高翔拒绝别人施舍的品行。里面的抱柱楹联为：“迹透天地佳日过，密庶树色故人来。”体现出高翔热情好客的特点。

故居的集贤堂中间有一幅高翔的书画作品。可见高翔擅长画梅花，旁边的对联是高翔手书，写得潇洒飘逸：“书从疑处翻成悟，文到穷时自有神。”上联跟孟子的“尽信书，则不如无书”和张载“学则须疑”的理念是一致的；下联与杜甫的“语不惊人死不休”有异曲同工之妙。再往右边走，还看到一副对联：“宝露春涵芝圃秀，彩云晴映玉阶明。”这是写自然美景的美好。墙上的诗碑，都是从民间收集而来的宋代诗碑。

故居前面的庭院的东北角，有一棵400年树龄、价值四千万的“罗汉松”，巍然挺立，耸入云霄。松下伫立着捋着胡须的高翔雕像，神情毕现，风度翩翩。东侧长廊南端，有一座二层小亭，叫看松亭。这里以扬州八怪文化为背景，复原了扬州（甘泉）人高翔的故居，具有典型的江南民居风味和园林文化，前后四进民居内有高翔的诗书画印，珍稀古玩和扬州名画，体现了扬州八怪充满书卷气的文化优势。

出门时，见上方有“碧落”二字，出门，就到了西花园。转头看，有“听泉”二字。

这里有很多长廊相连，可以不走雨路。长廊的门头上都有标志，如“春晓”“涵秋”“卧月”“披花”等。高翔故居南门有楹联：“画君携去兴何远，新到邗江滔正清。”门口各有一尊高个子石虎，守卫着这些珍贵的宝物。

玲珑精致的西部花园

西花园中间是一个南北狭长的小池，四周有很多古树，是苏派和扬派相结合的园林。南侧有距今 600 年树龄的宋代紫薇，苍劲有力。虽历经天寒地冻，风霜雨雪，电闪雷鸣，烈日曝晒，仍精神抖擞不畏艰辛地汲收土壤中的水分和营养，在炎热的夏季，让一丛丛、一簇簇艳丽的鲜花缀满枝头，给人们带来美的享受。据说，天上有紫薇星，地上有紫薇花，是吉祥的象征。微风吹来，它们还无忧无虑地摇摆起来，跳出美丽的舞姿。

这里的小桥流水亭台楼阁，应有尽有。小湖中间有一座方形凉亭，叫韵秋亭，在此既可以切磋棋艺，也可以环顾四周玲珑精致的美景。再往前走，移步换景，一步一幅美丽的画卷，让人流连忘返。

湖边有很多形状各异的石块点缀其间，有的石块像口渴的动物在河边饮水；河岸边，有许多神态自然的猴子、狮子等动物中蹲在石墩子上，一边看着路上的行人，一边守卫着河水的纯净。东边还有飞檐翘角的戏台，两边的楹联体现了戏台的作用：“演古劝今，快目怡心振风俗；穿锦唱曲，歌儿舞女闲消愁。”东北有澄沁阁，其楹联是：“罗绮晴娇绿水洲，池塘月撼芙蕖浪。”北侧有五间二层小楼弹指阁，下面内侧抱柱上楹联是：“为今觉悟，登楼清听市声远；是故弹指，倚槛潜窥鸟梦闲。”一是具有“时光易逝，必须珍惜”的意思，二是告诉人们这里远离城市的喧闹，可以静心聆听大自然的声音，做自己喜欢做的事情，这就是“宁静致远”的深意所在。

西墙上有“甘泉”二字，旁边的井中泉水清冽甘甜。榭中有联曰：“山上甘露比中泠，檐下泉液若惠山。”写出了甘泉可比位于镇江金山下长江中的天下第一泉——中泠泉，可比位于无锡惠山的第二泉惠山泉。西北有被称为“友柏”的半亭，亭后有两棵苍劲挺拔的古柏。亭前有对联：“却看风雪润古木，欲留苍翠待后人。”这是告诉人们，要有奉献精神，时时处处为别人着想。

中间是一座连绵起伏而又引人入胜的古廊桥，它掩映在郁郁青青的绿树中，近看，犹如长虹卧波，远望，又仿佛是系在小湖这个美人身上的金腰带。西边的湖边停泊着石船舫，小瓦盖顶，横额上有“雨荷轩”字样，前面有取自高翔诗句的黑底黄字楹联：“移舟森木名园改，岸逐朱华翠盖浮。”切合周边景物特点。靠岸边的一头匾额是“晓风初月”四个字。

再向南走，就看到警世钟亭，门上有“警世”二字，墙上有

“烟汀晓霁”字样。善意地提醒游客，做人要有法律和道德的底线，心中只有警钟长鸣，才能在事业中永远立于不败之地，千万不能有半点侥幸心理。墙边就是怀师塔了，是高翔怀念大画家石涛老师而建的，体现了高翔懂得感恩的高尚品德。

梅花形状的门头上有“古香书屋”四个苍劲有力的砖刻正楷大字，里面有一座二层小楼，楼前有一株开满一丛丛一簇簇鲜花的高大紫薇树，周边还有一些古色古香的配套用房，中间有一块直立的黄石，将院子装扮得分外雅致。启迪人们：“他山之石，可以攻玉。”只有多读书，才能先超越自己，再超越众人。

出门后，走过曲曲折折的石板桥，举目四望，周围蔚然而深秀的苍松翠柏，在清澈的水中照个影儿呢；向东看，凌枫阁北侧的水边，有一只栩栩如生的大石龟，正在河边饮水。这些景点，就像一颗颗璀璨的明珠，在陈园中闪闪发光，给人们带来了无限的遐想和深思。陆地四周，鸟语花香，让人心旷神怡；河水四周，假山叠石，错落有致。

园内有多种名贵树木，这种优雅宁静的环境，正是读书作画的好去处。虽然陈园不是古典园林，但里面的古树名木众多，砖雕瓦楞古朴，古典家具纷呈，无不体现出古建筑大观园的鲜明特色，是古代文化与现代文明相结合的典范，被誉为除个园、何园之外的“扬州第三园”。

园主人花了 20 多年的功夫，精雕细琢，融合的徽派、晋派、苏派和扬派的建筑艺术为一体。如今仍在不断完善、精益求精。园林虽然整体看来，并不是很大，但细细品赏，觉得非常精致。这里凝聚了园主人一辈子的全部心血啊，他为扬州人民留下了非常宝贵的传统文化园林的精神大餐啊！这给了我们一个深刻的启迪："有志者，事竟成。"

燕燕居住地，雅致情依依

2022年5月20日（星期五）午后，我们广陵作协办一行14人应主人青燕（广陵作席主席，笔名青燕，原名刘伟红）女士的盛情邀请，来到燕燕居做客。

刘主席的集镇老宅——燕燕居位于太安镇，最靓丽的地方是居室的后花园。

前院不大，但与众不同。不锈钢院门两边是不锈钢栏杆，凌霄花已经爬满了院门旁边的柱子，捷足先登的橙红色凌霄已迫不及待地吹起了她的小喇叭：“夏日已经来临，我可为您遮阴。”

客厅内置放着一组红木雕花沙发，沙发上方悬挂的是漆器工艺品——梅兰菊竹四条屏。旁边还有一只玻璃鱼缸，鱼缸着的锦鲤来回穿梭，上下翻飞，与游人逗乐。鱼缸上方草书写的是唐代李白的《独坐敬亭山》：“众鸟高飞尽，孤云独去闲。相看两不厌，只有敬亭山。”中堂是巨幅漆器工艺《富贵长青》，画面内容是：红日照耀下，八只丹顶仙鹤，有序飞住松林，先飞来的已经在静静地观赏着旁边的绿色的植物和鲜艳的花朵。这里的画作都是20世纪八九十年代的点螺漆画，具有收藏价值。条桌上供奉着观音菩萨，整个厅堂的布置，既有传统的富贵吉祥之意，又不失文人的儒雅之气。

走出小楼后门，眼前豁然开朗。数十平方米的院落布置得井然有致。

后门头从右至左是“燕燕居”三个篆体金字，上方突出的部分是草书“栖香阁”，两边的抱柱上有一副黑底白字隶体楹联：“看遍好花春睡足，醉残红日夜吟多。”上联前面一棵大石榴树，已经开出红色的花朵，再过几个月，树上将挂满硕大果实。西侧的白墙上，镌刻着洛夫为青燕专门写的诗《石榴树》：“假如把你的诺言刻在石榴树上，枝丫上悬垂的就更沉重了。我仰卧在树下，星子仰卧在叶丛中，每一株树属于我，我在每一株树中。它们存在，爱更不会把我遗弃。哦！石榴已成熟，这动人的裂痕，每粒都闪烁着光，闪烁着你的名字。”这首诗周围的墙上，全都爬满了络石藤，仿佛专门为这首诗镶了个绿色的大框，可见主人匠心独运。

沿着西面墙向前走，就看见一座微型拱桥，下面是一条微型河流，河里还有锦鲤在游动，外面虽然已是30℃左右，但它们在树荫下的凉水里，一定感到很惬意吧！

小桥西，就是向外的院门了，门头由小青瓦盖成，檐口有红底黄色隶体“迎曦”二字，主人每天清晨在此读书，迎接晨曦的光临。侧门的四周也爬满了绿植。北侧是青翠挺拔的竹子，表现了主人生活情绪的不俗。北侧面是一座凉亭，“晏福亭”，中间是青砖雕刻的正楷“福”字，8 位女同胞在这里喝茶拍照，不亦乐乎！两边黑底白字行书抱柱楹联：“紫盖春云丽，苍旗朝日明。”从这里沿着东侧的院墙直到南面的楼房后门，都有长廊连成，可以不走雨路。

走廊边上从北向南，恰到好处地安放着一些古老物件。如磨豆腐的石磨等，边上还有野鸭低头饮水，富有情趣。中间有各种造型的鲜花盆景点缀其间，充满生机。东南角还有一口古井，说明主人一直居住在这里。古井的外侧，是一株大桂树，每到八月中秋前后，鲜艳的丹桂开放，花香四溢，让人陶醉其中。

我与文友敦昌对坐在中间的棋桌前，我由衷地赞叹：“这燕燕居虽然不算大，但非常精致，小桥流水，无所不包；亭台楼阁，无所不含；奇花异草，样样兼有。真是移步换景，一步一幅精彩有画面。”敦昌也随声附和：“这也是我梦寐以求的优雅的生活环境啊！”

扬州的桥

扬州是一座被水环绕、被水滋养、被水宠爱着的城市，流水的多情赋予这座城市别样的风华。城里城外，水网纵横，桥多貌美。人从桥上过，水在桥下流。正是："春城三百七十桥，夹岸朱楼隔柳条。""粉墙风动竹，水巷小桥通。"桥，使扬州这座水的城市更加灵动，更有千种风情。

扬州风景美在瘦西湖，瘦西湖的点睛之笔是五亭桥。主桥有四翼，每翼各有三个略小的桥洞。两端引桥下，又各有一扇形桥洞。总共十五孔，孔孔相通。游船穿行洞间，令人心旷神怡，遐思蹁跹。据说"月满时，每洞各衔一月，金色荡漾，妙不可言"。还可寻觅"画面清波涵月影，头头空洞过云桡，夜听玉人箫"的意境。

五亭桥的西侧，还有一座二十四桥名气也很大。一个烟花明月的夜晚，彩灯高照，红袖起舞，二十四位吹箫的女儿为一个沉醉于此情此景的荒唐的杨广表演着刚刚学会的新曲，箫声悠扬，掩去了远方暗藏的杀机，箫声悠扬，定格了薄命王朝的背影。又过了很多年，年轻的杜牧从长安城走来，面对如此美景，浮想联翩，写下了著名诗句："二十四桥明月夜，玉人何处教吹箫。"很多人也正是从这两句诗出发，溯源而上，认识了二十四桥，认识了瘦西湖，继而认识了扬州。

除瘦西湖内的五亭桥、二十四桥外，古城区古运河上的桥也各有特色。

1952年，新中国成立后扬州建成第一座大桥——解放桥！这座长55.88米，车行道宽18.5米的钢筋混凝土大桥，不仅解决了老百姓过河的问题，更是向全体扬州人嘹亮地吹响了奋进的号角！1983年，老解放桥乘着改革开放的东风换了一次容颜，车行道加宽到24.5米。2004年，跨越新世纪的解放桥再显新姿，至此它成为一座总跨长度69米，宽42米的双向六车道的现代化大桥。新建的解放桥有4座小亭子，翘角飞檐，古色古香。现在这4座小亭上又分别挂上了楹联，桥的东南角是："芳草远迷扬子渡，宿烟深映广陵城。"横批是"春风十里"；西南角："一枝拂地成瑶圃，数树参庭是蕊宫。"横批是"月照花林"；西北角："朱楼映日重重晚，碧水含光滟滟长。"横批是"淮南胜事"；东北角："广陵灯火连星汉，水郭帆樯近斗牛。"横批是"广陵弄潮"。这些楹联增添了扬州名城的历史文化气息。

扬州古运河上，始建于20世纪60年代初的跃进桥，为排架T形梁钢筋混凝土桥，桥面只有8米宽，20年后的80年代初的改革开放时期加宽扩建桥面至14米，后来拓宽

至20米。又几经维修改造、美化、亮化，如今，人行道与主干道之间的绿化带上，长有坛型篮状的绿色植物，极具艺术观赏价值；两边已经建成了古色古香的廊亭，无论是炎的夏天，还是冰冷的雪天，游人都可以站在桥两边的廊亭内，尽情观赏古运河两边的美景。所以，跃进桥亦已成为古运河上一个靓丽的景点。

连接康山文化园与万马滨河城的大水湾景观步行桥，是扬州横跨古运河上的第九座景观大桥，为柳叶造型，又叫柳叶桥。全钢制人行桥，钢制桥体总重量在180吨左右。桥梁上部结构桥面为跨径60米空间异形钢箱拱梁桥，共有主桥面及两侧桥面三块桥面组成，主桥面及两侧桥面均为空间曲面形状。桥面为实木踏板，梯道踏步尺寸随主梁纵坡变化，最小踏步高度5厘米，最大高度11厘米，这样的坡度非常陡，该桥只供步行，自行车、电动车等都不得通行。步行桥的灯光布景分两部分，一部分，桥翼两侧将采用全彩动态照明，共安装124根LED全彩变色灯，凸显桥体“柳叶造型”的立体和时尚，另一部分，白色LED灯饰安装在整个桥体的栏杆扶手处，共112套。整座桥梁全部使用LED灯照明，体现了扬州LED产业特色，也体现了节能环保的要求。该桥具有现代文明的气息，成为古运河上一道崭新的靓丽风景。

“天下三分明月夜，二分无赖是扬州。”古运河上，何园南侧，就有为纪念唐代诗人徐凝而修建的徐凝门大桥。桥北西侧的诗韵广场，刻有张若虚以孤篇压倒全唐的《春江花月夜》，这些大概就是扬州之所以称为“月亮城”的原因吧！

1953 年兴建在渡江（纪念渡江战役胜利）路上的渡江桥，为钢筋混凝土桥台、木结构桥面公路桥。1964 年改建为钢筋混凝土桥面。1982 年扩建桥面，两侧加宽至 21.8 米，并改建为下部钻孔灌注桩、上部为装配式钢筋混凝土 T 形梁结构。2005 年改建后沿用了扬州桥的特色——亭桥结合。桥上有亭，亭下是桥，桥因亭而美，亭因桥而秀。渡江桥的亭采用了桥中设亭，两侧有廊，亭廊相通的美观设计。

在荷花池公园和古运河之间，还有一座气势非常雄伟壮观的桥亭闸三合一的通江门桥。在古运河东岸远远看去，通江门桥就像是古老的城门，桥上亭子由小黑瓦做成的飞檐四角翘起，像飞鸟展翅欲飞，又像是瘦西湖的五亭桥。下面是拱桥，与倒影，构成圆洞形状，美妙绝伦，还配有闸门，可控制内外的水位。岸上杨柳依依，水中波光粼粼；景致很有深度，有西侧的馆驿桥和南北外街上的二钓桥，再向西，就和荷花池路上的廊亭桥相呼应，这里仿佛还隐藏着许多不为人知的秘密，成了古运河西侧一道靓丽的风景。

门楼四面都有匾额和楹联。北面的匾额是“江山四望”。以前这里向南可望远处的镇江的三山（金山、焦山、北固山），向北可望高耸的蜀冈。两边的楹联是：“供桑梓讴吟，几处亭台成

小筑；快春秋游览，一隅丘壑是新开。”东面的匾额是：“山平水阔。”现在，山平已很难见，但阔水仍可观赏。中间的集句楹联是：“日映文章霞细丽（元稹），山张屏障绿参差（白居易）。”两边的集句楹联是：“池塘月撼芙蕖浪（方干），罗绮晴娇绿水洲（孟浩然）。”南面的匾额是：“花明绮陌。”四面花团锦簇，风光旖旎美不胜收。两边的楹联是：“夜月桥边留画舫，春风陌上引香车。”西面的匾额是：“城阖锁钓。”可见这里地理位置很重要。中间的集句楹联是：“隔岸春云邀翰墨（高适），绕城波色动楼台（温庭筠）。”两边的集句楹联是：“终古招邀山色远，几人爱惜月明多。”这些匾额和楹联，就增加了古城扬州的文化韵味。这是古代人站在通江门上所见到的靓丽而独到的宜人风景。向北就是南门遗址码头，附近还有响水桥、洒金桥、迎熏桥、青元桥等，见证着扬州因运河而生，因运河而兴的悠久历史。

站在古运河西岸南门外大街的二钓桥上，向东可以拍到近处的汉白玉拱桥和远处通江门大桥，向西可以拍到荷花池东侧的桥，桥面上西边是廊，桥面是亭。再向西看，就是荷花池中的冶春了。通江门大桥这边的景致与荷花池公园的美景相互映衬，令人遐想。

在文峰寺西侧，新建成的文峰大桥横跨古运河宝塔湾南北两岸。大桥桥面设计很有文化品位。桥面有 4 根华表柱，上面分别

雕刻着“风、调、雨、顺”四个大字，反映了大自然也青睐扬州这个好地方。两边的桥墩上都镶嵌着反映扬州运河文化历史的精美图画。具有商朝文明气的古老气象。为了与文峰寺相呼应，桥面上的路灯，采用了荷花造型，夜晚华灯初上，仿佛一盏盏金色的荷花灯悬挂在大桥的上空，美不胜收；桥栏杆上简洁的荷花造型也是栩栩如生，都将给扬州人民带来好运。这座大桥建成，北区的扬州市民将通过大学南路直达三湾公园和大运博物馆。

改革开放以后，扬州跨越京杭大运河，向东发展，随着广陵新城和广陵经济开发区的崛起，京杭大运河上造的桥也越来越多。在原扬州大桥北侧，造有文昌大桥，江阳大桥等，在扬州大桥的南侧建有开发大桥，桥上有像船帆一样的设计，象征扬州已扬帆起航。南侧还有国道大桥、沪陕快速高速公路大桥、施桥大桥、沿江高等级公路大桥等。

现在，扬州已经跨越廖家沟，继续东进，与江都连成一体，廖家沟上，气势宏伟的新万福大桥拔地而起，宽阔的广陵大桥精彩亮相。

扬州的桥，不仅跨过了大运河和廖家沟，而且雄跨在万里长江之上。“桥上车行如织，桥下碧水东流，扬城日新月异，伟人情思悠悠。”扬州，镇江，两座相望的历史名城，因为一江之隔，这一望就是两千多年。950 年前，因变法受阻的政治家王安石面对滔滔江水，用“京口瓜洲一水间”和“明月何时照我还”的诗句，来排遣心中的忧郁。20世纪初，中国民主革命的先行者孙中山先生，在他的《建国方略》中，勾画出了架设扬州镇江间长江大桥的蓝图。今天，两个千年古城间修建了雄伟的润扬长江公路大桥，这是被喻为“中国第一，世界第三”的神州第一桥。这是国内第一座由南汉悬索桥、北汉斜拉桥组合而成的跨江大桥。全长35.66公里。工程总投资57.8亿元，让长江两岸天堑变成了通途。

五峰山长江公铁两用大桥经过建筑工人数年的艰苦奋战，终于顺利通车，扬州从此有了高速铁路，能够快速融入苏南了。

除此以外，古运河上还有五台山大桥、便益门大桥、三湾大桥、扬州船闸桥等等，古运河边有如意桥、响水桥等。扬州的名胜，扬州的传说，扬州的秀丽，扬州的雅致，都离不开“桥”的。从地理角度讲，扬州属于江南，具有江南水乡的鲜明特色，河多就不足为怪了。

好美哟，万福大桥

我们乘车来到位于扬州生态新城的万福大桥，万福大桥是扬州第一座自锚式悬索塔楼双层景观桥，上层行车，下层走人，全长664米，主跨188米。大桥总体风格为亭台楼阁，整个底座似“凯旋门”。听说，塔墩总高度80多米，其中水下部分20多米，水上50多米，相当于两座10多层的高楼，架在风光旖旎的廖家沟之上。

换乘缆车来到塔楼脚下，分两次坐电梯来到七楼一看：“哇，好美呀，我的新扬州！”

往南鸟瞰，近处偏东方向，有一条美丽的长舌漂在河面上，用望远镜看，还可以看到各种各样的造型，看到色彩斑斓的花卉和满眼的绿色植物，那就是闻名于世的马可·波罗花世界。向远处看，廖家沟像一条碧蓝的玉带飘向遥远的南方，亲吻滚滚东流的长江，看到镇江的山峦。

向西南看，分别是廖家沟公园，育才小学东区校，有朱自清公园，还有水立方等；向西看，另一座万福楼像一位巨人，和我们站的这座塔楼一道，站在万福大桥上，守卫着扬州城的安宁；再看远一点，一座座高楼拔地而起，耸入云霄，如环球金融城建筑楼群、扬州市规划局建筑楼群等等，旁边就是北京新东方扬州外国语学校……美丽的广陵新城尽收眼底，这是扬州现代文明的标志。用望远镜可以看到更远的广陵古城，那里有古色古香的建筑，那里有古代文化的瑰宝。

往西北看，那里有茱萸湾公园，各种可爱的动物在树荫下，自由自在地徜徉；各种美丽的鸟儿，在自由地欢唱。旁边的发电厂，是扬州工业的栋梁。往北看，水网密布，“七河八岛”的生态景观，尽显水乡风光；尤其是凤凰岛更加美丽诱人，令人遐想。再远处，就是茫茫的高邮湖和邵伯湖了。那里有鲜活的鱼虾，漂亮的荷塘，高邮鸭、双黄蛋，唇齿飘香。近处东侧，就是扬州儿童游乐场了，有人兴奋地叫道：“看，那是摩天轮！”那里是儿童活跃身心的天堂。

目光转向东方，我们看到了科技新城如火如荼的建设场面，连淮扬镇高铁雏形像一条向南腾飞的巨龙，五峰山过江通道已经横跨在长江之上；扬州高铁站的建设也是如火如荼，建设者们正冒着酷暑，奋战在建筑工地上，高铁通车，扬州腾飞指日可待，令人向往。

观看美丽的新扬州，我们精神振奋，热血沸腾；观看新扬州，我们重任在肩，信心倍增。祖国建设日新月异，时不我待。我们一定争分夺秒，多读书，文起来；多实践，动起来，披荆斩棘向未来。

美丽的南水北调源头公园

2019 年 7 月 30 日上午，我随夏令营营员来到扬州江都区的南水北调源头公园。巨大的波浪形的木色门楼说明，这里是淮河的入江水道，是长江和芒道河的交汇处，清澈的长江之水将从这里启程，源源不断地送往首都北京。大门的左边入门处两边是石头堆成的岸边下面是青石地板。每逢下雨，会有像江潮一般的水铺天盖地流泻出来，滋润着江淮大地。

走进去一看，这里仿佛不是炎热的夏季，而是温暖的春天。因为公园内花团锦簇，五彩缤纷。有像向日葵一样的金色风暴全缘金菊，有像雪一样洁白的小白日菊，有色泽金黄的黄帝菊，还有洁白如银的雪冬茄，有像紫红的苋菜似的彩叶草，有大红如火的鸡冠花。真是应有尽有，无所不有。这里是今年扬州“烟花三月”经贸旅游节的主会场，是市里重点打造的一座崭新的开放式公园，至今还留有喜庆的气息，各种花卉正张开美丽的笑脸，热情欢迎八方来客。

旁边有引水思源展示馆，由于时间关系，我们没能进去观赏。看到旁边竖着一块上虚下实、像山峦一样的镍色长方形木牌，上面书写着红色隶体大字：“水是生命之源，生产之要，生态之基。”写出了扬州人民保护优质水源的重要意义。

再往里走，每走一步，都能看到浓缩的美丽的湖光水景。有位于宿迁、新沂境内的骆马湖，因为这里是南水北调的重要中转站。清清的湖水，碧波荡漾；湖中的小岛，森林茂密；岸边的绿地，青草茵茵，中间点缀着鲜艳的红花，充满生机活力。有位于洪泽、泗洪、泗阳、盱眙、淮安五县市中间的洪泽湖，这是我国第四大淡水湖，现在又成为南水北调工程东线部分的过水通道。湖面上点缀着粉红的睡莲，湖边有黄山叠石，还有玲珑的石桥。远处是正在修建的300米高的投资80亿元的苏中第一高楼。有位于金湖和宝应境内的宝应湖。过去是淮河入江水道，如今又是南水北调东线工程输水河道。湖内的荷藕驰名中外。有与安徽交界，位于高邮境内的高邮湖，湖内汀洲密布，为盛产高邮鸭、双黄蛋、磊闸蟹提供了良好的自然环境，让这些农产品成了人们餐桌上的美味佳肴。有位于江都区、邗江区、高邮市之间的邵伯湖，这里水尤清冽，水草丰茂，鱼虾鲜美。高邮湖和邵伯湖都是南水北调的重要输水廊道，它们构成了一幅幅想象丰富、设计精美绝伦的湖泊水景画。这些湖泊都是淮河入江的水道，又是南水北调东线公程的输水通道。它们就像一颗颗光彩夺目的耀眼星星，镶嵌在美丽的银河之畔，把苏北大地装扮得更加妖娆多姿。这样的设计，是向人们展示出先进的理念，长江之水途经这些湖泊流向首都北京，不会受到任何污染，北京市民尽可放心饮用。

再往前走，是巨大的锥形白色雕塑，上面是金黄色的粼粼波纹，最下面的基座四周，是用隶书写的历代文人墨客所写的诗词佳作，是水文化的集中体现区城。如唐代张继的《枫桥夜泊》：

“月落乌啼霜满天，江枫雨火对愁眠。姑苏城外寒山寺，夜半钟声到客船。”宋代王安石的《泊船瓜洲》：“京口瓜洲一水间，钟山只隔数重山。春风又绿江南岸，明月何时照我还？”明代陆宝的《广陵怀古》：“茱萸湾接古邗沟，白塔河分上下流。疏凿当时有深意，徒劳关吏日持筹。”这些诗歌都充分说明，在古代没有铁路的情况下，是水路交通造就了城市的繁荣兴盛，留下了灿烂的水文化瑰宝。

往回走时，我们看到了宽阔的芒道河，碧波荡漾，金光闪闪，河边芦苇密布，随风摇摆，仿佛向我们挥手送别。从这是引水北上，让人吃得放心，用得舒心。

迎春河水清悠悠

迎春河位于风景秀美，人杰地灵的扬州东南郊，原霍桥乡腹部。东起沙湾路与廖家沟相连，东南紧靠曾有“小上海”之称的霍桥集镇，西到京杭大运河东岸。这段京杭大运河是1958年在古运河扬州段东侧，由人工开凿而成的，比古运河宽阔，主要用于货运，兼具抗旱排涝功能。把曾经商贾云集的西高桥镇一分为二。大运河开挖前，西高桥镇的铁匠店、杂货店、粮食加工厂、棺材店、医院，以及卖烧饼油条包子等的早茶店、肉店等，日常生活供应点应有尽有。后因开挖大运河，西高桥镇渐渐萎缩，迎春河开挖后，原西高桥镇已经成为光荣的历史，现在取而代之是运河人家大型安置小区。这里商业配套齐全，人们生活方便，在京杭运河东岸，还建有高桥体育休闲公园。

霍桥，东临廖家沟，南临夹江，西边以刚开的京杭运河为界，北边由大众港隔开，与汤汪乡的肖家、束庄、董庄村为邻。京杭大运河刚开通后的二十世纪六十年代，霍桥乡曾有“涝、虫、穷”三大特点。有民谣为证：“穷霍桥，富汤汪，社会主义在邗江。”

为了改变这种尴尬的局面，时任霍桥乡党委书记的戎中和同志，与乡党委一班人商量决定，1975 年冬季，带领霍桥人民，一锹一锹地挖，一担一担地挑，才将原来弯弯曲曲的浅浅窄窄的小河拉直拓宽，连接霍桥外河外江的地方，都建起的水闸，具有排涝和抗旱双重功能。宽阔而又清澈的迎春河从此有了大运河和廖家词的源头活水，正信心百倍地迎接全社会改革开放的春天的来临。

据时任戎中和文书的蒋锦安老师回忆，河名是根据毛泽东的诗句“风雨送春归，飞雪迎春到”而得到的启示，也预示着社会的春天即将到来。

1974 年 6 月，我从霍桥中学高中毕业，同年 8 月，应母校的老师的邀请，在高桥学校当了一名代课教师，教小学四年级语文。因为 1975 开挖迎春河，我被录用为正式民办教师，调任初中数学教师，兼任学校会计，迎来了我人生的春天。我记得，挑河的工地上是彩旗招展，人流如潮，一片热火朝天的繁忙景象。当时是任务分配到村、到组的。各组又按劳动力的多少，将任务分到每家每户，哪一家先完成，哪一家先验收。

1976 年，正处在防震抗震期间，国家主要领导人先后逝世，全国人民处在极度悲痛之中。上课的教室都是安排在各生产队的农场草房里的，我就不得不在刚开挖的迎春河的南北两边，马不停蹄地来回奔波，耐心等待防震抗震生活的结束，耐心等待着推荐上大学的政策有所改变，耐心等待着恢复高考的春天的来临。

因为我是特殊时期的高中毕业生，学的都是三机一泵，接触的都是上山下乡，业余时间要挖猪草、拾狗粪、挣工分；学理发，还要学雷锋、做好事等。虽然我初中是班长，高中是学习委员，但知识基础真的很不牢固。为了搞好教学，我先参加了本乡的中师在职函授，后参加了扬州师范学院数学系的高师函授。白天争分夺秒地读书、学习，兢兢业业地备课、上课、批改作业，星期天，还要加班处理会计工作，只有晚上，才能抽出时间父母姐妹一起加入开挖迎春河的大军，不辞劳苦地挑灯夜战。虽然民工们起早贪黑，又苦又累，但一想到可以从此不再受洪水灾害的侵扰，迎接生活春天的来临，大家即使是再苦再累，也还是心甘情愿地默默奉献的。

历经 3 年，霍桥人民硬是在霍桥乡的十字中心，开出了南北向的潮龙港和东西向的迎春河，交叉点东侧，架起第一座桥——迎春桥。

1977 年恢复高考，由于之前的老三届实在太强了，我没有胆量报考大专，为保险起见，只敢报考了中师。成绩揭晓后，我竟意外地过线了，也兴高采烈地参加了体检。可早也盼，晚也盼，竟然没有盼到朝思暮想的师范学校的入学通知书，就连初恋情人也渐渐疏远了我。好在天无绝人之路，同年年底，我被推选为优秀教师，在全乡青少年载歌载舞的欢送下，参加了全县教职工代表大会，算是得到了精神上的一点补偿，获得了心理上的一丝安慰，感受到了当教师亮闪闪的光荣感和沉甸甸的责任感。始终不服输的我在1978年再次参加了中专考试，终于在同年10月，被扬州师范学校邗江分校（正式民办教师，计算工龄）录取，身处穷乡僻壤的一个农民的儿子终于有幸成了一名国家干部（有正式的公办教师编制），当时高桥学校的蒋锦安副校长送给我一本日记本，留下了他的临别赠言："同饮一河迎春水，共育万朵向阳花。"这是同志间友情的见证，更是领导对职工的诚挚的祝福和寄予的厚望。后来，我用这本日记本，抄录了很多优美的语段，拉开了我重点研究语文的序幕，迎接我这一生中语文教学春天的到来。毕业后，我回到农村中学，如愿以偿地当上了一名初中语文教师，1982年，终于迎来了爱情的春天，两年后，组成了幸福家庭。当我与妻漫步在迎春河边时，真正感受到人生的春天已经来临，真有心旷神怡、流连忘返之感。后来，我在妻子的理解支持下，先后完成了在职汉语言文学的大专和本科函授，加入了中国共产党，不久又被提拔为副校长。可以说，我已迎来了事业的春天。

后来，回到家乡霍桥中学任教，不仅水涝灾害在霍桥这块土地上，已经彻底地销声匿迹了。连原来的泥泞不堪的土路，也变成了宽阔的石子路，后来又变成能开汽车的水泥路。潮龙港东侧，筑起了霍桥大道。

2003年10月，霍桥镇并给了沙头镇。2005年10，中国共产党第十六届五中全会作出了加快新农村建设的重大决定，2006年江苏省农村小型公益设置项目得到落实，原迎春河上的一些小木桥全都换成了水泥桥，安装了水泥栏杆。从此，再也不会有上学的孩子从木桥上落水而亡的悲剧发生了。迎春河两边的村村组组都先后通上的水泥路，安装了自来水管道和路灯，过上了和城市人一样的小康生活。

2002年8月，广陵产业园成立，2008年9月，扬州行政区地域划分，将原霍桥的迎春河以北地区划给广陵产业园；2012年12月15日，广陵产业园变成了广陵经济开发区。迎春河北的绝大部分农民变成了市民，住进了原霍桥西北角的运河人家。原来在迎春河北侧的高村村委员会也搬进了运河人家广竹苑。迎春河以北的大部分地区都已成了广陵经济开发区的经济引擎——建成了高端产品的制造基地，一座座工厂成了一只只会下蛋的母鸡，为广陵区的经济和社会的发展作出了巨大的贡献。

迎春河北测的道路变成了六车道的城市主干道路。根据规划，这条迎春大道向西将横跨京杭大运河，连接华扬路，直通扬州腹地。

迎春河边40多年前栽上的笔直向上亭亭玉立的水杉苗，现在，皆已长成高大挺拔、郁郁葱葱的参天大树。自己被调入汤汪中学以后，也读了研究生课程班，成了扬州市首批初中语文特级教师，成了同济大学的兼职硕士生导师，也成了广陵区作协理事，扬州市作协会员。在公办学校正式退休以后受聘于同济大学苏州吴江存志外国语学校，成立了特级教师丁文宏作文工作室。

后因北京新东方扬州外国语学校的特别邀请，成立了新东方特级教师丁文宏作文工作室，专门教学初中毕业班作文。现在回老家，只要沿着京杭路一直向南走，就可到达迎春河边的迎春大道上，观迎春河的悠悠碧水微波荡漾，看水中游鱼与游人同乐，听林间群鸟放开歌喉，尽情歌唱。

近年来，随着宁镇扬一体化思路的日益明朗，原霍桥所有村，都划归了广陵经济开发区，广陵经济开发区又有了北优南拓的新规划。沙湾路早已跨过迎春河，直达沿江高等级公路，有希望跨过长江，与镇江的谏壁镇相连，这就是计划中的润扬第二过江通道，霍桥城中村改造已经开始启动，京杭南路已有大桥跨过迎春河，迎春河南已有 1500 亩有条件建设计划，我们有理由相信，在不久的将来，清澈悠长的迎春河将会成为城市内部的一条美丽而充满活力的河，迎接广陵区、扬州市、乃至宁镇扬一体化的春天的全面到来。

格桑花海，流连忘返

——西江生态园采风

2018 年 10 月 19 日，星期五，广陵作家协会组织了十三位作协会员来到位于沙头镇境内的西江生态园采风。我看到了这里的格桑花海，真是流连忘返。

我一个人骑着电动车，早早来到西江紫福园后，看到一大片令人赏心悦目的花海，花儿们仿佛知道今天有作家们莅临，开得更加鲜艳夺目，光彩照人。由于不知道她的名字，所以只好打开手机，请教一下“花伴侣”了。对准花朵的容颜，拍摄靓照以后，显示花名为西藏幸福花，我马上意识到，这可能就是西藏的格桑花了吧！后来一问同伴，才证实了此答案的正确性，这么夺人眼球、艳丽多姿的花朵就是传说中的格桑花。

在阳光明媚的早晨，格桑花发出淡淡的微光，晶莹剔透。格桑花具有耐干旱、耐寒冷，耐高温等优秀品质，给人们以历尽坎坷也坚强的深刻启迪。

我们争先恐后地与花儿合影后，仔细观赏起来：格桑花有许多种颜色，有如火的大红，有似金的嫩黄，有粉嫩的淡红，有素雅的青绿，有的红白相间，有纯白如雪，五颜六色，五彩缤纷，万紫千红，但花蕊都是金黄色的，与多姿多彩的花瓣相得益彰。形状也各异：有蝴蝶形状的，有花瓣形状的，有木棒形状的，它们一个个争奇斗艳，开得欢快极了。格桑花绽放出了它美丽的笑脸，在秋晨微风的抚摸下，那美丽的身影在我眼前摇晃，仿佛跳着美丽的华尔兹舞蹈，真是千姿百态，风姿绰约，笑容可掬。格桑花缀满了枝头，美似仙女，一朵比一朵长得艳丽。她的身上还有一股淡淡的清香，你看，那一片片一朵朵的格桑花瓣上，点缀着几只熟悉的蝴蝶和勤劳的蜜蜂，不仅有“蜂争粉蕊蝶分香”的意境，就连一群美女作家也徜徉在万花丛中，拿出白色的纱巾，摆弄出各种各样的姿势拍照，真是花容人面相映红，花不醉人人自醉噢！更有甚者，上午来过的人，下午还要再杀出一个回马枪，来仔细地观赏把玩，把心旷神怡和流连忘返这样的成语演绎到了极致。

据说，格桑花也是高原上生命力最顽强、最普通的一种野花。格桑花看上去弱不禁风的样子，可风越狂，它的身体越坚挺；雨越大，它叶子越翠绿；太阳越爆晒，它的花就开得越加灿烂。格桑花随着季节变换，颜色也会转变，是藏族人民心中最美丽的花。藏族有一个美丽的传说：不管是谁，只要找到了八瓣格桑花，就找到了幸福。

难怪一群美女作家下午又去格桑花海呢，原来，她们是又去寻找幸福了！

生态长廊，科技天堂

2018 年 10 月 19 日，星期五，广陵作家协会组织了十三位作协会员来到位于沙头镇境内的西江生态园采风，让我看到了这里的生态农业的长廊，科学技术的天堂。

简略地参观完垂钓中心、烧烤乐园和乐活儿童活动场所以后，我们来到了西江农业生态中心，这里的一座座大棚，犹如一座座长廊，无处不展示出科技水平的日益提高和在现代农业生产中的广泛运用。

这里的草莓园的大棚内别有一番景象：工人们已经将过去生长在田垄中的草莓，悬挂在了半空中，一株株碧绿的草莓秧苗正昂首挺胸，精神抖擞地展示自己挺拔的身姿，仿佛要与游客畅谈今非昔比的巨大变化。人们培植或采摘草莓时，不用再蹲下或弯腰作业了；来这里参观的人也不会再担心踩伤草莓了。

空中草莓园已让人眼界大开，生态中心展示中心内的情景更让人叹为观止。

这里的黄瓜是无土栽培的，一根根瓜藤沿着一根根绳索向上生长，欲与大棚试比高；一朵朵黄花露出灿烂的笑脸：“明天，我们就可以结一根身材匀称的黄瓜，让你们大饱口福。”看那先头部队，一根根身材苗条的黄瓜已经自豪地悬挂在藤蔓上，向人们展示自己的健康与美丽；旁边的工人们正站在可自动升降的梯子上，有条不紊地实施黄瓜的生长过程管理呢。

这里的红风铃番茄已经开出金黄色的小花，向人们展示自己结果的必胜信念，仿佛告诉游客，自己将很快结出一串串红色的果实，走上人们的餐桌；这里一只只灯笼似的金黄色的南瓜，蹲在人们头顶的屋梁上，监视着游客的一举一动，犹如一个个不知疲倦的监工，看管着这里的喜人景象。这里的一道道长廊的顶上，还长有栩栩如生的蛇瓜，其外形细长弯曲，似青蛇在游动，与真蛇一样，也有药用价值。另一条长廊顶上，则长有斑豹似的葫芦；一个个淡绿色的葫芦上，点缀着一个个大小不等的白点，犹如猎豹身上的花纹；还有的长廊顶上长着一条条的老鼠瓜，这种瓜外形有点像苦瓜，长红后的颜色又像是红辣椒，和成熟的南瓜一样，悬挂在头顶上，有万绿丛中一点红的感觉，颜色就显得特别鲜艳；就连一直生长在泥土中的红薯也能长在头顶上，变身为空中红薯；鲁迅先生在著名散文《从百草园到三味书屋》中提到的何首乌藤已经攀爬上了圆形屋顶。

展览大厅的小池塘内，还有一群群红鱼在鱼首领的带领下，井然有序地游来游去，似与游人逗乐。旁边的假山上，也长有各种各样的瓜果蔬菜，高大的树上，香蕉已经一把把地显露出来，有的形状甚至像一棵大树。旁边的小山丘的小花圃上，还有绿色的文昌阁。在展览区的中心部位，还有一个长有蔬菜的大菜篮子，告诉人们，这是扬州市的菜篮子工程。西江生态园简直像是一个色彩斑斓的大花园，这里展示的既有农业科技工作者的智慧，又有园林艺术工作者的才华，就连这里的农产品销售也用上了互联网，真是生态农业的长廊，科学技术的天堂。

湾头古镇，特色鲜明

2018 年 11 月 14 日（星期三）下午，广陵作协二十余名会员来到湾头古镇进行“古韵新颜”文艺采风活动。

在湾头镇镇政府接待室，首先是湾头镇党委书记叶健先生为我们作了简明而全面的介绍，然后我们看了专题宣传片，对湾头古镇的过去、现在和未来有了一个较为全面的了解。

湾头的历史和扬州的历史一样悠久。“上扬州，拢湾头。”现在是批评那些不会走捷径的人，而在过去是说出了这样一个事实：“落花逐流水，共到茱萸湾。”湾头曾经是扬州城外的运河门户，在水运发达的古代，南来北往的旅客都要从湾头上岸，才能到达扬州，可见，这里曾经留下了多少皇亲国戚和文人墨客的足迹。

现在，湾头被扬州市政府确定为“玉器特色小镇”，“一核两翼三带五个片区”的五年规划，为这里的古镇描绘出一幅既有古代文化传承，又具有新时代风韵的崭新画卷。

这样的规划正在一步步变为现实，位于镇区的玉器产品销售一条街已初具规模，南到新建万福路，北到古老避风塘的 1.7 公里长的新中沟河已经完成了清淤驳岸工程，两岸美化后，必将成为居民休闲观光的又一好去处。

湾头镇的特色是举世闻名的玉器产品。“国无玉不盛，家无玉不富，人无玉不贵，商无玉不通。”这一宣传广告虽有些夸张，但也不无道理。

新疆和田玉石的开采

在湾头宣传科长陈玲女士的带领下，我们来到了扬州金鹰玉器珠宝有限公司参观。拓宽对玉石的知识视野，欣赏玉雕艺术的精华。闫鹏副经理热情地接待了我们。自古“物以稀为贵”，他向我们介绍了一块掌心大小的和田籽料羊指玉。

接着，闫鹏副经理又拿出一块长约40cm，直径约9cm的不规则玉石，讲述了一个动人的故事：“从新疆的南疆到北疆的玉石矿，坐卡车要颠簸一周才能到达，因为天寒地冻，大雪覆盖，每年只有4月中旬到10月中旬，才是最佳采矿时间。当时，正面临着矿区改制，很多人面临两难的选择：不重新组织队伍，就会面临失业的窘境；重新组织人马，又是困难重重。最后有一个较大的家族商量后决定，死马当做活马医，说不定有起死回生的希望。他们一方面在老矿区寻找玉石，一方面努力勘探新玉矿。功夫不负有心人，经过一段时间的艰苦探寻，终于发现这样一处难得的蓝田宝玉。但矿床上大下小，矿石坚硬无比，不适宜爆破，只能进行人工开采。可是到了10月份，还未完工；直到11月底，才拿下了主体矿藏。后来，就像美丽的桃花源一样，再也无人知其下落。这次采出的就是九五玉田料，已成了绝版。因此，这一块玉石就值七八十万。”这是一个天道酬勤的励志故事，又是一个绝处逢生的动人篇章，对身处逆境的人们是很有启迪作用的。

扬州能工巧匠的雕琢

俗话说得好：“玉不琢，不成器。”我们今天有幸参观了玉器产品生产车间，看到一块巨大的玉石前后，各有一名扬州大师正在聚精会神地精雕细琢。这里有沙轮的高歌，有毛笔的伴奏。他们的脸上虽然满是玉石的白色尘埃，但依然是全神贯注，精神抖擞。正面雕刻的是“大江东去”，我马上心领神会：“浪淘尽，千古风流人物。”背面琢磨的是“江山如画”，我立即计上心来：“一时多少豪杰。”他们要根据画师的画稿和玉石的形状及品质进行再度创作。在这里面，既有大师们对美丽江山的深情恋爱，又具有对历史故事的透彻理解。据说，他们要花3~5年的时间，用自己的顽强毅力，将自己的思想情感、聪明才智全部刻进这一巨大而精美的作品之中，才能给世人留下宝贵的精神财富和精美的艺术珍宝。我们培养一个学生，不也一样要下足雕琢的功夫吗？在这里，我才真正体会了“宁静致远”的深刻含义。后来，我们在湾头古镇地面的石板上走过，老街上的家家户户，都有玉器雕刻大师正在创作。据说，共有600多家这样的作坊，难怪扬州市政府果断决策，将这里重点打造成“玉器特色小镇”，这真是名至实归噢！

展厅艺术精品的呈现

来到公司的展览大厅，眼前出现一件件艺术精品，令人耳一新，叹为观止。

古代的扬州，甚是繁华。素有“腰缠十万贯，骑鹤上扬州”的美誉。我在一件名为《御鹤仙苑》的作品前驻足，看到这样一幅完美动人的画面：一片蓝天白云下，天上一位仙女身着长裙飘带，驾着飞鹤，来到扬州瘦西湖的上空，凝视下面颜色素洁的白塔，新颖别致的五亭桥，小巧玲珑的钓鱼台，诗情浓郁的二十四桥……可谓是瘦西湖代表景点尽收眼底。据悉，这是为扬州城庆2500周年而创作，值得永久收藏纪念。

这里展出的有价值160万的白玉制品《溪山问月》，价值188万的翡翠制品《闲情逸致》，价值688万的白玉制品《钟馗嫁妹》，价值5800万的白玉制品《梦启天国》……当然还有很多美不胜收的装饰挂件，美女们钟爱的首饰小件等等。这里的玉器产品一货一号，质量保证，不满意还可以退货呢！

参观完精美的玉器珠宝后，我们还到了前面提到的避风塘。这里曾是富商行贾们避风停船、上岸休息的地方。因此，在古代，这里水中是帆船点点，货物满舱；岸上是人头攒动，人声鼎沸；这里曾是湾头古镇最为繁华的地方。现在，随着镇区的南移和交通的变化，这里变得相对安静起来。来到闸口，还能看到东侧三块相同的巨大石块，呈长方形状，上有圆眼，据说是控制闸门所用的绞关石，这就是悠久历史的见证。走过古石板路，来到古镇西侧，就看到四个刚劲有力的颜休正楷黑色大字“福慧禅寺”。据说，这就是历尽沧桑的“山光寺”。隔着河，向对岸望去，就是风景优美的茱萸湾公园和扬州福利院，这是扬州老人颐养天年的最好去处，著名文人丁家桐先生就寄居于此。难怪有唐诗云：“十里长街市井连，月明桥上看神仙。人生只合扬州死，禅智山光好墓田。”这里的山光就是指山光寺，也就是我们今天看到的“福慧禅寺”，而不是人们常说的美丽的山景。真是：“古镇东郊经史久，山光水色运船留。皇亲国戚心田爽，墨客文人佳作收。羊脂雕琢精湛品，和田铸造盛世楼。神怡特色湾头美，企盼辉煌不应丢。”

文化气息浓郁的朱自清公园

朱自清先生以高雅廉洁的人格品质、素朴清隽的散文风格以及仁爱的育人理念影响着一代又一代人。2018 年 11 月 22 日，是扬州文化名人、文学家朱自清先生诞辰 120 周年。扬州市为隆重纪念朱自清先生，举行了一系列活动：11 月 21 日晚，在朱自清先生诞辰 120 周年前夜，纪念朱自清先生诞辰 120 周年朗诵会暨第五届朱自清散文奖颁奖仪式在扬州举行；扬州教育学院附属中学被命名为“朱自清中学”；东关小学文昌校区被命名为朱自清小学；11 月 24 日朱自清公园建成开放。

2019 年 1 月 21 日（星期一）中午，我沐浴着冬日的暖阳，来到了位于育才东区校西北侧、刚落成不久的朱自清公园，一睹她的芳容。

公园正门朝西北方向，门口就是一幅巨大的淡灰色壁画。画面上方是小瓦屋顶，透露出古代文化的气息；墙壁面上有栩栩如生的荷花，枝条婆娑的垂柳，右上方还刻有《荷塘月色》的内容：“曲曲折折的荷塘上面，弥望的是田田的叶子……”旁边还有公园平面图。

走进公园，首先看到的是用层次分明、错落有致的黄山石堆叠的河岸，清澈见底的河面，在阳光的照耀和微风的吹拂下，波光粼粼；岸边优美的景色，倒映在水面上，显得别有一番风味；河面上架设着汉白玉石拱莲桥。两面的桥栏杆上雕刻着莲花等图案，就像彩虹卧波，清纯高雅，气势非凡。

再沿左手往前走，走到公园最东北角，就来到“自清亭”，绿色的四根方柱撑起一座像鸟的翅膀翘起的四角亭，南侧是一本用汉白玉雕塑成的朱自清散文集，右侧翻卷，左侧页面上雕刻着竖排版的散文《匆匆》：“燕子去了，有再来的时候；杨柳枯了，有再青的时候；桃花谢了，有再开的时候。但是，聪明的，你告诉我，我们的日子为什么一去不复返呢……”这是启示人们要珍惜时间，做出成绩。虽是数九寒冬，旁边是一片绿萼梅林，下端乳白色的梅花是悄然绽放，中间是淡黄色的花蕊，飘出醉人的花香，上面含苞待放的花骨朵也是白色的。

右转经过一座小木桥，就看到一片红白相间的榆叶梅，上面是红色的花骨朵，下面是已经绽放的淡淡粉红色的花朵，一阵阵清香沁人心脾。原来，扬州的冬天也是这么美啊！再往南走，就来到了父爱广场，这是依据朱自清的叙事散文《背影》而设计的景点。周边的环境是南京浦口车站，西侧停放着一辆老式火车的一节车厢，东侧的墙壁画着父亲翻过月台去买橘子的背影，这是一幅催人泪下的父爱画面。同学们来到这里，就自然联想到自己的父亲也是一样，为了子女而不顾个人安危，吃尽千辛万苦、创造物质财富。正像歌曲《父亲》里唱的一样："总是向你索取，却不曾说谢谢你。直到长大以后，才懂得你不容易。每次离开，总是装作轻松的样子，微笑着说'回去吧'，转身泪湿眼底……"

再向西走，就看到"扬州夏日"景点，它是根据朱自清先生的散文《扬州的夏日》所含意境而建，这里主体是一个大的活动广场，西南侧是一幢举办纪念活动用的平房，里面放着白色洁净的沙发。水边有向月桥，月岛岸边的枇杷树已经开出洁白的花朵。原来，她为了来年按时结出甜美的果实，也是不畏数九严寒，拼命地开放啊！再往西行，又看到翻开的白色大理色书卷，上面刻着朱自清的散文《我是扬州人》："……我家跟扬州的关系，大概够得上古人说的'生于斯，死于斯，歌哭于斯'了……"可见朱自清先生是深爱着扬州这块土地的，扬州人也是因为有这么一位伟大的散文家而倍感自豪的。

旁边第三处翻开的书本上面雕刻的是大家熟读成诵、倒背如流、耳熟能详的朱自清的写景抒情散文《春》："……一切都像刚睡醒的样子，欣欣然张开了眼。山朗润起来了，水涨起来了，太阳的脸红起来了……春天像健壮的青年，有铁一般的胳膊和腰脚，领着我们向前去。”中间描绘了《春草图》《春花图》《春风图》《春雨图》《迎春图》等五幅图画，教育人们要珍惜春光，努力奋斗。此时，虽然是冬天，却让人感受到春天般的温暖，仿佛看到大自然一片生机盎然的美好景象。更能产生一种强烈的人生信念：“冬天来了，春天还会远吗？”

再往前走，就看到两页全展的汉白玉书册，可见前面就是一个重要景点了。上面雕刻的是朱自清先生写景抒情散文《荷塘月色》：“……曲曲折折的荷塘上面，弥望的是田田的叶子。叶子出水很高，像亭亭的舞女的裙……微风过处，送来缕缕清香，仿佛远处高楼上渺茫的歌声似的。……月光如流水一般，静静地泻在这一片叶子和花上……”这是一幅多么美好惬意的画面啊！正如作者所说，来到这里，可以忘记一切人世间的烦恼与挫折！在山水相接处，有一尊朱自清汉白玉内雕像坐落在万花丛中，凝视着过去日日走过的荷塘。再看西南侧水边平地上，是曲曲折折的红色圆柱的长亭，东侧是四面透光的临漪榭，拐角处有一座晗亭，最西侧是荷塘月色六角亭。人们在夏天的夜晚来到这里纳凉，一定心满意足了吧！这里现在虽然看不到池塘中的荷花，但到来年夏天，一定是别有一番风韵，有很多活泼的鱼儿会在莲叶间嬉戏吧！

这是朱自清先生的主题公园，最引人注目的是四本展开的朱

自清散文集，充分彰显了朱自清作为散文家的鲜明特色，朱自清先生的文章和风骨，滋润着我们每一个人的心田。我们来到这里，就是要学习先生的崇高品质，品味先生的优秀作品，秉承先生的教育思想，感受先生深厚的文化底蕴。

2022 年 11 月期中考试作文是写的题目是“最是那美景难忘”，要求写一处景物。我发现自己接手刚一周的两个班的 90 名孩子，没有一个写朱自清公园的。当时我就很纳闷，朱自清公园跟学校仅一路之遥，为什么“近水楼台不能先得月”呢？期中考试后，又正在教朱自清先生写的叙事散文《背影》。我在征得学校领导同意后，利用一个小时的中自习时间，将所教的华东师范大学广陵实验初中的八（1）和八（2）两个班的孩子带到了公园研学，两位两主任也很支持，始终跟在学生队伍里，协助管理学生的纪律，七八两个年级的语文老师也主动参加了活动。同学们事先看了老师写的文章，进公园后，一边观察，一边听老师讲解，还当场背诵朱自清先生的《春》，当场朗诵朱清先生《背影》中的精彩片断，大大提高了学生的学习积极性，写了不少优秀的作文，收到了事半功倍的效果。

游览莫愁湖

既要“读万卷书”，更要“行万里路”。南京是省城，又是六朝古都，这一次来南京，主要任务是参观南京这座文化古城，了解相关悠久历史，欣赏省城美丽风光。

第二天，就步行参观了“金陵第一名胜”——莫愁湖。对莫愁湖的了解源于《莫愁啊莫愁》这首歌：“莫愁湖边走，春光满枝头；花儿含羞笑，碧水也温柔……自古人生多风流，何须愁白少年头？”公园大门是一处石牌坊，上面是飞檐翘角，气势恢弘，现代大书法家、大文学家、大考古学家郭沫若亲笔书写的“莫愁湖公园”五个繁体行书镏金大字。走进大门，只见全湖碧水盈盈，荷叶田田，荷花盛开。

第一个著名景点是胜棋楼，这一幢两层小楼，是明代初期朱元璋与中山王徐达下棋的地方。朱元璋与徐达是铁哥们儿，曾共谋推翻元朝统治的大计。徐达智勇双全，屡建奇功；他俩都喜欢下围棋，经常对弈，但朱元璋棋艺稍差，而徐达又是明白人，关键时刻，就有意输给朱元璋。有一天，两人下棋前，朱元璋说：“今天，你若赢了我，我就把这莫愁湖赐给你。”徐达虽心里忐忑不安，矛盾重重，但还是眉头一皱，计上心来：一开始就居高临下，杀得朱元璋连连败退，毫无招架之功，更无还手之力。朱元璋正要大发雷霆，徐达赶紧移座下跪：“请陛下细看全局。”朱元璋细看后，竟发现徐达在棋盘上用棋子组成了“万岁”二字。朱元璋从心底里佩服徐达的聪明才智和高超棋艺，遂把这莫愁湖赐给了徐达，取名胜棋楼，还写了一副对联：“烟雨湖山六朝梦，英雄儿女一枰棋。”我想，这也是对“天生我材必有用”这一名言的最好诠释吧！

再向西走，就到了第二个景点——莫愁古居及赏荷轩。前面的湖面上有一圆形石山，山上有一亭亭玉立的洁白如玉的莫愁女石像，湖面上，碧绿的荷叶好似撑起一把把大伞，呵护着下面未开放的害羞的荷花，像在湖面上铺上了一层厚厚的毯子，有些强势的荷花，长得比荷叶还高，引得蜜蜂忙碌、蝴蝶起舞。湖里大大小小的锦鲤在快乐地玩耍，似与荷花媲比，又好似与游人逗乐。

关于莫愁女版本很多，最早的民间传说是，莫愁是战国末期楚国的歌舞家，走进楚王宫，得以与屈原宋玉等结识，完成许多楚辞和民间乐诗的传唱，后因未婚夫放逐三吴扬州而投江，幸被渔夫救起，不知所终。

因在莫愁湖，故我宁可相信这样的版本：莫愁女是大明中山王府新来的烧火丫头，公子徐澄见她聪明温顺，能书善画，便把她留在身边伴读。由于姑娘郁郁寡欢，双眸含愁，公子便为她取名为莫愁。公子袒露肺腑之言，曾在三年前的一次偶遇，就对她一见钟情。莫愁也说明身世，她是少卿之女，因父亲遭遇奸臣陷害，满门抄斩，自己才被官府卖到中山王府。公子虽与莫愁真心相爱，但遭到男方父母极力反对，遭受各种非人的折磨，她甚至为了心上人所要药引，忍痛操刀剜眼，最后摸出徐府，含恨投湖，公子徐澄也随之而去，他们的坚贞爱情流传开来。不管是什么版本，但有一点是共同的——莫愁女是一位才华横溢的美女。

自古以来，能流芳百世的，一定是才子才女，这是我参观莫愁湖最大的收获。这时我想起了一首歌：“莫愁湖边走，春光满枝头。花儿含羞笑，碧水也温柔。莫愁女前留个影，江山秀美人风流。啊，莫愁；啊，莫愁；劝君莫忧愁……”人们如果能够在学习、工作和生活中，真的能够摒弃忧愁，保持良好的心态，不仅有利于健康，而且能提高学习和工作的效率，提高生活的幸福指数。

游览玄武湖

第三天，我们带上干粮，骑车前往玄武湖游览，过北面玄武门，就可进入美丽的公园。

玄武湖是江南最大的皇家园林，是国家4A景区，现在是免费开放公园，也是最大的城市公园，占地面积500公顷。东面有钟山雄视金陵，呵护碧水，西侧有水陪伴滋润青山，青山碧水，相互依偎，花草树木，相映成趣。碧水之上，倒映着蓝底色的天空，天空中各种形状的悠悠白云自由移动，甚是惬意。西面通过古城墙与古城相邻，南北两面都有群山环抱。东北有南京火车站，因此，各地游客来此赏景，交通十分便利。

玄武湖中分布着环洲、樱洲、梁洲、翠洲、菱洲等五处优美的绿洲。

环洲烟柳中，除了有长发披肩、婀娜多姿的杨柳持之以恒、尽心尽力地守卫着这片湖泊以外，还有尽显江南园林美感的假山瀑布。据说，里面著名的栩栩如生、惟妙惟肖的“观音石”“童子石”两座石峰为明代中山王徐达府中的遗物，让人自然联想到观音送子的美好传说。

经过环洲，跨过一座白桥，就到了植遍樱花的樱洲。虽然我们没有看到美丽的樱花，但可以想象出春天樱花盛开时的美丽景象。南唐灭亡后，李煜被宋太宗捉到，软禁在玄武湖的樱州，李煜在此写下了千古绝唱的哀诗《虞美人》：“春花秋月何时了，往事知多少！小楼昨夜又东风，故国不堪回首月明中。雕栏玉砌应犹在，只是朱颜改。问君能有几多愁，恰似一江春水向东流。”表达了他对故国的无限怀念和深切的忧思。

梁洲是梁时期梁武帝的儿子昭明太子萧统在此建读书台、博览群书而得名。他聚书3万多卷，召集贤士谈古论今，撰写文章，选编了一部最早的诗文选集《昭明文选》。

这里有湖神庙、铜钩井、赏荷亭、览胜楼、陶然亭等风景名胜古迹。玄武湖最美的景色莫过于并蒂莲了，花开同样的两朵，像一对被着轻纱的在湖上沐浴的少女双胞胎，亭亭玉立，微微含笑；满脸绯红，娇羞欲语；清香阵阵，沁人心脾。让你分不清彼此，又觉得赏心悦目，而且有好事成双的吉祥寓意有道是：“并蒂莲花开，好事自然来。”

我想到了曾经为新人写过的喜联：“并蒂莲开龙凤舞，抱枝连理鸳鸯欢。”“双星牛女窥银汉，并蒂芙蓉映彩霞。”

翠洲风光幽静，长堤卧波，绿带环绕，别有风味。

居玄武湖最中心的菱洲，东临钟山，有“千云非一状”的钟云山霞，自古就有“菱洲山岚”的美名。

玄武湖是集自然风光与人文风光于一体的休闲成市园林，给游客带来无限的遐想；又集湖光山色为一体，让人心旷神怡，流连忘返。

来到这里，不仅可以放松心情，陶冶情操；了解历史，拓宽眼界。对未来的学习、工作和生活充满信心和希望。

淳朴秀美的南浔古镇

2012 年 7 月 9 日，我们来到了被誉为江南六大古镇之一南浔镇游览。南浔镇名胜古迹众多，与自然风光和谐统一，充满着浓郁的历史文化底蕴和灵气，是独具魅力的旅游胜地。

据说，南浔古镇古代丝绸业极为发达，富商众多。按富裕程度可分为三类，最富的为“象”，其次为“牛”，再次为“小金狗”。南浔古镇共有“四象八牛七十二条小金狗”，这四象分别姓刘、张、庞、顾。

首先让我们大饱眼福的是嘉业藏书楼。本是首富刘家产业的一部分，只见四周清水环绕，幽静怡人。

走进大门，首先看到的是三块高耸入云的巨大石牌坊在门前成一字形排开，气魄宏大，旁边的大门上方有四根突出的方木，我请教导游，导游解释说：“这就是古人所说的门当户对，上面为‘门当’，下方的圆方形石块即为‘户对’，这里暂未开放。”再往前走，林木森森，三棵直径近一米、高有数丈的古树名木樟树巍然屹立。据说，用樟木制成家具可以防止虫蛀。还有一棵树虽历经沧桑，树皮落尽，斜倚在一根约一米高的水泥柱上，但精神焕发，神采奕奕，透露出一种不屈不挠的顽强意志。

经过一片树林，便看见一池碧绿的荷塘，虽“小荷才露尖尖角”，但早有幽幽花香随风而来，让人神清气爽。假山、石笋、亭台、小桥点缀在小巧玲珑的荷花池四周，环境清幽，淳朴秀美，让人心旷神怡。再往右拐，就到了一座二层楼房的口字形四合大院，也就是现在的“浙江省图书馆嘉业藏书楼”所在地。中间一个巨大的天井便是用来晒书的地方。

据导游介绍，刘家祖辈刘墉（并非是早150年乾隆时宰相刘罗锅）拥有2000万两百银，相当于清政府年收入的七分之二，但是“富不过三代”，到了孙子手上，家道败落，因为孙子不善经商，却藏书甚富，置地二十亩，藏书1600万册。然而，我却认为，这是他留有后人最富贵的精神财富。新中国成立后，他把藏书楼捐献给了浙江图书馆。

走出藏书楼，我们来到了刘家后花园小莲庄。小莲庄占地27亩多，通过一排假山石筑小路与外面的游览河隔开来。沿着这条曲曲折折的花径向东走到尽头，就看见大门上方有“小莲庄”三个遒劲有力的大字，再右拐向南，就看见两棵有药用价值的木瓜树，上面积满了猕猴桃般大小的木瓜，真像胖宝宝的脸蛋一样可爱，这可能是主人祈求健康的见证吧！

再向前走，是一丛苍劲有力、屈曲盘旋的虬枝，这是一处巨大的紫藤架，有美好的寓意：这里的主人身居福地，紫气东来。中间是一大片田田的荷叶，粉红色的荷花有的已笑脸相迎，有的还含苞待放，偶有莲蓬在微风的吹拂下摇晃着可爱的小脑袋，热情欢迎八方来客。每到夏天，岸上紫色的藤萝花和池中映日的红色荷花相互映衬，预示着主人大红大紫，大富大贵，前程似锦。

荷塘的周围，一幢幢形态各异的古色房屋掩映在绿树林中。据说，这里有刘氏宗庙、刘氏私塾、刘氏义庄等，真是小巧玲珑，精致可爱，美不胜收。让人感到既有秀美的外表，又有淳朴的内韵。

接下来，我们参观了独具特色的融佛教与道教与一体的佛道双庙。佛教里供奉的是三尊佛像，中间是净瓶观音，以求平平安安；左边是药王孙思邈，祈求健康长寿，右边是义王关公庙，祈做忠义之士。正大厅里供奉的是财神张大仙，是人们祈求富贵的精神寄托。道教观里，有道长为你画符求福、求财、求寿、但你要说声“无量寿福”，表示礼节；献上“香火钱”，表示诚意。

走过沿河古街，欣赏水镇特色后，我们来到张石铭旧宅。这里房屋共224间、数千平方米，在这里，我们还看到由顾乾麟先生设立的叔苹奖学金展览馆。这里展出了一千余名栋梁之才名单，难怪江浙一带人才济济呢。

张氏旧宅内，一幢别具特色的建筑跃入眼帘，这是一幢欧式建筑，就像法国宫殿一样，粉红色楼房。前面的半圆形照壁门内，设置了一尊雕塑，上面是一对鲤鱼，既有鲤鱼跳龙门之意，又有年年有余的祝愿。

后面中式建筑上，门窗雕刻精妙绝伦，可谓是无木不雕，内容大多为民间故事，如《西厢记》等等，人物惟妙惟肖，栩栩如生。上面还有从法国进口的雕花玻璃，特色鲜明，质量上乘，73块玻璃图案各不相同。据说，这种玻璃从里面可以看到外面，从外面却看不到里面，而且不占一点灰尘。全世界只剩80块，另有7块在法国博物馆内。因为这种玻璃的制作工艺已经失传，所以这种玻璃，当时就非常昂贵，一块玻璃需一两黄金，现在可谓是价值连城了。这里的花式地砖也很有特色，历时一百多年，仍显得高雅大气，色泽鲜艳，真是耳闻不如一见啊！

最后，我们来到了文园，文园与我们扬州的荷花池差不多大，中间有曲桥和白色人物雕塑，池边有荷花，池中间还有一幢下大上小的三层小方楼，名曰“文昌阁”。我想到，去年在北京颐和园也看到了类似的文昌阁，这才知道，“文昌阁”并非扬州所独有，而是一种文化昌盛的象征，只是外形有些不同而已。我请同游者选择一个最佳角度，让我与水中的文昌阁留下了珍贵的合影。

南浔古镇上清代的商人富户在追求生活富裕的同时，也在追求精神的享受，留给我们诸多启示。全国各省市（含港澳台）园林专家都在这里聚会，研究南浔的园林建筑，现在国家也鼓励民间资本投资园林，也想给后人留下更多的精神享受吧！

张弛有道的浙西大峡谷

2012 年 7 月 20 日上午，我们投入了浙西大峡谷的怀抱。抵达山麓后，为了安全，我们按要求换乘了景区 18 座的小中巴，经过一个多小时的盘山公路的颠簸，终于到达风景秀丽的大山峡谷深处。

我们步行进山，只见两边森林郁郁葱葱的大山巍峨耸立。峡谷中，是被溪水冲击而成的大大小小、形状各异的石块，但有一点是共同的，就是石块几乎没有棱角。夏天，这里溪水清澈透凉，人们犹如生活在秋天一样惬意；冬天，这里的阳光温暖如春，人们就像生活在暖洋洋的小摇篮中一样舒适。石块间溪流淙淙，奏响美妙动听的乐曲，与山林中鸟儿的欢叫声相互应和，犹如一首悦耳动听的天籁交响曲。山腰上，一架直径约三米的圆形木制转轮就像时钟一样不停地转动着，发出的响声与天籁之声配合得如此和谐、悦耳、惬意、爽心。仿佛在提醒人们，大自然和宇宙的万物一样，都在不停地运动着，谁不能适应变化，谁就会被淘汰一样。再向前上方望去，一座拱形石桥犹如一座彩虹，横跨两山之间，后面就是一幢柘林瀑山水居农家乐，游客们正在品尝山核桃等绿色炒货呢。

屋山头，一树粉红色的花显得鲜艳夺目，给人精神振奋之感，旁边一棵野核桃树开出了黄色的花，有的已结出了嫩绿的小核桃，野生猕猴桃也不甘示弱，结出了一个个草鸡蛋般大小的果实，让人有理由相信，这里的食品都是原生态的绿色健康食品。

向前行约两公里，就到了大峡谷中的第一个景点——柘林瀑。柘林瀑是由上面的龙门瀑和下面的炎生瀑两个瀑布组成，龙门瀑高数丈，宽二米左右，远远看去，就像自上而下垂挂下来的幕帘，而且层次感很强，让人想到身材魁梧、富有安全感的勇士；炎生瀑细长而软练，就像亭亭玉立的窈窕淑女，带给人们诸多美好的想象。两口瀑布的形态真是各具情态，如练如帘，相得益彰，下面的潭水清澈见底。投身这样的山水美景中，真是三生有幸啊！

再向前走，便到了老碓溪景区，我们首先到了侗族竹舞表演现场，看到如花似玉的侗族姑娘们身着节日盛装，一律头戴金冠。不同的是，有的着红色衣裙，有的穿蓝色衣裙，象征着富有与热情。男子汉们蹲下来有节奏地敲打着竹篙，姑娘们随着节奏翩翩起舞，示范以后，还盛情邀请游客们学跳舞。与我们同行的音乐老师满怀热情地参加了跳竹舞的活动。跳完竹舞，姑娘们就走到游客们面前，向帅哥们敬献香包，谁接受了这位姑娘的香包，谁就要上台与这位姑娘举行洞族婚礼，我们的副校长还真体验了一下洞族的婚俗风情。这样的活动象征着汉族与洞族人民相亲相爱，携手共进，共创锦绣生活的美好愿望。这样的活动穿插在爬山的行程中，可以进行短暂的休息，活跃一下身心，这样张弛有道，人们会在不知不觉中游完全程。

再向前走，就看到一座木结构的大棚中，安放着一台大型木制麻油压榨机，人们通过用上百斤重的大石锁撞击木传杆，挤压木槽内的炒过的芝麻，就有香气四溢的芝麻油缓缓流出，让人垂涎欲滴。再左拐下行，就看到了老碓溪的庐山真面貌。“碓”是农家冲芝麻屑的工具，用山间自然流淌的溪水制成水车，再通过水车的中轴伸出水车体外，中轴轮上面有一个木制的齿，比其他的长约20厘米，水车每转一圈，这根长齿就要将冲芝麻屑的碓的另一端向下压一次，然后松开，让按碓的一端用力下冲，碾碎芝麻。然后再将冲好的芝麻拿到前面榨油。这实际上也是用的杠杆原理，体现了劳动人民就地取材，充分利用自然资源为人类服务的聪明才智。

接下来，我们来到横琴桥，横琴桥又叫太平许愿桥，渴望天下太平，实现自己的心愿。有一首民歌为证：“太平桥，许愿桥，许下心愿白码头。商者许愿生意旺，耕者许后食不愁。学者许后会高中，官者许后定封侯。人人都有心中愿，情侣许愿到白头。”据说，朱元璋曾遇荒年，讨乞路过此地，许下心愿，投奔了红巾军，一路艰苦征战，后来建立了大明江山。这是否为事实，已难以考证，也无需考证。我想，这不过是人们的美好愿望罢了。这座桥是一座晃动木桥，要经过胆量的考验，才能走上爱情廊桥，到达中午就餐处。这就告诉我们一个道理，任何美好的生活都要经过艰苦生活的严峻考验，否则，你只能甘拜下风。

吃完午饭，我们就向最后一个景点——白马崖冲刺。山谷内植被丰富，林木参天，石壁陡峭，水多流急，云依山聚，鸟鸣林间，凉风习习，清新宜人，真是个“江南峡谷盆景”的清凉世界。山谷中的一块巨石上，刻着汤承尧先生的“金鲤迎宾”四个红色大字。给人以温馨之感，连金色鲤鱼都满怀热情的欢迎远方宾客，更何况这里的主人呢。这里的主要景点有：巨鼎石、凤凰谷、神龟石、彩银瀑等，这里不是“无限风光在险峰”，而是“无限风光在峡谷”啊。只见前面有一帘瀑布，自由自在地流入一片潭水之中，又慢悠悠地向远方流去，大概是想尽快滑进溪水，汇入江河，流进汹涌澎湃的海洋，发挥自己应有的作用吧！后面有三座山峰，远近高低各不同，但一律是郁郁葱葱、苍翠欲滴的，我们因陶醉于山水景色，争先恐后地分别留下了尽情享受大峡谷美景的笑容。

这里的山美，水美，人更美。这里的人勇于攀登，勇于探索，才能发现这里的美，欣赏这里的美，并且把美丽与世人共分享，让人们通过欣赏山水美景，陶冶情操，净化心灵，消除浮躁，共同创造更加美好的明天。

最后，导游将我们带到了皮划艇漂流处。我是旱鸭子，不会游泳，本不打算漂流。但导游热情地说：“来大峡谷不漂流，也是一种缺憾。”我这才准备冒一次险。皮划艇有两种组合，年轻人选择两人一组，自由划艇，体验漂流的乐趣；还可以打水仗，玩得更刺激一些。五十上下的我们，则选择了六至八人的集体组合，由专职人员划艇，我们可以边休息边赏景，体验一下水中漂流的惬意。

本来，我们已经约好了八个人一组，不料上艇时，又凑上来一名导游，这下就超载了。不过，划艇老大还是按时推开了皮划艇，用力划了出去。在平静的潭水里划还算顺利，一会儿就到了第一级台阶。艇老大让我们每人抓好艇带，准备滑下落差近两米的溪流，但皮划艇刚滑下一半就提出抗议了——因重量太大，皮划艇中间卡住了。一半已滑下，挂在了石壁上，还有一半还在上面的潭水里。我们在上面的还好，挂在前面的几个人紧张了起来。说时迟，那时快，艇老大跨上岸，用划桨撬，但皮划艇就像碰到胶水一样，粘在石壁上一动不动。等了一会儿，又来了两个帮忙的，左右开弓，一起在后面撬动，还是无济于事。后来，皮划艇服务处又派来一只皮划艇增援，每只皮划艇上分坐四至五人，才化险为夷。这就告诉我们，车船都不能超载，否则后患无穷。

像这样的大落差下滑，共有三处，后面的两处冲得既安全又刺激，在落差比较小的水面漂流，就可放松心情了。你看，两人自划艇的一刻也不闲着，两人要默契配合，才能顺利前进，否则，皮划艇可能在潭水中打转。他们还要一边避开别人的攻击，一边主动出击，才能赢得主动权。一但挨打，浑身就像落汤鸡一样。遇到逃兵，还要乘胜追击，方能最终获胜。大家玩得真是不亦乐乎，不一会儿就到了下艇的码头。然后又集体换乘了快艇，向目的地进发，这里的溪水已经像一条宽阔的河流，河水仍然非常清澈，就一面巨大的镜子，将两边的美景倒映中水中。那青青的翠竹林，笔直地挺立在溪边，像守卫着溪水的士兵；那远处的瀑布，就像一支刚发出的火箭，拖着长长的尾巴；那一片乳白色石柱山林，整整齐齐地排列在溪旁，一棵棵青松翠柏点缀其间，屈强地生长着，向游客们尽情展示自己的精神风貌。人们不得不赞叹大自然的鬼斧神工。这些美景倒映在水中，更显得祖国山河的壮丽与坚强。

浙西大峡谷张弛有道的游览，让我们感受到祖国的山山水水是如此多娇，难怪会引得无数英雄竞折腰。人们在这样的山谷中既显得藐小，又显得伟大。显得藐小的是，一个人的生命是如此的脆弱，至多百十年，而这些山水能亿万年永葆青春的活力。显出伟大之处的条件是，只有探险者的发现，才好使这些山水显露勃勃生机，否则，即使山水再美，也只能永远孤芳自赏，沉睡在深山峡谷中，永远不会醒来。

风景秀丽的淳安千岛湖

2012年7月10日傍晚，我们来到了千岛湖所在的淳安县城。

50年前，为了蓄水，将原来的淳安县城全部淹没在现在的湖中，将原淳安县民全部搬到了半山腰，即我们现在所看到的淳安县城。原来的一千余座较小的山峰则变成了今天的一千余座小岛，这就是千岛湖的来历。据说，原淳安县城在水下保存完好，现正准备开发水下游览线。不久的将来，世人就可以一睹她的美丽风采。刚放下行李，用完晚餐，我们就迫不及待地来到湖边欣赏美丽的晚景。

在远方的水天相接处，一道橘红色的宽阔晚霞，就像一条巨大的彩带，镶嵌其间。中间是一轮圆圆的金黄色的太阳，努力放射出最后光芒，将现代化的城市和锦山绣水照耀得分外妖娆，这样的美景倒映在碧水中，更是美不胜收。

在这里，人们吸的是森林氧气。这里的周围有连绵不断的绿色山脉做屏障，日夜守卫着这湖碧水，中间一千多个大小不一的岛屿就是一千个大小不等的氧吧，空气清新宜人。在这里，人们喝的是纯净水。最著名的是有点甜的农夫山泉，就来自千岛湖下60米处，无需做任何处理，就能饮用。正如广告词中所说："我们是大自然的搬运工。"在这里，人们住的是景观房。淳安县城是一城山色，半城湖。全城就是一条主要街道，那就是新安大街。因此无论住在哪里，都能欣赏到外面的蓝天、碧水和绿树、鲜花等自然美景。在这里，人们吃的是有机鱼。这里共生产八十七种有机鱼，尤其有机胖头青鱼最为著名，超过七斤重的才能捕捞上来食用，一份鱼头汤就要数百元，吃了这盘菜，其他菜就甘拜下风了。人们就像生活在天堂里一般，因为这里是全世界著名的花园城市，人们在这大自然赐予的氧吧里，过着纯绿色、无污染的幸福生活。不仅一对对情侣争相留下倩影，就连老年夫妇也不甘示弱，因为她们比年轻人更重晚晴啊！

太阳落山以后，我们徒步行走在新安大街街头。这是一条横穿全城的大街，因为这里是旅游胜地，所以晚上灯火辉煌，人头攒动。有人逛街一是为了购买当地特产，一是为了到音乐喷泉广场赏景。还未到广场，就听见广场舞的伴奏声，到了巨大广场中央，数百市民在翩翩起舞，就像湖面上荡起的波浪一样此起彼伏。旁边的儿童游乐场，孩子们也玩得兴高采烈，不亦乐乎。真是各得其所。

整个广场，三面环城，一面临水，再看水中，高大的音乐喷泉随着音乐的节奏也在翩翩起舞，一会儿直冲云霄，形成巨大的水帘幕令人精神振奋；一会儿喷成圆盆，在广场彩色灯光的照耀下，就像一朵朵盛开的白莲，壮观而绚丽。由此形成的沙沙水声，就像蚕场大批的春蚕同时食桑一样沙沙作响，与广场上的音乐一道，奏出了最和谐的时代强音。

2012 年 7 月 11 日上午，我们进入了千岛湖景区。热情的服务员首先在宽阔的人工瀑布前为我们“免费”拍照留念，以备制作精美纪念品。转身便看到国家 5A 级旅游景区千岛湖标志雕塑——圆形的齿轮和麦穗中间，镶嵌着一只金色奔马。后面是一幅圆形地画。地画是由千岛湖有机鱼组成的太极图案。一边为阴，代表已沉在湖底的老淳安县城，以表示人们对她的怀念；一边为阳，象征今天的新淳安县城，真是匠心独运。右转更看见了三座“欲与天公试比高”的大牌楼。三座大牌楼正反都有楹联，要么描绘美景，要么抒写真情。如第一座牌楼上的楹联是：“碧玉盘中嵌翡翠，水晶宫里浸乾坤。”上联是用比喻的修辞手法写人们眼前看到的实景，“碧玉盘”比喻巨大的千岛湖，“翡翠”比喻长有郁郁葱葱森林的岛屿，“嵌”写出了大自然的伟大力量。下联将千岛湖淹没下的老淳安县城比作“水晶宫”，这是为了蓄水扭转乾坤，造福人类，歌颂了淳安人民在 50 年前舍小家，为大家的高风亮节。横批“锦山绣水”，这是对千岛湖美景的高度概括，言简意赅。第三座牌楼的楹联是：“三十万移民背井离乡无他顾，百千年后裔寻根觅祖不了情。”横批是“舍家为国”，上联记录的是当时人民顾全大局、义无反顾地改造山河的壮举，下联抒写的是人们对祖先敬佩之情。概括起来就是横批歌颂的“舍家为国”的伟大精神。湖边的一群雕塑记录的是周恩来总理同当地的搬迁居民亲切交谈的场景。可见，国家领导人时刻把人民的冷暖放在心头。

然后，我们乘坐“天宇号”游艇先后游玩了千岛湖中有代表性的三座岛屿。第一是神龙岛。因为这里饲养着各种各样的蛇，又叫蛇岛，因为“蛇”又称为“地龙”，所以当地人民将蛇岛称为“神龙岛”。这里有蝮蛇、眼镜蛇等剧毒蛇馆；也有水蛇、巨蟒等生态蛇园。我看到一条巨蟒，足有二米多长，有大人的手臂一样粗，人们可以将它盘在身上拍照，这是人和动物和谐相处的场景。俗话说：“人心不足蛇吞象。”给我印象最深的是蛇缠龟的石刻图，上面由郭沫若先生嘱咐沈尹默写的一首诗：“昔闻巨蛇能吞象，今见蛇尾缠灵龟。四目炯炯正相向，思饮怨与谁相知。物非其类却相从，蛇定是雌龟是雄。相与相违世间事，悠悠措置信天灾。”更惊险、刺激的场面是，在红艺人表演馆，有人与毒蛇亲吻的表演，真是让人毛骨悚然。岛上还有茶艺馆，玩累了可以到这里稍作休息，品茶养生。据说，男人茶可以养精，老人茶可以养寿，女人茶可以养颜。茶文化真是博大精深啊！

第二个要登临的就是梅峰岛了。虽然有的旅伴已感觉到有些累了，但“不上梅峰观群岛，不识千岛真面貌”，在我们的鼓励之下，大家还是登上了最高峰——梅峰览胜。据说，2009 年拍摄的《家有喜事》，就是在这里取的外景。登上总面积 800 平方米的观景台，一切美景就会尽收眼底。我们先登上了东区观景台，欣赏湖湾港汊之美景；然后登上西区观景台，饱览 300 余座大小岛屿，这是千岛湖登高览胜的最佳处。可以看到大小岛屿 300 多座。难怪有“碧玉盘中嵌翡翠，水晶宫里浸乾坤”的美誉，这里才是真正的“锦山绣水”呀。站在这里，人们自然会想起唐代大诗人杜甫的诗句：“会当凌绝顶，一览众山小。”一座座仙岛点缀在明镜似的湖面上，引起人们无限美好的想象。再看看周围的绿树丛中，人头攒动，谈笑风生。有人指点江山，如痴如醉；有人选择美景，留下精美的瞬间；有人张开双臂，想将这美景全部拥入怀中。置身大自然的怀抱，一切、苦闷、烦恼、忧愁，都消逝得无影无踪；一切的失意、徘徊、灰心都随着美景的来临而溜之大吉。

第三个是龙山，这是因在空中拍摄，可以看到“横嶂排空，不附群峦，形似苍龙”的景象，因而取名为龙山。为纪念明代清官海瑞，在岛上修建了人文景观。游艇一靠码头，就看见龙山大门矗立在八十级台阶之上，每边各有三根龙柱昂首挺胸，守卫着山门。旁边，苍松挺立，鲜花盛开，象征清官海瑞永远活在人们心中。右拐拾级而上，可以看到多组雕塑，有的描述海瑞施粥于民的画面。据说，他常用自己的奉禄来接济百姓，家中很少吃肉，连母亲七十大寿也无力操办，但作为一代孝子，又不能不有所表示。怎么办？最后他只送了母亲两件礼物，一是亲笔写了一个狂草“寿”字，这个字无论是正看，还是倒看，都是一个寿字，这个寿字虽一笔写成，但仔细欣赏，可以看到这个字内实际上蕴藏着八个大字：“一生百年，七十大寿。”可见海瑞是用心良苦啊。还有一件礼物是海瑞亲自做的孝母糕、孝母饼，母亲见了非常高兴。人们为了颂扬海瑞的孝心，至今都争做孝母糕、孝母饼，而且将他们销往世界各地。还有的是记载海瑞田间劳作的情景，说明海瑞很重视农业生产。因为海瑞一直以宋代的包丞为榜样，为官清廉，秉公执法，所以海瑞与当时腐败的官场自然格格不入，所以三次被起用，又三次被罢官。虽然三起三落，但他始终无所畏惧，真是地地道道的“壁立千仞，无欲则刚”。在海公祠（又叫海瑞祠）门口，还有海瑞亲切接见贫民的场景，这都说明，海瑞从知县到巡抚，都勤政爱民，所到之处，均受到人民的衷心拥护。这里还建有思贤院，表达了人民思念先贤，崇敬清官的思想感情。

游览风情秀丽的千岛湖，不但陶冶了我们的情操，而且让我们在精神上受到了一次洗礼，做官就要像海瑞一样为民做主，而且是“带着一颗心来，不带半根草去”。

惊心动魄的黄河壶口瀑布

——红色旅游日记之三

2010年8月10日下午，我们驱车直奔著名的黄河壶口瀑布，一睹她的风采。

壶口瀑布位于陕西和山西两省的交界处，是黄河水流经大峡谷时形成的一个天然瀑布，仅次于贵州省黄果树瀑布。波涛滚滚的黄河水流经这里，四百米左右宽的洪流骤然被两岸束缚成五十米左右，翻腾汹涌的黄河之水如同在巨大无比的壶中倾出，故名“壶口瀑布”。正如《书·禹贡》中的八个字所言：“盖河漩涡，如一壶然。”这一比喻使壶口瀑布的动人形象跃然纸上。

俗话说得好：“不观壶口大瀑布，难识黄河真面目。”黄河壶口瀑布是黄河最壮观的一段，也是国内外罕见的瀑布奇观。壶口瀑布的巨大轰鸣声如雷声震天，响彻环宇；水势汹涌，景色壮丽，气势壮观，它以排山倒海的独特雄姿著称于世。壶口瀑布这颗万里黄河上的璀璨明珠，正以它巨龙般的姿态翻滚着、奔腾着、咆哮着。唐代著名诗人李白用“黄河之水天上来，奔流到海不复回”这一脍炙人口的佳句，淋漓尽致地勾画出了大河奔流至此的壮观景象。

由此，我想到安塞腰鼓的节奏和韵律：“骤雨一样，是急促的鼓点；旋风一样，是飞扬的流苏；乱蛙一样，是蹦跳的脚步；火花一样，是闪射的瞳仁；斗虎一样，是强健的风姿。黄土高原上，爆出一场多么壮阔、多么豪放、多么火烈的舞蹈哇——安塞腰鼓!”黄河壶口瀑布和安塞腰鼓一样，让人感觉出急促、雄壮、振奋。难怪有陕北人在壶口瀑布边敲打腰鼓，边载歌载舞呢!

黄河壶口瀑布是世界上最大的黄色瀑布，也是伟大中华民族的象征。远远就看见黄河上游，波涛汹涌翻滚，让人惊心动魄；近看，黄河入“壶口”处，湍流急下，那飞流直下的河水就像一锅正沸腾着的水，激起的水雾腾空而起，弥漫开来，恰似从水底冒出的滚滚浓烟。蒙蒙细水均匀地洒在人们燥热的脸上，甚是惬意。

壶口瀑布与需要仰视的庐山瀑布不同，需要平视滚滚滔滔、汹涌奔腾的气势，更需要俯视去欣赏扑面而来的水汽，聆听震耳欲聋的涛声，不过，我们从安全角度考虑，还是小心翼翼地下到滩里，和黄河壶口瀑布来一个近距离接触，来深刻体验炎黄子孙的民族自豪感，浑身就有一种黄河般的精神和力量。

我们登上了华山北峰

——红色旅游日记之五

朱德说：“华山直挺黄河边，雄视东方函谷关。”袁枚云：“大华峙西方，倚天如插刀。”我早就想一睹“天下第一险山——华山”的绰约风姿了，这次红色之旅的最后一站是登华山，时间是2010年8月12日上午8时30分。

然而“天有不测风云”，刚吃早饭时，就看到天昏地暗、黑云压山的不好兆头了。早饭还没吃完，便是电闪雷鸣，大雨倾盆的揪心景象了。既然天不遂人愿，只好打道回房、旅馆待命了。直到9时许，伤心的老天爷可能哭累了，苦气也出得差不多了。随着雨点越来越小，我们登山的希望才越来越大。但导游却传来令人沮丧的消息：“华山景区的负责人从安全角度考虑，暂不售票。”不过大家还是不甘心，既然千里迢迢来了，只要有一线希望，我们都要等下去。但是如果到下午再售票，这个遗憾就大了，因为返回的火车票早就预订好了。这就使得大家登山的心情随着时间的推移越来越迫切。真是“天无绝人之路”，10时左右，老天爷破涕为笑了。接着，喜讯传来：“将所有行李送到游客接待中心，带好干粮准备登山。”大家的兴致又来了，刚刚泄了气的皮球仿佛又起死回生了。

徒步走到进山的中巴车站，只见近处的矮山郁郁葱葱，秀色可餐；远方的秀峰斑驳陆离，奇险无比。虽然看上去很壮观，一想到马上就要亲自向上攀登，心中自然有点不寒而栗。

进山的中巴车上有介绍华山的电视片，相传太上老君骑着青牛路过此山，看到人们在艰难地凿山开道，顿时慈悲心起，略施法术后，就手扶铁犁，口吆青牛，开出一条山路。这一“老君犁沟”的传说给本来就很神奇的华山又增添了几分神秘的色彩。

十五分钟后，中巴车来到了半山腰，我们就看到了“智取华山八壮士”的巨大群雕。为了表示对他们的崇敬之心，我抓紧时间，与他们留下一张合影。然后是一千多米的索道，让我们扶摇直上七百多米，省了我们许多爬山的时间和汗水。中途虽然对空中的安全问题还是心有余悸、忐忑不安，但奇异的山峰，别样的山纹，缭绕的烟雾，飞泻的瀑布等，一幅幅变幻莫测的奇妙山景让我们目不暇接。

俗话说：“登山不看景，看景不登山。”“自古华山一条道。”我们一口气爬到了“智取华山纪念亭”。这是第一个分水岭，向北上北峰，向南往中、东、南、西各峰。时间不允许，只好先以一斑窥全豹，先向北峰方向攀，经过不多远，就见一块犹如张大嘴巴的巨型鱼头的石块，别具特色，我们当然不能轻易放过这个特写镜头。据说从左边近 80 度角的云梯攀上去，将来可以步步高升，官运亨通；而我们是从“鱼”嘴里走过，从背面上去，享受了一番年年有余的乐趣。（后来，在这里拍的一张照片还上了《扬州时报》呢！）

此时，我们终于登上了华山五个主峰之一的北峰。北峰海拔1674.9米，三面悬空，独秀云表，形若云台，又名云台峰。李白诗云：“三峰却立如欲摧，翠崖丹谷高掌开。白帝金精运元气，石作莲花云作台。”这里的山峰像茫茫云海之上一艘待命出征战舰一样，给人以无限的想象与期待。

2003年小说《射雕英雄传》的作者金庸先生到华山游览，亲笔写下了巨石上的“华山论剑”四个红色大字。旁边的小说石块上刻有“飞雪连天射白鹿，笑书神侠倚碧鸳”的字样。我赶紧站在两块石头之间，请同行者帮我按下了照相机的快门。我想，侠义之士能在这样陡峭的山崖上论剑，充分体现了华山行侠仗义的特点和英勇无畏的气概。

“无限风光在险峰”，我们还想领略一下其他山峰的精神风貌，便原路返回，再沿着侧耳崖向金锁关进发。到了苍龙岭，看看这里真像黄山的鲫鱼背一样，长长的山路，两边光溜溜的，再向下看，石缝间偶见一些具有顽强生命力的松柏，摆出各种各样的优美舞姿，两边的谷中，大大小小的山峰，高高低低的松树负势竞上，随着云雾的升腾，时隐时现，真是一步一幅画，一时一首诗。过了一会儿，山间云雾升腾，真有腾云驾雾，飘飘欲仙之感，引起人们的无限感慨。

六月的天，孩儿的脸，说变就变。综合时间、天气、安全、体力等因素，我们只好带着一些未能饱览华山优美风景的遗憾，依依不舍地离开了鬼斧神工般神奇险峻的西岳——华山。

游蓬莱阁

——沿海旅游日记之二

7月7日上午，我们来到了山东省烟台市蓬莱区，游览了古建筑群蓬莱阁。

刚到门口，就见大门楼中间有四个大字："人间蓬莱"，意即"人间仙境"，可见"蓬莱"二字已成为"仙境"的代名词了，因此，游山东的人必来蓬莱阁游览呢。中间两侧的一副主对联是："神奇壮观蓬莱阁，气势宏伟丹崖山。"难怪人们能将山东的蓬莱阁与江西的滕王阁、湖南的岳阳楼、武汉的黄鹤楼相提并论，共称为"全国四大名楼"呢。

以前，我只知道江南三大名楼的来历，江西的滕王阁的出名是因为初唐四杰之一的王勃曾写过著名的《滕王阁序》，里面有一千古传颂的写景名句："落霞与孤鹜齐飞，秋水共长天一色。"湖南岳阳楼的出名是因为宋代名臣范仲淹写过一篇著名散文《岳阳楼记》，里面有一句为官名言："先天下之忧而忧，后天下之乐而乐。"至于黄鹤楼的出名，主要是因为唐代诗仙李白写过一首《送孟浩然之广陵》，其中的送别名句"孤帆远影碧空尽，唯见长江天际流”与岑参的《白雪歌送武判官归京》中的送别名句“山回路转不见君，雪上空留马行处”有异曲同工之妙。可见，江南这三座名楼都与文化名人有关。

山东蓬莱阁的出名则要另当别论，她与道教的神话传说“八仙过海，各显神通”有关：也就是说，这里曾住过铁拐李、汉钟离、蓝采和、张果老、何仙姑、吕洞宾、韩湘子、曹国舅这八位神仙人物，对面海中一组建筑群就是八仙过海口，特别引人注目的是高耸入云的多层八角楼。在传说中，八仙各有不同的法器，铁拐李有铁杖，汉钟离有鼓，张果老有纸叠驴，吕洞宾有长剑及箫，何仙姑有竹罩、韩湘子有花篮、曹国舅有玉版，蓝采和有大拍板。他们随身所携带的法器各有妙用。八仙各自的爱好也不同：铁拐李爱漂亮，汉钟离好赌，吕洞宾重情，张果老贪吃，曹国舅贪财，韩湘子脾气躁，蓝采和爱睡觉，何仙姑易冲动。我想，这八仙代表了现实生活中各种不同的人物类型。

吕洞宾在民间是地位最高的仙人，这里建有吕祖殿，里面供奉的就是吕洞宾，当地人为了感激他的恩德，特立此殿，世代供奉，人们不是常把不识好歹的人比作狗，说“狗咬吕洞宾——不识好人心”吗？张果老是八仙中最具特色的仙人之一，以“倒骑毛驴”而流传后世……

在蓬莱阁景区的绿树掩映之中，有一个万民感德碑亭，上面刻有“万寿无疆”四个大字，传说是为感谢乾隆皇帝减免田赋税而建的。这就说明，中华民族早就懂得感恩，也说明历朝历代的君王都很重视农业生产，毕竟“无农不稳”嘛，你看，今天的社会主义新农村建设，不也如火如荼吗？

漫步海边，远远望去，在八仙出海口与蓬莱阁中间的大片碧绿的海面上，一艘艘黄白的飞艇像海燕一样，箭一般地穿梭其间，白的是飞艇，黄的是穿着救生衣的游客。每一艘飞艇穿过，后面都会激起一条长长的尾浪，活像一条条白龙在海面上飞舞，飞艇就是龙头吧！令蓬莱人自豪的是，这里还是平定倭寇立下赫赫战功的戚继光的故里，这里的大海就是当年戚继光严格训练水师的地方呢。

我们当然也想领略一下八仙过海的壮观场面和当年戚继光战胜倭寇的伟大壮举。50多个人乘了七艘飞艇，海面上顿时更加热闹了。我们乘坐的飞艇“首当其冲”，风驰电掣般地冲飞向黄海与渤海的分水岭。然后一个180度大转弯，飞向八仙出海口，飞艇上的一对中年夫妇，妻子坐在舱中，双手紧抓扶手，因担心危险，不断高喊：“慢一点，再慢一点!”丈夫站在飞艇的舱前，只嫌不够刺激，也连续高喊：“爽，快点，再快点。”飞艇在海面上滑行，遇到大浪的袭击，艇底就会“咚”的一声抬起很高。就像飞机在飞行途中遇到气流一样，又像高速公路上行驶的汽车突然遇到一个障碍物一样向上弹起，真够刺激的。可见，不管是八仙过海，还是戚继光平定倭寇，都是伟大的壮举噢!

蓬莱阁出名还有一个很重要的原因，就是这里的海面上真的出现过“可遇而不可求”的“海市蜃楼”幻景。几年前由记者录制的纪录片，真实地再现了令人叹为观止的清晰可辨的景象，你看，海面上出现的亭台楼阁，车水马龙，人来人往的海市蜃楼，给人留下了许多美好的遐想。因此在人们的心目中，蓬莱这样一个小小的县级市远比烟台这一地级市出名得多。

年轻大连的城市广场

——沿海城市旅游日记之五

2010年7月9日凌晨，我们从烟台乘坐的海轮抵达年轻的城市大连。说她年轻，是因为这座城市与我们扬州这座建成已有2500年悠久历史的古城相比，只有二十五分之一的城龄，也就是说，不过区区百年，没有什么历史遗迹，有的是依山傍水而建的掩映在青山绿树之中的一幢幢高档别墅，还有城市里的一幢幢现代化的高楼大厦，这些高楼不仅鳞次栉比，具有欧洲风情，而且一幢幢力争上游，直冲云霄，充满了青春的活力。

大连明显的特点是大街上有三少。一是丘陵地带，出行不便，自行车少；二是城管到位，市民理解，小商贩少；三是电警管理，市民服从，交巡警少。还有三多。一是欧洲风格的建筑多，二是城市中心的绿色多，三是主题鲜明的广场多。下面重点介绍一下大连的城市广场。

星海广场

星海广场位于大海之滨。走进去，就看到一串长长的黄铜制的脚印模型，采集的是各行各业的60名代表人物的脚印。还有一些是主动援建者的脚印，其中最醒目的是前任市长的脚印，表达出大连人民对前任市长做出的巨大贡献的肯定和崇敬。这些脚印告诉人们，大连今天的辉煌是大连人民在市政府的正确带领下一步一个脚印走过来的，是脚踏实地干出来的，同时告诉人们，不管什么领导，只要能为民办实事，办好事，赢得了市民的好口碑。正如臧克家所言："给人民当牛马的，群众把他抬举得很高很高。"脚印模型的最前方，有一对童男童女，男童的目光顺着左手遥望海天一色的远方，女童则双手作半拥抱状，目视脚下，展望未来，新的一代也会继承前人的未竟事业，脚踏实地地将大连建设得更加美好。

再向前看，就是靠近海边的一本打开的巨大的书本造型，寓意是大连已经翻开了历史新的一页。游客站在这里，既有回望美丽的广场及四周的建筑，及远方的高山，产生一种像高山一样"欲与天公试比高"的民族自豪感；还可以眺望大海，产生一种像大海一样能包容万物的宽广胸襟，引起无限美好的遐想。海边有一些反映普通市民的雕塑，如一个市民正在请修鞋匠修鞋，表明大连人虽富但仍不忘勤劳俭朴的良好传统。

广场上也有各种各样的雕塑，但是奥运会竞赛项目的雕塑最多，如骑马、射击、划船、舢板等等，说明大连人与奥运有着特殊感情。据说，在2008年北京奥运会即将开幕之际，"中国奥运第一人”刘长春塑像在大连奥林匹克广场上建成揭幕。因为在早在1932年，是大连人刘长春一个人代表中国四万万同胞参加奥运会的100米、200米短跑，一个人肩负一个国家、一个民族的尊严，首次加参了奥运会，这本身就是一种奥林匹克精神！可见，这里无不展示出一种自然之美、人文之美和精神之美，就连我们下榻的宾馆所写的一副广告对联也很美：“龙游佳景归何处，夜泊温馨星海湾。”这给人以宾至如归之感。

虎雕广场

虎雕广场因广场上有六只石雕老虎而得名，这六只巨大的老虎你追我赶，奔腾不息。背景是一座不太大的海边青山，引得很多人在这里举起手中的相机，争先恐后地留下这美好的瞬间记忆。很多当地大人带着自己的孩子来这里锻炼、取乐，因为广场上有很多动物玩具，如马、驴子、山羊、老虎等等，凡所应有，无所不有。你看，孩子骑在这些动物玩具的背上，一边拍打的动物的屁股，一边高喊：“驾……驾……”一边用脚向下轮流一踏一踩地前进着，虎雕广场就像大连整座城市一样，到处充满青春的活力。据导游介绍，像这样富有个性的大大小小的广场共有50多处，如中山广场是大型音乐喷泉广场，五四广场是专供十岁左右的儿童学溜冰的广场等，真是各具个性，各有千秋，各得其所。

动物广场

动物广场位于大型森林动物园大门口，三面环山，南面临海。你看，东边的山上，十八头黑色水牛，它们千姿百态、栩栩如生。这些大水牛正在一边吃草，一边往山涧里找水喝呢。走在前面的两头牛，一头正在津津有味地吃着肥美的草，一头正在如饥似渴地喝着香甜的水，和人一样尽情享受着大自然带来的恩赐，真是无忧无虑，自由自在。广场中央，旁若无人的一群群和平鸽，一会儿飞到人的手上与人交流合影，一会儿又来到地上有滋有味地啄食，一会儿又飞到动物园大门旁边的大柱上面休息，真是一幅人与动物和睦相处的动人画卷。

北面的是大型森林公园，可以乘索道游览，西边是一座小巧玲珑的临海青山，可以沿着周围的塑胶跑道跑步或散步。我与妻选择了步行观景，徜徉在这个天然大氧吧里，临海眺望，真有一种心旷神怡、乐不思蜀、流连忘返的感觉，难怪有人肯花几百万，甚至上千万在这里购置豪华别墅呢。

南京巴布洛，风光无限好

4 月 2 日，清明小长假的第一天，我们七男七女十四名高中同学迎着灿烂的朝阳，伴着明媚的春光，乘坐扬州旅游集散中心的大巴，来到了位于南京六合的巴布洛景区游览。正好今天大孙女不上学，我便让妻子带着大孙女一同参加了我们的同学活动。

上午，我们首先来到了著名歌唱家蒋大伟歌词中所唱到的令人向往的“那桃花盛开的地方”——桃花岛。走进雄伟壮阔的“南京桃花岛”石门门楼，我们就仿佛走进了陶渊明笔下的世外桃源。这里远离城市纷争喧闹，远离战乱之苦，人们日出而作，日落而息，真是人们生活的理想之地，没有环境污染。说是桃花岛，但无需坐船上去，因为这里是丘陵地区，没有高大陡峭的大山，只是一处四面皆有不同水域面积的山冈高地。

放眼望去，满山遍野都是桃花。红色的桃花像一团团正在燃烧的火焰，粉色的桃花像早晨东方天空的美丽的彩霞，白色的桃花像一团团洁白的棉花。远远望去，又像无数彩色云朵，自由自在地贴着地面，随着温暖的春风缓缓飘动；下面还有金黄色的油菜花，淡绿色的油菜叶，与美丽的桃花组成了一幅五彩缤纷的花的海洋，花的世界。几个女同学还特地精选了一株长得旺盛、开得鲜艳的粉色桃花做衬托，带着发自内心的笑容与桃花来一个相融合的合影，真是“人面桃花相映红”啊！闭上眼睛，仿佛闻到了带着泥土气息的淡淡的油菜花香和桃花香，看到了满山遍野的成熟的油菜籽和硕大的甜桃。

在最高处，我们祖孙三人看到了桃园结义景点。我仿佛看到关羽、张飞、刘备在这里结义起誓的场景。正是由于他们的结盟，才为三国鼎立奠定了坚实的基础。这个景点的设立，为桃花岛增添了浓厚的文化气息。这里要说明的是，金庸小说中桃花岛位于舟山本岛沈家门渔港的南面，属于山海风景。另外，湖南省常德市武陵区桃林也是很美丽的地方。

桃花丛中，有翩翩起舞的彩色蝴蝶，辛勤忙碌的蜜蜂，给大自然带来了勃勃生机。

大道两旁的行道树上，整齐地悬挂着由红橙黄绿蓝靛紫七种颜色组成的风车，简直就像天空上架起的美丽彩虹，与漫山遍野的桃花和油菜花相互映衬。这些风车们看到我们这些慕名而来的络绎不绝的八方来客，精神抖擞地转得更起劲了，不仅发出“欢迎欢迎”的沙沙声响，还给跑得发汗的游客带来了阵阵凉风，让我们顿时产生了一种舒心惬意之感。可见生态农业观光游也是魅力无穷啊！

吃完午饭，我们来到巴布洛生态农业景区，这里三面被绵延不绝的山峰包围着，只有一面留着点口儿，让人们自由进出。放眼望去，我们仿佛来到了无边无垠的内蒙古大草原。马匹成群结队，自由自在地在草原上行走，像天空的云朵散落在草原四处，个头虽小，但数量众多，毛色洁白的牛羊群在广阔的草原上分散在各处，就像很多珍珠似的撒在草原上。让我情不自禁地哼起了《美丽的草原我的家》："……骏马好似彩云朵，牛羊好似珍珠撒……"再往路旁看，草原上还有恐龙景区，各种各样的黑色恐龙造型高大威猛，让人不寒而栗。

来到热气球体验区，游客们一个个争先恐后地登上热气球的坐舱后，热气球缓缓上升，视野更加开阔，可以看到更远更广的美丽风景。真是："自由巴布洛，给你无限辽阔。"不一会儿，听到悦耳动听的雄浑的男高音歌唱，转头一看，还有一群身着红色舞服的姑娘们在翩翩起舞，原来适逢这里举办第一届巴布洛游牧节，有幸欣赏到蒙古艺术家的精妙绝伦的歌舞表演，真是不虚此行。很多游客都举起手机或相机，留下了精彩而又难忘的瞬间。张安明同学还毫不犹豫地跑上台去，与男歌唱家合影留念；还有的游客干脆跑上台去，和舞蹈演员一起跳起了交谊舞；当然在跑马场，小球体验区，也是充满了欢声笑语，真是不亦乐乎。

一天的同学结伴游，不仅开阔了视野，陶冶了情操，愉悦了身心，还加深了同学间的友情，真是一举多得。我还有另外的一得，那就是享受到与妻子孙女在一起游览的天伦之乐。

崭新存志，美丽校园

今年暑假，我应聘来到了学校教作文，让梦想在存志飞扬：“丁酉炎阳撒热情，吴江存志荟精英。课程建设新鲜气，学子成才梦想灵。怀抱苍穹光普照，心存远志力千钧。紫园论道宏图展，笺纸杏坛伟业兴。”

为迎来吴江存志学校周岁生日，爱立诚教育集团投入巨资，将整个校园装修一新。

为了给新学年的存志学子提供一个更加适宜求学的美丽校园，爱立诚教育投资有限公司再次投资三千万元，精心打造了崭新存志，美丽校园。

走进崭新而又美丽的校园，首先映入眼帘的是一座以“梦想飞扬”为主题的大型雕塑，昭示着每一个走进存志的学子，都能如愿以偿地让自己的梦想高高飞扬。

再往里走，教学区、活动区和生活区泾渭分明。教学区内的地面全部新铺了大理石，两个大天井内不仅树木繁茂，花香四溢，而且廊亭逶迤，曲径通幽。两个天井内的廊亭同中存异，南侧的天井的廊柱为白色不锈钢包裹圆柱，下面的踏板、坐凳和侧面的靠背，以及顶部装饰，皆为防腐木做成，还飘荡着一股令人心醉的木香；北侧天井内的廊亭皆为方形木柱，上面的紫藤萝和凌霄花已经绿荫如盖，下面的清水清澈见底，旁边玲珑剔透的假山石点缀其间，让人心旷神怡，闲暇之时，坐在这里读书，别有一番情趣。

装修一新的教室内，都配备了方便适用的二合一的高科技电脑黑板，为提高课堂教学质量提供了物质保障，每个教室都配备了相应的图书，精心打造书香校园，学生在这样的环境中读书，定能健康成长。

与之相呼应西侧路边的东侧有蘑菇造型的凉亭，洁白无瑕。坐在这里读书，欣赏高耸入云的美人蕉，别有一番野趣。路西的精致的花辅内，有一“希望之光”的雕塑，象征着来存志读书的每一位学子都对未来充满希望。

再往南走，就是一大片塑胶操场，只要风停雨住，莘莘学子就可以在这里参加高强度的军事训练，在运动场上抛洒汗水，磨炼意志，强身健体。

学校的西侧是生活区，学生在这里可以培养自己独立生活的能力。在通往餐厅之路的一级级台阶上，铺着大红地毯，预祝来到存志的每一个学生，都能脚踏实地，一步一个台阶，走完大红地毯，走向胜利，走向辉煌。

真是：“校园存志美如画，雕塑有言景色佳。幽静廊亭花香醉，潭清水澈乐鱼虾。窗明几净图书满，电脑多情黑板夸。学子成人师敬业，大红地毯走天涯。”

美丽的新东方校园

北京新东方扬州外国语学校位于著名的京杭大运河畔，坐落在文昌大桥东北侧的环球金融城的东面京杭中路的东侧，是一座校园环境非常优美的十二年一贯制民办住宿学校。

白鹭头抬，鲜花盛开

阳春三月的清晨，我从西门走进校园，在伙食房吃完一碗鸡汤炸蛋面，迎着朝阳，向教学区走去，就会看到学校图书馆西南侧的小河边金黄的迎春花，像天上布满的繁星，还在深潭中，照个影儿呢！河中的石头上，孤独地站着一只亭亭玉立的身段苗条的飞鸟，比白鹤小一些，温柔一些，披着一身雪一般洁白的羽毛，抬起头来，仰望天空，欣赏着周边的美景，迎接崭新一天的到来！该吃早餐了，它就低下头，在河边上搜寻食物，一但发现，就用专门用来捕食小鱼小虾的铁色长喙迅速啄去。当它张开庞大的翅膀飞翔起来时，比飞机潇洒迅速，这就是郭沫若曾经用散文诗歌颂过的白鹭。

往前走，就看到紫藤萝已经爬满了架子，借助坚硬结实的水泥架子，尽情展现自己的优美身姿。一串串像张满帆的小船似的淡紫色的花朵，你不让我，我不让你，互相拥挤着，欢笑着，吵闹着，将吉祥的紫气尽情带给人间，仿佛为走在架下的人披上了紫色的纱衣。

再向前走，经过一座水泥平桥，就会看到南则有一大片纯紫色的小花从根部一直开到梢部，它们的独特之处，就在于一旦春日和暖，就把所有的聪明才智、美好的品德都毫无保留地尽情展现出来，不怕乍暖还寒，无需绿叶扶持，仿佛满身都是希望，浑身都有力量。

紫荆花还没有全部落幕，洁白的琼花亦已崭露头角，每朵大花有八朵小花，每朵小花有五片等距离的圆形花瓣，中间有淡黄色的花蕊。难怪有人称之为“聚八仙”。这时，看着那勤劳的蜜蜂在带着幽幽清香的花丛中马不停蹄地忙碌，聚精会神地采集花粉，白色的蝴蝶自觉自愿地为她伴舞，“飞入花丛皆不见”，你会情不自禁地陶醉其中，不能自拔。

旁边的长凳上，坐着一个身穿蓝色校服的女生，她左手捧一本《西游记》，在那里旁若无人、目不转睛地读着，右手拿着一支水笔，不时地摇头晃脑，勾画圈点，可见她读得津津有味，爱不释手，与那勤劳的蜜蜂共同形成一道非常靓丽的风景线。

荷叶田田，荷花盛开

夏日的中午，吃完午饭，从东门进入校园，就可以看到左侧的荷塘里，别有一番动人景象。碧绿肥硕的荷叶如一把把遮阳伞一样，支撑在拥挤的荷塘里，将巨大的荷塘挤得水泄不通。尤其是岸边的荷叶，有的已经被挤出水面很高，就像要爬上了岸一样，不知是它们担心自己沐浴不到炎热的阳光，被同伴耻笑；还是怕自己不能为荷花遮阳，而缺少绅士风度，被人斥责为不能怜香惜玉呢？我不得而解。但是用“接天莲叶无穷碧”来形容，虽有些夸大其词，但也恰到好处。

再看那荷花，由于吸收到的养分有多有少，醒悟的时间有先有后，所以姿态各有千秋。身体强壮的，就像女汉子一样，欲与强大的荷叶一决高下；将美丽的粉色脸庞显露出来，共同组成了别样红的映日荷花；身体瘦弱的，看到这里的竞争环境如此激烈，则甘拜下风，为自己能躲在强大荷叶的怀抱里不受狂风暴雨的袭击、不受火热太阳的烘烤而沾沾自喜，自得其乐。它们就像井底之蛙，自己看不到外面精彩的世界，却一点也不后悔。

开得早的荷花已经早早谢幕，把最好的位置腾挪出来，让给那些急需展示风采

的荷花，自己则一天天变成了圆圆的莲蓬，等待着那无赖小儿卧剥呢！开得迟的荷花如刚发育的少女，像一支红色的毛笔，羞羞答答地直竖在荷塘里，不过，早就有喜爱它的蜻蜓张开翅膀，站立在上头，就像黄山上的梦笔生花一样，鹤立鸡群，出类拔萃，形成一道无与伦比的靓丽风景。

荷塘上面，有蜻蜓、蜜蜂、蝴蝶在空中盘旋，组成昆虫舞蹈团，正在竞技呢！周围披着长发一样的垂柳，随风飘飞，扭动腰肢；树上，一群正在乘凉的漂亮小鸟，也情不自禁地放开动听的歌喉，正在为它们伴唱呢！

悬泉瀑布，飞漱其间

秋天的傍晚，迎着灿烂的夕阳，从学校实验楼的北侧向西走，就可以看到一座石拱桥，像一道彩虹一样，横卧在小河流上；踏着大理石铺就的桥面，拾级而上，走到桥中央时，就有一阵清脆的哗哗的流水声，非常清晰地传入耳鼓。

向右转过身来，手扶深褐色的栏杆，抬头一看，北侧的不远处，有一座黄山石堆叠而成峰峦叠嶂的假山，掩映在一片高大的青翠的燕竹林中；假山背后，翠竹青青，昂首挺立，直插云霄，随风摆动着柔美的身姿，显得潇洒而又飘逸。假山前面，“悬泉瀑布，飞漱其间”。你看，一条条洁白的瀑布从石缝中直冲而下，流入碧绿的深潭之中，潭中之水平静、清澈，倒映着周边的绿色植物。潭中央水面上的一丛丛睡莲，还展现着碧绿的叶面，守卫着这片美丽的潭水。河东岸的银杏已经穿上了金黄色的美丽外衣，银杏果亦已挂满枝头，而且完全成熟，静静地等待人们去采收呢。河边五彩缤纷的月季花像一个个快乐的学子，迎着秋风，绽开他们美丽的笑脸，争奇斗艳，与周边的景物构成一幅精美绝伦的山水画面，令人心旷神怡，流连忘返。

河西岸那些不张扬、不显摆的低调的金桂早已在叶根部结满那一串串米粒大的花，精诚团结、同心协力地散发出浓郁而醉人的香味；那一株硕大的琼花，已挂上了鲜红的小果，展示自己非凡的魅力；河南岸的翠竹，虽然身处大楼北侧，除了夏日以外，很少见到灿烂的阳光，但它们仍然无怨无悔地坚守那块圣地，争先恐后地把常年的绿色无私奉献给这美丽的校园，用目标专一、富有气节、谦虚谨慎等优秀品质启迪广大师生。

金色的夕阳无私地照在桥南侧的水面上，使微风吹拂下的河水波光粼粼、金光点点；水中大大小小的黑黄红白等彩色锦鲤，成群结队地向桥洞中自由自在地畅游过来，一会儿潜入水底，形成一个个美丽的水花，将水滴溅到空中，发出一串串清脆的响声；一会儿又露出水面，张开大口，呼吸着新鲜的空气，仿佛调皮的孩子追逐打闹、互相逗乐一般，又好像与师生们在玩捉迷藏呢。

蜡梅映雪，山茶吐蕊

冬季的晚上，老天爷好像遇到了一件极不愉快的事，整天板着个脸，满脸阴沉沉的；寒风鼓起它那巨大的风箱，呜呜地吼叫着，直接刺人们的肌骨；仰望天空，鹅毛般的大雪漫天飞舞着。不一会儿，房屋上、路面上、操场上、花草树木上，都披上了一层薄薄的白纱，真是漫天皆白了。望眼望去，树上犹如梨花处处开，正如宋代吴淑姬所言：“烟霏霏，雪霏霏，雪上梅花枝上堆。”“梅须逊雪三分白，雪却输梅一段香。”宿舍边上，无所畏惧的蜡梅花却在大笑，在欢呼：“让暴风雪来得更猛烈些吧！”你看它，虽然花朵的身材较小，颜色淡黄，但晶莹剔透，香味扑鼻，勇敢地在天寒地冻的恶劣天气展现自我，成就自我。

山茶花为了不让蜡梅花孤军奋战，也开满了花赶趟儿。你看，那深绿发亮的叶片中，一朵朵深浅不同的红花迎着寒风怒放，给冰冷的冬天带来了勃勃生机，虽然已经披上了洁白的雪花，但是始终挡不住它那心中那份火红的热情。

再看那些高大的枇杷树，也把春夏秋三季积蓄的所有能量统统发挥出来，偷偷地开出一丛丛洁白的花，与漫天飞舞的雪花相媲美，为来年初夏能为人类奉献出香甜可口的果实做充分准备呢！

灯火辉煌的教室里，莘莘学子正在挑灯夜战、伏案苦读，为取得优异成绩而争分夺秒，顽强拼搏；道路上，后勤部门正在组织服务人员清理积雪。他们穿着雨披，奋战在校园的一些重要路段，男员工拿着铁锹在嗞啦嗞啦地铲雪，女员工拿着扫帚，在嚓嚓地扫雪，这些声音与呼呼的风声，组成了与大自然顽强抗争的交响曲；走廊上，教务处正在组织班主任撒盐、铺草垫，以防学生下晚自习时，路滑跌倒，损伤身体，影响学习。他们就像夜来香一样，处处想着学生，时时保证安全，无条件地爱护每一个学生。

孩子们在这样美丽的校园是接受全面教育，探求科学知识，怎么能不乐在其中呢？

登黄鹤楼

20世纪90年代，我在施桥中学担任副校长。1993年的暑假，我随校长培训班外出调研，来到了位于湖北省武汉市的万里长江之滨、武昌蛇山之巅的黄鹤楼，陶冶了情操，开阔了视野，增长了见识。

黄鹤楼距今已有1700多年的悠久历史，故址在湖北省武汉市武昌区，历经沧桑，屡建屡毁；现在看到的黄鹤楼是民国初年被火焚毁，1985年重建的。

黄鹤楼高50余米，高高耸在长江南岸，耸入云霄，巍峨壮观，日夜凝望着祖国的大好江山。主楼五层，除底层和顶层外，中间各层的每个角上，都有三个像飞鸟翅膀一样的翘角，四周共有数十个翘角飞檐凌空，很有层次感；左右各一座两层辅楼，像两把巨伞，为人们遮风挡雨，遮阳降温；又像两个哨兵，夜以继日、不知疲倦地守卫着主楼。楼群通体呈黄色，与楼名完全契合，又与周围绿色的风景交相辉映，让人情不自禁地为之赞叹。

东面的高层有一块烫金匾额是“楚天极目”，武昌在春秋战国时代属于楚国的范围，“极目”是放眼远望，这让我马上想起毛泽东当年在此横渡长江时写下的一首词《水调歌头·游泳》：“……万里长江横渡，极目楚天舒。不管风吹浪打，胜似闲庭信步……”写出了一代伟人的雄伟气魄和乐观主义精神。底层入口处的匾额上是著名画家关山月题写的“帘卷乾坤”四个行书烫金大字。它告诉游人，只要登上黄鹤楼，周边的美丽风光就可尽收眼底。里面抱柱上有楹联：“龟伏蛇盘，对唱大江东去也；天高地阔，且看黄鹤再来兮。”让人立即联想起苏轼的《念奴娇·赤壁怀古》：“大江东去，浪淘尽，千古风流人物……”由于是跟团行动，来不尽仔细欣赏四周的楹联，就迅速登楼了。

本人对黄鹤楼的了解，最初来源于李白的《黄鹤楼送孟浩然之广陵》：“故人西辞黄鹤楼，烟花三月下扬州。孤帆远影碧空尽，唯见长江天际流。”一般外出交流时，我都会自豪地做自我介绍：“我是来自诗仙李白在《黄鹤楼送孟浩然之广陵》中提到过的扬州广陵。”从大家的神态看，总有一种羡慕之意。李白让黄鹤楼将武汉和扬州友好牵手，结下了传奇姻缘。这是送别友人的绝佳之地，“烟花三月下扬州”顺理成章地成了宣传扬州的首选广告词。也让黄鹤楼成了除江西九江的滕王阁（因王勃的《滕王阁序》而出名）、湖南省岳阳市的岳阳楼（因范仲淹的《岳阳楼记》而出名）外的三大名楼之一。

后来学到了出自唐代崔颢《黄鹤楼》：“昔人已乘黄鹤去，此地空余黄鹤楼。黄鹤一去不复返，白云千载空悠悠。晴川历历汉阳树，芳草萋萋鹦鹉洲。日暮乡关何处是？烟波江上使人愁。”对黄鹤楼才有了进一步的了解。据说有一天，一个邋遢的老道喝完了酒，无钱付账，就用吃剩人橘子皮画了一只仙鹤抵账，因为橘子皮是黄的，所以叫黄鹤。令人称奇的是，只要有人拍手，这只鹤还能飞舞。原来黄鹤楼还有这么多神秘的色彩，神奇的故事，动人的情感。诗人前四句采用古风的手法（颔联并不对仗）写仙人自由自在的生活，后四句用律诗的写法写自己的现实生活，诗人当时来到这里，天色已晚，已是牛羊进圈、鸟雀归巢的时刻，诗人眺望远方，到处寻找，我的故乡河南开封在哪儿呢？眼前只见一片雾霭笼罩江面，给人带来深深的思乡之愁绪。原来这里还是触景生情、思念家乡的好地方。

传说，被冠以“斗酒诗无敌”的诗仙李白有一次登上黄鹤楼，被这里“胜状”所陶醉，正欲题诗，抬头看见崔颢的诗，觉得写得太好了，只留下一首打油诗：“一拳打倒黄鹤楼，一脚踢翻鹦鹉洲。眼前有景道不得，崔颢题诗在上头。”留下了“崔颢题诗，李白搁笔”的一段佳话，在黄鹤楼以东 100 余米，还建有“搁笔亭”。因此，有“唐人七言律诗，当以崔颢《黄鹤楼》为第一”的高度评价。

我们登上金色的黄鹤楼，东西远望，万里长江就像一条舞动的玉龙，头喷东海之水，尾担青藏高原；南北端详，京广高铁就像一条飘动的彩带，一端连接着首都北京，一端连接着祖国南疆，武汉长江大桥以威武雄壮的姿势横跨在万里长江之上，就像是长江上的脊梁。难怪武汉自古就是兵家必争之地，如抗日战争时期规模宏大的武汉保卫战，充分说明武汉这座英雄城市就像一颗明亮的珍珠，镶嵌在水绿交通要道的长江之滨。

抬头仰望，只看见一朵朵白云悬挂在澄澈如玉的蓝天之上，有的像飞奔的骏马，昂首挺胸，充满活力；有的像散步的羊群，形状各异，姿态悠闲。

低头俯瞰，阳光照耀下的长江两岸，树林青翠欲滴，清晰可见；地面上芳草覆盖，绿意盎然。武汉三镇，无边无垠；高楼大厦，鳞次栉比。真是美不胜收。

绿意盎然的九龙湖校园

2022 年 9 月 10 日是中秋节和教师节双庆日。放假期间，我来到扬州树人中学九龙湖校区参观。这所学校因北侧有一泓生机盎然的九龙湖而得名，学校既是绿化模范单位，又是一校两制。一是民办管理体制——扬州中学教育集团树人中学九龙湖校区；二是公办管理体制——扬州经济开发区实验中学，这是由以前的施桥中学、六圩中学、八里中学合并起来的一所高规格的现代化初级中学。更重要的原因是，施桥中学曾经是我战斗过 18 年、将青春年华奉献在这里的学校，我还在这里做过 6 年的副校长呢，学校落成后，学校领导还请我们到这里来参观过。现在树人九龙湖校区又是我大孙女丁舟桐就读初中的校园，我对这里是情有独钟，所以才在 25 年后，专程赶来欣赏美丽的校园。

北门广场

从北门进入校园，首先看到的是北门广场，广场西侧的教学楼东山墙上挂着两所学校的仿宋体黑字校牌，广场南侧是气势宏伟的大成楼。

广场两侧绿树如茵，鲜花成开，秋果飘香，好像是列队欢迎迎着清晨的阳光走进校园的师生。从北往南仔细欣赏，这里有绿荫如盖而又能自觉抵制病虫害侵袭的高大香樟树，启迪师生注重诵读经典，加强体育锻炼，提高自身免疫力，自觉抵制不良思想的诱惑，排除非智力因素的干扰，纠正不良习惯，努力攀登科学文化的高峰。

这里有身材矮胖的石榴树，虽然枝繁叶茂，但仍掩藏不住红灯笼似的石榴的风姿。因为石榴多籽，象征这所学校的繁荣昌盛，有数不胜数的精英学子。

这里两边的小水沟里还都栽种着荷花，虽已入秋，荷叶还很碧绿；看，东侧的菡萏："含苞待放一朵莲，粉面娇嫩少女颜。"瞧，西侧的莲花中虽有莲蓬成形，但仍有芙蕖开着艳丽的花朵，久久不愿离开这美丽的校园。真可谓是："余音袅袅漂荷塘，露珠洒洒缀衣裳。"

这里有四季常青的青青翠竹，让这里的师生个个雅致不俗；这里的美丽枫叶均已转黄，相信她经历风霜以后，很快会换转成"红于二月花"的鲜艳红色，令人精神振奋。

这里有高大粗壮的朴树，缀满了樱桃般的红色小果子。还有乌桕树，是一种有微毒的药材。现在的果实还未成熟，是鲜绿色的；成熟以后的果子是黑棕色，外壳裂开后，里面是三枚白色的种子。它的叶子红得比枫树还要早，但在同一棵树上，由于光照时间不同，它的叶子会逐渐由绿变黄，再由黄变红，形成一个五彩缤纷、树叶尽染的校园秋天世界。它们在大成楼大门过道的两边，形成天然的欢门，欢迎莘莘学子的到来。

山水盛境

走过大成楼下面的通道，就看到一池碧水，水的北面有木栏杆保护着，中间有六株身姿挺拔的棕榈树一字排开，两边各有三株棕榈树形成倒八字形，精心守护着池塘，它们身上穿着红棕色长袍，头戴青色官帽，深情地凝望着大门内外的秀丽风光，尽心尽责地守护着这片祥和静谧的学习乐土。

水中看不见水草，但有鱼儿不停地游动，将水划成一个个人字形状；有时又突然来了一个急转身，形成一个个美丽的圆形水晕，不断向四周扩展开去，向人们尽情展示得到这片水域后的自由与惬意。

东侧路边有红花檵木和金边黄杨做成的双层围栏，水边还有两株较大的紫薇树，还有一些没有结果的紫薇花缀满枝头。启迪人们：最美丽的花开在最艰辛的枝头，没有不畏艰辛地从根部吸收水分和养料，没有长时间地吸收阳光雨露，哪有这样美丽而令人赏心悦目的花朵？西侧还有树形高大的广玉兰，她的叶子在阳光的照耀下绿得发亮；笔直挺立的金桂树已经在枝丫处露出了花苞，很快就会绽放容颜，吐露芬芳。

水边还有一些迎春花像少女美丽的长发悬挂在水边，一棵棵垂杨柳随着微风轻轻摇动美丽的身姿，一株株香蒲亭亭玉立在水边，它们都在水边映出了清晰的倩影。

岸边还有一些零星的石块点缀其中，有三座小假山分布在南侧周边，山峰虽然不算高耸，但也有了丰富多彩的清荣峻茂的山水盛境。

毓园风光

在校园的南侧，有一个较大的公园，叫毓园。朝北的黑色大理石上刻着《毓园（诞生记）》："绿扬城南，扬子江边，九龙湖畔，名庠在焉。因地为池树木为林，名之毓园。毓者，育也。莘莘学子若稚苗初起，待风露而成焉。顾视园圃之内，春则烟霏细柳，草生千步之茵；夏则日映红荷，树散百鸟之鸣；秋则风传芳桂，月分经天之明；冬则霜寒翠筱，波漾渡江之云。桥横清影，石漱飞泉，花叶含态，鱼鸟亲人，人工之妙，同于造化。青春学子求知之余，憩息于此，观天地万象，知所从止。芝兰桃李，惠风兹化，故池虽小，实为文化之渊薮；园圃虽疏，亦学界之邓林。斯为记。"

这篇记第一句交代名校所处的地理位置，第二三两句交代了名称的由来和深刻含义，第四句描写了这里一年四季的不同风景，第五句交代了桥、石、花、鱼都体现了人的聪明才智。第六句交代毓园对青春学子的巨大作用，第七句总结全文：园虽小，但这是文化聚集之地，人才荟萃之所，第八句说明这是《毓园(诞生记)》。

从东侧往南走，穿过树林，就看见一个东西方向的长条形池塘，中间有棕色九曲木桥直通对岸。池塘北侧，是用汉白玉制作的朱自清雕像。

朱自清是扬州人，既是扬州中学的校友，又曾是扬州中学的老师。更重要的是，朱自清先生是著名的散文家、诗人、学者、民主战士。学生一进校，学的第一篇散文，就是朱自清先生写的《春》，因此学生对他是顶礼膜拜。每到考试前，就有很多学生来到朱自清雕像前，虔诚地叩首，以此消除紧张的心理障碍，争取考得高分。

朱自清身穿长袍，戴着眼镜，端坐在石椅子上，左手放在扶手上，右手放在右膝盖上，目视前方，若有所思。南侧的小广场上，用塑胶颜料画着荷叶、荷花蜻蜓等图案，写着两竖列字："曲曲折折的荷塘上面，弥望的是田田的叶子……"可惜的是由于诸多原因，原来荷塘中的碧绿的荷叶、映日的荷花已经难以寻觅其踪影。不过，我们坚信，在不久的将来，两所学校的领导一定会想方设法将《荷塘月色》的盛景恢复如初，重新展现在广大师生面前的。

走在九曲木桥上，看到池塘中有一只小木船停泊在静静的水面上，四周有垂杨柳包围着，树上鸟雀时而展翅飞翔，展示美丽的身姿；时而深情地对唱，展示动听的歌喉。非常活跃的白鹭展开双翅掠过水面，想捕捉在水中嬉戏的鱼儿。岸边堆叠着一座座一人多高的黄石假山，桃树、石榴等果树，林间还有一些较大的扁圆形石块，一块上面刻着隶体字“思”字，提醒学生在学习时，要学会思考，掌握事半功倍的学习方法；另一块上面刻着隶体字“行”字，告诉学生要明确一个哲理：“路虽远，行则将至；事虽难，做则必成。”关皱键要有实实在在的行动。南侧还有一座木架，上面的紫藤萝枝繁叶茂，春天也一定是桃红柳绿、五彩缤纷吧。

再往西走就看到一座四角凉亭，朝东的一面有一副楹联：“四角凉亭，听鸟听风兼听雨；一泓碧水，容云容日亦容天。”上面是“致仁”二字。楹联写出了毓园的风光，又告诉学生，对别人要仁义，要宽容。因为“凉亭尽观山间趣，水边能览世外天”。

池塘西侧的树中，也有一座同样的四方凉亭，在西侧所悬挂的楹联是：“半亩清池涵胶（笔者以为，应该是‘皎’）月，一溪佳卉沐春风。”亭子四周的枫树已经涨红了脸。银杏已经穿上了金黄色的长衫。

西侧靠近运动场的东南一角，有各种各样的树木，不必说富丽堂皇的金桂，洁白如玉的银桂，热情似火的丹桂，都散发出浓郁的醉人的香味；也不必说玛瑙石榴还开着大红的鲜花，日本晚樱正在努力及吸收水分养料，四季常青的松柏常胜不衰；单就头戴皇冠的栾树，就能让你感到的大自然造化的神奇。整个公园在蓝天白云的映衬下，显得更加静谧优美，充满文化气息。

东门丽景

从毓园出来，走到东门入口处，就看见校园秋天另一幅画面。

东门进来的不远处，是一条清澈的小溪。它先从大成楼的东北角向东、再向南静静地流淌着。两边就像小巧玲珑、精致美丽、令人赏心悦目的袖珍公园。溪水西南侧的墙根处，有两丛高低参差、错落有致的石笋。它们昂首挺胸，直指苍穹。虽然外表千疮百孔，饱经风霜，但气质上仿佛雨后春笋，充满希望。

再向东，就是一大片象征高洁的紫竹林，枝干挺拔如同君子一般，既有紫气东来的吉祥之意，又有坚强不屈的高尚品格，即使身在高楼北侧，终年难见阳光，依然精神抖擞。再向南，就看到比较粗壮的黄竹，在蓝天白云和秋高气爽的环境中，在秋天阳光的无私照射和呵护下，显得秀美多姿。我喜欢竹子“咬定青山不放松”的坚定目标，“千磨万击还坚劲”的顽强不屈，喜欢它“竹影和诗瘦”的清瘦风格。

中间有圆球状的光叶海桐，叶面在阳光的照耀下泛着水光，如同少女的肌肤一样光亮；与光叶海桐肩并着肩的是金边黄杨，它不同于普通植物的叶子那样只有一种颜色，金边黄杨好像镶了金色花边的少女的裙摆，碧绿的叶片静静其中，浅黄色的裙边呵护其外。

水边还有令人思接千载的蒹葭，带来给人“所谓伊人，在水一方”的无限美好的遐想；有令人心旷神怡的东方香蒲，水烛似的棕色花序在亭亭玉立的长条叶间轻轻摇曳；迎春花虽然不在开花时节，但仍披着秀美的长发在水中照出自己的倩影。

紫色的小木桥边，放着的小小盆景也能让人眼睛发亮，有优雅清冷、无畏勇敢的紫竹梅，有弱不禁风、渴望被爱的白肋朱顶红，有生命力强、好运会来的不夜城芦荟……旁边挺胸而立的银杏已经报上了淡黄色的中秋节日盛装。

树人九龙湖校区的秋景真是如诗如画，美不胜收，真不愧是绿化模范校园。莘莘学子在这样优美的环境里学习，岂不精神抖擞，乐在其中，事半功倍，最终成为真心英雄。

精致优雅的小盘谷

2022年9月19日，我和妻子来到位于丁家湾大树巷的42号小盘谷游览，回家后，写了一篇游记。10月25日再次来到这里，特地花了100元，请导游作详细讲解，就是为了完善这篇游记。小盘谷为晚清官员周馥的家园，是一家座北朝南的全国重点文物保护单位，因韩愈名篇《送李愿归盘谷序》而得名。门楼简洁，体现了主人为人低调的特点。

走进挂有题写有“小盘谷”三个金字匾额的大门，就看见一尊打坐参禅的菩萨，西侧的墙上镶嵌着一座雕刻技艺精湛的福祠。这是古时候逢年过节和朝夕焚香祈福的地方，福祠上刻有精美的砖雕，寓意深刻而美好。顶上雕刻着一个花瓶，瓶中插上三支古代兵器——戟，寓意是平升三级；屋檐下方的最上端三幅砖雕分别是岁寒三友——梅竹松，寓意着主人的品格高尚；正中间最大的是牡丹花，寓意是花开富贵；再下面的精美雕刻是栗子、石榴、桃子等，喻指福寿三多——多子、多福、多寿；有柿子组成的“事事如意”，有橘子和栗子组成的“大吉大利”，在橘子的下方，有两块浅刻的如意，寓指主人生活的吉祥如意。整个福祠表明主人祈求菩萨保佑自己一家兴旺发达，生活美满，也表明自己行善积德的决心。

我们先参观了园西部的两轴（各三进）住宅。

东轴高大的门为仪门，如果有客人来此拜访，武官必须在此下马，文官必须在此下轿，认真整理好自己的仪容仪表，以表示对主人的尊敬。门头的上方也有砖雕，中间是栩栩如生的双龙戏珠，龙尾变幻为卷草如意装饰，下面是一对展翅飞翔的蝙蝠，嘴含绶带，翻卷成云，连绵精致，万事如意。通草花花叶丰满，上下合围，中间雕刻银锭一枚，毛笔一支，其寓意为必定如意。门上的两端为“琴、棋、书、画”等高雅器物，希望后代样样精通，出类拔萃。

南侧是轿夫休息的场所，西侧是停轿子的地方。门两边竖着的长方形石块就是门当，说明主人是文官。因为文官的门当是长方形的，武将的门当是圆形的。过去，青年人婚配都讲究门当户对。

走入第一进对厅（现在成了展厅），有扬州园林的图片，也有苏州园林的图片，用以比较其异同。南面朝北的墙上有《小盘谷重修记》，让我们对小盘谷的来龙去脉有了一个大致的了解：

“清光绪年间，两江、两广（相当于管理如今四个省的官员）总督周馥购得徐氏旧园，以隐逸之心，修韩愈行文之意，名之曰小盘谷。其幽曲多姿，浅画成园，乃江南私园以小见大之首。何奈岁月荏苒，呈破败荒芜之态。公元二零零八年，扬州造广陵之新城，弥珍旧宝。政府重视、企业乐资，小盘谷得以修葺如故。自此，花厅曲尺，枕流面山；水流云在，卷石洞天；游廊风亭，丛翠桐韵；湖石玲珑，九狮胜境。

小盘谷重生，还主人风尚，见历史风情，正谓盛世雅事；得自然谐趣，修者谨怀向善之心，望能以小善利天下，欣欣然。”看了此文，更让我的浏览兴致盎然。

两边的紫红木椅靠背中间好似天然大理石画《山林春晓》，每幅的画面都不一样，让人不得不赞叹大自然的鬼斧神工，文物价值一定不菲哟。据说这并不是原物，而是重修时，根据大师们的建议，从外地购得的。

第二进是正厅。正堂中间是一幅山水国画，两边有对联：“虚室伴石生静趣，幽亭临水得闲情。”小盘谷远离城市的喧闹，坚守内心的清澈明朗与宁静。可见，当年主人择园时具有远见卓识与聪明才智。上面有慈禧太后在主人退隐以后、过大寿时亲笔赐写的“风清南服”四个大字。说明周馥为官时清正廉明，能使南方人心悦诚服。两边的楹联是：“粤海波澄资上略，蓬山春霭眷长年。”上联写出了周馥为官时政绩卓著，下联是祝主人健康长寿，可见主人地位之显赫，功绩之卓著。中间的大红地毯上印着白色的花纹，显得富丽堂皇。

东西二面的墙上有唐伯虎在洁白的大理石上画的壁画，有方形和圆形两种，如《江南晚霞》《春山晨曦》《秋南朝霞》《奇山异景》《江云成霞》等等，显得古色古香，别有风味。

北侧的孝友堂有楹联："温恭为基孝友为德，礼乐是悦诗书是敦。"这副楹联表达的意思非常明确：温和恭敬，是一个人的良好习惯；孝顺友善，是一个人的优秀品德。喜欢音乐，可以让人的心情更加愉悦；饱读诗书，可以让人散发出更加儒雅的气息。写出了主人为人处事的行为准则，给人以深刻的启迪。在孝友堂门前，有一只圆形水缸，夏天下大暴雨时，房屋四角沟里的水，直冲而下，注入缸中，既有磅礴的宏伟气势，又减轻了大水对地面的冲击。这是一只聚水缸，也是一只聚财缸。中间有睡莲，水缸两侧各有一只头向下的貔貅，寓意着升官发财、吉祥平安；将貔貅放在客厅中间可以使家庭富贵和顺。貔貅是至阳之物，能够压制外界的邪气；貔貅的背部雕刻着如意花纹，寓意着万事如意……貔貅头朝下，就是要吸进四路财，而且不排出。

西轴进门，是规格最高的院落，都是采用了明三暗五的建筑结构，随意、古朴与低调中透露着讲究、奢华与享受。首先是听泉院，可以欣赏到在舒缓温柔的音乐伴奏下，喷泉带来的清脆悦耳的之声；接着是观鱼院，这是接待宾客的特殊场所。躺在房间的床上，就可以观赏室外的点点繁星和皎洁的月光；东西两只巨大的石质鱼缸中游弋着自由自在的漂亮的鱼儿；西南角有一棵树雕，可供游客仔细观赏它的铮铮铁骨；再往北去，就到了问松院，这里有高档红木家具，宾客们可以在此品茶、打牌、下棋，享受扬州的慢生活。

一般的庭院，常设置后花园，小盘谷也有一座引人入胜的花园。不过，这座花园设置在住宅的东侧，这就是它的独特之处。从住宅往东走，就看到一堂圆门，圆门上方，有“小盘谷”三个绿色隶书字。走进门，就到了花园。向里走，就见一幢四面镂窗的古色古香的房屋，这就是南侧的曲尺厅（又叫花厅），因整个厅廊像木匠所用的曲尺而得名。门有楹联：“窗外溪山增画意，门前花鸟助诗情。”楹联不仅对仗工整，而且写出了这里的景色特征，真是美不胜收。这里北、东、南三面全是雕花大窗户，给人一种“人在厅中坐，景从三面来”的意境。客人在此品茶，真可乐不思蜀了噢！西南方是一座连绵不断的假山，山峰上面有一只只姿态万千、惟妙惟肖的石猴，犹如“群猴聚会”。群山中间有一方形石门，沿着曲折的鹅卵石路钻过山洞，就觉得别有一番洞天。

山上树木苍翠，郁郁青青。山下种植许多喇叭花（矮牵牛花），每当烟花三月，万紫千红的美丽花朵在微风的吹拂下，左右摇动，好像向人们传递着喜讯，园主人封侯（猴）拜相了。花厅的东侧有一道花墙复廊，将园林分隔成东西两个部分。群猴假山的东侧，有一块立着的很有层次感的青黛峰石，远看像是一位

长胡子仙翁，也更像一个繁体“寿”字，犹如群猴向老仙翁拜寿来了。旁边是一扇桃形门（桃尖向下），上面画着一棵倒置的桃树，寿桃门就像是倒置的桃树上结了一只硕大的寿桃。据导游讲，桃树叶子上刻着“丛翠”两个繁体字。我仔细一看，还真是如此，右边是一个大写的“丛”字，左边是一个“翠”字，表示再往东南走就到了另一个景点，真是一道承先启后的独特之门啊，可见园林设置之巧妙。不过如果没有人讲解，或不仔细看，根本就看不出来。

走过这道门，就到了东花园。先向南走，经过一段静谧幽雅的竹林廊道，再经过一道长方形石洞门，就看到一幢带走廊的房子，这就是东南角的丛翠馆，南有八角形的门上方有“通幽”二字，走进去，就觉得豁然开朗。这是一个独立的小院子，真是曲径通幽，情趣盎然。丛翠馆的抱柱上有楹联：“碧树锁金谷，遥天倚翠岑。”意思是，碧绿的树木环绕着小盘谷，遥想倚靠在小而高的山边，是一种小中见大、天地之宽的意境。平台南侧有一方深水池，四周雕花石栏杆外边，青青翠竹为池水遮住炎热的阳光，让里面的鱼儿觉得分外凉爽；石栏杆里面的水边，垂挂在水边的迎春花正梳理着美丽的长发，与白色的栏杆、青翠的竹子在水镜里照出很有层次的倩影，让人觉得水天一色，如诗如画。水池中间，一丛丛一簇簇碧绿的睡莲中羞羞答答地开放着粉红色花朵，静静地停泊在水面上，向人们展示自己的飒爽英姿；水中有五彩缤纷的锦鲤，一会儿成群结队的畅游其中，一会儿又追逐嬉戏，激起阵阵洁白的浪花，仿佛活泼可爱的小孩子热情欢迎游客一般，让这一方偏静的院落充满了勃勃生机。

北侧是一处浓阴密布、清秀疏朗的花园，由春色满园、玉堂富贵、踏雪寻梅三部分组成，一年四季都有不同的花竞相开放。春天有繁星点点的黄色迎春花和洁白的琼花，还有万紫千红的玫瑰花和月季花，显得春意盎然；玉堂富贵，是指白玉兰、海棠、牡丹等，可见，园林里的种植很有讲究。夏天有不畏炎阳曝晒、繁花盛开在枝头的紫薇，还有争分夺秒开放的红色的石榴花；秋天有香气四溢的金色桂花，还有热情似火的枫叶，这时，石榴就会结出石大的果实，给人们带来丰收的喜悦；冬天，满园覆盖着皑皑白雪，有一种独特香味扑鼻而来，这就是冰肌玉骨、芬芳醉人的蜡梅花。正如宋卢梅坡所说：“梅须逊雪三分白，雪却输梅一段香。”亦如宋代王安石所说：“墙角数枝梅，凌寒独自开。遥知不是雪，为有暗香来。”还有婀娜多姿的百年国槐——龙爪槐，像撑开的伞一样，造型独特，富有美感。有了这些花木的精心陪伴，无论什么时候，主人都不会感到寂寞。东侧，植有象征富贵的黄金竹和紫气东来的紫竹。竹林中，藏有乌峰石石笋，形成一幅“雨后春笋，层出不穷”的生动图画。墙上有“听竹”二字，在这里可以听风吹竹林发出的沙沙响声，有郑板桥“雅斋卧听萧萧竹”的诗情画意。林中美丽的鸟儿有的展开双翅，上下翻飞，尽情展示优美的舞姿；有的争先恐后地放声高歌唱，呼朋引伴，卖弄悦耳动听的歌喉。导游告诉我们，这里的花椒树喻指女孩子有才气。过去，花椒树还作为新娘的陪嫁树，寓意为子孙繁衍，人丁兴旺。就像石榴树一样，还象征多子多福呢。

东花园北侧的高坡上有一座桐韵山房，抱柱上有李白《秋日登扬州西灵塔》和《九日》中的集句楹联：“露浴梧楸白，风扬弦管清。”清冷的露珠给梧楸两种树洗浴，让这两种树更加纯净洁白；微风吹来，响起松涛声有如弦管齐鸣奏出的悦耳的乐声。这副楹联写出了主人心灵的美好。据说这里以前是花房，是小姐（女孩子）做手工、休息的地方。这里花有不同的花语和象征意义，传说，梧桐树可以引来金凤凰。

东花园是以花木为胜，主要是绿叶扶疏的自然风光；西花园以山池为佳，主要是人工精心雕琢的琼楼阆苑。从桐韵山房后的一条石径可以向西拾级而上，来到半山腰的平台上，就可以将全园山水风光尽收眼底。

向南俯视，刚才看到的花瓶门上方刻有“花漵”二字，可能是笔误，或者是通假字，应该是“花溆”，这两个字取自《红梦楼》。在《红楼梦》第十八回“元妃省亲”这一情节中有这样的表述：“已而入一石港，港上一面匾灯，明现着‘蓼汀花溆’四字。”情节中有体现贾妃与贾宝玉的姐弟之情的细节。贾妃看了四字，笑道：“‘花溆’二字便好，何必‘蓼汀’？”“蓼汀”是“水边长满芦苇的沙地”，“花溆”是“水边长满鲜花的地方”。可见贾妃是有所取舍的，花园设计者选用在这里，正是恰到好处。

东侧的长方形门头上有“云巢”二字，这是主人写的，本义是高处的鸟窠，喻指隐居修道之处，这与主人的身份非常吻合。

从下往上的崎岖山路，踏步比较陡，喻义是“书山有路勤为径”“平步青云有点难”；如果你跨过了这块巨大的绊脚石，你会

得到“书籍、颜如玉、黄金、大宅”。墙上有三扇非常有深意的窗子：南面第一扇像一本翻开的书，告诉人们首先要专心致志地博览群书；第二扇是钱币造形，喻义是有钱用；转角朝北的窗户是官印造形，喻义是读书赴考就可以当官。窗户被北侧一株茂盛的紫竹遮挡着，喻义是做官要低调，不可太张扬。这些独特的设计，都给游览者以深刻的启迪。不过，要慢慢走，仔细欣赏品味才行。

平台上有一座六角形的亭子，又叫风亭。是专供男孩清晨读书的地方，东西花园都在这个会合。远远看去，这个六角亭就是龙头，向南小瓦覆盖的长廊就是龙身，喻义是神龙见首不见尾，也喻义望子成龙，与东花园的望女成凤相呼应。前面写到的曲尺厅的东山墙墙顶上，有一幅扬州最大的砖雕，就雕刻着一组栩栩如生的凤凰，凤凰驮着吉祥如意展翅飞来周家，与东花园的梧桐树相呼应；山尖的端头雕着展着双翅的蝙蝠，口衔镂空雕饰“圆寿”，寿字下面连结着绶带，绶带上串着双钱，钱上面浅刻着“太平”二字，圆寿旁边，雕刻着生动风趣的麒麟。整幅砖雕构图的寓意是：“麒麟欢庆，福寿双全，太平连年，吉祥如意。”

假山的西侧是深潭，深潭的东侧形成弯弯曲曲，连绵起伏的九狮山，它因山石外形像群狮探鱼而得名，南侧最高的一座山峰高九米，峥嵘耸崎，仿佛矗入云霄，九是最多极限的代表，如九霄云外、九品中正等。上面爬满了绿色植物，仿佛变成了绿狮子，显得生机盎然。到了寒冬腊月，大雪封山，整座山真的成了头高大威武的洁白雄狮。东西花园中间有墙隔着，墙的西侧有一条风雨长廊，由南往北，经过一堂花瓶门，就可以进入下面的山洞。洞口有一块很挡事的石头，很像一只倒挂的蝙蝠，游客越向洞口靠近，越是觉得“福在眼前”了。雄狮山的腹部就是卷石洞天，山洞里面有石桌石凳，既可以棋逢对手，也可以饮酒赋诗。洞内四通八达，冬暖夏凉。在山北端的石头上，嵌有“水流云在”四个字，但“流”字少了一点，这滴水滴到“在”字那去了。寓意有两点，一是水没有流掉，还在那儿呢；二是做人要实在一点，少一点风流。

北侧的山谷中，有发出叮咚响声的泉水由北向南奔腾而下，流入中间的深潭之中。石头堆叠的假山富有诗情画意，有的如昂首挺胸，眼观前方猎物的雄狮，有的如中静蹲觅食的猎豹，有的如闲卧山林的老虎；有的如随风翻滚的云海，有的似汹涌澎湃的波涛。西北角是一座玉山楼，又叫桂花楼，旁边植有桂花。站在楼上既可观赏古宅风貌，又可俯视园中山水风光。向南是风雨长廊，长廊中间是北东南三面环水，西侧靠岸有四角飞檐水榭，东侧临水一面有楹联：“壶腹能倾千池水，文光时映万峰山。”既把这里的景色写得大气磅礴，又富含深刻的哲理。

这个园子虽然范围很小，但是假山峰危，石径盘旋，山路险峻，苍岩探水，溪谷幽深，所以才起名为小盘谷。小盘谷既有北方皇家园林的大气，又有江南园林的秀美。主要是因为，扬州是皇帝南巡的交通要道，必经之路。全园结构紧凑，幽旷得当；疏密有致，文朴相间；山水映衬，相得益彰；以小见大，以少胜多；既有小家碧玉之美，也有大家闺秀之丽。精致优雅，内藏乾坤，不可多得。

运河水 春清悠悠

（下册）

丁文宏 著

天津出版传媒集团
百花文艺出版社

第二辑

写人叙事散文

含辛茹苦的父亲

父亲三岁时，我的爷爷就不幸病逝；不久，年轻的奶奶也改嫁给了一个本家爷爷；可怜的父亲只好跟着我的无儿无女的二爷二奶奶艰难度日，学习做一些烧饼、油条、包子等面食。稍大一些后，懂事的父亲就替有钱人家放牛维持生计了。父亲和母亲结婚后，就被四姨母带到无锡学皮匠，做鞋子。后来因家乡闹毛人水怪（那是人为的破坏），走投无路时，才不得不回到母亲的身边。

从此，父亲就开始了新的农村生活，耕耖耱耙，无所不能；飘粮撒种，无所不包。人民公社化以后，目不识丁的父亲因聪明能干，被全体社员推选为生产队长，带领农民朋友战天斗地，努力夺取农业生产大丰收。农忙时，父亲负责耕地，母亲负责养牛，深得群众信赖，因为他们虽不识字，但识事，而且心灵手巧。父母生有两儿五女，后来弟弟 20 岁时因初恋受挫，得精神病后，在扬州大桥附近投河自尽，我自然成了父母的掌上明珠，而且还有三个姐姐的百般呵护，我理所当然地成了家庭中最幸福的人。

父亲因为吃够了不识字的苦头，所以就想尽力培养子女读书，除二姐外，其余姐妹最少也是小学毕业，我当然成了父亲的唯一希望——培养一个读书人来支撑门户，免得再受别人欺负。有大姐的悉心辅导和同在一班的三姐的保护，我学习认真，成绩突出，上初中时就担任了班长兼团支部书记，业余时间还跟班主任戴新华老师学理发，然后利用课余时间，学习雷锋好榜样，免费为同学们服务。

家中养了一头老母猪，平时放学回家，我都要先去挖一竹篮猪草，才能回家写作业，因为每到开学，就要靠卖苗猪的钱上学呢；到了度春荒时，还要抽时间与姐妹们一起到外面铲荠菜、挖小蒜、掐枸杞头，卖钱度日。农忙放学回家，我还要抽时间帮助父亲耕地。开始，父亲还不忍心让我干，后来拗不过我，只好手把手教我扶犁、吆喝、甩鞭、搬犁。直到我能独自耕地，他才肯到田埂上弯一下腿。清晨，天刚蒙蒙亮，我就与小伙伴们争着去拾粪挣工分。只有晚上挑灯夜战，才可以静静地读一些借来的名著。星期天还要帮妈妈卖菜、挖猪草等。

上高中时，每到放寒暑假，父亲就要带着我一起外出刨树根卖钱，贴补家用。父亲告诉我：“刨树根要用巧劲，要善于观察树根的纹路。”树根刨下来，运到浴室或肉案子上，就能换到钱，我们就能读书了，生活也有着落了。有时还与父亲一道去帮人家把整个的树根剖成小块。由于勤劳惯了，加之熟能生巧，又看到我们一个个健康成长，父亲倒不觉得太苦。

父亲小时候，曾跟我二爷学过打烧饼、捏包子等。因此，到了腊月二十五以后，父亲要带我去帮人家蒸馒头，虽不收人家钱，但人家都会给一些压笼馒头，这样我们自己家过年的馒头就绰绰有余了。进入正月，父亲要带着全家用篾黄扎蛤蟆灯、兔子灯、金鱼灯。卖些钱可以顺利度过春荒呢。

后来年龄大了，重事做不动了。就通过我大姨母家的儿子秦乃炎的关系到湖北的医院去献血，每次精神抖擞地去，身体虚弱地回来。通过献血获得一些回报，才把家里的几间草房换成了四间五架梁瓦房（我与弟弟，每人两间），墙的下部50厘米高用的是从各地捡回来（也买过一些）的青色乱砖砌的实心墙，上部是用红砖砌的斗子墙，即空心墙，南面青瓦，北侧红瓦，没有走廊。隔间用的是水泥柱子和土基墙，其他横梁用的是家前屋后长的（或外面买的）刺槐树，椽子用的是家里河边长的杨树上长的粗枝。上面是河边上长的芦苇做成的芦席和芦帘，上面再上石灰抹泥盖瓦。到我与妻子结婚时，屋顶已经因房梁下凹，显得高低不平而漏雨，最后只好用塑料布做天花板了。

每当在工作中读到《台阶》一文时，我就想到自己的父亲勤劳的一生。

父亲含辛茹苦地把我们一个个拉扯大，成了家，他却在66岁那年患上绝症——贲门癌，在征得父亲同意后，虽没有动手术，但采用了中医保守治疗方法，也花了不少钱。我们通过岳父刘复先的关系，带父亲到镇江的扬中，找到一个在甘肃宁夏工作过的老名中医张先生，开的大剂量中药方——每剂要用塑料袋装，药房的医生都不敢配，只有写下责任保证书才行。还想方设法找药引子——木工用的凿子木柄头部，因长期用斧头敲而敲扁偏移到旁边的部分。吃了一年多，父亲的病情已大有好转，能吃一小碗饭了。全家人都松了一口气。

可惜，好景不长，后来，因与邻居宅基矛盾而生气，父亲旧病复发，一病不起，在 68 岁那年终于耗尽了心血。临终前一周的一天晚上，几个姐姐姐夫全部在场，父亲在马桶上蹲了好长时间，用尽浑身力气，搞得满身大汗，就是排不出大便来，开塞露已不起作用。我急中生智，用剪刀剪去手指甲，用右手的中指，伸进父亲的肛门，一点一点地抠出了父亲肛门中像羊屎粒一样的黑色大便，父亲才感到一阵轻松和舒服。最后，我只用火油消了一下毒，用肥皂洗了一下手。虽然知道很脏，但我觉得，这是儿子应尽的责任和义务。

父亲深深理解我工作的辛苦，反复叮嘱我："宏儿，你工作忙，让你二姐来照顾你母亲。不过，你要常回来看看你妈，要贴些钱给你二姐。"正如《父亲》这首歌所唱那样："父亲是儿那登天的梯，父亲是那拉车的牛……"父亲给我们留下了"子欲养而亲不待"的深深的遗憾和无尽的思念……

一把锛锄，把我们养大

——怀念远逝的父亲

我的父母都是目不识丁的农民，一辈子干着脸朝黄泥背朝天的农活。父亲耕耖耱耙，无所不精；飘粮撒种，无所不能。母亲既是父亲的非常贤惠的妻子，也是我们不可多得的慈母。因为当时没有计划生育，父母一共生了我们姐妹七个，全家九口人。在那种缺吃少穿的困难年代，真是度日如年。

母亲以替生产队放牛来换取工分收入，父亲以替生产队耕地赢得相应报酬。每到农闲时，勤劳俭朴的父母都不闲着。父亲常常挑起竹篾做的扁竹篮，一头放上锛锄，一头放上铡刀和锯子，出门刨树根去了。虽说是刨树根，但要先替人家倒树，成材的给主家，不要工钱，但树枝可以归我们自己。父亲还可以把埋在土里的树根刨上来，一起卖钱。一担（100 斤）树枝能卖 3 元，一担树根能卖到 5 元，相当于一个代课教师 7 天工资。

等我上了初中以后，就可以利用寒暑假帮父亲刨树根了。记得有一次，父亲让我跟他一起到大运河东岸去刨林场不要的刺槐树根。我先用铁锹挖去树根周围的泥土，露出周边的根须，然后站到旁边，看父亲单膝着地，瞄准根尖部，举起锛锄，随着“咔嚓”一声脆响，树根和泥土相接处就被轻松切断。然后，我再向下挖土，直到父亲切断最下部的根为止。我与父亲一起弯下腰来，同时发力，将螃蟹一样的树根抬进扁竹篮里。几个小时下来，就可以满载而归。

不是树根刨下来就能卖到钱，还要分成能进锅堂的小块。这就需要像庖丁解牛一样，要有强健的体魄，更要有熟能生巧的高超技巧。等我读初中时，一有空闲时间，我就可以帮父亲干活了。在一旁挖挖泥土，切切细枝什么的。只见父亲蹲在那里认真观察，仔细辨别，等找到门路后，迅速站身，拿起锛锄，右脚向前，对准树根的易切口处，然后直起身子，将锛锄举过头顶，用上浑身力气，将锛锄向下压去，只听“咔嚓”一声，树根就乖乖分开了。我从心底敬佩这个虽不识字，但很识事的父亲。

冬天枯草进锅堂了，母亲不需要放牛了，一天只用喂三顿草料就行了。母亲也不闲着，带着子女挖野菜充饥。

我们姐妹七人，除二姐未能好好读书外，其他几个最少是小学毕业，也有初中毕业的。父母就是靠一双勤劳的手，一把锛锄，把我们姐妹七人一手养大，还供我读完了高中。俗话说：“穷人的孩子早当家。”我们姐妹几个都和父母一样，用自己勤劳的双手，建立起了各自的幸福家庭。

在清明节即将到来之际，谨以此文告慰父母的在天之灵，愿父母在地下安息。

母亲的目光

去年九月，二姐打来电话，说母亲不慎跌倒，头上出血。我知道，母亲已经换过一次股骨头，这次又要受苦了。当即提出要求："请当地大夫先抢救。"我挂断电话，安排好课务，赶到母亲身边，大声地叫了一声："妈!"母亲看到我，睁开眼睛，痛苦的目光中流露出一丝欣喜。大夫安慰我说："还好，不是很严重。"我悬在半空中的心这才放下来。

我的父母虽然不识字，但十分理解儿子工作的辛苦，父亲十多年前就离世，母亲按照父亲的遗嘱，和二姐一起生活。我只不过"常回家看看"，关心关心她的生活而已。而母亲一到周末，总是早早在门口等候，见到儿子时的那种激动之情，简直要把那饱经沧桑的脸堆满。然后就是拉着我的手，先告诉我一周来的新鲜事，然后再不厌其烦地问长问短，仿佛能听到我的详细汇报，就是最大的恩赐。临别时，母亲总忘不了叮嘱一句："忙归忙，肚子可不能饿着。"目光里充满了关切之情。我虽听了不知多少遍，但从没有厌烦过，还会高声地回答："知道了，您就放心吧。"因为儿子再大，在母亲的心目中，始终是孩子。

母亲过八十大寿前两天晚上，我用电瓶车将母亲带到古运河边，从徐凝门经大水湾，一直玩到解放桥，母亲的目光中充满对扬州美丽夜景的惊讶，不停地问："现在到了哪里？"每到一处，我都给她作详细讲解，和母亲合影留念。母亲回忆说："年轻的时候，我经常带你和姐姐到徐凝门、跃进桥和东关街买菜。"母亲的目光中充满了自豪感。然后又叹了口气，"现在老了，不中用了。"到了东门遗址的大炮前，母亲深有感触地说："现在的孩子们好了，不要像我们那时，常遇战火，整天提心吊胆地过日子了。"

母亲卑微时虽然如僻静处的青苔，但庄严时却如路旁伟岸的大树；虽然柔弱时如扬州随处可见的水波，但坚硬时却如千载难逢的碧玉；我举目凝望时，她是悬挂在天空的皎皎明月，我低头沉思时，她又如长满庄稼的茫茫大地。

母亲八十岁后，身体各方面的机能衰老很快，出门认不得路。有一次，早锻炼后，找不到家了，就摸到我学校里，是学校老师打电话让我接她回家的。有一段时间，母亲连我也不认得了，治疗刚好不久，现在又跌了一跤，一定很痛苦。

为了弥补以前的不孝，我将母亲接到自己身边，先把医生请回家挂水，一日三餐把母亲抱到轮椅上喂饭、喂药，以防母亲长期卧床而生褥疮，增加肉体的痛苦。夜里，只要一听到"宏儿，宏儿"的叫喊声，我就像战士接到冲锋的命令似地冲到母亲身边。我知道，母亲不是痛苦难忍，是不会在深更半夜吵醒儿子的。每当我来到母亲身边，高叫一声"妈"时，母亲就会久久地望着我，目光中充满感激，嘴里会重复永不变更的称呼："好乖乖，亲乖乖；好乖乖，亲乖乖。"仿佛只要儿子在，就有好药吃，就不会再痛苦，自己就有生的希望。她哪里知道，自己的心肺机能正在一步步丧失，死神正在一天天向自己逼近哪！

去年冬月初二，风和日丽，我中午下班，一进门，就赶紧到母亲面前报到。先麻利地将轮椅推到母亲床边（母亲是头西脚东靠南墙睡的），并将左右轮子刹好。然后面向母亲，弯下腰，用左手慢慢掀开母亲身上的被子，再用右手脱掉自己的鞋子，跪在母亲床边，左手放在母亲胸前，右手托住母亲的后背，让母亲将头枕在我的肩膀上，慢慢地将母亲扶着坐起来，我再快速移到母亲身后，蹲下来，双手插入母亲腋窝，然后向上用力，逆时针方向轻转，妻在旁边顺势让母亲的腿先放在床边。妻扶稳母亲，我自己下床，套上鞋子，然后成半蹲状，双手从前面插进母亲腋窝，让母亲伏在我的身上，再用力将母亲抱起，转身，再扶着母亲缓缓地坐上轮椅。因为母亲已很少进食，体内没有热量，很怕冷。所以我将母亲推到大门口，再将轮椅后背的螺丝松开，让母亲舒舒服服地躺着，沐浴在温暖的阳光里。母亲的目光虽然有些呆滞，但还是红光满面，露出了满意的微笑，神态还是那么慈祥，根本不像一个病危之人。

母亲虽然带着未坐上金板凳（未见重孙）的遗憾离我们而去了，但我已在母亲离世一周年来临之际，来到母亲坟前，请石匠在墓碑上补刻上重孙女的名字，告慰九泉之下的母亲，她已有了日思夜想的重孙女。

快乐夏夜，别样纳凉

虽是初夏，但已热浪灼人。吃完晚饭，把孙女交给她的父母，冲一把热水澡，我与妻就出门散步了。来到万马滨河城，穿过宽阔的江阳东路，就看到一片郁郁葱葱的树林，嗅到一股悠悠扑鼻的花香，听到一段节奏明快的旋律，瞄见翩翩起舞的人群。原来我们已踏上了大水湾健身公园，看到跳舞的人群酷似海浪般此起彼伏，动作是那样的娴熟，步履是那样的轻盈，舞姿是那样的优美，我情不自禁想滥竽充数，混入跳舞的人群，但在妻的催促下，我好继续前行。不过走在鹅卵石铺成的小径上，更是一种难得的享受，这简直是大自然在为你免费做足底按摩，既凉爽，又健身，岂不乐哉？

再往北走，就到了古运河的节点——大水湾，由北而来的悠悠河水不得不放缓速度，折向西行；微风轻拂，平静的河水在古运河两边彩灯的照耀下泛起鱼鳞般的波纹，犹如美女露出喜悦的笑脸。两岸水柳的枝条垂挂下来，就像少女的长发随风飘动，婀娜多姿。沿着东岸北行，就看到凌空飞架的柳叶桥，它的建成为精致扬州又添上了浓墨重彩的一笔，正像郭沫若先生在《天上的街市》里描绘的那样，人们可以像牛郎织女在银河上一样，自由自在地来往。桥下灯光闪烁，好似长虹卧波。拾级而上，来到制高点，河风拂面，倍感惬意透心凉。极目四望，古运河就像一根镶满珍珠玛瑙的金腰带，把最佳宜居的精致扬州装扮得如同人见人爱的美少女模样。正当我陶醉在这美景中，尽情享受的时候，桥下一艘游艇伴着富有欢快节奏的歌声开过来了，真是“人在桥上走，船在桥下过，浪花里飞出欢乐的歌，桥上桥下相应和”“此景只应天上有，人间怎得几回闻”啊！

过了柳叶桥，就看康山园喷泉欢唱，“1912”灯火辉煌，这里是扬州人休闲娱乐的最好去处。不过我和妻还是被健身园对岸、如意桥旁的一阵阵歌声给吸引了过来。说它是如意桥，它是古运河的拐弯处的支流上建的像玉如意一样的桥，象征扬城人民万事如意。旁边的水街凉亭可以品味茶点，可以品尝小吃。再往岸上，就是回廊长亭，仿佛专为戏迷歌迷们所建。这里扬剧和京剧摆开了擂台。这边唱《穆桂英挂帅》选段，那边唱《红灯记》中的《穷人的孩子早当家》；这边，《王巧楼磨豆腐》刚亮相，那边就来一段《沙家浜》中的《智斗》。这里简直是中老年朋友的娱乐天堂。他们的唱腔虽不够圆润，显得不过专业，但还是那样的全身心投入，唱得有板有眼。不但有很多人应和，还不时赢得雷鸣般的掌声，可见，市民们的生活真是丰富多彩。再往东走，那边流行歌曲的歌声更嘹亮，犹如青壮年人大显身手，展示演唱风采的大好时光。一曲《父亲》娓娓动听，一首《天路》激情飞扬，还有情歌对唱，赢得掌声震天响。

快乐夏夜，别样纳凉。扬城人一边欣赏美景，一边跳舞唱歌，笑意写在脸上，心情特别舒畅，跳出了扬州的甜美生活，唱出了人民的美好愿望，尽情享受着文明城市带来的幸福安康。

我们家的小美女

我们家的小孙女丁舟桐今年两岁，实际只有九个多月，但因为一见人就笑——骗吃又骗抱，即使你明知上当，还不得不投其所好，因为人不打笑脸，她既望着你笑了，你又怎能有不抱之理？你既有好吃的了，又怎能不分一杯羹与她？真是“周瑜打黄盖——一个愿打，一个愿挨”。她圆圆的脸蛋，白皙的皮肤，一笑起来，还真像一朵出水芙蓉，只要你愿意跟她交流，她一定笑脸相迎，笑脸相送，不管是邻居的叔叔阿姨、大妈老太，还是路边老板，谁都喜欢把她当个活玩具，久而久之，就成了远近闻名的小美女了。

刚与世人见面的前几个月，小美女乖得就像个蚕宝宝，吃了睡，睡了吃。现在长大了，脏了要洗澡，有时还闹着要去友僮母婴生活馆，等兴高采烈地游泳后，再美美地睡上一大觉。不过好像很懂事似的，白天睡得少，晚上八时左右睡觉，早上在父母上班之前起身，不管是谁，只要有人抱，从不挑三拣四、看人对汤。只要有吃的，绝不拣肥挑瘦，也不会嫌咸怕淡的。只等把肚子撑得鼓鼓的，才肯罢休。即使妈妈上班后，将母乳换成了奶粉，她也毫无怨言。现在白天无所谓，有什么吃什么，只是在睡觉前，不把调配好的米粉和奶粉放在她的嘴里，她是万万不肯入睡的，好像是恳求大人："我就这么点爱好，您就别为难我了。"父母当然乖乖地息事宁人，顺其自然了，因为这点要求并不过分嘛。

现在长大了，学会辨别生人熟人了，如果是熟人，她一见你就微微笑，嘴里还"嗳嗳"地跟你打招呼，还张开双臂，请求你抱她一下呢！如果是大人的熟人，她要先察言观色，等这个人主动跟她说说话，她才肯让你抱一抱；如果是生人，你只要一抱起她，她就会大叫起来，哭个不停。大人要在家忙着，她坐在小推车或站在螃蟹车子里，手上只要有玩具就行了，不过要见到您，只要见到大人闲下来不抱她，或者看不到大人，她也会哭着叫着找他们。

平时，她由奶奶带，一看到我下班回家，她就会一边笑一边叫，一边伸手让人抱，这种天伦之乐，谁愿意放弃呢？再说，她也知道要让奶奶做饭吃了。有一次，我回到家，准备先方便一下再抱她，她就委屈得哭了，因为她身上患有湿疹，刚发点小脾气，就被奶奶教训了一顿，本想见到爷爷，可以撒个娇，卖个萌，要我抱着她举起来，安慰一下受伤的幼小的心灵。这不，见我往厕所跑，她哪能不着急呢？

她喜欢听音乐，我下班有时弹电子琴，她听得聚精会神，有时高兴起来，还想亲自动手呢！我喜欢看报，她也想去抢。因为她喜欢色彩，不过，只要耐心讲给她听，她也会住手，好像能听懂似的。她喜欢我把她高高地举起来，去抓门口的树叶，她就非常高兴地笑起来；如果你要让她的头部碰到树叶，她就会一边将眼睛紧闭起来，一边往下躲，露出非常害怕的样子。你要是上班了，她也会向你挥手说："拜拜!"她现在正处在长牙时期，正处在咿呀学语时期，时不进地还冒出"妈妈""爷爷""奶奶"等等，虽然还不怎么像回事，但已足以让你乐开怀了，虽说"多一个小孩，犹如多了三亩地"，但在繁忙的同时，又多了些许语言，几分欢乐。

十个月左右，小美女要学走路了，她母亲买了一辆螃蟹车，她开始觉得好玩，站在里面直打转，要么一滑多远；后来就不肯坐了，原因是她个子高，车子矮，她还不能完全站得住，布带卡在裤裆里很难受；再后来，我只好土法上马，用一根红带系在她的腰间，拽着她走，她一边走，还一边望望我笑笑，仿佛说："这样学走路，感觉多好啊!"但时间一长，她又有意见了，可能是布带太窄了吧。最后，我干脆拿掉带子，把两张长凳接起来，在凳子的另一头放上她喜欢吃的橘子肉，让她摸着凳子走。这样走了一段时间，她又不愿走了，要牵着大人的手走。有时与妻子一人搀着她一只手，走了一段时间，她终于能放手了。她有一个习惯，就是在睡觉前要喝一点牛奶，但不能太烫，这就要早早准备倒好温开水，看到她双手抱着奶瓶进入甜美的梦乡，我们才能入睡。

开始是我们喂饭，到二十个月左右，她就要求自己吃饭了。一晃三岁了，知道要大小便了，说话也比较清楚了，我们全家商量后，把她送到幼儿园上托班了。现在，她一放学回家，就把老师教的《三字经》背给我听，背得很投入，背到"子不学，断机杼"时，还举起右手在左臂上用力剁一下，真是可爱。现在已背到"一而十，十而百，百而千，千而万"了，简单的唐诗也能背上好几首了。每当背出来时，她都要说："鼓掌。"我们大家就一起鼓掌，逗得大家哈哈大笑，她也非掌高兴。她有时要求我们教她学画画，有时要我们教她认字，还不停地问这问那，我们为她作解答后，她都要似懂非懂地说一声："噢。"现在回家，有时，还唱起儿歌："一闪一闪亮晶晶，满天都是小星星，挂在天空放光明，好像许多小眼睛。"唱完后，我们都说："你真棒！"这是鼓励她继续努力。只要听到大人或电视上唱歌，她都要想学。她妈妈一回家，她就唱起了歌："我的好妈妈，下班回到家，劳动了一天，多么辛苦呀。妈妈，妈妈，快坐下，请喝一杯茶，让我亲亲你吧，我的好妈妈！"她妈妈一听到这首歌，全天的疲劳顿时消逝得无影无踪了。

现在，她不仅给我们全家带来了欢乐，而且给邻居们也带来了不少乐趣呢。

亲见孙女体验乐

五一小长假的第一天，即四月三十日下午，由于老伴随老年养生团去了无锡，女儿女婿又忙上班，我就用电瓶车载着孙女丁舟桐来到位于扬州市广陵新城的廖家沟中央生态公园的儿童生态体验园，寻找快乐了。

到了目的地，我把车子锁好，首先教她读上面写的字：“廖家沟中央生态公园儿童生态体验园。”她读完后，把双手往两边一伸，告诉大家：“我到这里了。”拍完标志照片，我就带她正式体验去了。

第一个体验项目是单腿前进，只见四个黑色的雕塑娃娃右脚着地，左右手分别握住左腿的膝盖和脚，作前进状。她站在旁边，别出心裁地抬起右腿，为防止跌倒，上身前倾，两臂张开保持平衡，从她抿着的嘴唇看，还是小心谨慎的样子，就怕自己重心不稳而跌倒，真是个机灵的孩子。

第二个项目是单腿着地，作鸟儿展翅飞翔状，虽然还是与雕塑相反，左脚着地，右脚抬得不是太高，但神态自然多了，有了一些笑容，说明她紧张的程度降低了不少。于是在景观雕塑旁留下了第二张照片。

来到了新疆草原两组石像前，草原石人下方是石材，石头上方，也是用石头雕刻成的栩栩如生的人像。第一组石像前，有一尊低矮的动物石像，她立即跨坐上去，像大熊猫一样，憨态可掬地朝着我笑，仿佛对我说："爷爷，我已经准备好了，怎么还不拍照呢？"站在第二组石像前，她把两手举过头顶，摆了一个菱形的造型。红袖臂膀为边，中间是一个白里透红的灿烂笑脸，在周围美景的映衬下，真是美不胜收。

最后又来到对面石滩上的两匹面对面的腾空而起的飞马前，选了一个最大的圆形石块，坐在上面，两手五指并拢，略带钩子状，弯着手臂，左手放在左胸前面，右手举过右耳，就像前蹄跃起的飞马，显得有点调皮而又充满活力，还不忘问我一句："爷爷，我像飞奔的马吗？"我高兴地说："像，真是像极了。"然后，我们爷孙俩都哈哈大笑起来。

五一小长假，读书写作是一种快乐；可别忘了，陪孙女欣赏美景、体验生活、享受天伦之乐更是一种幸福呦！

顾先生给了我动力

第一次了解顾黄初先生是在1993年初。当时，自己在施桥中学任副校长，分管教学工作。一天，邗江中学（原在施桥）语文组的朱广盛（现在扬州晚报社）老师打来电话，约我参加编写《初中语文精彩导读》(两个散文单元)，该书由顾黄初先生写序，他充分肯定了该书在指导学生掌握细读、精读的方法，提高学生阅读能力方面的努力。从此，本人在语文教学的研究上开始做起了有心人。

一转眼，十年过去了。本人1998年调入汤汪中学工作，于2000年主持了市级立项课题“探究学生心理，激发学生激情”的研究工作，经过三年的艰苦探索，取得了可喜的成果，于2003年秋准备结题，为了总结这项课题研究的经验，展示研究的成果，由本人主编的《成功作文心理探究——新课标理念下的初中作文指导经验及成功范例》一书（约26万字）准备交南京师范大学出版社正式出版。当时，本人正在参加扬州大学文学院举办的“语文教学与课程论”研究生课程班学习。想到该书与写作有关，就请了文学院写作教研室主任张宏梁教授写了序言，并通过王乃森教授聘请顾黄初先生为我的书稿题词，顾先生欣然同意题词的消息让我兴奋不已，我立即请王教授将书稿转达交顾先生审阅，听说顾先生看完书稿后，为书稿做了热情洋溢的题词。

王教授约我于一个周六的晚上在扬大瘦西湖校区与顾先生见面，我整理好衣服后，提前抵达约定地点，静心恭候顾先生。不一会儿，顾先生在师母的陪同下出现在我面前，我喜出望外。经王教授介绍后，顾先生带着慈祥的笑容，伸出了宽大的双手，我立即紧紧握住顾先生温暖的双手。我感受到顾先生平易近人的大家风范，一股暖流顿时涌遍我的全身。一个农村中学的普通教师能够得到全国著名教育家顾黄初先生的亲切指点，真是莫大的荣幸啊。

顾先生个子不高，虽已七十多岁高龄，脸庞上的皱纹是先生为教育事业呕心沥血的见证，但面容仍然俊秀、慈祥。只见顾先生弯下腰，拿起手提包，拽开拉链，找出一本书，抽出一张纸，然后小心翼翼地展开、铺平。几排清秀的钢笔字映入眼帘："揣摩学生心理，诱发写作热情，拓宽写作空间，享受成功喜悦。"顾先生还结合书稿的内容给我讲解了题词的含义。尤其是前两句，顾先生将课题"探究学生心理，激发学生激情"改成了"揣摩学生心理，诱发写作热情"，不但避免了用词的重复，而且表达得更准确，更符合实际情况。可见顾先生作为一个语文教育大家，表述是多么的严谨，这对我们今后从事教学研究多么具有指导意义啊。我虽不是顾先生的学生，但眼前确实又是恩师在为我这个陌生的后生指点迷津。

从题词的字里行间，我看到了顾先生对教育后来人的真情关爱，对语文教育事业倾注的满腔热情；又从顾先生和蔼慈祥的面容上，从顾先生炯炯有神的目光中，看到了他对我所寄寓的厚望，让我深深地感到，今后的路更长，肩上的担子更重。后来，这个课题还获得了“扬州市优秀课题二等奖”。

我与顾先生最后一次见面是在 2008 年 4 月，是顾先生回扬州参加“实施新课程，重读叶圣陶——扬州首届高端论坛”，并对语文课改作了具有指导意义的报告，为了响应顾先生“重读叶圣陶”的号召，我将自己作文教学指导专著（约 17 万字）定名为《开辟绿色写作通道——重读叶圣陶》，该书在扬州众多知名专家的关怀指导下，于 2008 年 7 月与读者见面。我将该书送到王教授那里，并请王教授和顾先生斧正。我从王教授那里得知，顾先生身患不治之症。王教授沉思了片刻，低声宽慰我说：“你放心，我一定在顾先生有生之年，把你这本书设法送到他的手中。”

后来，我从《扬州晚报》上看到高潮老师写的一篇悼念顾先生的文章后，才知道顾先生已驾鹤西去。由于种种原因，本人未能在顾先生临终前见他最后一面，留下了终生遗憾。此时，我只能化感激为动力，化悲伤为毅力，在今后的工作中，继续上下求索，争取以实际行动，告慰顾先生的在天之灵。

挖荠菜

经过几天的阴冷雨雪天气后，老天爷终于绽开了他那慈祥的笑脸。

2017 年 3 月 11 日，吃完中饭，休息片刻以后，我便左手提着一只方便袋，右手拿着一把油漆工的小铲刀，来到校园的小菜地里挖荠菜。

刚走进校园，就见大道旁边未成形的草坪缝隙中，有些较嫩的荠菜，露出笑脸迎接春来的到来，张开翅膀拥抱明媚的春光。我便不管三七二十一，迫不及待地走进去，蹲下身来，用左手拈起两根荠菜叶，右手用铲刀轻轻插入荠菜根部，左手快速向上一提，荠菜就依依不舍地起身了。我一口气接连挖了好几棵嫩绿的荠菜。

突然，门卫黄海瑞师傅急切地喊道："丁老师，这里的荠菜不能挖，我昨天刚喷洒过农药。您到那边菜地周围挖去好吗？"虽然我心中有些不满，能有这么巧，昨天中午我还看见有人在这挖的呢，可能是舍不得让我挖吧！但又转念一想，总不能以小人之心度君子之腹吧！人命关天，宁可信其有，不可信其无哇！

我想，还好被黄师傅及时发现制止，不然的话，不仅劳而无功，偷鸡不成蚀把米，还要出大问题。由此可见，做任何事情都不能不分青红皂白，鲁莽行事，随意蛮干，要问问清楚才行。再说，从保护草坪的角度看，也不能进去挖啊。我直起身来，一边说："黄师傅，谢谢您！"一边将挖好的几棵荠菜倒在旁边的垃圾筒内。

向前面看去，这里下实上空的大葱精神抖擞地站在田里，享受着阳光的恩赐；有下白上青的大蒜在微风吹拂下，自由摆动着苗条的身姿；还有一些力争上游的青菜苔正静静立在菜地里，耐心地等待人们来收获，渴望自己能尽快出现在餐桌上，为人们的生活水平的提高做出自己的应有贡献。来到便道上，我发现了很多荠菜。它们不择地势，顽强生长。路面上，巴掌大的荠菜紧贴地面，颜色较深，刚开清白的小花，肥硕鲜嫩，正好收获。背阳的地方，光照不足，荠菜尚小；朝阳的地方，由于阳光充足，荠菜长得很健壮，一条条臂膀像一条条射线由根部圆心向四周伸展，形成一个圆盘形状的硕大荠菜。我用左手小心翼翼地抓住菜叶，右手用小铲刀从根部切入，然后再用左手提起放入塑料袋中。闻着带着泥土清香的新鲜荠菜的香味，简直是一种难得的享受，自己终于和城里人一样，吃上这营养丰富的绿色蔬菜了。

想想童年和父母姐妹到处挖荠菜，完全是为了养家糊口。那时只知道荠菜很受城里人欢迎，只要能挖到荠菜，拎到街上去，是不愁卖不完的。可能是城里人对荠菜情有独钟吧！

看着塑料袋中渐渐多起来的荠菜，盘算着终于可以回家包一回可口的荠菜饺子了。

春蚕到死丝方尽

四月中旬的一天，老哥带来数十条比蚂蚁稍大一点的春蚕幼苗。我一看喜上眉梢，把它装在一个文件盒子里，小心翼翼地带回家，交给妻子，让她带着大孙女丁舟桐一起饲养。一是想让上幼儿园大班的孙女有一个玩伴，二是想让她增长一点生活生产知识，更重要的是想重温一下我儿时养蚕的苦难生活经历，以启示孙女不忘过去，珍惜现在，展望未来。

从那天起，老伴每天送孙女上学，然后上菜场买菜，回家的路上，即使走得再忙，也不忘给蚕宝宝摘点桑叶。真是“三十年河东，三十年河西”，此一时彼一时了。人的生活水平是从糠箩里跳到米箩里了，而蚕的生活却是从米箩跳到糠箩里去了。妻子采摘回来的桑叶虽然很新鲜，但再也摘不到儿时专门为养蚕而种植的肥硕宽大的胡桑叶子了，也真是苦了今天的蚕宝宝了。

为了弥补对蚕的亏欠之情，我下班回家第一件事，就是看望心爱的蚕宝宝。首先清除剩余桑叶和蚕沙等垃圾，再将新鲜桑叶像盖被子一样平铺在蚕宝宝身上。一会儿，就见蚕宝宝高兴地探出头来，用它那特有的伶牙俐齿，像锯齿似的从上往下一点点蚕食着桑叶的边缘，像学生读书一样，吃得津津有味，真是可爱之极。有的蚕宝宝很懂事，一点儿也不挑食，而且总能把我们辛辛苦苦采摘回来的桑叶吃得一丝不剩，直到只留下比较坚硬的筋脉才肯罢休。

记得儿时在家帮助大人养蚕时，要专门腾出一间房出来，打好专门摆放蚕匾的一人高的多层三角木架，室内要消毒后才能养蚕。因为那是批量生产，容不得半点的马虎。只能成功，不能失败。哪像现在，完全是一种休闲娱乐、欣赏品鉴型的养蚕呢！

有一天下班回家，我发现垃圾桶里有少量小蚕，就迫不及待地问妻子："这是怎么一回事？"妻子长叹了声："唉！现在的蚕，有的像孩子一样贪玩挑食，不专心吃桑叶，抵抗力又低，长得又慢，只有其他蚕的一半大，被我淘汰掉了。"我风趣地说："你把适者生存的淘汰机制引用到养蚕上来了，对暂时弱小的蚕来说，真是太残酷无情了。"

剩下的蚕宝宝都是争分夺秒地咀嚼桑叶，吃饱了就睡觉，睡醒了再接着吃，长得很快。因此，以前养蚕人是昼夜不停地喂蚕。有春蚕、夏蚕和秋蚕之分，春蚕有的能养两三批，可以说是养蚕专业户了。有了这样的经验，我现在虽然是养了数十条蚕，但还是睡前喂一次桑叶；醒来后，第一件事就是给蚕清除垃圾，然后喂一次新鲜桑叶。因此，我养殖的蚕比我们单位同事养的蚕要大许多。

我的大孙女每天回来，都要大叫一声："爷爷，您看，蚕宝宝又长大了。"我女儿也自豪地拿起手机，拍了一张靓丽的照片，跟网友分享去了。他们哪里知道，这些蚕经过刻苦地咀嚼桑叶，积累能量，经历睡眠的休整和蜕皮的束缚，才放开身段，迅速发育，健康成长。这和孩子们一样，只有经过一次次挫折的磨炼，经过一次次成功的蜕变，才能长大成人。

有一天早上起来，我突然发现盛放蚕宝宝纸盒的边缘结了一个白色椭圆形的蚕茧，这是成熟的蚕宝宝在争先恐后地展示自己的奉献精神呢！真是喜从天降。我知道，这是一个最早的知恩图报者，让我看到了无限的希望。

再看看其他的蚕宝宝的身体，一个个都逐渐透明了，它们不再吃桑叶，而是高高地昂起自己的头颅，仔细寻找结茧的最佳位置。但恼人的是，由于季节未到，还无法找到可供蚕宝宝上山结茧的菜籽秸，或做草龙的稻草和麦秸，看来又要委屈蚕宝宝了。正当我绞尽脑汁之时，有的蚕宝宝像足月的孕妇一样，即将临盆了，已经不允许再犹豫不决了。我只好急中生智，先将一批成熟的蚕宝宝安置在这个纸盒的边缘，再找来一个同样的纸盒，里面放些干净的塑料袋，让蚕宝宝结茧时好有一个抓手。这时，妻子和孙女也来了，指着蚕宝宝说：“这个要结茧了，那个要上山了。”我耐心地告诉她们：“还要再等等，要等蚕宝宝排清体内的所有垃圾，结出来的蚕茧才能洁白如雪，心急吃不得热豆腐啊！”现在，我的蚕已全部上山结茧了，同事还不太相信。等我将结好四十余枚大大小小的雪白的椭圆形蚕茧带到学校，放在同事面前时，同事才佩服得五体投地：“丁老师，您做什么事都很尽心，值得我们这些年轻人好好学习。”再看看她养的蚕，还在啃着干瘪的桑叶。当然，同事养的蚕虽然环境恶劣一些，但还是有一个出类拔萃者，已结成漂亮的蚕了。我带来的成品茧中，也有大中小的区别，我把两种不同命运的蚕拿到学生面前，让学生仔细观察，认真思考。学生也发现，即使命运相同的蚕，由于自身素质的不同，自己的最终命运和所结蚕茧的大小也有天壤之别，学生受到了启迪，拿起自己的生花妙笔，用对比手法写了一篇有真情实感的作文。

虽然有人把蚕结茧这一现象用“作茧自缚”这个贬义成语来形容，但这是蚕一生的必由之路，就像学生一样，先把自己关进学校，艰苦学习，无论遇到什么困难，也要坚定不移地走下去。“春蚕到死丝方尽”原指男女之间思念之情甚切，现在常用来歌颂具有奉献精神的人民教师。但我却倔强地认为，“丝方尽”时，“春蚕”并未死，总有一天，它会竭尽全力，破茧成蝶，展示出洁白无瑕的动人舞姿。

叔叔背我去上学

虽然初中毕业已有45年，但叔叔背我去上学的情景仍然历历在目，永远不能忘怀。

读初中，是1970年前后，正是学雷锋活动开展得如火如荼的时候。作为一班之长的我，当然要带头做好事了。两年半的初中生活，我在班主任兼语文老师戴兴华的指导下，和另外几个伙伴学会了理发的手艺，就利用中午的休息时间，免费为本校的男生理发，深受大家的欢迎，也为家人理发省了一笔钱。要知道，当时是鸡蛋工、鸭蛋工，苦上一天，只能忙几分钱，几毛钱、当然能省一文是一文了。

天有不测风云，人有旦夕祸福。就在我春风得意的时候，一场灾难向我偷偷袭来。一觉醒来，我突然两腿疼得伸不直了，更不要谈上学了。父亲看到我这个长子下肢瘫痪，既做不了事，又上不了学，心急如焚，只好四处求医问药。好不容易找到了一个靠近我十姨母家旁边的老中医——祝家庆，人称老家庆。一听他说能治好我的病，父亲火速借来一辆独轮车，把我送到了十姨母家。

因我的两条腿不能动弹，我十姨父只好卖了好大的面子，请祝医生上门为我治病。祝医生虽然年事已高，白发苍苍，但红光满面，精神矍铄。

祝医生细心检查了一下我的病腿，宽慰我们说："不要紧，这叫吊筋痰，只要用麝香点上火，按在膝盖后面吊起来的筋上，不出一个星期，就会痊愈的。但是，治疗时会很疼，治疗后还会留下许多疤痕。"家人一听这个消息，真是喜出望外，仿佛满天的阴霾都已经随着一阵狂风消失得无影无踪，等待我的一定是阳光灿烂、万里无云的明天。只要能治好自己的病，哪里还管它科学不科学？哪里还管它有多疼？哪里还管它会不会留下多少疤痕？

就按照这样的治疗方案医治了，第一天，一边腿弯处烧一火；第二天分别烧两火，第三天分别烧三火，第四天分别烧了四火。虽然没有打麻药，需要亲人用力按住我的腿，疼得我死去活来，但是腿却一天天地可以伸直了，这证明治疗是卓有成效的。一个星期后，我就可以回家了，但是不能下地走路，因为两边腿弯处的共 20 个伤疤还没有好。

还是不能上学，这对于一个爱学习的我来说，又是多么焦急的事情啊！

因为我家离学校只有三百多米远，消息很快被同学们知道了，不少同学上门来看我，帮我辅导落下的课程。最令我感动的是比我大三岁的同学（又是我的本家叔叔）丁福生，他个子不高，身材也不胖，每天早晨路过我家时，都背我到学校读书，中途背我去厕所，晚上再把我背着送回家。三百多米远，背着我这个几乎和他同体重的人，他还是显得有点力不从心。母亲每天早早安排我吃好早饭，坐在长凳上一边看书，一边盼着我的小叔叔来背我。他赶到我家后，把黄色帆布书包背带放长，然后蹲下身子，让我的臀部垫在书包上，可以衬住一点力。然后双手反扣，像两根钩子一样，分别牢牢钩住我的两条大腿，然后深吸一口气，像举重运动员一样，一鼓作气，稳稳当当地站起身来，再迈开他那坚实的步伐，一步一步向学校走去。我伏在他的背上，感到无比的温暖和幸福。同时也听到他急促的心跳声和不断的喘气声，到了学校，他已是浑身湿透，挥汗如雨，但脸上却露出一种成功后的喜悦与自豪感。他的行动不仅让我们全家很感动，全校师生也争相传颂，就连前后六庄的百姓都交口称赞。在那个学习雷锋、争做好事的年代，关心照顾我的人理所当然地像滚雪球一样，越来越大，助人为乐的人越来越多，尤其是那些曾经在我这儿理过发的伙伴们，都争先恐后地赶过来帮忙，可谓是无微不至。我想，这就是对“赠人玫瑰，手留余香”的最好诠释吧！

由于以我叔叔为代表的同学们的热心帮助，我的身体康复得很快，学习成绩也迅速赶了上来。之后，我上了师范，有一个叫吴祥珍的女生患严重的风湿性关节炎，要每天送她到医院治疗，我作为师范班的班长和团支部书记，当然责无旁贷地带起了这个头，后来，很多男同胞也都加入了这一“怜香惜玉”的护送队伍，充分显示了爱心传递的强大威力，收到了班主任陈汝同老师的肯定。

叔叔背我去上学的事情，虽然已经过去四十多年，但同学之间互帮互助的情景仍然像刚刚发生的一样，历历在目，同学们群策群力的场景，那种淳朴真挚的友情，永远提醒我要不忘初心，永远催促要我奋力前行。

水车车水

我们丁庄有两处车棚地，一处在南车棚，在丁庄东南农场西侧大汪塘南端；另一处是在丁庄西侧的河边东侧。

搭车棚很费事，一般要在河边找一块平地，用六根直立的柱子（六只脚），组成一个正六边形，在两米高的地方单上横梁，再从六角竖六根长梁，把上面连在一起，形成一个锥型，然后再在中间担上横梁，再钉上竖着的椽子，铺上用芦苇编成的帘子，再请茅匠盖上麦草或稻草，用来遮挡太阳和雨雪，远看像蒙古包，近看像金字塔，周围不用围栏，任凭风婆婆自由穿行。

水车用木质材料制成，置于车棚中间，由车盘、横轴、水槽三大部件组成，车盘为木质大圆盘，由六块弧形分盘拼接而成，车盘外圆装有长木齿，与拨舵相衔接。

这是由新中国成立前遗留下来的牛拉车抽水、种植水稻的方法，一直到20世纪50年代。

牛拉车时，要戴上眼罩，套上配件，让牛绕着车盘前进，带动水槽里的挡水板，将河里的水抽上来再通过水渠流向水田里，这是农业合作化的事。我们幼小的时候，无所事事，有时，会怀着一颗好奇心，站在车棚房边，目不转睛地去看牛车水，聚精会神地去听那牛车水发出的吱吱呼呼的声音，哗哗的河水喷吐而出，流入灌溉水渠，陶醉在稻禾的清香里，听着蛙声和鸣蝉的放声歌唱，就显得无比安逸！

后来车棚也渐渐废弃不用，就变成了车棚地。南车棚是我们家的车棚地，我的父母去世以后，被继任队长丁文才占用，后来被他弟弟丁文友家占用种菜，再后来，又被从高邮搬来的九斤子家占用。我们长期在外工作，也无暇顾及此事了。

据说，村庄西头的车棚原是高桥陈宝态家所有。新中国成立后，这里的东南侧水田由丁文美家砌了住宅，堵塞了水道，这里的车棚就首先失去了原有的功能，车棚地原来为我东邻居丁文喜所有，后来，近水楼台先得月，这里的车棚地一直被我西邻居丁文美占有。要是在贫困的过去，大家一定寸土必争，但是在当今富裕的社会里，年轻人都去城里工作购房了，谁还在乎这些芝麻绿豆大的小事呢？

20 世纪 60 年代中期，牛赶水车就变成了人力脚踏水车。我们生产队的水车在村西边的河头南侧，两边各用两根木头架起来，上面担一根粗木头，拱人扶手用。放学时路过这里，就可看着大人们很有节奏地踩水车。这踩水车是个技术加力气活，年轻人较多，爱开玩笑，经常突然加快速度，其中某人不注意跟不上，脚不听使唤就会双手趴着横杆，身子被悬空，戏称“吊田鸡”。车水一般是从清明左右拉开序幕，从初夏正式开始，又是力气活，常常是汗流浃背，后来有人干脆赤膊上阵。

脚下的一根横木上装有脚踏板，人面朝南，一架水车，可以同时站四个人。东侧装有连接上下的水槽，四个人接连地有节奏地将脚向后踩踏，就带动水槽里的带水板将河里的水带上水渠，流入农田。

20世纪60年代后期，我已经读初中了。清明前后，要做秧田了，放学回家，就可以换父母去踩水，让父母休息一会儿了。听到脚下有节奏的吱吱声，看着水槽里抽上来的水哗哗地流向远方的秧田，想象着一片片绿油油的秧苗，不久就能吃到香喷喷的白米饭，真是一种快乐，一种享受！

后来有了水泵，采用电力抽水，解放了人力，才让人力水车彻底退出了历史舞台。

军事训练

上初中时，正处在20世纪70年代初期，我们读书的地方是戴帽子（在小学加初中）初中的高桥学校的初中部，迎春河开挖完成后，又在东边原迎春河北侧单独建了一所迎春初中。

小学生原来是少先队员，初中生可以成为共青团员。

军训要利用寒假时间，集中在霍桥中心中学进行。上午是挑土筑路，下午就开始军事化的训练。

没有枪，大家就按照学校的统一要求，自己动手做。取一根长一米二的竹竿，套上用木头做成的约20厘米长的上尖下大的棱形枪头，考究的同学，还用砂纸磨得光滑闪亮，再挂上红缨做成漂亮的红缨枪。

当时是全民皆兵，说是军训，实际上没有教官。由体育老师先训练基本要求：立正，稍息，站军姿；然后训练基本动作，向右看齐、向前看、报数、齐步走、跑步走等等。基本要求达到了，再进行带枪训练。司令员（体育老师）喊："立正！"同学们立即将红缨枪夹在右腋窝，两脚跟靠拢，脚尖分开，成60度角，两手下垂，抬头挺胸，目视前方。司令员喊："预备！"同学们立即将左脚向了前一步，弯曲前腿，绷直后腿，形成弓字步，左手抓住红缨枪的上部，右手抓着红缨枪的中部，再将红缨枪的下半部平夹在右腋窝中。司令员发令：“突刺——刺！”同学们先将左腿抬起，再放下，同时将红缨枪收回再前伸，异口同声地喊：“杀！”队伍按照从高到矮的顺序排列，所有步伐都要整齐，所有动作都要一致，所有枪的高度都要在同一水平线上。一时间，操场上，喊杀声，此起彼伏，震天动地，威武雄壮。我既是排长，又是连指导员，后来就成了带领同学们训练的司令员了。有人动作不规范，就按班（实际是 10 人左右的小组）为单位训练，全部符合要求了，再合成排进行会操表演。

训练过刺杀以后，还要练匍匐前进，司令员喊：“卧倒！”同学们应立即趴下，左臂弯曲，放在上胸前，左腿弯曲，右腿伸直，右手抓紧红缨枪，紧贴右腿裤缝。少数人嫌脏，不愿趴下，司令员就会高声斥责：“你知不知道，军人的天职就是服从命令听指挥？”然后将其按倒在地，哪会有商量的余地呢？

司令员喊前进，我们就会先收起右腿，再向前蹬；同时，抬起左臂前进。训练结束后，再爬起来，如此循环往复。直到结束收兵，才能掸去身上的灰尘。

我们是住在学校里的，晚上，排长还要手持红缨枪轮流值班。有一天晚上，伸手不见五指，我正在巡逻，寒风呼呼地响，本身就有点冷。突然从我身旁窜出一条黑狗，更把我吓出了一身冷汗。我刚伸出红缨枪，它就不见了踪影，真是虚惊一场。

有时还要举行野营拉练。有一天夜里零点整，我们正在沉睡在甜美的梦乡中，听到军号声响起，一个个像弹簧似地从稻草铺上弹做起来，背起背包，随着大部队出发了，那天还是多云天气，月牙躲在云层里，始终羞羞答答，不肯露面。正在急行军时，突然接到“卧倒”的命令，一个个同学就顺势倒在了旁边的水渠里。好在是冬天，水渠只是有一点潮湿，并没有水。

我们从霍桥中学的西侧，一直快速行军到沙头与霍桥的夹江北侧，才左转向东前进，到东大坝时又北折，上了扬霍路（就是现在的沙湾路），到霍桥镇时，再向西转弯，往学校方向跑。到学校时，一个个就像经历了长征，到达峡北会师一样高兴。体质差一些的落在后面，都已成了残兵败将，还有的实在跑不动了的，只有用拖拉机收容回来了。

“苦不苦，想想长征两万五；累不累，想想革命老前辈。”这次野营拉练，既磨炼了我们这些同学的顽强意志，又让大家亲身感受红军战士长征途中爬雪山、过草地，缺吃少穿的艰苦生活，是他们历经前后有围追堵截，上有飞机轰炸的危险，经千难万险，用鲜血和生命才换来了我们今天的幸福生活。

由于在军训中表现突出，有一年，我还评为优秀代表，参加了邗江县初中生“四好连队，五好战士”代表大会呢。

寻觅野菜

上初中时，我学习还算轻松。一到星期天，我就要和母亲以及姐姐们到外面去寻觅野菜，找得少，就留在家里吃；找得多，就拿到集市上去换钱，贴补家用。

寻觅野菜，要选在春天的清明之前。温暖和煦的春风吹拂着大地，温柔的绵绵春雨无声地滋润万物，等待着老天爷绽开了他那慈善的笑脸后，我们就开始行动了。

吃完早饭，休息片刻以后，我们便挎上竹篮，拿着小铲锹，雄赳赳、气昂昂地走出门去。走在水田的田埂上，麦田边，就可以看到绿油油的麦苗在阳光照耀下茁壮生长，闪着刺眼的绿光；在微风的吹拂下，露出灿烂的微笑，形成粼粼的波纹；随着气温的逐步升高，透出淡淡的清香。

我第一次参加这样的劳动，还得虚心学习。三姐一看到田埂旁边缝隙中有些嫩油油的荠菜，便不管三七二十一，迫不及待地走进去，蹲下身来，挑一些较大的荠菜，用左手轻轻提起荠菜的叶子，右手将铲子悄悄插进根去，左手轻轻一拎，荠菜便被轻而易举地挖了起来，然后让它们慢慢躺在竹篮之中做伴。

来到麦田边，我发现了很多荠菜。它们不择地势，顽强生长。路面上的荠菜，紧贴地面，颜色较深，刚开小花，一副健康的神色，正好收获。田埂的北面，这是背阳的地方，荠菜尚小；田埂的南面，是朝阳的地方，由于阳光充足，荠菜长得很健壮：一条条臂膀像一条条射线，由根部圆心向四周伸展，形成一个圆盘形状的硕大荠菜。我学着姐姐的样子，蹲下身来，用左手小心翼翼地抓住菜叶，右手用小铲刀从根部轻轻切入，然后再用左手轻轻提起，一根根地放入竹篮之中，让它们聚会一样，守在一起。闻着带着泥土清香的新鲜荠菜的香味，简直是一种难得的享受。自己终于和城里人一样，吃上这营养丰富的绿色蔬菜了。

只要睁大眼睛，留心辨认，田埂上还有身体肥硕的马兰头，身材苗条的野芹菜，也是富有营养的下饭小菜。

再往前走，就看到高田（又称旱田）里长着的肥硕的油菜，已经开出金黄的花瓣，远远望去，就像一片嫩黄而又鲜艳的海洋，散发着迷人的清香。让人忍不住驻足观赏，灿烂的阳光照在油菜花上，显得更加耀眼夺目。“清明过后桃花尽，颇觉春客属菜花。”勤劳的蜜蜂也聚集过来，一头钻进花蕊里，争先恐后地采集花粉，准备酿造最甜美的油菜花蜜汁了。

走到河岸边，坟头荒地都能找到的精神抖擞的小蒜，享受着阳光的恩赐，它虽没有大蒜肥硕，但具有大蒜一样的味道；有张开绿色长臂、拥抱春光，露出黄色笑脸的蒲公英（又叫婆婆丁），不但可以炒着吃，还可以烧汤喝，吃不完，就把它晒干，泡茶喝，还具有消肿止痛的药用价值呢。

还有刚长出长梗的嫩绿枸杞头，摘回家炒菜，还有消除身体病毒的作用。

更关键的是，这些野菜不择地势，不怕严寒酷暑，不怕狂风暴雨，不畏电闪雷鸣，不惧大雪压顶，仍然顽强生长，能给我们以深刻的启迪：一个人的成长不也是要有这样顽强不屈的精神吗。当然，这些野菜只奉献给能认识它们，重视它们，赏识它们的人。看着竹篮中品种繁多的野菜，现在总算可以凯旋了。

想想童年和父母姐妹到处挖荠菜，完全是为了养家糊口。只知道荠菜很受城里人欢迎，只要能挖到荠菜，拎到街上去，是不愁卖不完的。至于为什么，我也不得而知。

现在来到城市生活了，才知道这些绿色蔬菜鲜美可口，具有很高的营养价值，而且难以得到，难怪城里人心甘情愿地花高价购买了。

选捡煤渣

退休返聘后到北京新东方扬州外国语学校上班，骑着电动车，奔驰在崭新、宽阔、美丽的运河南路上，看到开发大桥西侧有上下四层高架，雄伟壮丽；周边楼房鳞次栉比，路边景色宜人。这里是扬州城南快速路与运河快速路的交叉路段，向南又通往328国道和沪陕高速路，所以汽车川流不息，电动车穿梭来往，到处是一派繁忙兴旺的喜人景象，真是让人思潮翻滚，感慨万千：扬州的城市建设真是日新月异啊！

50年前，也就是1970年前后，我正在读初中，才14岁左右。那时城市主要是用煤炉烧饭，农村主要是支起大锅灶，烧柴草，农村柴草不够烧，对城市人的生活当然是羡慕不已。农村人不要说没有钱买煤，就是有钱，也要先跟城里人买煤券才行。如果没有煤券就想烧到煤球，那只能是癞蛤蟆想吃天鹅肉——简直是异想天开了。

穷则思“变”。当时，交通运输工具极度匮乏，除了少数人家推起来能发出吱吱嘎嘎的木制独轮车外，大多数人家运输只能靠肩挑背扛，徒步负重前行。每逢周日，我们村几个小伙伴，就准备好蛇皮口袋、扫帚、簸箕等“作案”工具，在一个比我们大三岁的哥哥的带领下，徒步来到这里捡煤渣、扫煤。胆大的甚至还玩起了既惊险又刺激的“偷煤、抢煤”的游戏。

现在，我们看到的328国道线运河上的那座大桥，当时还是隶属于霍桥乡束桥渡口，现在的开发大桥，曾隶属于汤汪乡的太阳宫渡口。没有大桥时，我们要想从河东到过河西，必须从这两个渡口中任意选择一个渡口，登上木船，才能过大运河。风平浪静时，还算比较方便；一到夜里，或是遇到大风大雨大雾等恶劣天气，想渡河者就只能望河兴叹了。

现在开发大桥西侧的运河边上，当时俗称太阳宫，到处是运煤船停靠的码头。煤卸上岸后，主要通过工人用木板车或三轮卡车往市内的工厂或煤球厂运送。当时的运河南路太阳宫段，路面不足现在的五分之一宽，而且年久失修，坑坑洼洼，还有上下陡坡。大雨过后，问题更加严重。有些地方只能用附近工厂烧过的煤渣来填补用凹陷处。车轮压过，确有燃烧未尽的黑色煤渣，我们小心翼翼地把它捡回家，用铁榔头敲碎，用水搅拌后，用小铲锹做成椭圆状，放在太阳下晒干，生起炉火来，可以烧水、烧饭、烧菜。这就是最初的捡煤渣的目的。

前面讲过，因为路面不平，装满煤炭的三轮小卡车经过此路段时，一个颠簸，就会有黑乎乎的煤屑或煤块迫不及待地跳下车来。有些人就守在坑凹处，一看到这些黑漆漆的煤，眼睛就发光了，小伙伴们就像接到军事冲锋命令似的，奋不顾身地奔过去，抢占地盘，手忙脚乱地用扫帚打扫起来。虽有一些泥灰，但不影响烧茶煮饭，而且有一些黏性，比捡的纯煤渣好多了。

还有力气大一些的“大好人”，守在上坡旁边，看到拉板车的工人，“该出手时就出手”，一边用左手帮着工人大叔推车上坡，一边用右手拿着小铁铲或小铁簸箕，往自己准备好的器皿中挖着那些没有一点杂质的煤炭。那些汗流浃背的工人为了自己省点力气，自然是视而不见，听之任之，这就叫各取所需，各得其所。所以大家心领神会，心心相印。等车一上了坡，拉煤的工人还回眸一笑：“见好就收吧，小朋友！”

至于那个领头的胆大的哥哥，也不跟我们这些小弟弟们抢饭吃，真接在上坡处，守株待兔，机会一到，眼疾手快。等三轮卡车开到此处，上坡减速时，一个箭步，冲上前去，一手扒着三轮卡车的后挡炭板，一手抢挖煤球，收入囊中。“抢”多了，就藏在旁边的庄稼地里，到晚上，有当地来“捡漏”的人，就便宜卖掉一些，带一些回去烧饭度日。

现在，国家富强了，人民富裕了，生活幸福了，城市的家家户户都用上了管道燃气，不再烧煤球了；农户也用上了罐装煤气，很少再用大灶台烧柴草了。但偶尔回霍桥的西高桥老家，走到328国道运河大桥西河岸北边两百来米长、四米左宽的颠簸小道时，就情不自禁地想起那段尘封了50年的心酸往事。我把这个“选捡煤渣”的故事写出来，就是要自己的学生和自己的后代珍惜今天的幸福生活，努力学习，刻苦读书。为将来能对国家富强做出贡献打好坚实的知识基础。

翻起竹鞭

暑假的一天，父亲挑着竹篾竹做的两只平口篮担子，篮子里放了铁锹、铁镐、砍刀等，到我初中一个女同学家去翻竹鞭。为了趁早凉干活，天刚蒙蒙亮，我们就出发了，走在路上，我想了很多。

宋代大文豪苏轼在《於潜僧绿筠轩》中告诉我们："宁可食无肉，不可居无竹。无肉使人瘦，无竹使人俗。"所以现在城市的每个住宅小区几乎都栽有青青翠竹。同样过去在农村，农户也是以屋后有一片竹林为荣。在扬州的个园里，竹子的品种数不胜数。而在民间竹子一般分为两种，一种叫燕竹，一种叫篾竹。燕竹比较粗壮，过去盖草房可以当椽子用，也可以当竹篙子用。篾竹，相对细长一些。顾名思义，是可以劈成篾青，做成竹篮、竹匾、竹筛、竹席等用具，篾黄可以用来扎花灯、扎风筝等。

在那些没有塑料、没有杉木的年代里，竹子是比较值钱的。如果家里没有钱用，就可以到竹林里砍一些竹子，扛到或挑到集市上去卖。虽然篾竹比燕竹贵，但是一到春天，燕竹笋子比篾竹笋子好吃得多，所以也贵得多，这也叫各有千秋吧！

为防止有人偷竹子，主人要用竹尖部分或树枝在边界处夹起篱笆；为了让竹子长得更加茂盛，每年冬天还要给竹子施肥。一般是在竹林里铺上一层稻草，再到秧草田或麦田里挖墒沟，把土挑回来盖在稻草上。这样，竹子就会越长越粗壮。经夏秋冬三个季节的吸收水分和养料，它们积蓄了使不完的力气。一到春天，雨后春笋，层出不穷。人们挖竹笋吃时，一定挑选一些歪的，小的，后长的，密度太大的，留下粗大的生长旺盛的竹母子，它们生长速度很快，要不了几天工夫，它们就会笔直向上，高到丈许两丈。清代画家郑燮在一首七言绝句《竹石》写道："咬定青山不放松，立根原在破岩中。千磨万击还坚劲，任尔东西南北风。"竹子具有行为正直和目标专一的高尚品质。它们身上掉下来的皮被称为竹套，可以用来扎粽子，粽子则显得格外香甜，属于纯天然食品。竹枝还可以围在毛竹梢的顶部，用竹篾扎成大扫帚，用来清扫面积比较大的场地，非常省力又方便。

竹子是一节一节的，才显得有筋骨，能抵抗狂风暴雨。又象征着人的气节。毛泽东主席说过，朱自清宁可饿死，也不吃美国的救济面粉，体现了中华民族的伟大气节。孟子《孟子·滕文公下》中说："富贵不能淫，贫贱不能移，威武不能屈，此之谓大丈夫。"意思是说，在富贵时，能使自己节制而不挥霍；在贫贱时不要改变自己的意志；在强权下不能改变自己的态度，这样才是大丈夫，这才是有气节的顶天立地的男子汉。

毛泽东说过："谦虚使人进步，骄傲使人落后。"竹子也是空心的，这一特点又能让人联想到具有虚心品质的人。难怪历代文人墨客中，写下了很多歌颂竹子高尚品质的诗词歌赋，画家们留下了许多体现竹子高风亮节的美丽画作。

虽然竹子浑身都是宝，又有诸多能传递正能量的象征意义，但是到美女同学家竹园一看，就大惊失色了。竹园南端的燕竹长势还好，分布均匀的竹林里还算整洁，超过平房高的竹子亭亭玉立，在竹林里，要比在炎热的阳光下凉爽惬意得多，身上因赶路渗出的汗渐渐退了出去，房檐处偶有阳光透射下来，增加了竹林的亮色，但北端的竹子明显矮小，而且竹子像年迈的老人，弯下了本来应该挺直的脚板，头上长满了枝丫，开满了竹花，有的竹枝竹叶已经枯萎，仿佛已病入膏肓。

农村老人说过这样一句话：“竹子开花，赶紧搬家。”说竹子开花可能有干旱等自然灾害来临。不知有没有科学依据，我同学的父亲在扬州市委宣传部工作，自然不信这一套。但竹子病了，对主人来说，自然没有好处。再说，根据当时的经济条件，哪有说搬家就搬家的能力和道理？当然要采取有力措施，不能让它传染到其他好竹子身上。所以就请父亲这个杂工来整治了，我理所当然地成了父亲的好帮手，当然还可以看到我的美女同学呢，岂不是两全其美？

父亲放下担子，右手拿起砍刀，弯下腰来，左手抓住竹子，随着“嚓嚓”的声音响起，一棵棵病竹应声倒下。按照父亲的吩咐，我将父亲砍下来的竹子拖到空地上，再将竹枝砍去，将竹干与枝叶分开堆放。砍掉的竹子大约占了竹林的三分之一。

“万事俱备，只欠东风。”现场清理干净以后，就开始翻竹鞭了。父亲拿起一把刀口锋利的铁锹，左手抓着锹柄，右手拿着锹把，用力向下方一插，再将右脚放在锹拐上，用力向下一蹬，脚就咔嚓一声，截断竹鞭，插入泥土，然后双手用力，向身边一掰，一块带有竹鞭的泥土就被翻过来了，如有连着的竹鞭和小树根，就用砍刀斫去；如遇到盘根错节的地方，甚至是较大的树根，就将铁锹放下，拿起两头尖的洋镐向下刨去，直到竹鞭全部露出真容，再用砍刀斫断；如果遇到较大树根，只好先用洋镐顺势理松泥土，再用铁锹铲去泥土，树根暴露出来后，再用双手将锛锄高高举起，再用力向下砍断。经过将近一天的苦战，终于将生病的竹鞭全部清除了。

因为竹子具有向阳的特点，一般竹鞭只会向南生长，不能向北繁衍，所以最后一道工序是在南端的竹林里找一些较密地竹子，将其连根连土刨起，再移到最北端，作为种竹，再让它慢慢向南生长。最后竹子归主人所有，竹枝、竹鞭、树根就归我们所得。父亲挑着这些战利品，高高兴兴地往家的方向走去，父子俩沐浴在夕阳的余晖里。

我虽然也觉得很累，但看着父亲肩膀上的重担，我用右手扶着右肩上扛着的铁锹，左手拿着砍刀，哼着歌曲，随着父亲肩膀上的担子上下有节奏地颤动，仿佛打着节拍一样，跟在父亲的身后蹦蹦跳跳地往回走，心中涌起一股深深的感激之情。

雄鹰在蓝天上尽情翱翔，是为了感谢天空给了它展翅高飞的辽阔空间；靓鱼在大海里欢快畅游，是为了感谢大海给了它自由发挥的巨大区域；我跟着父母拼命干活，是为了感谢父母为我做出了良好的榜样，给了我锻炼成长的机会。

修砌猪圈

我们老家的宅基地，原在大庄上，后来因为爷爷在父亲三岁时便撒手人寰了，宅基地早被别人霸占了。新宅基地是父母和三个姐姐在农田里挖墒沟，用取回来的土，从水田里堆起来的。虽只有三间两边带披子的土坯草房，但冬暖夏凉，住在里面倒很惬意。父母在最西边一间，床头坛子里放成品粮，如米面等。姐妹们睡东边一间，大锅灶砌在东边的土披子里，半成品粮，就用窝结放在客厅里。我是借睡在丁福祥（俗名：小怀子）叔叔家的。20 世纪 70 年代的扬州南乡的农村，互助组合作社成立以后，农田归生产队所有，根本没有什么化肥，种田全靠养猪形成的有机肥料。因此家家户户都养猪。

我家在门前砌有两座不同的猪圈。第一座是淌圈，砌在房子的东侧。开始是用土筑起来的，因为经常被调皮的猪拱掉，后来就用捡回来的砖头砌成。我利用拾粪的机会，看到散落的断砖块，就顺便捡回家，家中其他人也是如此，众人拾柴火焰高。因为捡回来的砖厚薄各异、大小不同，又叫乱砖，相对于整块砖来说，比较便宜，所以如果断砖不够，就会再向多余的人家买一点，然后和父亲亲自动手，用黏土加水搅拌后做黏合剂，再拉上纳鞋底的线，在猪圈四周砌上一米左右高的乱砖墙，墙南面的外侧埋一口大缸，缸口与地面平齐。或者用整砖和石灰砌一个直径约 1 米，深度为 1. 2 米，深度为 1. 2 米，上端是圆柱，下端是倒圆锥形的坑。

在缸口或坑口与猪圈最近处（约 10 厘米）的南墙左角，留一个宽 12 厘米，高 10 厘米的墙洞，让猪尿自动流淌到下面的坑里（或缸里）去。猪圈的底部，要北高南低，南面用整砖铺平，便于清理猪粪便。北面有乱砖站起来铺，相对要垫高一点（冬天要铺上稻草），给猪睡觉，保证干燥。在西面墙的内侧放一个石头凿成的猪食槽，西面墙的外侧中部，对着猪食槽的中间上方，开一个方形小孔，外高内低，外面再砌一个 80 厘米高的墩子，三面高、中间凹，可才让猪食从此处倒下，流进猪食槽。西面偏北处，留一个可让成年猪出入的木门。猪圈的北半部要砌 1. 5 米高，再做上人字顶棚，可以防阳光挡风雨。这是养种母猪用的淌圈。

人类粪便也是可以和这个猪肥料混合在一起的，主要用于自留地中蔬菜的施肥，多余的也可以提供给生产队，算抵工分。

西边的场地上砌一个踩灰圈。踩灰圈，顾名思义，主要作用是用来让猪的活动空间下移，让猪觅食，活动时，踩出高质量的猪灰肥料来。因此，要首先在南部用整砖砌一个高约一米，直径为两米以上的大圆柱形的坑，砖外的四周空隙处，用碎泥土填平，用木槌敲实。这是猪的主要活动场所。坑的北侧与淌圈相类似，主要是用来让猪吃主食和睡觉。在上下部之间，要沿着西侧坑壁，用石头砌上一级一级的台阶，供猪上下安全自由地攀爬。

这是养仔猪（亦称菜猪）用的。

经常要在踩坑内撒一些草、菜皮、烂水果等，让猪吃着玩，每间隔一段时间，还要撒一些泥土来吸肥中的营养成分。就在猪边吃边玩的同时，不知不觉中，一坑有机肥料就制作好了。每到插秧前，或种麦前，就可以挑到地里去，计算工分。工分在年终分配时，可以换算成钱，购买生产队的粮食。

挑猪灰是要分工合作的，力气小的人负责用钉耙打灰，拿固定工分，力气大的负责用粗铁丝（或竹篾）做的粪箕挑灰，有一个人在田头用大秤称重量，多劳多得，壮年男子汉往往是三担一千斤。我 1974 年（十八岁）高中毕业后，才逐步参加这样的重体力活劳动，最多也只能挑两百多斤。有一次，因挑猪灰下即将插秧的水田，时间长了点，造成右大腿关节处淋巴结发炎。才真正体会到农民劳动的辛苦，才真正体会到“一粥一饭当思来之不易，半丝半缕恒念物力维艰”的真实含义。

努力养猪

记得每到春天，父亲就约上三五好友或到施桥集市，或到扬州西门，或到大仪（仪征）买一公一母两头小黑苗猪，因为黑猪肉香，买回来以后，动员全家精心喂养，两头猪虽都经过阉割，已没有生育能力，但是仍是相亲相爱，互不打斗，按时进食，按时睡觉，按时参加踩灰劳动，就这样慢慢长大。到春节前的小雪季节，卖一头给高桥肉店，给全家买一些新衣服和年贺。“大人忙种田，小孩忙过年。”因为只有过年，孩子才能穿上新衣，吃上荤菜等美味佳肴。

自家杀一头，卖掉猪肉，当时的猪肉每斤只卖七角五分钱。家里只留一只猪头和一些猪杂碎，将猪头、大肠、猪肚子腌成咸贺过年。猪血子用开水煮熟，分一点给邻居回家烧豆腐，增进邻里感情，猪肝、猪心、猪肺、猪腰、猪肉等，分一点给亲戚享用。俗话说得好：“有钱没钱，杀一头猪过年。”

过去没计划生育，母亲在我之后又生了两个妹妹和一个弟弟，家里人越来越多了，后来，家里最多是九个人，当然劳动力也多了。家里又养了一头老母猪。这头老母猪就养在东侧的淌圈里。到发情期，就要去附近的养种公猪的人家，请主人牵着体形大，体格壮的种公猪来给种母猪配种。五个月后会产一窝猪仔，一般有十多条，不但要吃很多猪草，还要吃饲料，如麦麸、稻糠、肉皮、豆饼等。

每天中午放学，只要一跑回家，马上喝上两碗白粥或菜粥，就要挎上竹篮，抓紧时间，跑到田头路边去挖上一篮猪草，只要是青色的草，只要没有毒，没有刺，就可以挖回来，猪会挑选着吃，不吃的，就铲到踩灰圈中，让菜猪踩成猪灰有机肥。像大白菜、小青菜等蔬菜的黄边皮和菜根等，都可以倒进猪圈去，让猪选食。春夏秋三季，猪草还好找，但一到冬天，就会捉襟见肘了，必须提前准备。

一到放暑假，水稻长势正旺盛，放眼望去，一大片绿色的海洋，大风刮过，形成绿色的海浪。我的姐姐们就会挑着担子，磨快镰刀，到水田的田埂上去割青草，或者带着铁锹、山锄等工具，到较宽的土路边去铲巴根草。我也会跟过去，帮助她们敲干净泥土。有时，还能看到一两只野鸡从田间飞起，彩色的羽毛很漂亮，让人拍手叫好；如果在是高田边，有时还能看到一两只灰色的野兔从身边一闪而过。每到庄稼收获季节，这些野味往往无处躲藏，农民们都可能放下手中的农活，带着土狗，加入的追赶野兔的大军中，那阵势，犹如千军万马接到冲锋号令一样，不可阻挡，喊声阵天，充满了乐趣。

姐姐把青草和巴根草挑回来，晒干后，捆扎起来，堆放在门口的猪圈后面，到冬天没有猪草时，就挑这些草，不够就用稻草，还有稻瘪子，到加工厂去加成草糠，再掺上麦麸、稻糠、肉皮、豆饼、胡萝卜、山芋等，烧熟了，也能让种母猪顺利度过严寒的冬天。小猪长到 8 斤重左右，就要请兽医回来，进行阉割，再长一段时间，长到 10 斤左右，就可以出售了。

这头种母猪，为我们兄弟姐妹七人上学提供了有力的保障。要知道，我十姨父在霍桥乡政府工作，还有好几个女儿没有钱读书呢！可见，我的父亲虽然不识字，但非常识事噢！

移栽秧苗

“春种一粒粟，秋收万颗籽。”这句诗准确地写出了春天及时播种的重要意义。

在扬州南乡的霍桥，每到清明前后，农民就要将秧草田里鲜嫩的秧草头割了炒菜吃，吃不完的就腌好，用坛子灌装起来，封上口，等闷黄了，夏天炒毛豆吃，很香，人人喜爱，现在的饭店里也有这道菜呢。还可以洗净切碎，放在饭锅上蒸熟后，倒一点麻油，香喷喷的，既下粥，又下饭，两全其美；还可以用水拌好小麦面粉，用熟秧草做馅心来包汤饼子，或者用糯米面粉来包汤圆子等，都美味可口。真是一举多得。

然后把秧草田里的长茎全部割起来，放在田边备用。因为，要用这块地去做秧苗床了。先要用牛去耕地、耙地，然后让太阳晒地，让地里出一些杂草，还要让泥土晒干；然后挑一些淌圈中的猪踩灰进去，并用钉耙均匀地散开，这叫下底肥，将地再耕耙翻耖一次，然后放水浸泡，再用一块长长的耱板，架上水牛来耱田，田耱平了，泥也揉均匀了。下面就可以清理墒沟了，一般是每间隔 1.2，理出一条墒沟，以便流水。把理出来的泥土，放在秧床上，再用钉耙揉碎，用铁锹按平，最后再用一米五左右的木板，横担在秧床上，两个人用铁锹按住向前推，这样，秧苗床就做好了。这时将已经泡好发芽的优良稻种，均匀地撒在秧苗床上，再用长木板推一次，盖一下稻种，就大功告成了。不过为了防止麻雀来偷吃，还要在田里插一根长竹竿，上面扣上红布，来吓走它。有时夜里还要起来敲盆赶鼠，或者养猫捉鼠。秧苗出土后，要到5厘米高左右，就要用淌圈中的稀水粪给小秧苗加餐了。秧苗长到10厘米左右，就要小心翼翼地为向秧苗除去杂草；秧草长到15~20厘米，就必须移栽到大田里面去了。

这时候，大概要到了芒种季节（六一儿童节前后）。农民说得好："芒种刀下死，老少一起黄。"必须在一个星期内全部收完晒干麦子，首先完成交公粮的任务，把多余的粮食收进粮仓。然后抢着耕田，可以把秧草茎拉长后，放在犁走后的沟里，这样，就可以让这些秧草茎深埋在土里，做底肥，也可以挑猪踩灰做底肥。做好准备工作后，就可以放水、耱田，准备拔秧插秧了。有的是第一天耱好田，更多的是当天早上耱好田。

插秧当日，是全家最重要的天，必须全家出动，有时还要请邻居帮忙，叫换工，改日邻居插秧时，再去还工，这样有来有往，互帮互助，才可以走上共同富裕的道路。

第二天一大早，鸡叫三遍报五更（大约四点钟左右），启明星还悬挂在东面地平线上空的天幕上，母亲就起床烧早饭、洗衣、喂猪，然后放牛去了，我和姐姐们就下田拔秧。

拔秧前，每个人要带几小把扎好的稻草，放在水里泡，准备用来捆扎拔好的秧苗。还要带一张60厘米高的小板凳，坐在田里拔。学拔秧也是要心无旁骛的。先蹲在田角落上，或在秧苗床的一端，双手分开，用拇指、食指、中指去拈住一小撮秧苗的根部，然后往向上提，再把它往手的后部移动，拔满一把，在水里洗两下，再把两只手上的秧苗并起来，放在未拔的秧苗空隙里，两边分一下，不要压着前面的秧苗尖就行。再拔好一把，然后拿起前面的一把，两手轻轻一交叉，用左手狠狠抓紧，再用右手抽一至两根稻草（粗的一根，细的两根），打上一个抽结，放在身后。就可以坐下来拔了。拔着拔着，天就渐渐亮了，一看秧苗田里，还有几家也在一声不响地拔秧呢。只听到秧苗田里洗秧的啪啪声和青蛙的呱呱声，奏成一首劳动快乐的交响曲，回荡在耳畔。

拔好秧苗，已经到7点半钟，我们回家吃早饭。父亲已经耱好了插秧的田、清除了杂物，挑着装满秧苗的担子，把一个个秧苗抛入田中，划出了一条条优美的弧线，稳稳地落在了指定区域，有的绿色秧苗还在空中做出几个前空翻，再站在自己的岗位上去。田边的沟渠中还留一些秧苗备用。我吃完早饭，跟姐姐们一起来到田里，按准备好的尺寸（两根1.2的竹竿，每人可插6行秧苗），量好后，帮助她们拉好红色或绿色的塑料秧绳，将绳子两端的木桩或竹桩插牢在埂边的泥土中。姐姐们就一起下田插秧了。

她们脱下鞋拖，弯着腰，脸朝黄泥背朝天，用两只脚将两根秧绳中间的距离平均分成三等份，拿起一个秧，先抽出一半抓在左手上，将另一半扔在背后备用。用右手将秧苗的根部拍齐，左手的拇指和食指分出几枝秧苗，右手的前三指接住后，立即从左往右，再由右往左，像鸡啄米似地一撮撮插入秧田里，她们像聪明的春蚕，吐着绿丝，她们像高明的织工，织着绿毯。不一会儿，一片片汪洋似的空白田里，就密布上一行行绿色的秧苗。我一边在旁边欣赏着，赞叹着，一边在旁边目不转睛地看着，看到谁的后面缺秧苗了，立即在旁边拿一个抛过去，如果抛不准，就会把脏水溅在姐姐们的身上、脸上，姐姐们也不介意，只管插她们的秧苗，实际上也是在进行一场插秧苗比赛呢。后来改革成抛秧以后，农民就不要再这么辛苦了；现在有了插秧机、收割机，农民可以承包一大片农田，劳动强度大大降低了，收入还大大提高了。

秧苗插下去以后，就要用心管理田里的水了，水要不多不少，恰到好处才行。晚上还可以打着灯笼，到田边照长鱼（黄鳝）；如果遇到下大雨，还有可能在水田里抓到逆水而行、上游到秧田里的大鲫鱼呢。每天都要检查一次，一个月左右，就要用水耙在水稻分蘖期间进行中耕除草，叫耘耥；两个月后后，抽穗前，还要去田里，用手拔掉夹在稻棵里的稗子等杂草，以保证这些杂草不再与稻子争营养，保证稻谷收获后的纯洁性。

水稻抽穗扬花以后，人就不再下田了，静待五谷丰登了。这就叫“自己动手，丰衣足食”。

抢救秧苗

昨天，全家经过一天的奋战，刚把插苗插入大田里。今天突然遇到恶劣天气：风狂雨暴天骤黑，电闪雷鸣地乍白。听着嘶鸣的风声雨声雷鸣声，看着一旁父母阴沉愁苦的脸，我想，他们此时的心情也似风雨大作吧，受台风的影响，这个大雨一时半会儿还停不来。父亲说："昨天刚插好下去的秧苗，根还没抓牢泥土，哪里经得这么大的连狗都咬不住的倾盆大雨的突然袭击呢？"母亲也是唉声叹气，嘴里一直惦念着田里的秧苗："恐怕插得松的秧苗已经被大雨冲得浮在水面上了，插得紧的秧苗可能已经淹到水里、透不过气来了。"

刚才天上的雨像往下倒一样，就像是老天爷遇到了极度伤心的事，哭得死去活来，后来哭累了，终于渐渐地要偃旗息鼓了，不过，还在低声地抽泣着。我抬头一看，天空微露白光。父亲一看雨小了一些，就穿上蓑衣，戴上斗笠，扛着一把铁锹，出门去了。母亲也帮助父亲系好身上的草绳，迫不及待地说："赶紧去田里看看秧苗。"后来，雨不下了，母亲也带着我和姐姐来到了一片汪洋似的秧田里。我第一次遇到这种场景，感到非常好奇，欲一探究竟：大雨过后，那农田里的秧苗是如何哀鸿遍野、一片狼藉的呢？

这时，家家户户都有人出来，加入了整救秧苗的战斗行列。

田埂边淤泥遍洒，田野里污水绵延，一片汪洋；秧苗像泄了气的皮球，举起了投降的双手，无精打采地漂浮在水面上。我仿佛看到，几分钟前猖獗的暴雨搅乱了一片片排列整齐的秧苗田。父亲早已来到田头，正在用竹篮挡着秧苗，将铁锹先插入田头靠水渠角落的泥土，双手扶住锹柄，用右脚在锹拐上用力一蹬，再向后一扳，弯腰将泥端上田埂，直到打开田埂上的缺口，再把竹篮放在缺口那里，篮口朝田里，浮上来的秧苗，只让田中多余的积水从篮眼流向水渠，流入河流。那田埂上堆积的泥土，水渠里回旋的积水，便是大雨过后留下的疤痕。

我低头叹息，却看到母亲已蹲在田头，用手捞起跟水一起流入篮中的秧苗，并理顺整齐，用稻草扎好，放在田边。姐姐也已经卷起裤腿，准备先下田捡秧苗。我看母亲要下水田，我也将裤脚卷到膝盖下面，跟着母亲一前一后下了田，我学着母亲和姐姐们的样子，弯下腰，将一根根浮在水面、正向田头缺口处流来的秧苗，小心翼翼地用右手捡起来，将秧苗的根朝下，放在左手上，等左手抓不下了，再递给母亲扎好备用。

待大部分秧苗捡完后，母亲就让我上岸，到父亲那里做运输队长，将已扎好的秧苗运到田埂四周，再由父亲用左手抓起几个秧的梢部，再用右手拿起一个，先向后一甩，再瞄准田中的空白处，用力向前一抛，秧苗就像一道道雨后彩虹一样，在空中形成一道漂亮的抛物线后，稳稳地落在了指定地点。母亲和姐姐们留在田里，站直两腿，弯下腰，脸朝黄泥背朝天，由前往后，一丝不苟地插起了秧。只见她左手拿着一把秧苗，用右手抹去所扎的稻草，然后悬起双手，用右手的食指和拇指在左手上拈起两三根秧苗，很有节奏地，先从左往右，再从右往左，将秧苗插入软泥中，头向鸡啄米似的随着节奏上下摆动。一大块白晃晃的水田里，只有母亲和姐姐们的身影在向后移动。随着她们身影的移动，水田里嫩绿的秧苗一行行地竖起来，整齐匀称，像块绿色的地毯。

父亲母亲等老一辈农民是土地的儿女，大雨过后，他们带着儿女们争分夺秒，及时抢救受伤的秧苗，让它重新焕发勃勃生机，他们拖着一身的疲惫奔波在田地之间，耕耘着脚下这方热土，守望岁月的风烟。用自己的“辛苦指数”，换来了新时代人的“幸福指数”。

学扎花灯

20世纪70年代初期，我已上了中学，屋后有一片小篾竹园，不仅提高了家人的品位，不仅为家庭提供了许多方便，而且又能为家庭增加收入，还是护家的天然屏障。父亲心灵手巧，会劈开篾青做竹篮、做簸箕。虽然没有篾匠做得漂亮，但也能凑合着用，还可以省点钱呢。劈下来的篾黄可不能扔了，更不能当柴火烧了，而是要捆扎好，束之高阁，吹干备用。

秋收秋种以后，很快进入冬季，农活相对轻松多了。父亲白天可能出去帮人家倒（伐）树，能打家具的树干，给主人家；树枝和刨下来的树根归父亲所有，树枝留在家里烧锅，还可以卖钱，树根直接卖到高桥肉店和霍桥浴室，烧大炉，增加收入。晚上一到回家，父亲就忙扎灯了。

扎灯要提前准备。一般是元旦前要准备好扎灯所用的各种材料，父亲先要准备好卖灯用的又高又大的灯篓子，能穿大兔灯的长竹子。还要准备好扎灯所用的篾黄，一捆一捆地扎紧，锯成扎大兔灯、小兔灯、蛤蟆灯、金鱼灯、莲藕灯等圆圈所需要的长度，再捆扎好备用；从杨树上选锯好做拖大兔灯滚盘用的杨树棍

(直径为6厘米左右)，去皮，晒干，锯好，厚度大约为1.2厘米备用。母亲则早早地用镰刀割下长在竹林旁边的麻，去骨，去皮，留下麻纤维，分好，晒干。也剪成各种不同的长度，扎紧备用。多余的麻还可以捻成麻线，达到一定的量，再请织工回家织成布，然后在河水里漂白，再做成夏布蚊帐和夏布衣服。三姐负责到扬州的商场里买来糊灯所需要的各种颜色的纸、细铅丝、白石灰粉、小红蜡烛等。

进入腊月以后，我就和父亲学习用麻扎成大大小小的圆圈，先拿起一根篾黄，两只手的食指和拇指各捏住一端，然后向内一卷，就形成一个圆圈，接头约2厘米，再用左手捏住，用右手抽出一根麻，将一头插入接头处，再用右手由内而外，由上往下，按顺时针方向绕两圈，再将两端并起来，捻好，压紧。圆圈扎好后，再扎大小不同的兔耳朵，扎蛤蟆会活动的小爪子。扎好后再一捆一捆地扎好，堆放在一起备用。

正月十三上灯，一般正月初六就可以卖灯了。我们家正月初一开始，就要开始扎灯糊灯了。我们家人多，可以实行流水作业。父亲负责用已准备好大小不等的圆圈组装大小兔灯、蛤蟆灯的灯架，因为白纸不会变色，所以可以提前几天糊好。三姐负责按灯架的尺寸大小裁好所需要的白纸，母亲打好糨糊后，我们开始用白纸先糊灯底和大小白兔的身体。糊好后，必须将这些半成品，单独堆放在角落，避免这些纸糊的东西受到不必要的碰撞。我是万金油式的机动人员，哪里需要，就到哪里去。

开始做得最多的是扎兔嘴巴（含兔耳朵）、蛤蟆爪子等，还要剪兔眼睛、兔尾巴、兔身上的装饰品——红五星，剪蛤蟆嘴和舌头等。

一般正月初五，就要准备好成品灯了，给小兔灯贴花饰，装耳朵、尾巴，扣拎绳，安装插红蜡烛的细铁丝；给大灯喷彩画、装竹管，做滚盘。给绿色的蛤蟆灯喷白粉，装红嘴里的黄舌头，装爪子。左右尾各装一只，在爪子的一侧上方，各吊一根细绳，再拿一根长 50 厘米、另一根长 20 厘米的粗篾黄，扎成 T 字形备用，因为要防止戳坏花灯，所以必须单独扎成捆，等出售时再安装起来，逗小孩玩，因为一安装好以后，拎起来前后晃动，蛤蟆灯就会动起来，栩栩如生。虽然只有大体上像，但两只腿加一只尾巴，三个点具有稳定性。有一句俗语说得好："三条腿的蛤蟆难找，两条腿的人还不好找吗？"

"万事俱备，只欠东风。"正月初六天刚亮，父亲就挑着两个大灯篓子，一头挑着蛤蟆灯，一头挑着小兔灯，姐姐们各用一根长竹篙一头穿上 5 只大兔灯，挑上街卖灯了。小兔灯 1 元左右，蛤蟆灯 2 元左右，大兔灯 3 元上下。我和母亲在家做继续做准备工作。一般到中午回到家里，吃午饭前，大家都会带着微笑，迫不及待地先数好钱，统一交给母亲保管。一个灯季一般可以卖一个星期左右，从正月初六一直卖到正月十三中午，因为正月十三晚上就上灯了，下午要在家里包汤圆，搓糖圆。正所谓"上灯圆子落灯面"，就是说，十三上灯的晚上，家家吃圆子，象征家家团圆；正月二十落灯——灯节结束，家家吃长寿面，象征健康长寿。

在灯节期间，不管是农村，还是城市，一吃完晚饭，家家户户的孩子都会手拎着点着小红蜡烛的小兔灯、蛤蟆灯、金鱼灯，甚至还有宫灯等花灯，或手拖着大兔灯，走出家门，呼朋引伴："大孩子，小孩子，出来玩灯哟。"还不会走路的孩子，则有他们的父母抱着，迅速汇入玩灯的人群，在门前的路上，人数会越来越多，形成花灯的海洋，显现出一派祥和欢乐的节日气氛。在这期间，政府部门，还会举行大型灯展，著名的有扬州花灯、自贡花灯等。

后来扬州“418”经贸旅游节前后的花船和花车巡游，还有手扎花灯的影子。随着科技的发展，现在手扎灯渐渐少了，更加价廉物美、精致漂亮的塑料灯多了起来，但缺少了扎灯、糊灯的快乐家庭氛围。但每年上灯节，我还是会想起自己聪明勤劳的父母，想起和兄弟姐妹们在一起扎灯、糊灯、卖灯的热闹场面。因为这些劳动，不仅让我感受到动手成功的快乐，而且能感受到亲情的温馨和亲人的聪明与才智。

镇江卖灯

后来，我渐渐长大了，成了男子汉了，也买了一辆长征牌自行车。我也义不容辞地投入了卖花灯的行列。有一次独自外出卖灯，经受住了严峻的考验，留下了至今无法磨灭的深刻印象。

那一天是正月十二，上灯的前一天。阴天，我用自行车搭着两个大灯篓子，装着满满两篓子的花灯，一篓子小白兔子灯，一篓子是蛤蟆灯，用包带上小红蜡烛，把拎灯的工具挂在灯篓子的外侧，带着雨披和盖灯的塑料布。到扬州西门市场一看，因为第二天就上灯了，这里的花灯太多了，竞争太激烈了，不仅无法出售，而且价格也很低。如果不换地方，连本钱都卖不出来，再加上天气又不好，如果淋了雨，后果不堪设想，真是心急如焚，怎么办？

就在这走投无路的关键时刻，听同行悄悄地议论，一江之隔的镇江花灯不多，容易出手，有人已经行动了。当断不断，反受其乱。我也毫不犹豫地跨上自行车，沿着扬瓜公路，开足马力，挥师南下。向着瓜洲方向飞奔而去，过了瓜州轮渡，很快来到了大市口附近，这里的花灯销售情况果然比扬州这个花灯出产地好得多，至少会有人来问价、购买，价格也比扬州高。到中午吃饭时，两大篓子的花灯，已销售过半。虽然知道家里早已盼望我回家了，但是在通讯无比落后的年代，也只能听之任之了，好在家长知道我办事谨慎，是不会出大乱子的。

中午我到路边的小吃店吃了一碗光面，又继续卖灯。不幸的是，到了下午，天上下起了淅淅沥沥的小雨，这是卖纸花灯的人最忌讳的天气。虽然用准备好的塑料布挡在上面，但调皮的雨滴还会想方设法亲近花灯。我只好找到一处有走廊的店面门口，继续叫卖。一直卖到吃完晚饭，两大篓子的扬州花灯，终于在镇江全部售罄。来到镇江东侧的轮渡口（对面是扬州的六圩，离家更近一些）一看，当晚过江的票已经一张都没有了。虽然卖了不少钱，但我还是舍不得住旅店。只好买了第二天的首班轮渡票，蜷缩在木椅上，一边休息，一边等着漫长寒冷的黑夜快点过去。虽然很疲劳，但就像红军长征夜宿半山腰一样，还是睡不着，也不能睡着，因为手还要护住口袋里全家人用辛苦的汗水和心血换来的钱呢。想到能为全家的来年生活能做出一些贡献，心里就觉得是一种安慰。

第二天一早，天刚蒙蒙亮，我就迫不及待地踏上了回家的路。一站在家人面前，母亲就端来了热气腾腾的稀白粥，还加一块包着黄花草的干面汤饼子。原来，一家人也一整夜都没有睡踏实。父亲这时才认为，我这个儿子真的长大了。

有了这次独自卖灯的艰苦经历，以后，不管遇到什么艰难险阻，我都能从容应对。

偶遇苏州美女

2017 年 8 月 6 日，是我这个扬州人第一天到苏州上班的日子，偶然遇到一个让我因感激而难忘的陌生美女。

按照校方提供的地址——流虹路 757 号，自作聪明的我乘坐地铁四号线在流虹路站下了车。出站后，我还不忘向工作人员打听如何才能尽快到达目的地。工作人员一边查看我的行李箱（因为安检发现，内有瓶装液体，我告诉他们有食用油和洗衣液），一面热情地打电话，帮我查问。最终，他们告诉我，因为多坐了一站，出站到目的地会比较麻烦，建议我再往回坐一站。我想，出站后，打个车到目的地不就搞定了，何必这么麻烦？

我出站一看，虽然已是下午四点多钟，但仍然热浪灼人。只见这里地广人稀，还是一片未开发的处女地，旁边是一条刚建成的景观大道，但前不着村，后不着店，连找一个问路的人都很困难。我知道是自作聪明，自讨苦吃，心急如焚，肠子都悔青了：为什么当初没有听取工作人员的建议呢？但事已至此，我只好背起手提电脑包，拖着行李箱往回走，然后右拐走到附近的一个公交站台。这时，旁边走来一个面容和善、身材匀称的美女，年龄和我女儿差不多大，大概也是刚出地铁站的。我顿时像找到了救星似的，立即主动投石问路，美女了解了我的情况后，觉得有些爱莫能助。我只好打电话向校方求助，但因校方今天（星期天）休息，无法安排校车接送。

就在我拨通电话时，她告诉我，曾有一辆的士经过。被前面一个人拦下了。后来，再也难觅的士的踪影，她便拿起手机热情地帮我拨通叫车电话，但一连几个回音，都是因为路远，而附近无车。最后美女安慰我说："叔叔不要着急，您跟我一起上公交车，到人多的地方一定会有打的车的。"我连连点头："这个主意好，这个主意好。"

她看到我手上有行李，毫不犹豫地帮我付了 2 元钱公交车费。上车坐定后，我掏出钱包，没找到零钱，只好找出一张 10 元的钱币递给她。她客气地说："叔叔，您不用给了。"我的语气也非常坚决："那哪行呢？"就把钱递了过去。她看我态度比较诚恳，就答应收钱了。后来因她也没有找到零钱，又把钱递了过来。我尴尬地说："要不这样，请加我微信，我给你发个红包。"她微笑着说："叔叔，就 2 元钱，真的不用放在心上。"说完就下车了，但她那美丽的笑容却永远定格在了我的脑海之中，她那温柔的话语仍然回荡在我的耳畔，每当我看到别人遇到困难的时候，我便会毫不犹豫地伸出援助之手。记得刚进新东方不久的一个中午，一个外教拎着两个大箱子，在餐厅的楼梯口问路，显得很吃力，我立即帮他拎了一只行李箱，一直帮他拎到另一幢楼的宿舍里，让远在异国他乡的人也能感受到家的温暖。

一个素不相识的美女，热情地帮助一个来苏州工作的外地人，其心灵之美胜过她的外貌之美，她是苏州城的夏日里最靓丽的一道风景线。

我心雀跃

——写在新东方作文工作室成立之际

2018 年 8 月 30 日，北京新东方扬州外国语学校特级教师丁文宏作文工作室正式挂牌，标志着扬州市第一家中小学作文工作室正式起用。多年的家乡文学教育梦想终于如愿以偿，我的心情自然而然地雀跃起来。

2017 年 7 月 28 日，本人受聘于同济大学附属吴江存志外国语学校，成立了同济大学附属吴江存志外国语学校特级教师丁文宏作文工作室，专门从事初中作文教学工作。北京新东方扬州外国语学校负责教师发展工作的特级教师洪祥美女士得知消息后，与同年 8 月下旬打电话，邀请我回家乡任教。因为考虑到所签一年合同的严肃性和做人要讲诚信的原则，在苏州工作了一年，受到一致好评，被学校评为“优秀员工”（有奖状为证），被家长评为“最用心老师”（有绶带为据），同时受聘于同济大学校外硕士生导师。

上学期末，陈庆翔校长及相关领导在百忙中，多次抽出时间来，与本人商量回扬工作的具体事宜，并于 2018 年 6 月底正式签订了劳务合同。暑假开始，学校各部门领导就一直关注工作室成立的各项筹备工作。夏红林校长全面负责督战，要求按计划实施到位，校长办公室解新杰主任，与后勤部门协调工作室的所需硬件装备。总务处王礼明老师负责联系家具购置和广告制作公司负责人，让他们与我对接，明确具体要求；董正露老师负责手提电脑和彩色打印机的配备，杨广立老师负责联系基建部门，进行教室出新，联系华南公司进行窗户擦洗、窗帘清洗整理等工作，同时，请教务处李傲蕾老师打申购，走程序；骆超主任多次关心工作室的软件建设，常规日用品配备；叶捍宁主任负责桌椅调配，组织学生搞好地面卫生。学生地面无法除干净的污垢，我又亲自到油漆店买来铲刀清除，并移栽了绿植；负责信息的阮奎老师多次到我工作室调试网络，为保证网络畅通，还特地放了专线，开辟了网络专用通道，有效地保证了工作室手提电脑、黑板电脑和手机入网的正常使用。人事部钱云老师和唐传家老师多次关心我的工作诉求和生活安排，无不体现出领导和老师们急事急办、雷厉风行的工作作风。这里一并表示衷心的感谢。

经过紧锣密鼓的筹备，本人终于回到了扬州故乡的怀抱，做自己喜欢做的事了（本人是市、区两级作协会员），当务之急，是向一直关心我的老领导老朋友汇报，在激动感动的同时，也深感肩上责任的重大。因为初谈意向是从初一作文教起，扎扎实实打好基础；后来夏校长根据学校工作需求，让我担任普初三八个班，外加国初三两个班（计初三十个班）的作文教学。作为新来北京新东方扬州外国语学校报到的老师当然“恭敬不如从命”了。

现在，工作室的所有工作都已步入了正轨，初三所有语文老师都已听课，并做出评价，学生第一轮作文课已经结束，他们对作文的规范要求亦已基本掌握，第一篇作文（中考主题：关注自我）都已通过当天的晚自习督促订正到位，批阅装订，存档备查。少数同学已写了第二稿，优秀作文已经展示并打印成电子稿待评，这里还要感谢初三全体语文老师的鼎力支持。

虽然作文进步速度缓慢，但我校成立了单独的作文工作室，让我心情雀跃，我们有理由相信，只要心里真正装着“无条件关爱每一个孩子的健康成长”这一先进理念，下最大决心“追求卓越，挑战极限”，我们师生的人生终将辉煌。

标本制作

2019 年 7 月 28 上午，我们扬州“少年派”夏令营来到润扬森公园（瓜州）基地，老师讲了选取标本的要求，分发了小铲锹和小标签，分成六个小组，我们就坐上观光车，出发了。

到了目的地，大家就根据自己的喜好，瞪大寻找美、发现美的慧眼，分头行动、各取所需了，因为营员都知道“先下手为强”的道理。

丁舟桐选的是带着绿色桑叶的桑树枝和油光发亮的广玉兰枝，邵欣悦选的是杜若和小竹枝，万楦泽挖的苦荬菜和牛筋草，李政毅折了紫薇花、掐了爬墙虎……有的同学不认识标本，就用“花伴侣”查找。有的同学够不着，又没有经验，掐不断紫薇花枝，就请老师帮忙；有的小同学没有力气，挖不出花草的根，就请大同学相助。最后都圆满地完成了精选标本的任务。

来到水池边，大家小心翼翼地将标本的根、茎、花等洗干净，带回教室。

按照指导老师的要求，每个人拿了两块标本夹，放在自己的桌子旁边备用。只见丁舟桐同学先拿一块标本夹放在桌子上，平面朝上，铺上三张吸水纸，再将洗净的标本放在吸水纸上，叶子正面朝上，放成自然生长形态，再铺上一层吸水纸，然后将另一块标本夹拿来，平面向下，压在吸水纸上，再用红布带将四角绑紧。我看丁舟桐同学从外面绑，方法不对，不容易绑得紧，便走过去作具体的示范指导。我先将内侧的吸水纸戳一个洞，再将红布条穿进洞去，然后拉出两端，一长一短，交叉勒紧，再用左手食指按住，防止松开，右手在顺势用长的一端，打上一个活结，再收紧。其余的三处，让她自己实践，她看得滴水不漏，做得一丝不苟，一会儿就能得心应手、大功告成了。其他同学也都一个个地跟着一步步地学着做。

有人因为扎的位置不对，难以固定；有人因为打结的方法不对，扎得不紧，无法迅速去水。最后只好每个小组的标志全部压在一张桌子上，再放上凳子压住。

下午，大家为了尽快收取上午放下的“捕鱼之网”，看到自己的劳动成果，争先恐后地来到教室，迫不及待地取回标本夹，马不停蹄地解开绳结，小心翼翼地拆下包装，卷好吸水纸，再捆扎起来，把它连同标本夹一起交给老师。再从老师手中领回硬纸板，剪刀和液体胶水，将去水的标本的反面涂上液体胶，然后平放在纸板上，再拿来针线盒，用剪刀剪下 50 厘米左右的线，穿进针孔，拉成一样长，在顶端打上死结，从纸板反面到正面，固定住标本的茎。最后贴上标签，写上标本名、制作人、采集地、日期，就算画上圆满的句号。做得快的同学刚交给老师，就受到老师的表扬，同学也为他们的老师高兴地拍了照片，发到家长群里，与家长分享这种成功的快乐。

“纸上得来终觉浅，绝知此事要躬行。”虽然标本制自作的过程是复杂而辛苦的，但大家看到自己精心制作出来的标本，受到了同学的赞赏，有的还受到了老师的表扬，心情是无比快乐的。

趣味运动会

2019 年 7 月 29 日下午，我们夏令营在室内举行了一次别开生面的趣味运动会。

第一项比赛：进化论

男女生两队人数不等，为了平分，一二报数。有一个男生因为用英文报数受到老师表扬，其他学生都学用英文报数，说明老师的表扬很重要，榜样的力量是无穷的。

“物竞天择，适者生存。”这个项目就是以达尔文的进化论为基础的。两队的同学面对面站好。活动开始，相对的两个通过“石头、剪刀、布”游戏，一局定输赢。营员们瞪大眼睛，看着对方，思考着出什么样的手势，才能战胜对手。裁判员一声令下：“准备，开始！”第一轮比赛下来，就有一半人被淘汰了，只好灰溜溜地站到对方的后面当小弟小妹。赢者为大哥大姐，继续下一轮比赛。最后的胜利者是一位大姐，她进化得最成功，最彻底，获得了奖励。只见她带着所有的弟妹走进凯旋门，庆祝最后的胜利，谁说女子不如男？实质是巾帼不让须眉噢！

第二项比赛：梅花朵朵开

全体营员以裁判为中心，围成一个圆圈。大家都聚精会神地按顺时针方向移动，裁判突然发出口令："5 朵花。"每 5 个同学迅速抱在一起，蹲下。结果，三个反应不够迅速的营员都背诵了古诗。

第二轮，圆圈又继续移动，裁判员突然喊了一声："7 朵梅花。"只有一个营员注意力不集中被抛弃，但有一个组有 8 朵梅花，紧紧抱在一起，显然不合要求。这时，有一个女营员主动站了出来。裁判员高兴地说："丁舟桐同学为了顾全大局，主动退了出来，把方便让给别人，把困难留给自己。大家要向她学习。"裁判为了鼓励这种行为，让她享受了一种特权。她面带微笑，若有所思，挑选一名个子最高的营员出来表演节目。这个营员不会表演节目，显得有点尴尬，决定三鞠躬。第一次鞠躬就不规范，裁判员教给他方法，双手合拳，上身前倾成 90 度角，才叫诚心诚意。两个营员都达到了要求，全体营员也学会了规范的鞠躬。

第三项比赛：松树与松鼠

这时，身高相同的营员，面对面站立，两双手高举在空中交叉，形成树洞形状，还剩不到三分之一的营员站在中间，选一个扮光头强，其他人扮松鼠。这些小松鼠们早已选择好适合自己的树洞。裁判一声令下："光头强来了，松鼠进窝！"他们就以迅雷不及掩耳之速，钻进自己选好的树洞蹲好，保证了自己的安全。这项趣味运动，不但要反应快，还要对自己有个准确的定位，身材高大的松鼠要找一个较大的树洞，才能适合自己容身。

第四项比赛：水到渠成和不倒森林

第一组先上场。先是水到渠成。每个营员手中拿一根直径约8厘米、两米长的半边水管，当作水渠。每组同学按个子高矮，面向同一个方向，站成一字形，将手中的水渠连接好。比赛开始，第一个高个子营员将手中拿的一只乒乓球放在搭好的“水渠”中，抬起右手，让这个“水”（一只乒乓球）向下流动。水流到下游后，上游的营员以最快的速度，跑到下游，接上“水渠”，但在中途就失败了，“水”到了“渠”却未成，因为乒乓球落地了。第二次，球到最后一步了，这个营员手一抖，“水”流到外面去了。到第三次，“水”稳稳当当地流进20米外的纸篓。

接着，进行不倒森林比赛。每个营员右手拿一根约1米长的塑料管当树木，形成一个圆圈，将手中的树木竖着，形成森林，用右手扶着上面。负责司令的营员喊：“一、二、三。”喊到“三”时，所有营员的手按照顺时针方向，迅速移动。有一棵树站不直而倒下，失败了；重新行动后，又有一个同学动作稍慢，树木又倒下，再次造成失败，大家长长地叹了一口气。又从头开始。共失败4次，总用时3分57秒47。第二组失败次数较多，用了近5分钟。所幸的是，都在5分钟之内，说明总体实力还是不错的。

这两项比赛，比的是团结协作的精神，比的是行动的技巧和思想的沉着。

趣味运动会不仅增强了同学们的体质，还锻炼了大家的迅速反应能力和团队合作的精神，更给营员们带来了平时无法得到的快乐。

往届毕业生赞新东方老师

时间：2021 年 11 月 25 日，星期四，下午 4 点左右。

地点：初三老师办公室（图书馆三楼东南角）。

天气：晴。

这时，我正在初三老师办公室聚精会神地批阅作文，蔡立老师突来带进来两名往届学生，将他们介绍给韩荣菊老师。

两个离开新东方近 6 年的男生，一个是江都人，叫祝一波，现在在美国学机械工程，家里做花盆；一个无锡人，叫金凌宇，现在在南艺学艺术，家里开茶楼。他们来学校是为了感恩新东方的初中老师。

幡然醒悟

祝一波很健谈，谈了一些深刻的感悟：“没有新东方老师的关心，就没有我的今天。”让我最感兴趣的一句话是：“在新东方普初读书时，成绩很差。在初三的一模考试时，只考了 347 分，由于老师不放弃，不抛弃，自己奋起直追，在中考才考到了 606

分，又因为上普高还缺几分，就进了新东方的国际高中。高二时就到美国求学。现在已在美国读大学，快本科毕业了。”蔡老师评价说：“这些深刻感悟说明，你这几年在美国，绝对不是靠混吃混喝走过来的。”韩老师表示赞同：“对、对、对。”祝一波接着说：“我是靠自己摸爬滚打才熬过来的。我们在美国那所学校，没有老师提醒你应该怎么做。本来中国留学生就比较少，能指引我的人就更少。不过我还算是挺幸运的，只要一有个别学生提醒我，就会立即引起我的高度重视。”

“我当时一直不明白，为什么英语老师不管其他人，偏偏就跟我过不去，后来教英语的国老师才告诉我：‘如果不是你妈经常跟我沟通，让我严格管教你，我才懒得管你呢。’我这才幡然醒悟，原来老师没有放弃我，首先是家长没有放弃我。”韩老师说：“你们真的是长大了，都是人才。”老师们大笑。“因为英语有了进步，我看到了希望，其他老师再抓紧我的学习时，我就开始努力了，后来的进步是很明显的，也是能让人刮目相看的。”

懂得感恩

祝一波有点难为情地说：“我今天来看老师还有一点尴尬，我本来是来看教化学的蔡立老师的，只带了一份螃蟹过来；如果我知道教我们语文的韩老师您还在这里，我一定会再带一份来的。”韩老师连忙微笑着说：“不用不用。”蔡立老师赶忙说：“你还没有正式工作，就不要再买什么礼品了，毕业后，能记得来看望老师，就是对母校的怀念，就是对老师最好的报答了，不需要带什么东西的。”祝一波接着说：“我怕你们不肯收，就没有带什么贵重礼品，只是想表达一些谢意而已。”

后来祝一波表明了真正的来意：“我们这次来，还有一件事，就是真诚地邀请你们几位老师聚一聚。”蔡老师抢着说：“老师们可以去，我来付钱。”祝一波说：“请客的事，您不要担心谁来付钱。我现在虽然在读书，但我已经挣钱了。”这说明，这个孩子很有商业头脑，还记得关心过自己的老师，是一个懂得感恩的同学。毕业以后，能来感恩老师，这才是最真诚的感恩。

对比鲜明

祝一波接着说：“现在的初中生根本不明白这些道理，我们以前也不懂。读初中时，作业不完成，老师还能把你拉到办公室，让你补好了再走。走出国门才知道，这是中国老师对学生负责的具体表现，因为新东方能无条件地关爱每一个学生。现在我们在美国，老师就不会这么严格管理了，分数扣了就扣了，那是学生自己的事，老师根本不会跟你多说一句话。”

祝一波认为：“现在多学一点，以后还能多挣一点钱呢，就是这么简单的道理。我们也是普通人，没有那么高大上，没有多少崇高的理想。我们在美国还是挺想家的，最近在家上网课，正好有时间多陪陪父母，抽一点时间来看看老师。马上又要返校了，春节也不能在家里过。以前认为没有什么价值的东西，如亲朋好友能在一起，现在都知道珍惜。因为在那边举目无亲，好在时间不长，我们毕业后，会马上回来，参与祖国的建设。”韩老师评价说：“你们的三观还是比较正确的。”

学会理财

祝一波回忆说："我们都是农村的孩子，跟那些有钱的同学比起来，我们的家庭也不算太富裕，再说父母挣钱也是挺不容易的，我们穿的衣服也都不是太光鲜靓丽的。"韩老师插话："还行吧，你们两家的条件都是可以的！"祝一波接着说："即使有一点钱，他们也是管得很紧的，不会随意给我们用。有一次，我看准了商机，跟父母借了 9 万元，做成了一笔生意，就净挣了 6 万多元的呢。我妈要我把钱放在她那，等要用了再给我。我爸说：'他挣来的钱，就让他保管。'我从来没有握过这么多钱，自己盲目地认为，反正是我自己挣来的钱，就开始疯狂地购物，很快就花光了。这时父亲才告诉我一个深刻的道理：'一个人如果不会理财，就是挣再多的钱，最后还是一无所有。'我这才如梦初醒，开始知道平时生活不能随意铺张浪费。"蔡老师插话："这才是实践出真知。"祝一波说："对，对，对，从这时开始，才懂得抠，抠，抠，尽量多积攒一点零花钱，以备不时之需。一到用钱时，就提醒自己，省着点用，以后如果没有钱用了，怎么办呢？"

我觉得，这一次，两个往届学生与母校老师的闲聊，能给现在的初中生带来一些深刻的启迪，如永不放弃、鲜明对比、懂得感恩、学会理财等，比专家讲座更有教育意义，才将其较为详尽地记录下来，以飨读者。

让　铺

——红色旅游日记之一

2010年8月9日，我们从扬州站乘火车前往陕西参加红色旅游。我们团队买的是硬卧票，每个房间有6张床铺，左右各分上中下三铺。我们团队买的全是中下铺。

分票时，我下铺的是一位30岁左右的男老师宫明，他一看我拿的是一张中铺票，就面带微笑说："丁老师，把我的下铺票换给您吧！"我婉言谢绝："不用了，我能爬，谢谢！"他又说："不碍事，我年轻，爬高一点不要紧。"我见他很真诚，就笑纳了他的好意。换票后，我又说了声："谢谢！"

上火车后，我才发现，与我们同室的是一家祖孙三代，一个三岁的女孩，一个三十来岁的母亲和60多岁的奶奶。她们现在正在走廊上休息、玩耍、吃东西。

我半躺在下铺，津津有味地读着《国学五千年》。过了一会儿，我发现孩子已躺在母亲手臂上睡着了，我想，可能是不方便让孩子到上铺睡觉吧！我站起来关切地说："让我坐在这儿看一会儿书，你让孩子睡到我的下铺去吧！"母女俩顿时非常感激，连声说：“谢谢，谢谢！”

过了一个多小时，我想休息了，回到自己的铺位上看看，孩子在正沉睡甜美梦境中。奶奶连忙打招呼：“不好意思，孩子正常要睡两个小时。”我安慰她说：“不碍事，我在外面再坐一会让儿。”

后来，孩子醒了。奶奶教孩子说：“谢谢爷爷！”我说：“不用谢，如果是我的孙女这样，别人也会这样做的。”《孟子·梁惠王》中说：“老吾老，以及人之老；幼吾幼，以及人之幼。”也就是说，要像尊敬自己的老人那样去尊敬其他的老人，像爱护自己的孩子一样去爱护其他的孩子。既然懂这个道理，我们每个人都要照着去做才是啊！

我的感受是，不管在什么时候，只要有可能，都要在力所能及的范围内，尽可能奉献出自己的爱心，这个世界才能变得更加和谐温馨。

真相大白

进入初夏，生产队的农场上，堆放着很多刚收上来的小麦和蚕豆。每天都有社员轮流值班。

我大姐叫丁文兰，今年 74 岁，正好是在新中国成立的 1949 年出生。大姐 16 岁那年，也就是 1964 年，父亲还担任着生产队的队长。有一天晚上，轮到我们家和会计家值班了。

当时，母亲生了我们兄弟姐妹七人，弟妹们都还很小，早早懂事的大姐就主动都承担了值班的重担，和会计丁福生的爱人陈亚芳一同值班。

那天，正好是晴天，吃完晚饭，大姐抓紧洗漱后，就抱着席子和毯子，匆匆忙忙地来到东南方的农场，和会计夫人陈亚芳阿姨一起值班去了。

说是值班，实际上就是防止不法分子偷窃，两个人在农场上放上门板，为防止蚊虫叮咬，都裹起毯子睡觉。俗话说："没钱打肉吃，睡觉养精神。"过去没有电灯，只能用汽油灯照明。劳累了一天的十八岁大姐和三十多岁的妇女陈亚芳刚躺下不久，就酣然入梦了。

第二天凌晨，天刚亮，我大姐睁眼一看，傻眼了，麦子和蚕豆皆被偷了两麻袋，赶快叫醒一起值班的陈阿姨。两人一商量，知道出大事了，立即叫来了生产队的人。

生产队的人吃嘴八舌地议论开了。有人说要报警，有人说要值班人赔偿……有些不怀好意的人，直接说是被我们两家（队长和会计）合谋给偷出去卖了，还充分发挥他们的想象，说是会计用土基刻成大印，盖在偷过的麦子和蚕豆上面，想蒙混过关。

父母亲肺都气炸了，痛骂了姐姐一顿，因为是自己家值班，哪怕有一百张口，也难以辩解啊！责任还是要承担的，生产队里已经开了多次会，最后还要我们两家还各写了一份深刻的检查，才平息了这场风波。但是，两家人总是窝着一肚子脏气。

俗话说：“善有善报，恶有恶报。如若不报，时候未到；时候一到，马上就报。”

之后，在清查坏人坏事的时候，家住张坝大队喜欢盗窃的大李奎兄弟二人对几年前在丁庄趁两个女同志值班偷窃麦子和蚕豆的事供认不讳。专案组立即通知了我们高桥大队，大队又通知到我们丁庄生产队，并且通知队长会计和群众代表，参加了在王家大队王一生产队的农场上召开的对两个行窃者的揭发会议。

在大会上，两个盗窃者交代，他们当天下午到我们高桥镇交公粮，走到我们生产队农场时，发现有打好的小麦和蚕豆堆，便心生歹念，做了周密的偷窃计划……深更半夜，带着作案工具，来到作案现场，一看两个值班的女同志正在熟睡，便轻易得手……

参加大会的父亲，忍无可忍，怒发冲冠，冲上台去，教训了两个盗窃者，终于出了一口恶气，洗清了被那些蛮不讲理的人造谣是非而造成的耻辱。

这件事情告诉我这样一个道理：“随着时间的推移，一切都会真相大白。在因人为原因遭到灾难的时候，要先学会低头认错，等待翻盘的时机。”

沙滩沐浴

——沿海旅游日记之一

2010 年 7 月 6 日下午，我们乘坐旅游大巴来到了山东蓬莱海滨浴场。遥望无边无际的碧海蓝天，真有置身于广阔天地的渺小之感。我不禁脱口而出：“比大地更宽广的是大海，比大海更宽广的是蓝天，比蓝天更宽广的是男人的情怀。”

一位物理老师在一旁开玩笑似地提醒：“有理科老师在，请不要卖弄文采，咱们可以算算水平距离和建筑高度。”作为一名教师，对这一句玩笑话，当然不会太介意。

由于前两天在家小腿抽筋。所以今天不宜下水。又听说沙滩沐浴对身体有百利而无一害，不但可以治脚气，还可以拔去寒气，治疗风湿性关节炎。

机不可失，时不再来。还是抓紧时间，享受一下吧！我先脱下凉鞋在沙滩上奔跑，让脚底与热气蒸腾的柔软的沙滩亲密接触，只感到热浪从脚底拼命往上涌，心里感到是热乎乎的。人总是很贪心的，既然已经尝到了甜头，怎么甘心就此罢休？我索性脱下长裤，往沙滩上一坐，让两条腿先平躺在沙滩上。腿部肌肉亲吻沙滩的感觉，犹如蒸桑拿浴一般舒服。

这时妻子走了过来，提了一个很好的建议：“你干脆将整个腿用沙子裹起来。”一边说，一边往我腿上堆沙子，沙子就像水一样顺着我的腿往下流，不一会儿，两条腿就被黄沙裹得严严实实，整个下肢都已沐浴在温暖的黄沙里了。似乎有一股股暖流正在与体内的寒气搏斗，直到寒气甘拜下风，举手投降，灰溜溜地逃出体外为止。

距离集合的时间尚早，我干脆一不做二不休，平躺在沙滩上，让前胸享受日光浴，下肢和后背享受沙滩浴，虽然觉得暖，但还是想美美地睡上一觉，妻子怕毒辣的阳光刺痛我的双眼，给我拿来了遮阳帽，还用照相机让这一次惬意的沙滩沐浴定格了下来。

躺了近半个小时，我已像刚从浴池走出来，浑身大汗淋漓了。黄沙已被汗沾在了腿上和后背上了。俗话说，凡事都有要有个度，太贪总会出问题。我赶紧爬起来，跑到海边，亲吻了一下清澈透明的海水，一是洗去黄沙，二是给身体降温。然后穿上衣服，找一个阴凉的地方坐下来，写下了上面的话。

沙滩沐浴，让我懂得这样一个深刻的道理：“不管做什么事，都要根据自身情况，抓住有利于自己的机遇，才能获得最大收获。”

球　友

谈到球友，你不要以为我是一个好动不好静的人。事实恰恰相反，我是个在教育岗位上工作了三十多年的好静不好动的人。为什么老了反而有了球友，事情还得从头说起。

2005 年下半年体检时，医生发现我喉部长了三个小瘤子，我决定立即住院手术。回校后，我的工作做了调整。我只好因身体不适，“引咎辞职”（中层下岗）了。真是福无双至，祸不单行啊。生理上有疾病也就罢了，这叫天灾，无能为力；现在心理健康上又出了问题，这是人祸……因为世界上没有无缘无故的爱，也没有无缘无故的恨嘛，事已至止，不能怨天尤人，只能严于律己了。我也在心里劝告自己：不能生气，否则就是拿别人的错误来惩罚自己。过去得意时，我曾劝过自己，不能妄自尊大，要为自己留下一条退路；现在失意了，我又劝自己，不能妄自菲薄，要为自己寻找一条出路。

然而，“天无绝人之路”。本来当班主任时曾经搭过班的她出现了，两个不会打乒乓球的人，从此凑到一起，开始锻炼身体了。我们打球有一个共同点，不以输赢为目的，而以身体健康，心情愉快为目标，常常是我处于防守状态，让她主动发起进攻，特别是听到她举起拍子，大板扣杀，发出“嘿，嘿”的声音时，就能显示出一种青春的活力与充分的自信。久而久之，我们就被人称之为“黄金搭档”了。我们知道，这里面有玩笑，也有羡慕，当然有没有妒忌我就不得而知了。好在，她交友面较广，是一个性格开朗，从不斤斤计较的人。

从此，我选择了从零开始，走专业发展之路，做一个名师！我想，或许这也是领导的意图吧！后来的实践证明，学校领导非常支持我的选择。在别人看来，我虽是个年过半百之人，但毕竟是汤汪中学第一个市级学科带头人，又是第一个独立出书的人，有义务指导青年教师成长。我收了这么个高徒，也算是“滴水之恩，当涌泉相报”吧！因为她第一年申报高级教师论文不过关，未批下来，心里也是极不爽快的，急需别人伸出援助之手，我这个当师父的当然是责无旁贷了。她就像个小学生一样，很虚心地按照我的意见，一遍遍地耐心修改自己的论文，当第二篇论文修改到第三遍的时候，她有点不耐烦了。我面带微笑开玩笑说：“师父还没有嫌烦，徒弟倒着急了，传出去，就是师父不合格了。”她听到我的话，又一丝不苟地改了一遍，终于过关了——不是发表，就是获奖了。第二年，她终于顺利通过了高级教师的评审，我的心情也渐渐平静了下来。我们觉得，作为同事，理当互相关心，相互理解。毕竟“患难之交难逢”嘛！更何况师徒结对是一件双赢的事，我出版学术专著时，她也是充分利用了各种关系，鼎力帮助销售的；后来我能够评为扬州市首批初中语文特级教师，除了领导关心，同仁帮助外，不是也有这些徒弟的一份特殊功劳吗？

除了打乒乓球外，只要外面没有风雨，我们也出去打羽毛球，因为这可以使我们这些长期伏案工作的老师避免得颈椎病，这也是对教育事业负责嘛。前不久，她还参加了广陵区的教职工羽毛球大赛，虽然名落孙山，但她还是很开心，因为她欣赏到了许多高手的风采。

她不但是一个教英语的好手（多年循环教实验班英语），还是一位贤妻良母型的开明女士。她爱人也是一名教师，而且是学校的中层干部，她不但要理解丈夫，多做家务，还要担负起育儿的重任。球友的儿子上初中了，写作有些困难，我这个专门研究作文的人当然有用武之地了。不过，球友的儿子对我的话倒是言听计从，写作进步也很快，直到升入高中，还时不时地拿着他的习作来询问，对于这等举手之劳，我当然全部笑纳了。今年高考前夕，她晚上 10 点左右，刚将参加完三模的儿子接回家，就给我打来了电话。原来是她儿子平时作文都能接近 60 分，而这一次只得了 45 分，关键时刻，慈母当然心急如焚，分析儿子作文可能是偏题了，儿子偏偏不同意，母子俩一直辩论到家。这不，能不请我这个语文老师当裁判吗？等我详细分析，指出修改方法后，她儿子才心悦诚服。

后来，球友的儿子高考金榜题名，顺利录取到南京警官学院，作为教学上和体育锻炼上的“黄金搭档”，我从心底里为球友一家能如愿以偿而高兴。

可好景不长，球友的儿子刚上大学一年，球友因颈椎病严重影响右臂，不能再打球了，我也因此失去了打乒乓球的机会，有女教师跟我开玩笑说："我又不是美女，不敢请你打球。"我也笑笑说："我因为穷忙，没有时间主动向人发出邀请，如果有人叫我，我都愿意奉陪，毕竟锻炼身体很重要嘛。"

成长的烦恼

俗话说："雨雪年年有，不在三九在四九。"这两天，老天爷也在发脾气，总是阴沉着脸，好像心中有好多苦水还没有倒出来似的，有时还来一两天雨夹雪，让我们这些寒假还在外东奔西走，忙着填塘补缺的学生心里也像下了雨夹雪似的，眼前朦朦胧胧，似乎已找不到前进的方向，简直到了"山重水复疑无路"的境地。

我是一个还有一百天左右就要走向中考考场的九年级女生。七年级时，我在班上还能排上前十名，考个二类四星级高中，应该不成问题，初三以来，我的成绩就像泥瓦匠吃晚饭，走下坡路似的，直线下滑。九年级上学期的这次期末考试，一下子掉到班级 30 名开外，我却像重重地跳进了失败的火盆，无声无息的火焰吞噬着我生命的每一个细胞，这种伤痛的感觉把我顽强的意志杀得片甲不留。这不仅引起了班主任的极端不满，更引起家长的无比愤怒，辛苦的母亲心急如焚，忍不住一些污言秽语；劳累的父亲怒发冲冠，拳脚相加；我是心如刀绞，无地自容。简直有一种暗无天日的感觉。

我把自己关在房间，偷偷地流过许多伤心和悔恨的泪水。在我的成长过程中，心中的烦恼真如天上的星星，不计其数啊！

我的烦恼被我的一个辅导老师发现后，他跟我进行了语重心长的促膝谈心。他告诉我，出现问题后，怨天尤人是无济于事的，必须从自身找原因。他引导我回忆《论语》中的话，曾子说过："吾日三省吾身。"意思是："我每天都要作多次自我检讨。"正如"慧"字所表示的意思："一个人如果每天都能够扫除心灵的灰尘，就可以获得别人双倍的丰收。"回想起自己的平常生活，造成我现在这种恶性循环的不良状况，既有父母因长期工作劳累互相埋怨，给自己带来的担心和愧疚等负面影响；也有因自己的因好奇心而造成的大好时光的无情流失。业余时间，放下课本规定的名著不阅读，专读班级流行的一些言情小说；放弃难题不研究，专门去关心哪个男生长得最帅，还关心男生认为哪个女生是他们心中的班花等等。

我虽然由于家庭管教甚严，从不敢越雷池一步，但是学习之余，有时想入非非，也在所难免。特别是对喜欢我的人，虽然我不喜欢他，甚至有些讨厌，但又不知如何拒绝；对好友要我这只"鸿雁"帮助"传书"，我也是进退两难：不传怕得罪朋友，传了怕遭到非议。常常烦恼至极，影响学习。

老师告诉我："这些都是成长过程的烦恼，属于非智力因素对学习产生的影响，失败是暂时的，你要记住，'失意时，不能妄自菲薄，要为自己寻找一条出路'，就一定有'咸鱼翻身'的机会。正如蒲松龄所说：'有志者，事竟成，破釜沉舟，百二秦关终属楚；苦心人，天不负，卧薪尝胆，三千越甲可吞吴。'意思是：一个有志气的人，只要专心去做一件事情，最终是一定会成功的！只要尽快排除那些非智力因素的干扰，牢记升学目标的初心，刻苦学习，顽强拼搏，就一定会重整旗鼓，冲破迷雾，走向柳暗花明。”老师的话如醍醐灌顶，让我如梦初醒。

从此，我把老师的话当作指路明灯，让好友的鼓励化作前进的动力。求知是一条通天的路，“千岩万转路不定，迷花倚石忽已暝”。找不到尽头，也没有尽头，必须集中全部精力，用“滴水穿石”的持之以恒的精神和“锲而不舍”的顽强不屈的毅力，夜以继日地挑灯夜战。放学回家先“温故而知新”，然后认真完成当天的作业。

台灯像永远不会闭上的眼睛，盯着我伏案苦读；桌面上的试卷像吃了发酵粉，“噌噌”地猛增；时钟像不知疲倦的监工，“滴答，滴答”地催我奋笔疾书……我的心早已憔悴，眼早已迷茫；桌面，也早已让书侵占了三分之二的领地。看看五根酸麻的手指，三张密密的稿纸，一番昏天黑地的演算。我想，茫茫书海，何处是岸啊？

妈妈看我这么辛苦，特地送来温热的牛奶。我为了报答母亲的养育之恩，完成了所有作业和试卷以后，即使眼皮累得上下打架，也就用冷水洗一下脸，然后再预习一下第二天要学习课程，以便第二天带着问题认真听课，提高课堂效率，积极参加课堂讨论，这样“班门弄斧”，就会得到老师的具体指导，如果遇到不懂的问题，我也会利用下课时间，及时找同学或老师询问。每天早晨起来第一件事就雷打不动地背半小时单词。

经过一个寒假和开学后一个多月的苦战，终于在一模考试中有了明显的进步，成长中的烦恼终于消逝得无影无踪。我坚信，这次成功的逆袭后，我只要马不停蹄、再接再厉，就一定考上四星级高中，为父母争回颜面，为自己的光明前途奠定坚实的基础。

（注：本文是站在学生角度写的散文）

学习雷锋

上了初中，我因为出生于贫苦农民家庭，被认为是“根正苗红”，对老师是言听计从，成绩优秀，所以被选做了班长。

我的班主任，也是语文老师，叫戴新华，他会理发。为了响应伟大领袖毛主席“向雷锋同志学习”的伟大号召，班主任要我们班委中的男生跟他学理发技术，以便为班级同学服务。其他几个班委都有一个大城市工作的父亲，唯独我的父亲是一个地地道道的农民。俗话说：“荒年饿不死手艺人。”我在完成学习任务后，就首先刻苦练习基本功——双手臂向前弯曲平举，与肩齐，能坚持一个小时者，才能学理发，因为如果手臂上没有悬空举高的功夫，手动理发夹刨，可能会夹到人的肉，很不安全。我苦练了一个星期后，总算拿到了学理发的入门证。

后来就找来一块旧的少先队队旗做围布，系在同学的颈项里，挡住碎发。一开始，先做见习生，仔细看着班主任为同学们理了发，左手扶着同学的头，让他不能晃动，右手拿着夹刨，用食指稳住夹刨的头部，防止晃动，用拇与其他三个手指头，一松一紧地推着夹刨前进，多余的头发就被剪了下来。后来自己动手，学着老师的方法为同学们理发。刚开始学，理得并不漂亮，不过，完全是免费的，在那个生活比较贫困的年代，倒是没有几个同学斤斤计较。因为属于初学，又都是给初中同学理发，既不要洗头，又不要刮胡子，只要理得均匀对称就大功告成了。

渐渐地，我的理发水平渐至佳境，理过的头发看上去越来越均匀。我家离学校又近，只有 200 米左右，每天中午回家，碗头上拈筷子，喝上两碗粥，就往学校跑，为男同学理发，来者不拒，同学不用花钱到外面理发，我也学到一门技术，两全其美，还有学雷锋的美名，各取所需，一举多得，何乐而不为呢？理发结束后，还不能忘记把地扫干净。

学雷锋还不只是理发，我是负责锁门的，课桌凳坏了，带上钉子、榔头，偷偷地把它修理好；土筑的墙壁坏了，叫上两三好友，带上稳子、水桶、钉耙等，放晚学后留下来，在学校的菜地旁边，找一块空地，用钉钯把土翻好，敲碎，再用水桶到河边拎来河水，倒入土中揉匀，再放入小麦稳子，再揉粘，然后铲锹把损坏了的墙没洞补好。还要同伴们守口如瓶，神不知鬼不觉，叫“做好事不留名”，充当无名英雄。

班主任戴新华老师是语文老师，是一位非常厉害的老师，“严师出高徒”，我的语文学习当然马虎不得；数学老师任业萍是个美女老师，年轻漂亮，平易近人，性格温柔，我学起来非常轻松。那时候，没有英语老师，我们学的是基础俄语，当然也不费吹灰之力。

由于学习成绩优异，又处处以身作则，起好模范带头作用，这样不但同学基础好，老师也非常喜欢。

挖防空洞

2021年10月16日，下班回家，来到地下车库停车，过去挖防空洞的经历仍历历在目。

1969年8月，中央成立人了全国人民防空领导小组，全国广泛开展了群众性的挖防空洞和防空壕的活动。

1969年冬季，我们在高桥学校读初中，也参加了全民大挖防空洞的战斗。

首先是在学校里挖防空洞。当时都是按部队要求编制班级，我家是贫农出生，父亲苦大仇深，我因为根正苗红苗，先担任班长，后来改成了排长，兼连指导员，组长改成了班长，学生叫士兵，班主作为指导员。以排为单位挖洞。一天下午放学前，学校的总司令刘瑞校长就给我们作了挖防空洞的总动员，他不但讲了当时复杂的国际形势，还传达了伟大领袖毛主席的最新指示，深刻阐述了挖防空洞的重大意义，并就挖防空洞的流程作了具体的部署。回教室以后，指导员戴新华老师提出一些具体要求，让我们从家里带上铁锹等劳动工具，准备在学校的操场上，挖防空洞。

第二天上午一到学校，就看见体育老师根据全校总体规划，用石灰粉给每个班级划定一个区域，主体呈南北走向。

万事俱备，只欠东风。班主任详细讲解了挖洞要求，先选几个力气大的男生开挖最北端的上下的坡台，然后挖先挖一条有弯道的主要沟漕。每个人挖一段，深 1.5 米，宽 80 厘米的深沟，把泥土全部堆放在平面上备用。然后在两边的地壁上，离底部 30 厘米高处，再挖一个方孔，高、宽、深各 80 厘米，上面加一个 20 厘米高的弧形，以防上面的泥土坍塌。再将下面 30 厘米处挖进去 30 厘米，一个人正好可以坐进洞去。男同学，安排在洞口，老师在中间，女生安排在最里面。力气大的同学和形状感好的同学挖得既快又漂亮，他们挖好后，还顾不上休息，就伸出援助之手，帮助女生挖起来，只用半天时间就初战告捷了。少数考究的同学放学后还在精心修理，精雕细刻，做到精益求精。

按照要求，中午回家吃饭，我就跟父亲汇报了老师的要求。一放下饭碗，父亲就扛着木梯，拿着锯子和一米长的布尺子，让我拿着砍刀，跟着父亲来到了房屋旁边的一棵杨柳树旁，父亲放下梯子，从我手上拿过砍刀，我扶着梯子，让父亲爬到杨柳树的枝丫处，从众多的枝条中，选锯了 5 根直径约为 8 厘米的杨树棍，我在下面用砍刀砍去旁枝。父亲又量好 1.2 米的长度，锯掉多余的部分；把有用的捆成一捆，把无用的再捆起来，带回家晒干当柴烧；然后拿着镰刀，再到芦苇滩里，割一些过去盖房子用的芦柴，有的学生准备的是芦莲、芦席、稻草等。

下午到校后，按照老师的统一部署，我们按照 30 厘米一根的要求，依次木将棍横担在防空洞的上方，再将芦莲、芦席、稻草铺上木棍的上面，然后再小心翼翼地盖上泥土，上面还可以再种些菜，造成农田的假象。我们班的防空洞就大功告成了。由于速度快，质量高，还受到了学校的表彰。

防空洞挖成以后，还进行了战前演练。只要一听到哨声，大家立即以最快的速度排好队，班长用火柴点亮小蜡烛，带领士兵们依次进入防空洞躲藏起来。

其次是在家里挖防空洞，挖的过程都是一样的，不同的是，家里的防空洞是挖在门前的菜地里的，实际是挖一个能容入全家人躲藏进去，还要便于吃饭的长方形的坑，再将上面盖好，要保证不漏水。实际上到了第二年的夏天，大雨一下，防空洞全都注满了水，后来无一幸免地塌陷了。

再后来，国际形势虽然好转了，挖防空洞的事让大家虚惊一场，不过，也给了大家带来了深刻的启迪："居安思危危可小，有备无患患能除。"所以，现在的高档小区和重要建筑物，都有地下车库，实际上固若金汤的地下人防，就是过去的防空洞。

第三辑

借物抒情散文

我爱香樟树

香樟树是一种常见的道旁树，也是我们汤汪中学主要的风景树。我校一共有三排香樟树。一进校门，就看见两排香樟树呈东西方向，整整齐齐地排列在学校大道的两侧。每天清晨，她都以喜悦的笑脸迎接师生的到来；每天傍晚，她又默默送走每一个师生。北面最西边一株，还是我刚进汤汪中学时亲手所栽，她见证了我在汤汪中学近20年的阴晴雨雪和喜怒哀乐。

与学校同龄的是教室西侧的一排南北向的高大的香樟树，她像一排天然的屏障，让教学和活动两大区域泾渭分明。学校明文规定，上体育课的学生不得越“雷池”一步。如果到香樟树东侧玩耍，影响其他班级上课，就要责怪班主任的工作不够细致到位。

香樟树一年四季都精神抖擞、昂首挺胸地在校园中央屹立着，从下往上看像一把把巨大的伞。夏天，她为孩子们顶住炎炎烈日，孩子成群结队来到这里，享受纳凉的舒心惬意；冬天，她可以为孩子们遮风挡雨，孩子们在此跳绳、踢毽子，获取阵阵暖意；春秋季节，气候宜人，孩子们可以毫无顾忌地来这里看书学习，交流解题技巧。

侧耳谛听，这里有让人心醉的悦耳鸟鸣，一双双自由自在的鸟儿像孩子们一样在放声歌唱，唱出校园生活的美好和学习的快乐。深深呼吸，这里有新鲜的空气混着樟木的香味沁人心脾。这种香味可以驱除各种病虫害的入侵，所以孩子们在这里可以尽情地玩耍，放心地休息。香樟树下，简直就是孩子们嬉戏玩耍的快乐天地。免疫力无比强大的香樟树，完全能够自觉抵制各种不良诱惑，一心一意默默奉献的精神给了孩子们诸多有益的启示，真是孩子们的良师益友。

香樟树表面看是一种四季常青的不落叶树，但春天来到香樟树下，做一回有心人，你就会啧啧称奇。香樟树有一种只待新叶催陈叶的独特个性：即使早已春暖花开，景色宜人，这些陈叶也不着急下班休息；她们在耐心地等待每一片新叶挂满枝头，等待这些接班人各就各位，真正履行起精心呵护人类的职责后，才依依不舍地告别温暖的春风，融入大地的怀抱，和春泥做伴，化作有机肥料贡献给大树母体，表达对母亲养育之恩的报答之意。香樟树这种精诚团结、密切协作、忠于职守、知恩图报的精神品质，值得同学们好好学习。

天气晴朗的早晨，来到教室前的走廊扶手这里，看到嫩绿的树叶犹如穿上崭新的大衣；布满枝头的圆锥黄绿色花序，又小又多，与一粒粒珍珠非常相似。还闪耀着阳光的晶莹露珠，正如夜幕上缀着的宝石，又如碧天里的星星，照亮同学们温暖的心底。香樟树为人类带来了苍翠的绿色，新鲜的空气，也让同学们充满深深的敬意。

下课以后，走出教室，站在三楼走廊上望去，满眼的翠绿能让上了一节课的大脑得到尽情的放松，眼睛得到积极的休息。那连接在一起的树冠，像横亘在校园中央的一座绵延不断香樟山峰。这时，你会清清楚楚地看到，一片片嫩叶枝头，挂满了泛着淡淡黄绿色的花朵，这些花朵不张扬，不炫耀，生怕影响那可爱的绿意，怕惊动在树枝上享受美好生活的栖息的鸟儿。香樟树一直是这样谦虚做人，低调生活，诚实做事，创造生活中的一个个奇迹。

闭目凝思，香樟树是这样的让我倾心，让我着迷。即使耗尽心血，干枯而死，也会毫不吝啬地捐献全部身体，被我们当作红颜知己，存放在地板下面，陪伴我们日日夜夜。

山茶花的启迪

期末考试再一次的失利，我的心像雪一样冰冷。寒假在家不想学习，只想躲在热被窝中睡觉。妈妈急中生智，叫上我和弟弟到外面欣赏雪景。

刚一下楼，弟弟就欢呼雀跃，马上追着飞舞的雪花奔跑，不亦乐乎。我却被薄薄的雪景迷住了。洁白的路旁，有一盆红山茶花若隐若现。白雪覆盖之下，深绿色的椭圆形叶子带着锯齿似的花边，对寒冷的冬天毫无畏惧之意，长得无比茂盛，仿佛精神抖擞："让暴风雪来得更猛烈些吧！"

大红色的花朵在绿叶里探出了脑袋，像是娇羞的小姑娘，蒙着白纱巾，偷窥着雪中的行人。有的花朵已经盛开，大大方方，展露火红的容颜，看不出半点羞涩之意；有的花朵刚刚绽放，像是刚睡醒的少女，显得朝气蓬勃；还有的花朵只露出花骨朵儿，好像还未攒足绽放的力量，犹如还在熟睡中的清纯少女！再仔细看那一棵高一些的树上的数十朵山茶花完全不同，有的是大红色，有的是粉红色，还有的是淡红色，有的害羞地低下了头颅，有的侧高傲地挺起胸膛，但总会让人联想到身着粉色连衣裙的少女，多么靓丽多姿啊！

再走近一些欣赏：片片像霞光一样的粉红的花瓣里透着淡黄色，把周围的花瓣衬托得更加妩媚动人。弟弟见我看得这么津津有味，也拉着妈妈过来一起欣赏：粉红色的花瓣中央，竟隐藏着细金针菇一样的黄色的花蕊！它安详地睡着，就像是刚出生的娃娃，惹人怜爱。刚下过小雪，几片晶莹的雪花在花瓣上玩耍；太阳出来了，洁白的雪花又像是变成了晶莹的珍珠，为山茶花添上些许清洁的美丽。

朴实的山茶花虽然没有梅花的醉人香气，没有荷花的廉洁正直，没有牡丹的雍容华贵，但它却有着不怕寒冷的顽强意志和甘于奉献的精神，不都是值得我们去热情赞美、热烈歌颂吗？让我这个一到冬天就怕冷畏寒的人感到羞愧难当，甚至无地自容。

原来妈妈带我们姐弟下楼欣赏并不起眼的雪景，是醉翁之意不在酒啊。我马上跟妈妈说：“我感到不大冷了，可以回家写作业了。”

（注：本文是站在学生角度写的散文）

紫荆花的风采

清明时节雨纷纷，这两天，乍暖还寒，细细绵绵，午休以后，我拉开办公室的窗帘，看到前面小河边的紫荆花已经盛开，姹紫嫣红，情不自禁地撑起一把紫色的雨伞，走过大理石广场，来到“惜时”石头前，近距离观赏紫荆花的风采。

在这里，数株盛开的紫荆花像身穿紫色连衣裙的少女，完全地展示出自己独具匠心的靓丽风采。

虽然紫荆花的花朵很小很小，一个花骨朵，跟一粒米差不多大，开放后的花瓣还没有黄豆瓣大，小得跟开放的桂花相似，但是她跟桂花一样，并不是以单打独斗，而是以团体的相亲相爱、同德同心取胜。从树干到树枝，从树根到树梢，无处没有紫荆花瓣的倩影。而且她们总是一朵挨着一朵，挤在一起，靠成一堆，抱团取暖，就像听到了召唤的命令，把夏秋冬三季积攒的全部力量，在同一时间里，以最快的速度，从树干的细孔中，钻出体外，并牢牢地抓住枝干，以独特的靓丽姿态，装点祖国的山水大地。

她跟桂花不同的是，桂花有绿叶扶持，躲在叶子根部，靠花香诱人。而紫荆花独有的风采是，不需要绿叶扶持，完全靠自己的力量吸引人的眼球，以自己的紫色给人带来良好的祝愿——紫气东来。由此可见，只有让自身强大起来，就可以有效避免因师长反复督查而产生的不良情绪。

这时，我想到曾经教过的一个学生，就跟这紫荆花一样，无需别人帮助。她的爸爸是服装厂的老板，母亲是乡政府干部，根本没有时间管束她，但她是班长，处处都能以身作则。在家里，每天早晨定时起床，把早饭烧好，把早茶买好，吃完早餐上学，让父母起来吃现成的早饭；在学校，各门功课齐头并进，德智体全面发展。三年后，她考上了扬中；三年高中后，顺利考取了北大；四年大学，她还利用节假日这些业余时间，多学了一门功课。毕业时，别人拿一张毕业证书，她拿到了两张毕业证书；别人拿一张学位证书，她拿了两张学位证书。

由此可见，红花虽好，不一定都需要绿叶扶持。平时对别人依赖性较大的人，应该努力克服前进道路上的所有艰难险阻，不忘初心，自立自强，奋力前行。

娇艳的海棠

三月底的一天，从学校饭堂吃完早饭，向东散步，看到小河东侧有数株球状的垂丝海棠花已经含苞待放，我不由自主地驻足观赏起来。

海棠花是一个害羞的孩子，一有春风抚摸，乍暖还寒，她就收敛起容颜，闭上金口，一言不发，这是图书馆西北侧的花容。一根根针头上挑着一个个花骨朵，像如柳细腰的少女的头上顶着一个个圆形的脸，饱鼓鼓的。这时花蕾红艳，似胭脂点点；静待阳光灿烂，才能喜笑颜开。

实验楼西南侧的海棠花已经绽开笑脸，就像美少女的笑脸，白里透红，与众不同，娇艳动人。海棠花一朵一朵次第开放，一朵花大多为十瓣左右，像是十姊妹一样。由外而内，颜色逐渐变淡，最后变成洁白的了。总体看上去，比杏花红一些，比桃花粉一点。花蕊嫩黄，浓淡相宜，像一根根可爱的豆芽；粉红色的小小海棠花，花瓣呈弯曲状，像荷花的花瓣，只不过没有荷花大而已。她的独特之处是，开得密密匝匝，层层叠叠。仿佛心往一处想，劲往一处使。

未完全开放的粉色垂丝海棠像一串串风铃在风中摇曳，似乎能听到清脆悦耳的声音。柔蔓迎风，垂音袅袅。她们羞羞答答地看着我，好像对我说："你看我美吗？"我当然投以笑容，以示肯定。

在小花旁边，有绿色的小叶子不离不弃地陪伴。花姿如帅哥一样潇洒，花色似美女一般漂亮，可以雅俗共赏。正如苏轼所描："只恐夜深花睡去，故烧高烛照红妆。"亦如吴融所写："雪淀霞铺锦水头，占春颜色最风流。"古往今来，多少文人雅士在赞美海棠花，又有迁客骚人为之魂牵梦萦？

垂丝海棠是性格温柔的象征，由此，我想到了那些性格温柔、与同学友好相处的学生，他们是和谐校园的缔造者。垂丝海棠又叫思乡草，因为"丝"与"思"谐音。难怪那些远离家乡、来扬求学的学生常以细腻的感情描写美丽的垂丝海棠，以表达对家乡对亲人的深深思念之情。

跨上台阶

在学校食堂三楼吃完早餐，已是六点半左右，师生们也陆陆续续走向充满希望的教室。走下二楼，从饭堂向东看去，看到图书馆和实验楼之间，一轮红日冉冉升起，把灿烂的光辉洒向大地，照得整个校园充满生机，照得台阶上方的昂首挺立的青松光芒四射。

我忍不住走下一楼，走到小河东侧的平台上，举起手机，拍下了这光辉灿烂的富有启迪意义的美景。

我想，宽阔的平台代表平坦快乐的小学生活。跨上四级台阶，就到了第一层平台，仿佛走进了初中。看到两边各有一片小叶黄杨，被花工修剪得像两床绿色的地毯，一片片圆圆的叶片平铺在地毯上。小叶黄杨生命力顽强，适应性强，代表着不屈不挠、欢快活泼、积极向上，仿佛提醒刚进入初中的学生，要尽快适应激烈的竞争环境，要从诸多的课本中，一点一点地积累知识，打好坚实的基础，千万不能一点一点地浪费大好时光。再向上走四级台阶，仿佛是一学期四个月的四次考试（月考、期中、月考、期末），就进入了初一第二学期，看到平台的两边，长着平坦的花叶青木，又叫洒金珊瑚，硕大的绿叶上洒满了“碎金”，象征着温暖、祥和。这时候，学生已经基本适应了竞争激烈的初中学习生活，大家成绩不相上下，对升入心仪的高中充满了金色的希望。

继续向上走四级台阶，就进入了第三层平台，看到两边都是平坦的红花檵木，满眼的花儿姹紫嫣红，从骨子里透出热烈、豪放、红颜如火的特点。犹如学生走进了初二，走进如红花一样的青春岁月，提醒学生，不忘初心，不能分心，不能分化，争取让自己的青春之花像这红花一样开得更加艳丽，充满青春的活力。再向上走四级台阶，就进入第四层平台，两边长着诱人的锦绣杜鹃，象征着学生对学习的无比热爱，自强不息，将来才有幸福的生活。提醒学生，在初二这个两极分化最严重的阶段，一定不能麻痹大意，即使有劳累之感也不能有放松的念头，因为初二在初一原有科目的基础上，不但增加了一门难学的物理，而且学习的难度在不断地增加，还要参加生物、地理会考（即小中考），如果这时想打游戏、偷偷阅读名著以外的闲书、过分地关注异性同学。你不但会在小中考上受挫，失去上四星级高中的机会，还会在其他中考科目的学习上一落千丈，使成绩名落孙山。

再向上走四级台阶，就进入第五层平台，犹如学生进入了初三。你看到两边长的是金叶女贞，“贞金”经得起火炼。提醒每位同学，初三的学习，增加了将更加辛苦，必须保持一种纯洁的心灵，才能保持对初三学习的饱满的热情，经得起外界各种不良因素的干扰的考验。再向上走四级台阶，就到了第六层平台，这里又是小叶黄杨，仿佛告诉学生，复习时，要捡芝麻凑斗，因为迎接中考就是快到了丰收季节，中考分数仿佛如金的谷粒，必须颗粒归仓。

最后的八级台阶，两层平台，相当于百日誓师后的冲刺，仿佛提醒学生，一模二模要争取优异成绩。最高峰是一棵顶天立地的端庄耸立的雪松，告诉学生，三年中，只有马不停蹄，坚持攀登，才有希望登上最高峰，成为昂首屹立在最高峰的那一株青松。

这让我想起了现代京剧《沙家浜》中一句经典的歌词："要学那泰山顶上一青松，挺然屹立傲苍穹。"

洁白的琼花

琼花，又称聚八仙，是扬州市的市花。北京新东方扬州外国语学校就有不少琼花。西侧小河南端的东面，有一片琼花林，北端的西岸，也有三株茁壮成长的琼花，小河仿佛是一条玉带，将这两处的琼花连接起来。

农历三月初，她就陆续开放了，三月中旬，正是欣赏琼花飒爽英姿的大好时光。

远远望去，满树的白花缀满枝头，像刚下过大雪一般：“忽如一夜春风来，千树万树梨花开。”又像是空灵的蓝天上，飘着的洁白的云朵，让人心旷神怡。

刚走近一点，就闻到一股浓郁的醇香，沁人心脾，令人陶醉，引人遐想。

琼花素有“维扬一株花，四海无同类”之盛誉。据说，隋炀帝听说扬州琼花盛景，便专程命人开凿大运河，乘豪华龙舟前来此处观赏琼花之美景。琼花并没有准时开放，因为她不愿向昏君展示自己曼妙的身姿。

宋仁宗曾命人专程来到扬州，将琼花从扬州移植到汴京的御花园。让人遗憾的是，到了第二年，这些被移植的琼花全部枯萎，宋仁宗无可奈何，黔驴技穷之际，只能命人将其送回扬州。令人惊喜的是，这些琼花回到故乡后，马上精神抖擞，重新开放，时人无不为之啧啧称赞。

琼花树叶呈椭圆状，柔软而莹泽，四片一组成十字形，叶脉清晰可见，中间有伞状的淡黄色花序，密密麻麻，拥在一块，挤在一起，团结一致，形成合力。花小而瓣薄，将花蕊挤出体外；有八朵大白花均匀地分布在四周，每朵五瓣，没有花蕊，像八位哨兵勇士，无怨无悔、不辞劳苦地守卫着琼花这个大家族，随时准备奉献自己的青春年华。被世人称为“聚八仙”的琼花虽然没有牡丹的华贵，但她有独特的高尚静谧；虽然没有梅花的傲雪风骨，但她有独特的清静纯洁；虽然没有桂花的醉人浓香，但她有独特的清幽淡雅。宠辱不惊，特色鲜明，给人以深刻的启示，被扬州人民毫不犹豫地选做了市花。

琼花不仅具有清白的身姿，爱憎分明、热爱家乡的纯洁心灵，而且雌雄分工明确，团结协作的高尚品德，值得学生虚心学习。

留　香

我们学校的教学区东侧，有一片充满生机的足球场，足球场西北角有一座数十米的紫藤萝长廊。紫藤萝们非常珍惜美好的春光，你追我赶，次第开放，绽开浅紫色的美丽容颜，争先恐后地散发出无比诱人的芬芳。

春天的早读课上，我带着如饥似渴的莘莘学子，怀揣对美好未来的希望，来到这让人心旷神怡的地方，聚精会神地驻足欣赏。齐声朗诵宗璞的《紫藤萝瀑布》，悦耳动听的声音响彻校园四方。孩子在这里尽情畅想，我们也要像紫藤萝那样，留住青春的芬芳，努力吸收知识的营养，开怀大笑，不停生长，努力展现淡紫色的辉煌。

同学们深深感到，一朵花就像一滴水一样，无论能力有多强，也掀不起惊涛骇浪；只有万众一心，同舟共济，才能组成花的海洋，才能形成强大的气场，扬帆远航。虽然大家知识基础不牢，自制力欠强，但有了同学的善意提醒，好友的鼎力帮忙，每天进步一点，将来出类拔萃，就会大有希望。从此以后，同学之间既是竞争对手，也是知心朋友，比学赶帮，一着不让。大家横下一条心，卧薪尝胆，破釜沉舟，有志者事竟成，苦心人天赏光。两年后的今天，大家已渐至佳境，身心健康。同学们想到用知识改变命运，想到竭尽全力，让拼搏的心潮时刻激荡。大家已形成一种共识，千万不能再等到“中华民族到了最危险的时刻”，才想到民富国强。

初夏的中午，师生们来到紫藤架下，坐在东西两旁的长条凳上，顿时感到透心凉爽，大家情不自禁地想到：前人栽树，后人乘凉。前人的道德馨香，让一代代后来人精神抖擞，意志坚强。无论阳光多么肆无忌惮，面对生机盎然的紫藤萝，也只能步步退让；无论环境多么恶劣，紫藤萝也会送来吉祥，送来安康；同学们在沉舟侧畔，逆流而上。

抬头仰望，紫藤浓荫蔽日，有数十首描绘古城扬州的诗行，高高悬挂在两旁。唐宋元明清，经典诗词曲首首留香。“烟花三月下扬州”，这说明扬州自古以来就是人们梦寐以求的天堂。“天下三分明月夜，二分无赖是无扬州。”“二十四桥明月夜，玉人何处教吹箫。”多首诗歌歌颂扬州皎洁的月光。最南端的墙壁之上，有一孤篇压倒全唐，月亮之城成功上榜。扬州人心如明月，静静地向人间播撒清光。扬州的文章太守欧阳修、苏东坡和扬州八怪之一的郑板桥等名家的诗也在这里精彩亮相，他们爱民如子，道德高尚。他们留给一代又一代扬州人的是取之不尽用之不竭的精神宝藏。扬州好人事迹感人，声名远扬。

这里虽是校园的一角，但留下了诸多值得反复品味的永不消失的馨香。

唐槐的联想

在扬州四望亭北侧挂满一串串大红灯笼的最美驼岭巷内，扬州八怪纪念馆的东侧，驼岭巷18—1号，有一株用铁栅栏保护着的千年唐槐（又称国槐）大树，虽然主干像一名举重运动员那样，一块块板实的肌肉鲜明突出，充满力量，胸脯处有一个能伸手臂或腿脚的大窟窿，表明历经千年风霜雨雪磨难、炙热酷暑的考验、电闪雷鸣的折磨、纷飞战火的洗礼，仍然枝繁叶茂，精神矍铄，成为最美驼岭巷里又一道靓丽的风景。是“树活一张皮”的最佳“代言者”。

关于这棵唐槐，树旁的石碑上有这样的记载：

唐槐为古道院遗物，相传为“南柯一梦”中的“南柯”。唐代李公佐《南柯太守传》记：淮南节度使门下一个小官，名叫淳于棼。他的宅前有一棵古槐树，枝繁叶茂，遮天蔽日，淳于棼常与朋友在槐下酣饮。有一天，酒酣入梦，被“大槐安国”国王招为驸马，后来，又任南柯郡太守，权势越来越大，享尽荣华富贵，最终引起大槐安国国王的怀疑与恐惧，被遣返归来。酒醒之后，竟是“南柯一梦”。淳于棼有感于此，遂杜绝酒色，出家为道士，捐屋为道院。现道院不存，而古槐依旧。至今已是1200岁高龄，为江苏省十大“寿星树”之一。明汤显祖据此传说改编为剧本《南柯记》，成为著名的《临川四梦》之一。

故事传说，虽不可信，但树活千年，俨然成了“树精”，故事传说增加了树的神秘色彩，让人在曲折生动的故事情节中，受到深刻的教育，“物依稀为贵”就再正常不过了；淳于棼知错即改，重新做人，值得点赞；唐槐不畏艰难，顽强活着，也值得点赞。故事给人的启迪是无限的：日有所思，夜有所梦，梦境中的美好理想是可贵的，但只有付诸实实在在的行动，持之以恒，坚持不懈，顽强拼搏，付出全部的心血和汗水，才有可能将理想变成现实。

第四辑

观感说理散文

欣赏高雅艺术

——参观“张若虚纪念馆”有感

2020 年 10 月 21 日（星期三）上午，勤劳的绵绵秋雨已经在清晨为我们洗净了空气中的尘埃，我们迫不及待地来到瓜洲古渡公园西侧，古渡宾馆北侧的“张若虚纪念馆暨春江花月夜艺术馆”门前。这是一幢青砖黛瓦三层小楼，雕花原色木窗，有一种古色古香的气息。

跟随导游，我们来到了室内，深入了解张若虚。观看张若虚写《春江花月夜》的壮丽景色。展厅分序厅、张若虚与“吴中四士”、歌辞缘起、画意乐韵、艺魂匠心、瓜洲记忆、千年对话七大展区，采取声、光、电及诗、书、画和非遗技艺，全方位、立体式介绍张若虚其人，解读《春江花月夜》这首经典古诗词的艺术魅力。

张若虚与“吴中四士”

首先看到的是张若虚的雕像，身材高挑的张若虚身穿长袍，右手背在后面，左手拿着一把折好的纸扇、神情严肃，浓眉重须，气宇轩昂。据导游介绍：“唐代诗人张若虚是扬州人，曾任兖州（山东济宁）兵曹（古代管兵事等的官）。张若虚与贺知章、张旭和包融都是江浙一带的人，并称为‘吴中四士’。”指其中贺知章、张若虚是当时著名的诗人，张旭是书法家，也是诗人，包融所传诗歌也只有两首。

张若虚是低调而有才华的初唐诗人，生平可考据不多，引起人们丰富的遐想，有部当代昆剧讲述了张若虚的故事，唐中宗神龙二年上元节（元宵节），张若虚在明月桥与大家闺秀辛夷邂逅，一见钟情，未及倾诉衷肠，却被鬼卒错拘而亡，张若虚成了阎罗殿上的钉子户，始终不肯投胎，坚决要见辛夷一面。得到成仙的曹娥遂了他的心愿，27 岁的张若虚死而复生，在明月桥与 66 岁的辛夷在明月桥相会，吟出了《春江花月夜》这首脍炙人口的名作。横跨唐朝由盛及衰的半个世纪，穿越人、鬼、仙三界，情节曲折生动，引人入胜，故事通过丰富的想象，融入了诸多神秘色彩，表达了人们对张若虚生不逢时的惋惜和深深的怀念之情。

张若虚与《春江花月夜》

导游告诉我们，在《唐诗》或抄本中，并没有收录张若虚的《春江花月夜》，直到宋代郭茂倩编的《乐府诗集》中，才收录了七首《春江花月夜》同题诗，真正发现其文学价值的是晚清经学家、文学家王闿运：“张若虚的《春江花月夜》用《西洲》格调，孤篇横绝，竟为大家。”被闻一多先生称为：“诗中的诗，顶峰中的顶峰。”

张若虚《春江花月夜》的创作地点则有三种说法：

一、长期从事瓜洲文史研究的高惠年认为，此诗作于瓜洲，表现的是千年古镇瓜洲江畔清幽如诗的意境之美。

2000多年前的秦汉时期，扬州的长江段也和现在的钱塘江一样，有着生成大潮的地理条件。扬州位于长江和大海的交汇处，地理位置有些类似于今天的上海。长江入海口也是“喇叭口”形，扬州与江对面的镇江焦山之间的江面比较狭窄，扬州以下骤然开阔，散布沙洲，海潮上溯到此处，江的宽度和深度都向上游急骤减小，成为漏斗状，能量与水量聚集，水体急速上涨，于是形成奔腾澎湃的潮涌。据此，才将张若虚纪念馆暨“春江花月夜”艺术馆建在瓜洲。

张若虚的《春江花月夜》沿用陈隋乐府旧题，以月为主体，以江为场景，运用富有生活气息的清丽笔调，描绘了一幅幽美邈远、寂静迷离的春江月夜，抒写了游子思妇真挚动人的离情别绪以及富有哲理意味的人生感慨，创造了一个深沉、寥廓、空灵、宁静、清远的美妙境界。“春江潮水连海平，海上明月共潮生。”江水上涨，充满了活力。“空里流霜不觉飞，汀上白沙看不见。”

写月光的皎洁明亮。“江天一色无纤尘”，作者由大自然的纯净美表达出自己内心的纯净。“江畔何人初见月？江月何年初照人？”体现了作者对人生哲理的思索。“谁家今夜扁舟子，何处相思明月楼？”写离愁别绪。这和苏轼的诗句“但愿人长久，千里共婵娟”所表现的月光下的相思之情是一致的。

全诗有15个“月”字，中国诗词大会有一个“飞花令”环节，要说出带“月”的诗句，说得最多的人获胜。只要会背全诗的人，就能占取主动地位。这也是扬州被誉为“月亮城”的原因之一吧！

全诗共36句，每4句换一韵，随便摘出同一韵的四句诗，都一首绝妙的七言绝句。通篇融诗情画意、哲理思辨为一体，意境空明，想象奇特，语言清新优美，自然隽永，韵律宛转悠扬，素有“孤篇盖全唐”之誉。

中华民族因为汉字的奇丽而熠熠生辉，因为书法的炫丽而刻骨铭心。《春江花月夜》的展示厅内，有多种书法作品供人欣赏，楷书端庄大气，铿锵有力，行草飘若浮云，矫如惊龙；草书龙飞凤舞，潇洒飘逸。

还有动态的画面，可供游客欣赏品鉴。为了给游人以身临其境的艺术享受。展览厅内，有模仿张若虚当年踯躅江边的字正腔圆、抑扬顿挫、声情并茂的配乐朗诵，让游客深深感受到，张若虚虽然心静如水，但始终掩饰不住内心的有志难酬，有妻难聚的声声抱怨，面对月朗潮涌，胸中的波澜化为精彩的华章，尽情地展示在了世人面前。

展览馆中，还展出了演奏《春江花月夜》的场面和所用的各种乐器，让人深信不疑。

二、扬州文化研究所所长韦明铧认为，诗人是站在扬州南郊曲江边赏月观潮，有感而发，创作了此诗，表现的是唐代曲江一带的景色。扬州的潮水称为“广陵潮”。曲江公园内的长廊里，有很多古诗与广陵潮有关，“广陵”是扬州的古称。因此，曲江公园西侧有一条路，叫观潮路，一个酒店叫望潮楼大酒店。位于南通路、徐凝门桥西侧的诗韵广场墙壁上就刻有《春江花月夜》全诗。

“广陵潮”也是民国文学的“三潮”之一，现在扬州广陵区作家协会的会刊《广陵潮》即因此得名。

三、长期从事大桥文史研究的学者顾仁认为，此诗作于扬子江畔，其地在今扬州市江都区大桥镇南部。

隋炀帝与《春江花月夜》

为了形成鲜明的对比，这里还展出了七首同题的《春江花月夜》，其中以隋炀帝杨广的两首诗最具代表性。

隋炀帝杨广有两首精彩的乐府短诗《春江花月夜》。杨广在诗文方面的造诣颇深，他的诗既“雅”，又善用“典”，如他在《玉树后庭花》中有这样两句：“妖姬脸似花含露，玉树流光照后庭。”

隋炀帝杨广的乐府诗《春江花月夜》其一：“暮江平不动，春花满正开。流波将月去，潮水带星来。”暮色笼罩下的长江之水没有一丝波澜，两岸的烂漫春花正是恣意开放的时候，江水似乎随着月亮的西沉滚滚流去，月色黯淡之时，那星光反而随着潮水的流动晶莹闪烁起来。一“动”一“开”，一“去”一“来”，显然是做了精心设计的，春、江、花、月、夜，处处都是动起来的，却生生营造了一个静谧的场景。

隋炀帝·杨广《春江花月夜》其二："夜露含花气，春潭漾月晖。汉水逢游女，湘川值两妃。"眼前那夜间的露珠似乎都蕴含着鲜花的淡淡香气，那清澈的潭水之上荡漾着月亮的光华。"汉水逢游女，湘川值两妃"体现出隋炀帝雅致的诗韵与高度的浪漫主义情怀。

可见杨广虽然是一代帝王，还是具有一定的文学才气；诗歌虽然短小，但还是各有千秋；能够在此展出，必定具有相得益彰的艺术效果。

有福之人会读书

——参观吴道台宅第有感

2017年初春，我曾经带着小记者，步行穿过车水马龙的繁华街道，步行来到位于泰州路中段的吴道台宅第参观，吴道台宅第是晚清在浙江宁波、绍兴、台州三地任道台的吴引孙出资修建的大型私人住宅。是与杭州胡雪岩故居、无锡薛福成故居并称的江南三大名宅之一，现为全国重点文物保护单位。

刚一走到门口，就看见有一组雕塑。那是吴家的四位名人：老大是著名戏剧家、教育家、文学家吴白匋（名征铸，右一），他坐在那里，右腿翘在左腿上，右手拿着一支笔，仿佛在观察创作，告诉人们：“优秀的作品来源于生活。”老二是我国著名的医学寄生虫学家、医学昆虫学家、原医学科学院副院长吴征鉴（左一），他穿着风衣，戴着眼镜，站在那里，慈眉善目，左肩弯曲，手里拿着一本书，右手拿着一只放大镜，仿佛随时都准备搞科学研究，仿佛提示人们："腹有诗书气自华。"老五是著名物理化学家、中科院院士吴征铠（左三），他穿着中山装，左臂自然下垂，右臂弯曲，手里拿着做实验研究用的烧杯，告诉人们："实践出真知。"老六是世界知名的植物学家、中科院院士吴征镒（左二），他坐在那里，左手抚左腿，右手拿着一根植物，若有所思，告诉人们："学而不思则罔。""吴氏四杰"同时参加了1978年的全国科技大会，扬州人为他们而感到自豪和骄傲。

这就引起了我的浓厚兴趣，吴家凭借什么妙招，培养了这么多知名人士？

门口的花树丛中，有一块巨石，上面写着对联："成才未敢忘忧国，有福方能坐读书。"此联不仅把读书与成才有机结合起来，而且说明一个道理，能坐下来静静读书的，才是真正的有福之人，因此不能怕苦畏难；成才以后，一定要以忧国忧民为己任。

从晚清至当代，历经一百多年风雨沧桑，读书报国，始终是这户人家永恒的主题。"格物致知，知行合一，学以致用"是中国文化人的精神传统。吴引孙的父亲早逝以后，母亲独自担起家庭重任，为儿子们读书进学，节衣缩食。为了选择更好的老师教导儿子，她甚至不惜把家从城里搬到乡下，才有了吴引孙、吴筠孙两个儿子科举之路的成功。吴引孙酷爱读书藏书，吴氏的女眷，也可以登读书楼，可见其思想的进步。

走进大门，就能看到院士博物馆，两边抱柱上的一副充满书香气的楹联：“处事无他，莫若为善；传家有道，还是读书。”这就告诉我们，为人处世，要掌握与人为善的原则；认真读书，是培养孩子健康成长的传家宝法。因为只有读书，才能改变个人命运，才能让民族振兴，国家富强。

往北就是爱日轩，这是吴氏四杰展厅。两边抱柱上的楹联为：“夜灯咏史虫吟草，朝几研书獭祭鱼。”这是选自陆游的对仗工整的诗句。吴道台本身嗜书如命，也希望子孙能继承自己的衣钵，在书海中以苦作舟，劈波斩浪，扬帆远航。

东面有一个小花园，花园两边有凉亭，中间有一组 4 人雕像，老师正在教 3 个孩子读书写字。北侧是一方水池，水面绿意盎然，为这座读书楼营造了一种静谧幽雅的读书环境。据说，这一方水池下面是通往古运河的，所以里面有清澈的活水，源源不断，生生不息；花园西侧是一座长廊，里面有一些木刻的院士名言。例如，江明说：“科学的道路从虔诚与喜爱起步。”徐芝纶说：“精益求精是成功之母。”李正邦说：“勤苦治学是人间大道，自己似乎是一个过河卒子，有进无退。”这些至理名言对我们很有启发。

北面便是著名的测海楼了。“测海”二字出自《东方朔传》，其意为“学深似海，登斯楼读书，无异于以蠡测海”。蠡指海水中生长的贝壳，后用为舀水的工具，其难可想而知，借指学无止境。吴引孙以此激励子弟不畏艰险，努力读书。

中间的抱柱上有楹联为："旧学商量加邃密，新知培养转深沉。"这副楹联对仗工整。既有对旧学的探究，又有对新学的接纳。两边抱柱上的楹联为："高阁凌虚有清流，激湍映带左右；宸章在上胜商彝，周鼎传示儿孙。"可见，吴道台对自己的儿孙充满了希望。

"登山则情满于山，观海则意溢于海。"吴引孙一生酷爱书籍，为官几十年，每到一地总会不惜重金购买书籍，日积月累，已有数十万卷。"泰山不让土壤，故能成其大；江河不择细流，故能就其深。"吴家不惜重金，故能藏书多。测海楼就是吴家的读书楼，因为吴家认为："天下第一等好事，无非读书。"吴道台府第的藏书楼规模巨大，与宁波范氏天一阁、虞山瞿氏铁琴铜剑楼、聊城杨氏海源阁齐名，测海楼因其藏书总卷数是天一阁的三倍之多，更是成了读书人心中的圣地。可见，原来这是一座汗牛充栋、满目琳琅的藏书楼，楼下供读书之用，楼上是藏书之处。

测海楼的藏书概不外借，只许在楼内登记阅读；不得在书上圈点勾画，更不得撕毁，否则不再借阅；借书必须当日归还。二楼正中梁上，有一个滑轮，而滑轮下方的地板是用一排木栅栏间隔开的。这里的地板是可以随时装卸的。楼下有人想看书，必须先在楼下登记，管理人员上楼检索后，通过滑轮将书放在一个斗子里，吊到楼下来。你读完书，再放入斗子里，让管理人员再吊上去保存。古人说："爱饭有饭吃，爱衣有衣穿，爱书有书读。"这样既有利于对书的保护，又督促家人用心读书，用脑记忆，实在不行，只有做好摘录。学问不到一定程度，是不能上楼看书的。我这才恍然大悟，难怪吴家后人都这么优秀呢！

现在这里已经建成院士博物馆了，这是让人们永远牢记这些为祖国做出重大贡献的杰出人才并向他们学习啊！

参观朱自清故居

从吴道台宅第出门右拐，进入黄牛巷，这是由皮市街读书文化品牌社区精心打造的一条书香小巷，就是这条别具一格的小巷，成了两个文化名人故居的桥梁和纽带。向西走，就看到两边的墙上有对吴道台和朱自清的介绍。路过宁静优雅的居民小区，经过青石砖块铺设的小路，来到安乐巷 27 号，这就朱自清故居——省级爱国主义教育基地。在这里，可以寻找到朱自清先生的成长足迹。

朱自清原籍浙江绍兴，出生于江苏连云港东海县平明镇，后随父母定居扬州，自称“我是扬州人”。原名自华，号秋实，后改名为自清，号佩弦。是现代杰出的散文家、诗人、学者和民主战士。

从东大门走进古色古香的屋子，就看到第一部分——朱自清故居展览，中间有天井，天井里有青砖铺地，长在砖缝里的青绿色的苔藓时隐时现，北面的堂屋的墙上有康有为所书对联：“开张天岸马，奇逸人中龙。”对联的下面，摆着一张雕花八仙桌，桌上供奉着一尊玉观音，旁边还有一座古式钟。堂屋两侧分别是东西厢房，里面的设施虽然简陋，但里面都挂有字画，从骨子里透露出书香门第的鲜明特点。

从堂屋的小门走进后院，首先看到的是一尊朱自清先生的雕像，背后是一幅莲花图，象征了朱自清先生清正廉洁的高尚品质；院子的角落里，还栽种着一棵棵挺拔坚强、苍翠欲滴的青青翠竹，象征着朱自清为人正直、不屈不挠的崇高精神。

在雕像的北侧，就是朱自清生平事迹陈列室——永远的朱自清。墙上以“半百人生路”“书卷传薪火”“傲骨仰千秋”三个部分，对朱自清先生作了全面介绍。一个个玻璃展柜中，陈列着朱自清先生用小楷毛笔书写的一则则日记和一篇篇散文。从这里，我们除了能够深度了解朱自清这样一位散文大家的成长足迹以外，还能知道，他是一位杰出的民主主义战士，明辨是非，爱憎分明。他和陶渊明一样，绝不为五斗米折腰。朱自清在生前就斩钉截铁地告诉妻子：“宁可饿死，也不要美国的救济粮。”即使他身患重病，也能抬起头颅，挺起脊梁，要妻子退掉美国的救济粮票。他还在《抗议美国扶日政策并拒绝领取美援面粉宣言》上签了名……为了维护国家和民族的尊严，他宁死不屈，展示出一个爱国知识分子伟大的民族气节。

临出门前，进入朱自清先生的书房，我感慨良深。每当夜深人静之时，朱自清先生耐得住寂寞，独自坐在这张书桌旁，津津有味地读着一本本圣贤宝书；伏在这张书桌上，奋笔疾书，创作出一篇篇精美的散文；有时会躺在旁边的床上，为祖国的前途和命运担忧得辗转反侧，夜不能寐。陪伴他的可能只有明亮的月光、星光、煤油灯或蜡烛的光，还有就是一阵阵由天井里吹进来的呼呼风声。这种坚持不懈的学习、工作和创作的热情，正是我们需所要认真学习的滴水穿石、持之以恒的顽强不屈的精神。正是在这样幽静的环境里，朱自清先生才走得更远吧！

朱自清是从扬州走出去的伟大散文家，人们为了纪念他，学习他的伟大精神和高尚人格，除了精心修缮、开放了他的故居外，还在廖家沟万福大桥西岸，华师大广陵实验中学和育才东校区旁边，修建了朱自清公园，设立了朱自清散文奖，将原文昌小学改成了朱自清小学，将原教院附中改成了朱自清中学等等，充分体现了扬州这座城市崇尚读书、崇敬伟人、弘扬传统文化的精神风貌，也拓宽了扬州这座文化名城的精神内涵。

为英雄点赞

——参观史公祠有感

尊敬的老师，亲爱的同学们：

大家早上好！今天我演讲的题目是“为英雄点赞！”

在清明节到来之际，我曾带着小记者来到史公祠，拜谒伟大的民族英雄史可法的英灵，为英雄点赞：“英雄千古，明月长存。”

史可法是明末政治家，军事统帅，民族英雄。1645 年 4 月 15 日，清兵“黑云压城城欲摧”，史可法带领三千人马，奋起反抗；宁死不降，舍生取义，壮烈殉国。他的儿子（副将）没有找到父亲的遗体，只将父亲的衣冠葬在梅花岭下，做成衣冠冢，以作纪念。

从对联“斗酒纵观廿四史，炉香静对十三经”看出，他一直饱读诗书，勤奋刻苦。从他自题联“古砚不容留宿墨，旧瓶随意插新花”的上联可知，他是“今日事，今日毕”；下联表明自己喜欢“领异标新”。

史可法的飨堂前有清人的楹联：“数点梅花亡国泪，二分明月故臣心。”运用比喻和对偶的修辞手法，赞颂的史可法的心如明月般纯净。走廊内侧楹联是：“时局类残棋，杨柳城边悬落日；衣冠复古处，梅花冷艳伴孤忠。”上联写当时的形势，下联说这虽是衣冠冢，但仍有梅花相伴。飨堂内的楹联是：“骑鹤楼头难忘十日，梅花岭畔共仰千秋。”也是告诉人们要让史可法的精神永垂不朽。“生有自来文信国，死而后已武乡侯。”此联教育后人既要学习文天祥忠君爱国的精神，也继承诸葛亮死而后已的精神。

史可法的飨堂前有清人的楹联：“数点梅花亡国泪，二分明月故臣心。”梅花仙馆外有一副今人写的抱柱楹联：“万年青史可法，三分明月长存。”史可法作为一个民族英雄，永远活在世世代代人民心中。我们要为像史可法这样的英雄点赞。

由此，我想到了南宋末年政治家、文学家、抗元名臣、民族英雄文天祥。他自赴南剑州聚兵抗元，在五坡岭被俘，被囚三年，屡经威逼利诱，仍誓死不屈。他曾写下著名的《正气歌》，表明“天地有正气”的信心；在《过零丁洋》中有这样的名言：“人生自古谁无死，留取丹心照汗青。”大气磅礴，气吞山河，激励了多少仁人志士奋勇抗击侵略者。我们为他的博大胸怀点赞。

抗金名将岳飞是南宋著名的军事家、战略家、民族英雄。十余年间，率领岳家军同金军进行了数百场战斗，所向披靡。岳飞在《满江红·怒发冲冠》一词中有“壮志饥餐胡虏肉，笑谈渴饮匈奴血”的铮铮誓言，我们为他的雄心壮志点赞。还有顺利收复台湾的郑成功，勇敢抗击倭寇的戚继光也值得我们后人点赞。

宋代女词人、婉约派代表李清照针对在江宁担任知府的丈夫赵明诚在危难之时仓皇弃城出逃的行为，写下了著名的《夏日绝句》：“生当作人杰，死亦为鬼雄。至今思项羽，不肯过江东。”可见李清照在为项羽点赞的同时，也对因在遇到叛军逃跑而被革职的丈夫感到耻辱，是非分明。如果我们是非不分，怎能对得起那些为国捐躯的英雄？

古代英雄值得点赞，近现代英雄也值得我们点赞。如抗日战争时期打入到日军内部的地下党员；解放战争时期，接替亡夫搞潜伏、28 岁被捕受尽凌辱、壮烈牺牲的江竹筠（江姐原型）；在监狱中，与敌人坚持斗争的许晓轩（许云峰的原型）；在战场上舍身炸碉堡的董存瑞；抗美援朝战争中，用胸膛堵住敌人机枪眼的黄继光；在烈火中永生的邱少云等烈士同样值得我们点赞。

写到这里，我想起了《英雄赞歌》：“……人民战士驱虎豹，舍生忘死保和平！为什么战旗美如画，英雄的鲜血染红了它；为什么大地春常在，英雄的生命开鲜花。”这就是歌唱家在为我们的英雄放声点赞。

我们既要为战火纷飞年代的英雄点赞，也要为当今的英雄点赞。在渡江南路和连运路交叉口的东南角，有一条巨幅宣传标语：“坚决扛牢政治责任，守护人民生命安全。”我才恍然大悟，我们国家的防疫效果如此之好，是因为有中国共产党的英明领导，领导中国人民负重前行。耄耋老人钟南山院士为国家的有效抗疫献计献策；千千万万的医护人员，舍小家，保大家，逆行而上；社区工作者、群众志愿者，把党的关怀送到千家万户。奋战在抗洪抢险、抗震救灾前线的解放军战士，为保卫人民生命财产安全做出过重大贡献，还有平民百姓中的见义勇为者，他们都是我们心目中的英雄，我们都要毫不犹豫地为他们点赞，才能弘扬正气，让社会更加和谐，人民更加幸福，国家更加富强。

我的演讲到此结束，谢谢大家！

向古银杏树鞠躬

在扬州古运河东岸，解放桥南侧，有一处坐东朝西的普哈丁墓园，俗称“回回堂”。正面临河，门额题为“天方矩镬”，可能是古运河水上游览线，由此上岸参观非常方便。整个墓园由墓域、清真寺、公园三部分组成。普哈丁为伊斯兰教先贤穆罕穆德的十六世裔孙在宋咸淳年间来到扬州传教，在汶河路的东侧，兴建了东南沿海四大清真寺之一的仙鹤寺，病逝后安葬于此墓园。过去，我经常带学生小记者前来参观。

在墓亭的东北处，有一株有700余年树龄的银杏。高有10余米，体态粗壮，古朴苍翠，仿佛有一股非常强大的生命力从树身中涌现出来。从树的根部来看只有一株，我让四个高个子男生手搀手才能抱过来。从树身来看，共有两株，而且中间没有树皮，只能看见白色的木质。有的有树梢，有的连树梢都没有。虽然是自然环境非常恶劣，曾经遭受过电闪雷鸣的摧残，历经数百年夏日如火般炎阳的考验，经过无数次狂风暴雨的洗礼，遭到数百载冰天雪地的严寒的折磨，但至今枝繁叶茂，老当益壮，仿佛焕发出青春的光彩，精神抖擞又无怨无悔地守护着墓园。

因为它象征着中外历史上的三个人顽强不屈的高尚精神，所以我提议，同学们向这棵神奇的银杏树三鞠躬。

一鞠躬，是因为它是象征普哈丁顽强不屈的精神。普哈丁从阿拉伯国家，不远万里，来到中国扬州传播伊斯兰教，让中西方文化得以交流，为其后代树立了榜样。

二鞠躬，是因为它是象征唐代高僧玄奘顽强不屈的精神。玄奘本姓陈，名祎，洛阳人。史书记载，玄奘西行求法，往返十七年，旅程五万里，所历“百有三十八国”，带回大小乘佛教经律论共五百二十卷，六百五十七部。归国后受唐太宗召见，住长安弘福寺，后又住大慈恩寺。他为把印度佛教传到中国做出过杰出贡献。

三鞠躬，是因为它是象征唐代扬州大明寺的高僧鉴真顽强不屈的精神。唐代高僧鉴真大师曾六次东渡，历尽艰险，直至双目失明，才将佛教经典、中国文化和种植技术传到日本，为中日两国人民的友好相处做出过杰出贡献。

同学对这棵树三鞠躬后，在以后的学习征途中，再遇到困难时，就会想起这棵富有灵性的大树，就会努力战胜一种种艰难险阻，跨过一道道险滩和坎坷，勇往直前，取得令人瞩目的成绩。

拜谒中山陵

去南京旅游的第三天，我们就骑着自行车，去中山陵参观。中山陵景区位于南京东郊的紫金山第二峰。孙中山在北京逝世，临终前曾嘱咐道："吾死之后，可葬于南京紫金山南麓，因为南京为临时政府成立之地，所以不可忘辛亥革命也。"

中山陵前有个半月形的广场，广场正南面有个三层八角形的石台，上面矗立着一尊三足两耳的紫铜鼎，上面有"智仁勇"三字校训，这是由中山大学全体师生捐赠的。鼎内六角形的铜牌上，刻有《孝经》全文，所以这尊宝鼎又称孝经鼎。

孝经鼎对面是一座巨大的博爱坊，是孙中山根据韩愈《原道》的"博爱之为仁"之句手书的，"博爱"这两个镏金阴文是对先生伟大精神的最好写照，表明他毕生为民族的独立自由而奋斗不息。

走过博爱坊向前，是一条宽大的墓道。墓道两侧种有对称的雪松、桧柏、银杏、红枫等，象征着中山精神与青松翠柏一样，万古长青。

墓道前面是一座单檐歇山式的陵门，上面覆盖着蓝色琉璃瓦。孔子在《礼记礼运》中有言："大道之行也，天下为公。"所以，中山陵陵门上方有孙中山先生亲笔题写的"天下为公"四个大字。

从碑亭向上共有上三下五八段台阶，寓意为"三民主义，五权宪法"。三民为：民族、民权、民生；五权为：立法、司法、监察、行政、考试。从博爱坊算起，共392级台阶，意图是让我们这些游人记住总理的遗言："革命尚未成功，同志仍需努力。"

陵墓的主体建筑是祭堂，屋顶为重檐歇山顶，上方有孙中山手书"天地正气"四字，门楣上有元老张静手书的"民族""民生""民权"六个篆字，这是孙中山提倡的三民主义。

祭堂的正中有中山先生长袍马褂全身坐像。孙先生端坐在太师椅上，双脚并拢，膝上摊着展开的长卷，双目凝视前方，表现出一位思想家的深沉与睿智。石像四周有六幅反映中山先生事迹的浮雕，东面是"出国宣传""商讨革命"，南面为"如抱赤子"，西面为"振聋发聩""讨袁护国"，北面是"国会授印"，在黑色大理色的衬托下，白玉的坐像显得更加高洁。

再往里走，就看见天穹状半球形封闭墓室。墓色上方是孙中山先生身着中山装的汉白玉卧像，卧像下方五米处为墓穴。

中山陵怀抱金陵，头枕钟山，背倚长江，周边的景色郁郁葱葱，树林荫翳。象征着孙中山先生的精神万古长青。正如臧克家先生在《有的人》一诗中所说："给人民做牛马的，人民永远记住他。"我们缅怀孙中山先生，就是要像先生学习，大力弘扬伟大的爱国主义精神，增强民族自信，做好本职工作，不断建设好我们伟大的国家，为广大人民谋福祉。

拜谒明孝陵

我们参观完中山陵后，就参观了西侧的明孝陵。明孝陵位于紫金山南麓的独龙石峰下，是明朝开国皇帝朱元璋与皇后马氏的合葬陵墓，因皇后谥号“孝慈”，奉行孝治天下，故名孝陵。

明太祖朱元璋是明朝开国皇帝，是一个充满传奇色彩的人物。幼时贫穷，曾为地主放牛。后入皇觉寺，云游四方，增长见闻。二十五岁参加郭子兴领导的红巾军，反抗元朝，后以“驱逐胡虏，恢复中华”为号召，派遣徐达、常遇春举兵北伐，结束了元朝在全国的统治。其后平定西南、西北、辽东等地，最终统一全国。朱元璋在位期间，无论在政治上、军事上，还是在经济上、文化上，抑或是对外关系上，都取得了重大的进步，确立了“不征之国”的地位。在他的统治下，社会生产逐渐恢复和发展，史称“洪武之治”。明孝陵规模宏大，形制独特，环境优美。

首先这是明成祖朱棣为其父朱元璋建的“大明孝陵神圣功德碑”。看到四方城碑亭的神道庄严肃穆的神道东段，两旁有 6 种神兽，每种两对，共 12 对 24 件，每种两跪（寓意晚间侍寝）两立（寓意白天侍奉），夹道迎侍，24 小时值守。既体现了皇家陵寝的礼仪要求，又各有深刻寓意：狮子为百兽之王，显示帝王的威严，它既是强大皇权的象征，又起到镇魔辟邪的作用；獬豸是一种神兽，独角、狮身、青毛，它怒目圆睁，秉性忠直，明辨是非曲直，识别善恶忠奸，它能用角抵触有罪的人，是勇猛、公正的象征，是司法“正大光明”“清平公正”“光明天下”的象征；骆驼是沙漠之舟，象征着不畏艰难险阻，冲出困境，走向胜利，它表示大明疆域辽阔，皇帝威震四方；大象是兽中巨物，因其诚实忠厚的形象而成为全世界的吉祥物，它四腿粗壮有力，坚如磐石，表示国家江山的稳固；麒麟是传说中的“四灵”，即麟、龟、龙、凤之首，它是披鳞甲、不履生草、不食生物的仁兽，雄的叫麒，雌的叫麟，象征“仁义之君”和吉祥、光明；马，在古代是帝王南征北战、统一江山的重要坐骑。它热烈，高昂，奔放，象征帝王具有圣贤、能力和作为。

后面是一对高大的华表，上雕云龙，气势不凡。再往前走，折向北面的神道上，还可以看到身着盔甲或蟒袍的文臣武将，两老两小，象征大明王朝后继有人。这些石人石兽体型巨大，刀工圆润，是明代石刻的精湛工艺。

明孝陵的朱红大门坐北朝南，正对梅花山。甬道尽头有一座大石桥，又称升仙桥，意为过了此桥就进入了“仙界”。这是人们生前对死后生活的美好向往。

桥北有一座方城，沿 54 级隧道登顶，极目远眺，东面有中山陵，南面是梅花山，西面有中山植物园，北面是“宝顶”。举目眺望周围树木葱茏，侧身聆听八方松涛阵阵。游客们会情不自禁地发出思古之忧情：“大江东去，浪淘尽，千古风流人物。”

明孝陵是国家 5A 级重点风景名胜区，有“明清皇家第一陵”

的美称，是世界文化遗产。代表着明初建筑和石刻艺术的最高成就。但我有一个疑惑：为什么明孝陵在南京，而明十三陵在北京呢？通过查阅资料、向任教历史的闫迎春老师请教，才知道原因，这主要是皇室内部斗争和政权更替产生的结果。

参观定远舰

——沿海旅游日记之三

2010年7月6日下午，我们来到宜居城市、英雄城市威海。威海原名威海卫，因为这里是海防前线，肩负着保卫祖国的重大使命。来到景区后，远远就看到总长94.5米、最宽处18米的雄伟战舰。这就是在中日甲午海战中立下汗马功劳的英雄战舰——定远舰的一比一复制品。

定远级铁甲舰是中国清政府委托德国制造的7000吨级的铁甲舰。定远级铁甲舰有两艘，分别为定远号和镇远号，二舰于1885年开始服役，成为清北洋水师的主力战舰，而定远则同时为北洋水师旗舰。定远、镇远二舰不但是北洋水师的主力，服役时更是当时远东最大型的军舰。战舰分上下五层，最高层有瞭望哨。定远舰满载排水量7335吨。蒸汽动力，台复合平卧式蒸汽机，马力6000匹。主炮为4门，副炮为2门，鱼雷发射管3具。下面有医院、厨房、餐厅、淡化海水舱、指挥舱、会议室、卧室等。

在战斗中，定远舰曾一次又一次击退了日军的进攻，击毙日本海军的高级指挥官。因此成为日本海军的眼中钉，肉中刺，被定为集中打击的对象，虽中弹受伤，但因其铁甲坚固而只受一般破损，还未失去战斗力。

后来北洋水师退入威海卫以自保，1895 年 2 月 4 日，日军鱼雷艇偷袭威海卫，以鱼雷击中定远左舷。清军将定远舰移至浅滩搁浅，当作炮台使用。2 月 9 日，陆上之日军占领威海卫附近的清军炮台，以岸炮击伤定远舰。为防止战舰落入日本人之手，10 日，管带刘步蟾提督丁汝昌下令炸毁定远舰，刘步蟾丁汝昌等很多爱国志士以身殉国，谱写了一曲可歌可泣的动人篇章。可悲的是，后来这艘战舰还是被日本人打捞起来，拆毁了很多有价值的东西。

中日甲午海战以中国北洋水师的全军覆没而告终，清政府派李鸿章赴日本马关议和，签订了丧权辱国的《马关条约》，割让刘公岛和台湾给日本。当时人们呼吁："愿人人战死而失台，不愿拱手而让台。"可见，爱国志士众多，爱国声势浩大。

人们不禁要问："强大的北洋水师，为何会在短短的 8 个月内被日本海军蚕食殆尽？"一是"家不和被人欺"，给日军有可乘之机。因为慈禧太后先支持康有为、梁启超的洋务维新变法运动，但听了保守派的谗言后又出尔反尔，迫害一些志士仁人。二是军事力量的悬殊。慈禧为庆祝自己的六十大寿和儿子的大婚，大兴土木，造成国库空虚，军费不足，连续六年未补充海军装备，致使炮弹都是一些装有黄沙的哑弹。而日军装备先进，发射炮弹的速度是北洋海军的 100 倍（北洋海军 10 分钟发一发炮弹，日军海军每分钟发 10 发炮弹）。日军的战舰行驶速度也比中国快得多，所以，邓世昌的志远号虽想撞沉日舰，但因速度太慢，

“出师未捷身先死”，最终被日本海军击沉。这就再一次印证了“人无远虑，未有近忧”和“落后就要挨打”等至理名言是无比正确的。

定远舰的文物陈列展示，能够让人们牢记沉痛的历史教训，激发起人们强烈的爱国意识，是效果绝佳的爱国主义教育基地，威海人民抵制日货，就是爱国主义精神的具体体现。

刘公岛不仅是个岛

——沿海旅游日记之四

关于刘公岛的传说，主要有两个版本，一是说东汉末年，刘氏皇族有一支人因为不堪曹魏政权的迫害迁居岛上避难，刘公即刘明。二是民间流传的刘公刘母的故事，夫妇二人是救命神仙，专门救助海上遇难之人，人们为了感谢他们的恩德，在岛上修建了刘公刘母祠。

刘公岛不仅仅是个岛。它的森林覆盖率高达87%，是名副其实的国家级海上森林公园，也是全国绝无仅有的海上森林公园。

在这里，可以观赏碧海蓝天的壮阔美景。你看，掩映绿树丛中的红瓦白墙，是这里“头枕青山，脚蹬碧水”的建筑群，在这里的任何一建筑物里，都可以尽情观赏海天一色之美景，这里和南方的昆明一样，冬无严寒，夏无酷暑，一年四季，

温暖如春；这里山川秀丽，风景优美，空气新鲜，是天然的大氧吧，让人流连忘返，心旷神怡，乐不思蜀，难怪很多人把这里当成旅游度假的圣地。这里碧海蓝天，红瓦绿树，是大自然赏赐给人类的一幅美不胜收的巨幅山水画卷。

在这里，可以欣赏松石浪涛之奇观。你站在望海楼上远眺，周围美景尽收眼底，碧波荡漾的海面上，一艘艘快艇装载着人们的欢声笑语来回穿梭，激起一片片白色海浪，声音气势磅礴，犹如一首大海交响曲，让人精神振奋。在苍茫的大海上，一群群海鸥、海燕等海鸟，一会儿自由展翅飞翔，一会儿又箭一般地直冲向海面，用翅膀掠起海浪的飞沫，尽情地嬉戏。近处，松涛阵阵，向人们诉说着今日刘公岛的宜人与繁华，坐在观光车、观光游艇抑或是空中索道环岛一周，可以览尽海上仙岛松石浪涛之奇观，让人浮想联翩，夜不能寐。

在这里，可以品味沧桑历史之厚重，这里曾是北洋水师学堂的所在地，曾经缔造出一支强大海防军队，这里是曾经是中日甲午海战的古战场，多少中华民族的优秀儿女，在这里“捐躯赴国难，誓死忽如归”，留下了多少可歌可泣的动人篇章，今天，中国人民站起来了，国家强大起来了，我们可以自豪地说：“谁还再敢偷窥挑衅，定叫他有来无回，死无葬身之地。”

刘公岛不仅仅是个岛。它还是中华民族助人为乐的精神体现，是人与自然和谐相处的典范，是中华民族不畏强敌、誓死卫国的大无畏英雄气概的具体诠释。

今非昔比的旅顺

——沿海城市旅游日记之七

2010 年 7 月 10 日，我们从大连驱车来到旅顺，对旅游者来说，这倒是一个很好的地名，我的理解是，旅顺旅顺，旅途一帆风顺。但是，我今天的心情就和今天的阴沉着脸的天气一样，怎么也好不起来，偌大一个中国的军事重地，昔日竟然曾经是日俄战争的古战场？怎能不让人思绪万千，浮想联翩呢？

上午，首先来到东鸡冠山北城堡入口处。

中日甲午海战结束以后，因为中国战败，所以这里曾被日本人占领，后来日军撤走，这里又被俄国人霸占，日本人岂能罢休。于是爆发了鲁迅先生在《藤野先生》一文中所提到的残酷的日俄战争。俄军阻击战壕位于山的临海一侧，可以说是易守难攻。但日军凭借着强大海军力量，打开了旅顺口，占领了高 206 米的 203 高地，日俄战争爆发。

在这里，我们看到了俄军的伙食房兼包扎所，这里不足 20 平方米的山洞确要保证 400 多人的吃饭就医。旁边有电话室，可见指挥所也在这里，再向前走，我们看到一个类似小隧道的长长的山洞，据说，这就是俄军当年的宿舍。这里有一壕沟，据导游介绍，这里曾经填满战争的残骸。日俄战争以日本战败而告终，但毕竟又沦为俄国的殖民地了，这个闻一多先生的《七子之歌》之一的旅顺直到1955年才兴高采烈地回到祖国的怀抱。

俄国曾要求在此为战死的俄国军官立碑纪念，被我国政府严词拒绝。中国的大地上，怎能允许为占领军树碑立传呢？当然这是要靠军事实力说话才能行得通的哟。

后来，我们参观了清代海防炮台南子弹库。在这里，我们虽然看到李鸿章写的“虎踞”与“龙盘”四个刚劲有力的隶体大字，不但没有产生自豪感，反而产生一种耻辱感，因为强大的北洋水师就是在李鸿章的手下全军覆没的呀！但是，毛泽东在《七律·人民解放军占领南京》一诗中所写的“虎踞龙盘今胜昔，天翻地覆慨而慷”。就能让人产生一种精神倍增的感觉，因为领导人的气魄有天壤之别啊！

下午，我们参观了现在被称为全球五大军港之一的旅顺港。感觉真是今非昔比。这里，东西两山对峙，门户天成，易守难攻。看着远方的一艘艘银灰色的军舰，我们顿时感到，祖国的大好河山和人民的生命财产有了一种安全感。于是，我想到了《军港之夜》中所唱到的：“军港的夜啊静悄悄，海浪把战舰轻轻地摇，年轻的水兵头枕着波涛，睡梦中露出甜美的微笑……”现在，随着祖国的强大，全国人民都会在睡梦中露出甜美的微笑。

梁启超说："少年强，则国强。"无数历史经验告诉我们一个深刻的道理："青少年只有不忘初心，奋力前行，勇于创新，才能立于不败之地。"

仁者见仁，智者见智

——参观严子陵钓台有感

2019 年 7 月 20 日上午，我们乘船游览了富春江，见到了《与朱元思书》中所写到的“夹岸高山，皆生寒树”“水皆缥碧，千丈见底”的奇特山水景观。今天到此游览，我对“严子陵钓台，天下第一观”的景观情有独钟。这里山水风光被称为富春江小三峡。欣赏严子陵钓台碑园，颇有一番情趣。

导游介绍，第一块碑文是中国书法家协会副主席刘炳森用隶书写的北宋范端臣（碑文上有说明）的诗《钓台·山东太白谪仙人》：“山东太白谪仙人，笔卷天河气拂云。百代公卿嘲哂遍，清溪石上想严君。”我查阅了原文，原来是北宋文学家李廌写的。可见，很多诗文是需要考证的噢！不知道当时的书法家为何搞错。李白是如何评价严子陵的呢？请往下看。

第二块碑文是由著名书画家卓然（安徽人）用左手写的狂草，如果不是导游耐心讲解，我们还真认不出来，这说明，辨认草书是要有一定书法功底的。这是唐代李白写的《酬崔侍御》：“严陵不从万乘游，归卧空山钓碧流。自是客星辞帝座，元非太白醉扬州。”这是李白写给自己的好友崔成甫的一首诗。严陵即严子陵，名光。东汉人，年少时，曾经与刘秀一同游学，为同窗好友。刘秀称帝后，严光更名隐遁；汉光武帝刘秀遣人觅访，征授谏议大夫。有碑文记载，皇帝曾写过一封信给严子陵，三次情真意切地邀请严子陵出山，为国效力，都被严子陵婉言拒绝。

严光退隐富春山，设此钓台，垂钓于富春江。从“游”可以看出，李白借用这一典故是为了拿自己与严子陵形成鲜明对比。严子陵具有不事王侯的高风亮节，而自己虽受唐玄宗赏识，供奉翰林，实际上只是一个文学侍从，表明自己羡慕退隐江湖的原因，实属无奈之举，而不是太白酒醉游扬州。这给我们一个深刻的启发，写诗有感而发，才能打动人心。正如白居易所说：“文章合为时而著，歌诗合为事而作。”

第三块碑文则为行楷：“扫叶煎茶摘叶书，心闲无梦夜窗虚。只应光武恩波晚，岂是严君恋钓鱼？”这一观点与前诗截然相反，不是严子陵甘愿做这种耕种垂钓的生活而不想做官，而是皇帝封官命令来得太晚了。

范仲淹在《严先生祠堂记》中言：“云山苍苍，江水泱泱；先生之风，山高水长。”范仲淹认为严子陵的作用就是正风俗于当时吧。苏东坡在《过钓台》中，赞美严子陵的清风“昭昭令誉垂千古，耿耿清风播九垓”。反映了严子陵不为名、不为利的高风亮节，对后世影响至深，正风俗的作用至大。从这一点来看，严子陵的耕钓隐居确是该大加颂扬。

然而，“一千个读者，就会有一千个哈姆雷特。”后来我国台湾的国民党元老陈立夫写过一首诗，委婉地批评了严子陵的错误：“为国尽至忠，为民族尽大孝，以此立教，子孙必昌，国族必强。”此诗说明，陈立夫是不赞同严子陵过隐居生活的。因为“国家兴亡，匹夫有责”嘛！但有些人隐居的目的是“醉翁之意不在酒”，正如曹雪芹在《红楼梦》中所言：“玉在椟中求善价，钗于奁内待时飞。”又如陈寿在《隆中对》中所言：“智能之士，思得明君。”诸葛亮即是如此志能之贤士。

对于严子陵的奇闻逸事，尤其是隐居的真实原因，史书并没有真实详细的记载，只凭人们的口口相传，最终是仁者见仁，智者见智，甚至有点主观臆断了。

“炎黄子孙，龙的传人”探源

——红色旅游日记之二

2010年8月10日上午，我们参观了黄帝庙，拜谒了黄帝陵，弄清了许多问题。

皇帝与黄帝

皇帝中国封建社会里，国家的最高长官，也称天子。最早来源于三皇五帝的传说。三皇的说法很多，但通常指“燧人氏、伏羲氏和神农氏（有人称之为炎帝）”。燧人氏钻木取火，伏羲氏始造文字，神农氏教民耕种。五帝通常指黄帝、颛顼、帝喾、唐尧和虞舜。接替炎帝（神农）的是黄帝，是中华民族最引为骄傲的伟人，是中华民族的人文始祖。姓公孙，名轩辕，出生于五千年前的黄土高原。因此，今天的中华民族就自称为“炎黄子孙”。

黄帝庙与黄帝陵

黄帝陵景区由黄帝庙与黄帝陵两部分组成。来到景区门前，首先映入眼帘的是一块巨石，上刻“黄帝陵”三个红色行书大字，与众不同的广场上，有5000块脸盆口大小的鹅卵石铺成，象征中华民族自黄帝以来5000多年悠久的文明历史。经过沮河上一座66米的轩辕桥，爬上象征黄帝至高无上“九五至尊”的95级龙尾道的三层平台，就来到了由汉武帝立的轩辕庙，庙内供奉着轩辕黄帝墨玉浮雕像。门柱上有两副楹联，中心联上联是“院内千秋柏，祥云浮紫阁”，主要是环境气氛描写；下联是“亭中诚心人，喜气绕朱轩”，主要是描写具有诚实品质的人的心理活动；最两边的上联是“开天辟地，始祖神圣通四海”，主要写黄帝的贡献，下联是“人文光辉，千秋永照遍九州”，主要写黄帝对后世的影响。

庙内的一块青石上，刻着黄帝的一双硕大的脚印，让人叹为观止。有三株令人肃然起敬的古柏：最大的是黄帝手植柏，有5000多年历史，需7人合抱才行。第二株是汉武帝巡视朔方路过此地挂过甲的“挂甲柏”，第三株是树梢形似龙尾的“龙尾柏”。还有很多的石碑题词，反映了真实的历史风貌。

此外，我们还看到了投资1.4亿元、正在兴建的国家级祭祀场馆已初具规模。旁边的轩辕殿前的东侧悬挂一口“龙魂大钟”，西侧放置一面“闻天大鼓”，还有乐队在吹奏乐曲，歌颂黄帝功德，企盼龙腾华夏。

接着，我们乘电瓶小汽车来到黄帝陵。下车后，首先看到岔道口有一下马石碑。为了表示对黄帝的尊敬，到此后，武官必须下马，文官必须下轿，百姓必须下车。沿途数亿万计的古老苍劲的柏树使周围的气氛庄严而肃穆。黄帝崩，葬桥山。来到桥山拜谒黄帝陵后，看到两副楹联：“奠华夏宏大业基，始祖恩德泽万世；树炎黄浩然正气，民族精神炳千秋。”“黄帝英魂壮民魂，中华国脉承龙脉。”陵前有汉武帝来此祭祀黄帝所修筑的祈仙台，叫汉武仙台。从右侧攀上去是77级，有幸见到《中国黄帝陵地貌新考·人文景观》的作者高俊元先生，请他签名后售给我一本，以作研究之用。从左侧走下仙台是78级，用的是成语七上八下之意。

登上盘龙岗，眺望四周，南山似兽中之王——虎，曲身平卧；东山似百鸟之冠——凤，俯地长鸣；西山似甲虫之首——龟，万年翘望。既有虎踞龙盘之势，又有寿龟吉凤卫护。

龙与龙的传人

传说，轩辕黄帝110岁时，大业已成，在九月初九重阳节这一天，天帝派巨龙到桥山接走轩辕黄帝。因此，黄帝是乘龙升天，羽化成仙。临行时，桥国百姓舍不得黄帝离开，一齐蜂拥而上，扯下了黄帝的衣冠，拽下了黄帝的靴子。这里是黄帝的衣冠冢，旁边有龙驭阁为证。

再往陵后的盘龙岗上攀登，就可以看到山头两边都有一株对称的无叶无皮树，外表看，像是龙盘柱一样，树表面的木纹很有规律地盘旋而上，虽像是枯树，但经科学检测，却是两株富有顽强生命力的柏树，犹如栩栩如生的龙角，真是神奇，令人叹为观止。因此，人们称之为“龙角柏”。前面说过，轩辕庙里有龙尾柏，龙尾道。也就是说，桥山在龙首位置，两株龙角柏为龙角，汉武仙台为卷曲向上的龙舌，黄帝陵恰似龙口所含的珍珠。黄陵轩辕庙处在龙尾之处，整个桥山就像一条腾飞的巨龙。由“巨书老人”杨丕光先生在黄帝陵前书写的特大“龙”字，达108平方米。

泱泱黄河孕育了中国龙，轩辕黄帝故里——陕西省黄陵县被誉为龙的故乡。千百年来，人们喜欢龙，崇拜龙，赞美龙，舞龙灯，划龙船，龙成为中华民族的象征。真是龙山龙水龙的故乡，龙子龙孙龙的传人。

桥山南下沮河过，古柏苍苍枕碧波。轩辕千秋精神存，黄帝万世恩泽我。黄帝是人不是神，这诸多神话传说，充分体现了百姓对爱民黄帝的良好祝愿和感恩戴德的情怀。

用延安精神引导学生健康成长

——红色旅游日记之四

2010年8月11日，红色旅游进入第三站——红色革命根据地延安，一路上，中巴车上播放的全是《南泥湾》《十送红军》《在北京的金山上》《山丹丹开花红艳艳》等红色革命歌曲，着实给人以精神振奋之感，途经南泥湾，车上还介绍了毛泽东送儿子毛岸英去三五九旅参加大生产运动的故事。

到延安后，我们首先看到的是宝塔山，虽然没有去爬山的计划，但导游还是让驾驶员停车，让我们“在宝塔山下留脚印”，听“延河滚滚喊前进”。

“杨家岭的红旗高高地飘，革命万里起高潮。”我们来到杨家岭，依次参观了延安文艺座谈会会址、中共中央办公厅和中国共产党第七次全国代表大会会址，参观了毛泽东、周恩来、朱德、任弼时等老一辈革命家的旧居，这些旧居无一例外都在窑洞内，陈列的物品异常简陋，毛泽东的一件皮衣有三用，雨天防雨，晚上当被，冬天御寒。只有年龄最长的朱德的炕旁边有烧饭的土灶，可见当时的条件十分艰苦。然后在红一、二、四方面军会师处留了个影，以表示我们对老一辈无产阶级革命家的感激与崇敬之心。

“枣园的灯花暖人心”，来到延安枣园革命旧址，首先参观了幸福渠，与老一辈革命家的集体雕像合影，然后参观了 1943—1947 年的中共中央书记处礼堂。参观了毛泽东、周恩来、刘少奇、朱德、任弼时、张闻天等人的枣园旧居，虽然这里地方略宽敞一些，但仍是窑洞。我在周恩来旧居里看到了一辆特殊的纺车，因为周恩来手臂受伤，不能参加大生产运动中的重体力活，只能从事纺纱工作。可见他在那时就注重身先士卒。下属怎能不崇敬之至？那时的纺车不仅是作为生产工具使用，而且是作为战斗武器，粉碎了敌人对我军的封锁阴谋。

最后参观了延安革命纪念馆。在这里，我们看到了“我军以小米加步枪，缴获了敌人的坦克加大炮”，一步步走向胜利的革命历程。延安当时是全国仅存的革命根据地，曾经是红军长征的落脚点，又是反败为胜，走向全国胜利的出发点，是延安精神的发祥地。在这里，我们看到了南泥湾“自己动手，丰衣足食”精神，看到了全心全意为人民服务的精神，看到了延安军民团结一致、艰苦奋斗的精神。

延安红色旅游对我们来说也是一次精神境界的战斗洗礼。我们更要用延安精神教育学生不能稍遇挫折，就一蹶不振、畏缩不前，要有在逆境中成长的勇气和信心；不能因为父母有钱，就大手大脚，用钱如流水，要有在幸福中忧患的准备和计划；不能一事当前，自私自利，专门利己，要有关键时挺身而出、乐于奉献的精神和意志。不能总是依赖父母，饭来张口，衣来伸手，要有“自己动手，丰衣足食”的良好习惯。

总之用延安精神引导学生学会自力自强，勇于创新，健康成长，才能为将来立于不败之地奠定坚实的思想基础；只有不怕困难，艰苦奋斗，乐于竞争，才能为将来攀登科学技术的高峰奠定坚实的知识基础。要知道，成人比成才更重要，能力比知识更重要。

岁月不老，情谊永存

——师范毕业四十年同学聚会致辞

尊敬的老师，亲爱的同学们：

大家上午好！

别后四十盼故交，师生重聚在今朝。

时间过往如流水，闯荡归来不寂寥。

白首才需身板硬，童颜方懂雨烟消。

说长道短情谊重，展望未来乐逍遥。

在这银杏露黄、枫叶泛红、层林尽染的初冬季节里，在分别四十年后，我们今天终于能在明月湖大酒店相聚，再次见到了尊敬的老师和亲爱的同学们。我们既感到激动和兴奋，又感到幸福和温馨。首先，请允许我代表全体同学，对老师们的到来表示最热烈的欢迎和最崇高的敬意！对为这次聚会付出辛勤劳动的筹备组全体成员，表示最衷心的感谢！还要感谢郭裕华老师代表全体参加聚会的老师送来了珍贵的纪念品，给我们带来了艺术和精神的享受！

弹指一挥间，过去四十载。许多情景犹如昨天刚刚发生，仍然历历在目。我们怎能忘记班主任无微不至的悉心关怀、语重心长的谆谆教导？怎能忘记语文老师妙语连珠、滔滔不绝地生动讲解汉语言文学的魅力与自豪？怎能忘记数学老师思维缜密、水到渠成的结论推导？怎能忘记英语老师用形象比喻、幽默风趣的语言，将中英文对译规律准确寻找？怎能忘记物理老师深入浅出、学以致用的潇洒诱导？怎能忘记美术老师刚劲有力的字迹和潇洒飘逸的绘画技巧？也难以忘记同学们长征路上的来回奔跑，凤凰桥头的猪头赤烧，瘦西湖小金山上的晨读，还伴随着悦耳动听的啁啾鸟叫；脚踏风琴的自弹自唱让我们身临其境，觉得风景这边独好；即使现在拨弦鼓瑟，依然是宝刀未老；三重奏《黄河大合唱》激越的旋律至今还在我们耳畔萦绕，还是会让我们热泪沾巾，仰天长啸！

回顾过去，我们这些风华正茂的青年，带着老师们的殷切希望，怀揣各自的梦想，在不同的工作岗位上，创造了事业的辉煌，取得了骄人的业绩。可以十分自豪地说：我们这代人是中国改革开放的见证者和参与者，每个人都无愧于社会，无愧于人生。大家还总结出了自己独特的感悟和成功的妙招。所有这些，都要归功于老师们春风化雨般的情感滋润和潜移默化的言传身教！

当然，人生在世，不可能尽善尽美，也经历了人生的电闪雷鸣和风雨飘摇，但无论目前的境遇如何，我们都是一个大写的人，我们无怨无悔，善待自己、善待他人、珍惜生命、珍惜友情，体现品德之高。因为这四十年来，我们有付出、有回报，都在描绘着自己不同的人生画稿。

极少数同学因家庭和工作原因，未能参加这次聚会，我们在此向他们致以同学间诚挚而又亲切的问好！有两位同学因身体不适，未能如愿以偿地参加聚会，在活动结束以后，我们将派出上门慰问的同学代表，以传达大家对他们的关切与惦念之情！让我们在此为他们默默祈祷，盼望他们早日露出健康幸福的微笑！

十年前，我们曾有过一次快乐的聚会，当时我们各位同学还精神抖擞地奋战在各自的工作领域；十年后的今天，是我们师范毕业后的第二次大聚会，虽然我们不少人都已退休，即使没有退休的，也许已经从前线走到了后台。看到我们的老师身体健康，精神矍铄，思维敏捷，谈笑风生，我们对未来的生活就更加充满信心和期待。

这次聚会，有三位老师和两位同学已经远离我们而去，对他们的不幸遭遇，我们深感惋惜和悲哀，也表示我们深深的怀念之情。我们大家一定要注意休闲和娱乐，亲近山水，亲近自然，拓宽视野，做自己喜爱做的事，体现出对生活的无比热爱。

展望将来，我们信心百倍，快乐开怀。有了这四十年的积淀，我们一定会心胸如海，活出人生的精彩。

我们虽然相距较远，平时联系较少，但同学之间的情谊，却时刻牢记心怀。逢年过节，一个电话、一条信息、一声问候，都体现了师生之间和同学之间的深情厚谊，言简意赅。此时此刻，我们希望能再次听到老师们的谆谆教诲，还想请我们的老师分享他们快乐的人生和长寿的情怀。

流水不因石而碍，友谊不因远而拐。让我们把握和珍惜这次难得的相聚，重叙往日的友情，倾诉生活的无奈，互道别后的思念，尽享重逢的澎湃。相逢是短暂的，友谊是永恒的，同学们，让我们记住今天相聚的精彩！

花草争艳人未老，师生笑谈情永存。最后，祝所有的老师身体健康，合家幸福，心情愉快！祝大家的情谊天长地久，愿我们共同奔向更加幸福的美好未来！

为官者应从古书中汲取营养

宋代王安石在《范洪传》说："修其心治其身，而后可以为政于天下。"读过《毛泽东评点二十四史》，读过《毛泽东诗词》和《毛泽东选集》的人，就都知道毛泽东之所以伟大，是因为他学富五车、满腹经纶。由此可见，为官者只有从古书中汲取营养，才能造福于民。古书中为政之道基本可概括为三点。

尊重百姓，虚心纳言

孟子在《生于忧患，死于安乐》中写到"孙叔敖举于海"，这就告诉我们，楚国孙叔敖是在海子湖边被楚庄王举用为楚国令尹的，他"变成驴"后，"肚皮"并没有"发白"，而是时刻牢记"水能载舟，也能覆舟"的教训，始终没有忘记老百姓的希望，终于以贤能闻名于世。孙叔敖出任楚国令尹，官吏、百姓都来祝贺，却有一位老人来吊丧，而孙叔敖不但不生气，反而更加彬彬有礼地问其有什么话要指教，老人直言不讳，才让孙叔敖对民情了如指掌。

这在刘向的《孙叔敖纳言》一文中有如下记载："身已贵而骄人者民去之，位已高而擅权者君恶之，禄已厚而不知足者患处之。"也就是说，当了大官，如果对人骄傲，百姓就会离开他；职位高，又大权独揽，国君就会厌恶他；俸禄优厚，却不满足，祸患就可能加到他身上。孙叔敖觉得老人说得有道理。又得到老人的善意提醒："位已高而意益下，官益大而心益小，禄已厚而慎不敢取。君谨守此三者，足以治楚矣！"老人认为，地位越高，态度越谦虚；官职越大，处事越小心谨慎；俸禄已很丰厚，就不应索取分外财物。如果孙叔敖严格地遵守这三条，就能够把楚国治理好。

文中写了两个与众不同的人物：一个是"无欲则刚"的老人，对新任令尹胆敢冲撞冒颜，且"出言不逊"；一个是新任的朝廷高官，面对小民百姓的"无理取闹"，却能以礼相待，虚心纳言受教。本文在于突出孙叔敖为官谦虚尽职，能够听取别人的意见。正因为如此，孙叔敖为楚相，政绩卓著，传为佳话，值得今天的为官者借鉴。如果孙叔敖"不听老人言"，就会"吃亏在眼前"，最终失去民心。《出师表》《曹刿论战》《邹忌讽齐王纳谏》等，也告诉我们这样一个道理：为官者只有尊重百姓，广开言路，察纳雅言，才能取信于民，受到拥护。

勤政为民，清正廉洁

清代钱泳在《治水必躬亲》一文中举了从前海瑞治理河流的例子："昔海忠介治河，布袍缓带，冒雨冲风，往来于荒村野水之间，亲给钱粮，不扣一厘，而随官人役亦未尝横索一钱。必如是而后事可举也。”从前海瑞治理河流的时候，轻装便服，冒着风雨，在荒村乱流中间来来往往，亲自发给民工钱粮，一厘也不克扣，并且随同的官吏差役也不曾横行勒索一文钱财。必须像这样，以后的事情才能做好。由此得出结论：“如好逸而恶劳，计利而忘义，远嫌而避怨，则事不举而水利不兴矣。”如果贪图安逸，害怕辛劳，计较私利，忘记公益，只想远远地躲开嫌疑，避免抱怨，那么事情就做不成，水利也就办不好了。不仅兴修水利是如此，为官者也应如此，事必躬亲，才能了解实情，做出公正的决断。“当官不为民做主，不如回家卖红薯。”无数事实证明，靠“吹牛拍马，说谎造假”“捧上压下中吹牛，只要会贪不用愁”的时代，早已一去不复返了，为官者必须时刻牢记的是：“碗外的饭”是吃不得哟！

爱民如子，流芳百世

郑板桥善于画竹，竹画好后题诗：“衙斋卧听萧萧竹，疑是民间疾苦声。些小吾曹州县吏，一枝一叶总关情。”可见郑板桥始终把民间疾苦放在心上，“俯首甘为孺子牛”。这从《郑板桥开仓济民》一文中得到验证：“（郑燮）曾任范县令，爱民如子。室无贿赂，案无留牍……迁潍县，值岁荒，人相食。燮开仓赈济，或阻之，燮曰：‘此何时，若辗转申报，民岂得活乎？上有谴，我任之。’即发谷与民，活万余人。去任之日，父老沿途送之。”由此可知，郑板桥在范县当县令时，爱民如子。为官清廉，不受贿赂，兢兢业业，案件处理得很快，没有积压。后来调任到潍县做官，恰逢荒年，百姓饥饿得吃人。郑燮开官仓放粮赈济灾民，有人阻止。郑燮说："都到什么时候了，要是向上申报，辗转往复，百姓怎么活命？要是上边降罪，我一人承担。"于是开官仓赈济灾民，上万人得以活命。任命到期的时候，潍县的百姓沿路相送，百姓对其的爱戴可见一斑。郑板桥不仅爱民如子，而且勇于承担所有责任，最终流芳百世，难道不值得现今为官者效仿吗？

笔者生活的古城扬州一直有文德治政的传统。欧阳修知扬州宽政简令，与民同乐，被称为"文章太守"；苏东坡在扬为官虽然只有半年，但上书朝廷要求免去民间积欠的举措深得民心；王安石年轻时在扬州做官，读书通宵达旦，遂通义理。毛泽东床上有书架，随时博览群书；周恩来"为中华崛起而读书"。他们都是当今为官者学习的榜样。扬州吴道台宅第有著名的藏书楼，一楼即"有福读书堂"，它告诉我们一个深刻的道理：为官者只有带头读书，才能倡导并带动全民读书，也才能从书中汲取为官的精神养料，真正做到勤政廉洁，爱民利民，与百姓同称"有福"。

最美乡村的家风长廊

扬州西北郊甘泉街道长塘村，是最美乡村。刚进入长塘村，就看到墙壁上的“长塘新农村建设《三字经》”。

长塘村不仅道路宽广，绿化成行；而且农田成方，水果飘香。不仅天蓝云白，空气清新，而且水色澄澈，水波荡漾。

长塘村委会门前，有一个宽阔的升旗广场，广场的东南西三面有长廊，长廊里有各种宣传栏，广场东侧是一个塑胶篮球场，村委会办公楼就在广场北侧。

在高庄组的路边还有一条家风长廊，引导乡民追求精神的高尚。最东侧是一座四角飞檐方亭，朝北的一面的横额是“家风长廊”四个大字，旁边柱子上的楹联是：“宽以待人和邻里，严于律己振家风。”家风纯正是基础，邻里和睦是桥梁，社会和谐是目标，这是总的要求。从长廊往西走，两边的楹联分别是：

1. “和善信诚处世风，友善真诚扬正气。”告诉民众，处事要讲友善和诚信，方能弘扬正气。

2. “知耻明荣胸臆宽，读书识礼家风好。”告诉村民，多读书，就能知礼仪荣辱。

3. “人如秋水玉为神，品若梅花香在骨。”用比喻、对仗等修辞手法强调品行的重要性。

4. “清心方觉景中趣，恬淡自结尘外缘。”以一种清静的心态在恬淡的生活中品味美景中的乐趣，广结善缘。这是一高尚的精神追求。

5. “和谐勤朴树新风，德勤孝义传家宝。”勤劳俭朴、孝敬长辈是树立良好家风的基本要求。

6. “违法的事不在小，绊人的桩不在高。”“桩”哪怕只有一点高，也会将人绊倒，说明不注意小事，也会违法，通俗易懂。

7. “千古准绳三尺法，一方明镜九州天。”村民做事要以法律为准绳，执法部门明镜高悬，社会就晴空万里。

8. “敬老爱幼传家宝，遵纪守法聚宝盆。”尊老爱幼是中华民族的传统美德，是家庭兴旺的传家法宝；遵纪守法是国家对每个公民的基本要求，是事业有成的根本保证。

9. “国家法律是准绳，百姓人心是杆秤。”干部能否以国家法律为准绳，老百姓心中是有一杆秤的。

10. “立身应自修身起，守法须从学法先。”“静以修身，俭以养德。”修身养性是立身之本；先学法、懂法，才会知道守法。

11. “吃菜根淡中有味，守法律梦里不惊。”上联的“吃菜根”比喻生活俭朴，以小见大；下联说明的是，为人不做亏心事，不怕半夜鬼敲门。

最西侧是一座六角飞檐的亭子，最西侧的楹联是："法治春风荡尘埃，道德心语铸和谐。"这是对整个家风长廊的一个总结：树立好家风，既可以从道德的角度去铸就和谐社会，又可以从法治的高度去荡涤社会尘埃，换来晴朗明净的天空。

"积善之家，必有余庆；不善之家，必有余殃。"过去，只有大户人家才注重良好家风的建设，现在，所有乡村百姓，都有树立良好家风的意识，这是整个社会的一个非常明显的进步。

欣赏古琴艺术，弘扬传统文化

2022年6月21日，下午二时许，我来到位于个园东侧花菊里的扬州市广陵文联会议室，参加“喜迎二十大《高山流水广陵琴韵》——首届广陵派古琴展演”。

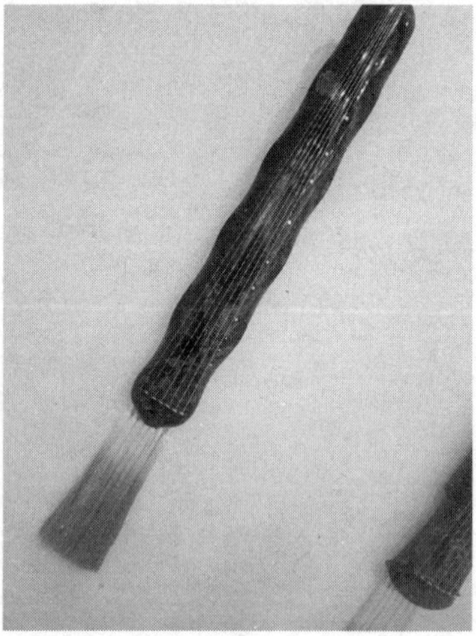

这里早已座无虚席，主席台左侧的南面墙壁上悬挂着大小不等、形状各异的六张具有特色的古琴，那一米多长的苗条身高，显得非常匀称；那七根细细的琴弦，仿佛充满了魔力；那硬朗的身板上，刻满了精致的图案。我第一次接触这些古琴，就像刘姥姥进大观园一样，充满了好奇，正聚精会神地凝视着会堂里广大听众的一言一行，一举一动。

第二批国家级非物质文化遗产项目古琴艺术家、梅庵琴派传承人刘善教先生，首先跟大家做了《广陵高远梅庵独步——浅谈古琴艺术流派风格》的讲座，给听众普及了古琴不同派别的有关知识：广陵派具有跌宕多变、绮丽细腻、刚柔相济、音韵并茂的鲜明特点；梅庵派在虞山琴风的基础上融合山东民乐特点，吟猱幅度较大。有了这一铺垫，观众欣赏节目就心中有数了。

第一个节目是广陵派代表人樊继健老师的《平沙落雁》。她坐在古琴前，用纤细修长的手指，在琴弦上轻轻勾、托、抹、挑、拨，变换机敏快捷，手法娴熟，琴声如行云流水，一气呵成。侧耳凝听，声音时而很轻盈，仿佛就像易碎的玻璃一般，宛如一根仙棒敲击玉石那样清脆。拨动琴弦，她那优柔缥缈、婉转迷人的琴声，仿佛可以渗透我的每一个毛孔，让我心静如水。声音时而浑厚沉稳，时而如疾风骤雨，时而如细流低沉，给人一种风吹沙粒，掠过荒凉大漠的感觉，更有雁群向清寂的高空远飞的意境。琴声虽然时而低沉，却清澈有力，仿佛穿过凡尘的纷扰，越过俗世的名利，直接进入我心田里最静谧、最敏感的区域，一种清静忧伤之感在心中蔓延。全曲意在借大雁之远志，写逸志之心胸。曲终以后，余音袅袅，令人回味无穷。

第二个节目是唐逎扬老师演奏的《杏坛》。其歌词是："暑往寒来春复秋，夕阳西下水东流。将军战马今何在？野草闲花满地愁。"说的是孔子周游列国不顺利，返回鲁国，来到讲学的杏坛援琴弹奏。此时，我陶醉在古琴的音乐声中，仿佛听到了杏坛下孔子弹奏古琴的声音。古琴之音虽似水般温柔，却弹出了深沉的哀痛，似是一只啼血杜鹃在哀鸣，根根琴弦之声撕心裂肺。

第三个节目是苏菲老师的《忆故人》。她以其柔美委婉的旋律，浓郁深沉的韵味，表现在明月深山思念远方友人的一片深情，音乐情感丰富，缠绵动人。那仿若天籁之音的泛音，手指弹得轻巧有力；那犹如钟磬之音的散音，手指弹出了雄浑而深远的意境；那极似人的呻吟之声的按音，细腻、柔润而略带忧伤。

第四个节目是曹华老师的《阳关三叠》(弦歌)，这是根据少年神童、富有音乐天赋的王维的《送元二使安西》谱写的古琴曲：“渭城朝雨浥轻尘，客舍青青柳色新。劝君更尽一杯酒，西出阳关无故人。”湖边美酒一杯杯，亭中琴音一声声。我仿佛穿越时空，看到了王维随性拨动细弦，奏出的是一种喜悦之情，弹出的是一种闲适之意！曹老师手指在琴弦上千变万化，琴声随之变得风情万种：或慷慨淋漓，或潇洒倜傥，或惬意舒适。再加上他醉人的弹奏、深情的演唱，今天的古琴曲比起王维的诗来，似乎内容更加丰富，情感更加细腻忧伤。

第五个节目穿插的是刘胡玲老师的“非遗宋代点茶——茶百戏”，做茶百戏必须用有机论证过的茶，是将研膏茶饼经过碎茶、碾茶等步骤，用茶叶粉进行注汤、击拂、分茶等一系列步骤，最后要能把茶叶所有的东西全部喝进肚子里。全部过程很讲究，属于茶文化的一个有机组成部分。

第六个节目是刘樵老师演奏的《欸乃》。他弹的是烟雨山水，让你远离尘嚣，获得内心的安宁。

第七个节目是张厚明老师的《乌夜啼》。原为南北朝时期表现爱情题材的西曲民歌。后人创编，曲谱中有“反哺”“争巢”等描写，表明琴曲是表现慈乌（寒鸦）与雏鸟的活动情景。人们把它作为喜事的征兆，表达了人们渴望自由的良好愿望。

第八个节目是杨荣老师的《山居吟》。“翠竹滴滴不尽声声啼，雨初晴晚风清红杏莹莹。山涧溪流水如云绿盈溢，杨柳岸边踏歌逐影……”歌词表达山林隐士超尘脱俗、淡然无争的人生情趣。“山月江风别有趣，鸟啼花落皆有音。”大山为之屏，清流为之带，天地为之庐，草木为之衣，白天徜徉于山水之间，夜晚枕漱石而卧，听清流而梦。与世无争，乐在其中。整个曲子音调恬静而苍古，沉稳而厚重，节奏跌宕起伏，把山间生活演绎得栩栩如生，让听众有身临其境之感。

第九个节目是谢芳芳老师表演“印篆香演仪”。随着表演的步步深入，观众只感到香气如烟雾缥缈，烟形如画作美丽，如音乐入耳，如舞蹈入目，闭目凝思遐想，顿感回味悠长。观众可以通过这种方式享受香气，凝气安神，养身健体。

第十个节目是田泉老师演奏《醉渔唱晚》。渔翁喝的是自家酿造的米酒，在摇晃的山水间产生了迷人的醉意。夕阳西下之时，节奏欢快起来，满天美丽的彩霞映照在万顷碧波之上，一位醉意朦胧的老翁驾着小舟，撑着一支竹篙，吟唱着一首悠扬的渔歌，从芦苇深处缓缓驶来。渔夫望着一条条活蹦乱跳的鱼儿，脸上露出丰收快乐的笑容；这种美丽的水上意境，让人物的情感随着波浪跌宕起伏，把老渔翁笑傲江湖，陶醉自然的情感演绎得出神入化。

第十一个节目是马维衡老师的《神人畅》。音调古朴端庄，粗犷豪放，节奏铿锵有力。记叙了这样的故事：昔日部落领袖尧祭祀时弹奏古琴，美妙的琴声感动了上天，上天派遣天神降临，与人们载歌载舞，共庆盛典。与“愚公移山”一样，表达出中华民族锲而不舍的进取精神。

最后压轴的是梅庵派传承人刘善教老师演奏《平沙落雁》。刘老师对整首曲调的处理细腻生动，节奏较快，连贯流畅，绮丽如歌，音乐层次感强，节奏跌宕起伏，情感丰富，其“雁鸣”一段，模拟雁群回旋，声声鸣叫，指法活泼，使曲子的情感表现得更加丰富饱满。

每一首古琴曲的背后，都有一个凄婉动人的故事，欣赏古琴弹奏这种高雅的艺术，需要充分运用文史方面的深厚积淀，像“听潮、听雨”一样，通过合理的联想，丰富的想象，感知具体的画面，才能领略其中的美感，找到真正的知音。

今天静心聆听古琴的声音，觉得弹奏古琴者能抒发自己独特的情感，听琴者能怡情养性，变得更有涵养。这些中国古典音乐文化的结晶，都是让坎坷的生活经过岁月的磨砺，造就出来的艺术精华！

领异标新的扬州八怪

扬州八怪纪念馆位于淮海路与四望亭路交叉口的东北角的驼岭巷18号，由扬州八怪之一的金农晚年寄居的西方寺改造而成。扬州八怪来自全国各地，其创作特点是“领异标新，独具特色”。

坐北朝南，门口有“扬州八怪纪念观”字样，中间有《扬州八怪歌》。中间有一个大院子，内有南侧有两棵龙爪槐，像两把大伞，为下面的草坪遮阴北面有两棵亭亭玉立的银杏树。北面就是由大雄宝殿改造的八怪纪念馆。门口有两副楹联。中间一副是郑板桥的诗句：“删繁就简三秋树，领异标新二月花。”这副楹联准确地概括了八怪诗与画的鲜明特点：上联的意思是，删除繁杂部分，使之如同三秋落叶以后的树木，趋于简明；下联的意思为，不赶潮流，自辟新路，使之如同二月红花一样，艳丽多姿。两边是唐代陆龟蒙的诗句：“三千余岁上下古，八十一家文字奇。”这是说扬州八怪的诗与画出现了“百花齐放，百家争鸣”各有千秋的大好局面。

“扬州八怪”一般是指清康熙、雍正、乾隆年间活跃江苏扬州的一批具有创新精神的画家群体，八位代表画家的总称。如金农、郑燮、黄慎、李方膺、李鱓、汪士慎、高翔、罗聘为杰出代表。此外还有高凤翰、华嵒、边寿民、闵贞、陈撰、杨法、李葂等。就是纪念馆中间雕塑上的这十五个人。

有的在做慷慨激昂的演讲；有的手摇折扇，神情专注；有的微笑默叹，心悦诚服；有的用心聆听，跃跃欲试。他们都在相互切磋书画技艺呢。

四周的展览，让我茅塞顿开。扬州八怪的形成因素很多：扬州城市依河临江，交通便利；百业兴旺，盐业为最；官吏从文，盐商养士；石涛倡导，借古开今。

扬州八怪以“怪”著称于事，他们以诗书画印为表现形式，作品的立意、技法、取材等，都别开生面，有所突破，为传统保守派画家所不容，贬其为“怪”，正是他们的创新精神，为后人留下了宝贵的精神财富。正如郑板桥所概括的那样：“删除就简三秋树，领异标新二月花。”纪念馆中有对他们的作品展览，如《板桥全集》等。还有他们的诗书画介绍。

久居扬州的金农足迹半天下，其诗内蕴丰富，格调奇逸。隶书自创一格，是清代隶书名家，五十岁后开始作画，竹、梅、马、佛像、山水皆有涉足，尤其善画墨梅，格高貌古。

郑板桥少年孤贫，但天资超群，康熙秀才，雍正举人，乾隆进士，任山东范县（今河南）、潍县知县十二年，爱民如子，有郑燮《墨竹图题诗》为证："衙斋卧听萧萧竹，疑是民间疾苦声；些小吾曹州县吏，一枝一叶总关情。"他听到风吹动竹子的声音，就联想到民间的疾苦声，觉得"一枝一叶总关情"。后辞官来扬州卖画，得到徐渭和石涛的指点，精通兰竹，工于书法，著有诗文，诗意新奇而直抒胸臆。可见，虽说"天生我材必有用"，但要找到自己合适的位置，才能找到自己人生的乐趣。

高翔终身布衣，师从石涛等，石涛死后，高翔每年春天必去扫墓，终身不辍。这种"一日为师，终身为父"的思想，为后人所赞赏。他所作的山水画，给人以清秀闲静、雅韵欲流之感。他擅长画梅，笔意疏秀，墨色苍润。晚年右臂病废，乃以左手书写，更有天趣。坚强的毅力，顽强的意志，都值得后人学习。扬州甘泉陈园中有高翔故居。

汪士慎寓居扬州，一生清贫，唯好饮茶，擅长画花卉，精通画梅，无论是运用端重的繁枝落笔，还是作疏枝画成，都有空里疏香、风雪山林之趣。五十四岁，左眼失明，六十七岁双目失明，乃挥毫写狂草大字，真是"盲于目，不盲于心"。没有对书画的执着的爱，哪能这样专心致志呢？

后门有"歌吹古扬州"字样。草坪院子四周的走廊上，嵌有扬州八怪的诗画石刻碑廊。如郑板桥在扇面上书写的苏轼的《金山梦中作》："江东贾客木绵裘，会散金山月满楼。夜半潮来风又熟，卧吹箫管到扬州。"通过网上查阅可知，郑板桥将"熟"写成了"热"，也未注明是苏轼作品；旁边的印刷体，还把"木绵"

的“绵”字写成了“棉”，由此可见，校对的工作人员需要细心，带学生研学的老师要教学生学会研究判断，不能以讹传讹。西侧还有他的《难得糊涂》：“聪明难，糊涂难，由聪明而转入糊涂更难。放一着，退一步，当下心安，非图后来福报也。”对我们也是有启发作用的。

再看汪士慎的《空里疏香图》：“小院栽梅一两行，画空疏影满衣裳。冰华化水月添白，一日东风一日香。”（注：书法中，“疏”写的是意义相同的异体字“踈”，“化水”有些地方用的是“化雪”。）

最后一幢房子原是著名书画家、原扬州画院院长李亚如书画陈列厅，两边抱柱上有楹联：“溪水有情终归江海，苍山无欲得接云天。”这是一副富有哲理的楹联，值得人们仔细品味。现在，这里和东西两侧的房子一起，都用作了刘悦“问道养心”的书画作品展。

门前有一棵七百四十年树龄的宋代银杏树，树干粗壮挺拔，可谓根深蒂固，枝繁叶茂，现已果实累累，压弯细枝。有力地见证了扬州这座古城的悠久历史和灿烂文化。

西北角的一组建筑——完整的小院子是金农寓居室。共三间两进，原为西方寺方丈室，金农七十岁来此时，这里已经衰败，他曾题诗于壁：“无佛又无僧，空堂一点灯。”他自称是“如来最小弟子”，前面是念佛堂，后进的中间为客厅，左为卧室，右为画室。一边卖画为生，一边念经、写经、画佛自娱。现在这里有紫檀博物馆、扬州豪门文博馆、维扬刺绣研究所。

扬州八怪艺术，在中国绘画史上，留下了浓墨重彩的一笔，深深地影响着后人，出现了如潘天寿、徐悲鸿等书画大家，已经成了古城扬州一张最精致、最富有文化内蕴的名片，因为“扬州八怪在绘画、诗歌和书法创作上不畏艰苦的探索精神，永远值得后人继承和发扬。

不能忘却的大明寺

2022 年 7 月 31 日，我骑上电瓶车，沿着连运路向西，到达三湾公园东大门时，右转，沿着大学南路向北，到达四望亭路后，折向西北，插上扬子江北路，看到蜀冈高坡后右转，总共驱车十公里左右，就来到瘦西湖北门外，看到山脚下石碑上“大明寺（平山堂）”绿色字样，放好电瓶车，沿高坡拾级而上，爬了不太陡的近两百级台阶，就来到了位于蜀冈上的大明寺，又叫平山堂。外面黄墙上有“淮东第一观”五个红色大字。西侧就是大门楼，上面有“栖灵遗址”字样，两边有大红色楹联：“千年宝刹，崇德高范正道，般若大明寺；百代文宗，华章妙词风流，宛在平山堂。”楹联告诉我们，上联写的是东侧的大明寺；下联写的是西侧的平山堂——廉正教育基地。扫了行程码，确保安全后，凭旅游年卡进入门楼，就到了“蜀冈福地，

鉴真故里”。

寺庙古迹

跨入寺门后，看到袒胸露怀的弥勒佛旁边有一副楹联：“大腹能容，容天下难容之事；慈颜常笑，笑世间可笑之人。”这对那些喜欢为一点蝇头小利而斤斤计较的游客来说，会有很大启发，只要仔细体会，便可以掌握为人处世的技巧——保持一种乐观情绪，人与人之间的关系就和谐了。大雄宝殿门口，有两棵245年树龄的银杏参天耸立，守卫着寺庙，以祈“风调雨顺，国泰民安”。

右转跨进有“文章奥区”门匾的八角门，就到了免费为中高考学子挂祈福灯笼的文昌殿。虽然大家都心知肚明：不刻苦学习，一切都等于零。但还是要来此祈福，为的是消除迎考孩子的畏惧心理，稳定考生的思想情绪。

再往前走，就看到平远楼，可直视镇江的金焦二山。草坪东侧，是“印心石屋”横碑，是宣宗道光皇帝亲笔题写的书屋名，为的是表彰清代进士陶澍，可见皇帝也是爱惜有真才实学的人才的。东侧有大明寺素食斋，可以进去品尝。

再往东走，就看广场西侧的二层鼓楼和东侧的二层钟楼，钟楼有楹联：“晨钟醒枕梦，清泉濯俗洗凡尘；烟篆绕禅林，霁月明心舒慧眼。”这是写撞钟祈福的作用。

栖灵宝塔

广场的北侧是九层栖灵塔下面朝西的一面有楹联：“大唐胜

迹历历可鉴，尊者来栖弘佛法；明性住处孜孜求真，众生托灵悟禅机。”改革开放以后的80年代初期，世纪伟人邓小平促成鉴真大师塑像回国探亲。大明寺花了十多年时间去筹集资金，于90年代初期修建，90年代中期，一座崭新的仿唐风格的栖灵塔就在蜀冈之上拔地而起。乘电梯到第七层，宋夹城和瘦西湖等蜀冈风光及扬州美景就可以尽收眼底。

栖灵塔东侧，有鉴真戒坛院。“因戒得定，因定得慧，此为戒定慧三学”，我们不妨把它用在学习上，戒掉不良习惯，定下心来学习，争取获得超人的智慧。“五戒是：不杀生，不偷盗，不邪淫，不妄语，不饮酒。”佛教劝人向善是应该大力弘扬的，但一般的人，为了孩子能健康成长，第一戒很难做到。“四重恩是：父母恩，老师恩，国土恩，众生恩。”懂得感恩，也是我们要对学生大力提倡的美好品德。

再往旁边走，就看到了药师殿，门边的对联是：“祛病消灾，平安健康。”这是大家都梦寐以求的。原来，鉴真大和尚也是药王。他14岁随父在大明寺出家，师从智满禅师。鉴真博览群书，除佛经外，医学造诣也很深。他精通佛学中的“五明”，尤其是“医方明”，善于运用药石、针灸、咒禁等治疗疾病。因当时日本缺乏鉴定药材的名师和经验，鉴真虽双目失明，抵日后，他凭借鼻嗅和口尝加以品定，从无出错，可见功底之深厚。《本草医谈》有记载，他大力传播张仲景的《伤寒杂病论》，留有《鉴上人秘方》一卷，很多药方至今还在民间运用，因此，日本医道把鉴真奉为“日本医术始祖”。在日本的10年中，他为增进中日友谊和医学文化交流做出了杰出的贡献。

再往北，就是寺庙的配套建筑，如观音殿、卧佛殿、财神殿、弘佛亭、善女龙王堂等，偏西一点，还有财神殿、晴空阁、藏经楼等。

两边有“山川异域，风月同天”八个大字的屋子里，有《鉴真东渡禅茶秀》表演。这是一部以鉴真东渡的历史故事为脉络，以禅茶文化为主题，融合了多种艺术手法的真人秀表演。全剧共分六幕：千年古城，繁华都会；东渡之行，内心初起；东渡艰难，几经挫折；五渡失败，大彻大悟；东渡成功，文化传播；千年古刹，文化高地。一边品茶，领略“正、清、和、雅”的禅茶文化精神，体会“感恩、包容、分享、结缘”的禅茶文化功能，一边欣赏写意唯美的舞台史诗，可以品一壶绿杨春新茶，观一段催人泪下的历史故事，暂时抛弃功名利禄的世俗烦恼，赢得心灵的一时宁静，获得一颗懂得感恩的心，岂不是一种难得的精神享受吗？

鉴真纪念堂

大雄宝殿东侧就是鉴真纪念堂。这是1963年纪念鉴真圆寂1200周年，于1973年动工建造的鉴真纪念堂。首先是栖灵胜境——鉴真陈列室。可以全方位地了解鉴真东渡的艰苦历程。14

岁，随父在大明寺出家，后到东京洛阳、西京长安学习佛法，26岁回到大明寺，不久担任住持，56岁高龄时，应邀赴日本，前五次都因朝廷官府的百般阻挠或飓风恶浪的艰难险阻而以失败告终，第五次一直漂流到海南岛附近，导致双目失明，第六次，才成功登陆日本。鉴真在日本传播佛教戒律，兴造寺院，弘扬佛法，把唐代的建筑、医药、书法、绘画等先进文化也带到了日本，被日本人民奉为“文化恩人”。里面还陈列着一些书画作品。

再往北，到高坡上，就看到一块汉白玉纪念碑，这块纪念碑被誉为当代“三绝碑”：一是它不同于一般的竖碑，而是一块横碑，像一幅徐徐展开的美丽画卷；二是由郭沫若先生题写的“鉴真大和尚纪念碑”，书法古拙遒劲，笔力千钧。导游说，只有得道高僧才能被称为“大和尚”。下方刻有卷叶草，卷叶草既代表唐代，也是一种中草药，鉴真东渡，不仅带去了佛教文化，还带去了中草药方，在日本称主汉方，所以鉴真又被称为“汉方始祖”。三是反面有赵朴初先生为纪念鉴真圆寂1200周年写的碑文。底座上还刻有荷花，这是佛教的圣花。

东侧有中国原佛教协会会长赵朴初先生的铜质雕像，西侧是纪念堂的设计者梁思成先生的铜质雕像。他们都是筹建这鉴真纪念堂的有功之臣。

往北走，就看到了长明灯，日本人认为，鉴真大师的到来，就带来了智慧和光明，所以鉴真大师也被称为“传灯大师”，因为“一灯可破千年暗，一智能灭万年愚”。

然后才是坐北朝南的鉴真纪念堂，中间有鉴真的雕像。纪念堂由我国著名建筑学家梁思成参照鉴真在日本亲手所设计的唐招提寺金堂设计，造型典雅古朴，保存了唐代的建筑艺术风格。最上面是鸱尾，是龙的第九子鸱吻的尾巴，具有避火消灾的作用，因为内部建筑是木结构的。

纪念堂的中间是1200多年前，鉴真的坐像真容。左边一幅画是日本奈良的唐招提寺，是和大明寺的鉴真纪念堂一模一样的；右边一幅画是西安的大雁塔，唐代的玄奘以学生的身份到印度取回来的经卷就存放在这里，这是也是鉴真学习佛法和书法的地方。鉴真纪念堂中，也有当年东渡时用过的木制的帆船模型。

鉴真（688~763年），扬州人，唐代律学高僧，中日文化交流的友好使者，舍身弘法，历时十年，六次东渡日本，是日本的“文化恩人”“律宗始祖”“医药之祖”。

不能忘却大明寺，主要是不能忘记佛教劝人向善的宗旨，更不能忘记鉴真大师对人类文化传播所作出的贡献，不能忘记他给人类留下的精神遗产。他远渡日本，传播人类文化，不惧官府权势，不畏风浪威胁。即使双目失明，也没有半点退缩。始终不屈不挠，意志是何等顽强。虽然玄奘西行在先，鉴真东渡在后。但鉴真和玄奘都是同一时期的人，都是唐朝高僧，都对外中外文化交流做出了杰出贡献，都有一种顽强的毅力和百折不挠的精神。

应当铭记的平山堂

大明寺大雄宝殿及其东侧的重点是佛教圣地，有鉴真大和尚为寺庙增光添彩。平山堂位于扬州市西北郊蜀冈中峰大明寺内的大雄宝殿西侧。门口有一棵有420年树龄的圆柏，墙上有“天下第五泉”字样。

仙人旧馆

西仙竖着的八角门头上，有“仙人旧馆”四个字。进门就看见北侧古色古香的建筑匾额上有“平山堂”三个字，是江苏省廉政教育基地，扬州市干部教育现场教学基地。

宋仁宗庆历八年（1048年），时任扬州知府的欧阳修极其欣赏这里清幽古朴的自然环境，故于此筑堂。坐此堂上，江南诸

山，历历在目，似与堂平，平山堂因此而得名。北宋苏辙《平山堂》中有句云："堂上平看江上山，晴光千里对凭栏。"平山堂本是欧阳修接待宾客的地方，是专供士大夫、文人吟诗作赋用的。外面的石头上刻有欧阳修的《朝中措平山堂》："平山栏槛倚晴空，山色有无中。手种堂前垂柳，别来几度春风？文章太守，挥毫万字，一饮千钟。行乐直须年少，尊前看取衰翁。"这是为送别刘原甫所写。先写劝人，后写自己，奔泻出一股苍凉郁勃的情绪。

走廊抱柱楹联为红底白字，中间的楹联为："诗意岂因今古异，山光长在有无中。"两边的楹联是："衔远山，吞长江，其西南诸峰，林壑尤美；送夕阳，迎素月，当在春夏之交，草木祭天。"写出了优美的环境。

外门是黑底蓝字，匾额为"放开眼界"。两边对联为："过江诸山到此堂下，太守之宴与众宾欢。"两边是白底黑字楹联："山色湖光归一览，欧公坡老峙千秋。"

里面顶额是"平山堂"三个字，两边的楹联是："晓起凭栏，六代青山都到眼；晚来对酒，二分明月正当头。"破晓时分，站在平山堂前，把栏杆拍遍，江对岸的青山，层层叠叠，历历在目。夜幕降临，呼朋唤友，头顶着二分明月，饮酒作诗，岂不是一件赏心乐事？

西边是"风流宛在"匾额，右边是"坐花载月"，墙上有欧

阳修的诗文四条屏。两边玻璃橱窗内陈列着欧阳修的作品，如《文忠集》《欧阳文粹》《六一诗话》《六一词》《欧阳修词评注》《欧阳修集》等。墙上的书法让人赏心悦目。在平山堂北檐，有“远山来与此堂平”字样，交代了平山堂的来历。

往北走，就看见了谷林堂，是苏轼在扬州任职时，为纪念恩师欧阳修而建。外面的抱柱上有红底白字的篆书楹联：“要使名驹试千里，更邀明月做三人。”两边的抱柱楹联为：“遗址在栖灵，稚竹老槐，风景模糊今异昔；开轩借真赏，焚香酹酒，仙踪莅止弟从师。”可见，苏轼是非常尊敬老师欧阳修的。

中间是一幅画，两边是对联：“深谷下窈窕，高林合扶疏。”这是谷林堂建成后，苏轼写的一首词《谷林堂》的前两句，“谷林”就出自这两句诗。旁边有宋代苏轼的词《西江月平山堂》：“三过平山堂下，半生弹指声中。十年不见老仙翁，壁上龙蛇飞动。俗吊文章太守，仍歌杨柳春风。休言万事转头空，未转头时皆梦。”

西侧有一幅《嘉祐贡举》人物画，画上有坐着的欧阳修，还有站着的苏轼、苏辙和梅尧臣。我听导游讲了这一个故事：

当时参加科举考试的有苏轼、苏辙、曾巩、程颢、张载等人，为什么苏轼只考了一个第二名呢？因为当时欧阳修是主考

官，在批阅试卷时，就觉得有一篇文章写得特别好，欧阳修断定，这一定是他的学生曾巩才写得出来的，其他人没有这么高的水平，但又怕别人说自己徇私舞弊，反复权衡以后，就把本来的第一名与第二名调了一个位置，揭榜以后，才知道真相，第一名仍是曾巩，第二名是苏轼，两人后来都成了唐宋八大散文家之一。虽说“智者千虑，必有一失”，但从此以后，欧阳修与苏轼就结下了深情厚谊。欧阳修后来还夸赞说：“三十年以后，世人会忘记老夫，只记得苏东坡矣。”还有两个大思想家，一个叫程颢，另一个叫张载。张载说过，读书是“为天地立心，为生民立命，为往圣继绝学，为万世开太平”。这对正在读书求学的孩子来说，启迪是非常深刻的。

导游说，苏东坡是全民爱戴的官员，没有一点官架子。苏轼说过：“吾上可陪玉皇大帝，下可陪卑田院乞儿，眼前见天下无一不好人也！”墙上有两幅浮雕，一幅是苏轼在杭州做官时，人们为纪念他，为他修的苏堤；第二幅是他和佛印禅师的交往画面。我们从《核舟记》一文可知，苏东坡与金山寺的和尚佛印关系很好，有时会抽一点时间过江去找佛印喝茶、下棋、聊天。这时，导游还讲了一个饶有趣味的小故事：有一次，苏轼写了一首赞佛的诗：“稽首天中天，毫光照大千，八风吹不动，端坐紫金莲。”让书童送给佛印，本想让佛印夸夸自己。哪知道，希望越大，失望越大。佛印一看，批了两个字：“放屁。”让书童带回，苏轼打开一看，勃然大怒。立即雇船过江问罪，佛印满脸堆笑：“哎，你不是‘八风吹不动’嘛，怎么一个‘屁’就过江来呢？”苏东坡恍然大悟，羞愧难当，才知道佛印禅师的真实用意。这就是“八风吹不动，一屁过江来”典故的来历。

后来，两个人就闲谈开来；苏东坡调侃佛印和尚说：“我看你像是一堆狗粪。”而佛印却微笑着说：“我看你像是一尊金佛。”苏东坡一听，暗自窃喜，以为自己占了便宜；回到家里，跟妹妹苏小妹提起这件事，但苏小妹一本正经地说：“哥哥，是你输了，你并没有占到便宜，佛家有句话叫作‘佛心自现’，别人在你眼里是什么，那说明了你看待自己就是什么！”这就告诉我们一个深刻的道理：“见人要多栽花，少栽刺。”学会公开赞扬别人的优点，与人和谐相处。心中有美的事物存在，眼中才能见得到美景。旁边陈列着《宋刻东坡集》《苏轼词集》《苏轼文集》《东坡志林》《东坡易传》《苏诗补注》等。

后面是欧阳祠。两边抱柱上的楹联是：“六一清风，更有何人继高躅；二分明月，恰于此处照当头。”旁边的长方形的牌匾上有“中国欧阳修研究会平山堂研究基地”和“中国苏轼研究会平山堂研究基地”的字样。这就是欧阳祠，又名欧阳文忠祠、六一祠，为扬州人纪念欧阳修在扬州的德政而建。欧阳修晚年自号六一居士，自曰：“吾家藏书有一万卷，集录汉代以来金石遗文一千卷，有琴一张，有棋一局，酒一壶，以吾一翁，老于此三物之间，是岂不为六一乎？”可见欧阳修说话还是很幽默的。

欧阳修除喜欢读书外，业余生活也是丰富多彩的。善琴，说

明他通达从容，有良好的情操；善棋，说明他筹谋睿智，下棋要用脑，说明他脑子很聪明；善酒，说明他思路开阔，想象丰富。过去，李白“斗酒诗白篇”，苏轼“把酒问青天”，欧阳修，号醉翁，少不了一口酒。外面有两副楹联：

第一副楹联较长：“几堆江上画图山，繁花自昔，试看奢如大业，令人讪笑，令人悲凉，应有些逸兴雅怀，才领得廿四桥头，箫声月色；一派竹西歌吹路，传诵于今，必须才似庐陵，方可遨游，方可啸咏，切莫把秾花浊酒，便当作六一翁后，余韵风流。”

第二副楹联稍短一些：“遗构溯欧阳，公为文章道德之宗，侑客传花，也自徜徉诗酒；名区冠淮海，我从丰乐醉翁而至，携云载鹤，更教旷览江山。”

里面有一幅欧阳修穿着官服的画像，令人称奇的是，游客无论走到哪个角度欣赏，欧阳修的目光和鞋尖总是正对着游客的。最上方有“六一宗风”四个金色大字，下方有“贤守清风”四个字，概括了欧阳修为官时的高风亮节。两边的对联分别是：“万卷图书结成部，千秋风雅始欧阳。”“六一居士到今俎豆，三千世界如此江山。”

东侧的墙上有苏轼写的黑底白字正楷石刻《醉翁亭记》，据说当时，很多人抄写这篇文章，一时洛阳纸贵，朝廷了解后，立即将欧阳修从滁州选调到扬州任太守。因为扬州当时是一个经济大都市，就像现在的上海一样的。下方的玻璃橱子里，有欧阳修的手书作品和文集展览，如《阳修文集》《欧阳修文集》等。还有一把欧阳修喜爱的古琴。还有《平山堂记》等作品。院子里，还有 120 年树龄的桂花树。每到秋高气爽时节，这里芳香四溢，

沁人心脾。

西苑芳圃

西侧有个“真赏亭”园门，旁边注的是“传法报恩草堂”，里面是石涛书画院。向西走，就来到了西苑，西苑是为迎接乾隆南巡陆续修建的。南北各有一个小湖，北湖高，南湖低。水位相差至少2米。中间有一道土石坝隔开，由东而西，路的北侧石块上有宣传标语：

1. “功废于贪，行成于廉。”这是苏轼坚守的观点。他秉持“为官一任，造福一方”的行动准则，他所著的《六事廉为本赋》中讲：“事有六者，本归一焉，各以廉而为首，盖尚德以求全，一曰廉善，二曰廉能，三曰廉敬，四曰廉正，五曰廉法，六曰廉辨。”开宗明义，将廉政官德当作领导干部的首要问题，体现一个官员的精神境界、思想素质、道德操守，告诫为官者，要心胸坦荡，为官一方，心系百姓，秉公办事，勤勉政务。虽然已事过千年，但苏轼所提倡的“功废于贪，行成于廉”为官精神，对新时代的党员干部，仍有深刻的警醒意义：不管你原先功劳有多大，只要你后面想贪得无厌，终将受到法律的严惩不贷。我们现在赞扬欧阳修和苏轼，并非是一时一事一文，而是他们不管在哪里做官，都能廉洁奉公，一心为民。另外，欧阳修和苏轼都是散文改革家，一改文言文晦涩难懂的特点，努力做到通俗易懂。

2. “与民同乐。”这是欧阳修《丰乐亭记》中的观点，我们耳熟能详的《醉翁亭记》最后，也体现了他的这一观点，这正是欧阳修得到人民爱戴的真正原因。

3. “守其初心。”这是苏轼《杭州召还乞郡状》的话。跟我们现在提倡的“不忘初心，奋力前行”的观点是一致的。

4. “忧劳兴国。”这是欧阳修《新五代史伶官传序》中的话。要求党员干部勤奋工作，像范仲淹一样：“先天下之忧而忧，后天下之乐而乐。”

在路的尽头，有一座楠木厅，坐北朝南，四面开窗，歇山落顶，古色古香。中间有欧阳修的坐像和苏轼的立像。上方有“贤守清风”四个大字。这里是北宋文化的双子星座——欧阳修和苏轼的事迹展览馆。

欧苏二人先后在扬州为官，虽然时间不长，但他们革故鼎新，文以载道，以民为本，以实为魂，以廉为先。为文、为人、为官，都堪称楷模，他们都是文坛巨匠，被称为“文章太守”。

欧阳修清廉格致。他在《廉耻说》中云：“廉耻，士君子之大节。”欧阳修从政时，操守自持，守廉明耻，对苏轼也有影响。苏轼《晁错论》中的一句话：“天下之患，最不可为者，名为治平无事，而其实有不测之忧。坐观其变而不为之所，则恐至于不可救。”如“为国不可以生事，亦不可以畏事”，强调干部要有担当和决断。

欧苏都有扬州歌赋。欧阳修对琼花情有独钟，曾在琼花观建

无双亭，赞美琼花：“曾向无双亭下醉，自知不负广陵春。”他是北宋诗文革新运动的领袖。苏轼有诗句：“三过平山堂下，半生弹指声中。”他情牵扬州词人，他的妹夫秦少游，就是扬州高邮人。

在这里可以全面了解他们的为官之道，文学成就，还有他们对扬州的贡献。他们有其共同特点：贤守清风，情怀家国；风骨清举，果敢刚直；胸怀宽广，力荐贤能；刚直率直，敢于言事；坚守信仰，不改初心；泽民大爱，情怀家国。欧阳修体恤百姓，让民实惠；苏轼为民请命，免除积欠；他们也有独特的地方：欧阳修宽简为政，勤勉有加，言传身教；传家清芬，著书立说，教诲后生；苏轼务本求实，宽阔襟怀，情暖天下；苏氏一门，家风笃厚。唐宋八大散文家，就有苏家父子“三苏”，苏小妹也是才女。她以文招婿、选诗征婚和三难秦少游的故事一直传为佳话。

“遗泽后昆”是说他们引领城市风尚，影响培育塑造出良好的城市气质，有了雅致悠闲，古典人文的扬州城市；错落有致，独具匠心的扬州园林；巧夺天工，精美绝伦的扬州工艺；天下珍馐，精致高雅的扬州美食；严整而富有变化，清秀而不失壮观的扬州盆景等等；还有对清贤善政、担当有为的扬州知府伊秉绶，具有荷花品格、梅花精神的散文家朱自清，删繁就简、标新立异的扬州八怪，扬州学派的代表阮元等人的介绍。

西侧，还有石涛大和尚之墓。石涛是“四僧清初”之一，晚年定居扬州。石涛本是明朝皇帝的后代，因皇室斗争被太监保护后削发为僧。他是明末清初画坛革新派代表人物，山水、人物、花果、兰竹、梅花，无不精妙。他主张“笔墨当随时代”，他强调画家要面向现实，投身自然，“搜尽奇峰打草稿”，创造出自己

的艺术意境；要“借古以开今”，从实际生活中获得感受，用心情去与自然交流，达到“从古入、造化出”的境界。潘天寿先生说：石涛的实践与理论，孕育了扬州人对于文人艺术的审美情致，促成了“扬州八怪”的划时代辉煌，难怪高翔要建怀师塔了。何园用太湖石堆叠的片石山房，就是他的人间孤本。他的创作理论，不仅对立志学画的人有所启迪，对想学好作文的人，也是有借鉴意义的。

围绕南湖西侧道路向南，左转向东，从湖中心道路走过，可以欣赏到四周望之蔚然而深秀的美景，听到林中鸟的欢唱和蝉的高歌。湖中间有一座美泉亭，中间有一口井，亭上有一个圆洞，可以接到天落水，旁边注明，这就是“天下第五泉”。再往东走，就看到有四面带窗的船厅，南门头上匾额是：“龙游曲沼”。两边有苏轼的楹联：“万松时洒翠；一涧自流云。”南侧有一棵 75 年树龄的红豆树，不禁让我想到了王维的《红豆》：“红豆生南国，春来发几枝，愿君多采撷，此物最相思。”可见，这种树是能够表达人们的相思之情的。走在石板桥上，可以欣赏到湖中数百条各种颜色的锦鲤追逐打闹，与人逗乐的情景。

上岸以后，再往南走，就看到右侧有一座黄山石堆叠的假山从水底拔地而起，左侧就是康熙御碑亭，内有御碑：“灵山含秀色，鹫岭起嵯峨。梵宇盘空出，香云绕地多。开襟对层碧，下马

抚烟萝。羽卫闲来往，非同问法过。”

再向东走，就看到看到“鹤冢”。清光绪十九年，大明寺住持星悟禅师在平山堂养有两只鹤，极为珍爱，任凭双鹤戏耍自如，后来雌鹤患足疾而死，另一只鹤也绝食而亡。星悟禅师深为感动。将双鹤埋葬在此，并立一石碑，上刻“鹤冢”。并立方碑曰：“无意羽毛之族，尚有如此情义，而世有不如羽禽之道义，乃可悲可愧乎！”这对那些奉行“夫妻本是同林鸟，大难临头各自飞”的利己主义者也是一种鞭笞。

回头往北走，在左手边，看到一口井，旁边有“天下第五泉”五个红色大字。据唐张又新《煎茶水记》记载：“扬子江南零水第一，无锡惠山寺石泉水第二，苏州虎丘寺石泉水第三，丹阳县观音寺水第四。扬州大明寺水第五……”当然不同的地方也有不同的说法。前有诗月亭，里面有圆桌圆凳，可以休息。

北侧有乾隆御碑亭。清朝乾隆皇帝活了 89 岁，在位 63 年，是一位长寿皇帝，曾六下江南，驻跸扬州，九次来到平山堂拜谒欧阳修，并留下诗作。11 岁，第一次来到扬州。正值早春二月，梅花绽放，积雪未消，感慨扬州是一个人文荟萃之地，欧阳修的文采并不比东晋大才子谢安逊色，写下《辛未春仲平山堂》：“梅花才放为春寒，果见淮东第一观。馥郁清风来月牖，枝枝画意入云栏。蜀冈可是希吴苑，永叔何曾逊谢安。更喜翠峰余积

雪，平章香色助清欢。”

47岁第二次南巡，为寻求欧公遗迹再次登临平山堂。看到大明寺西边御苑松竹茂密，江南景色目不暇接，看到圣祖康熙赞颂欧阳修的四字御匾“贤守清风”高悬于房檐之上，感慨千百年来的为官之道，作《平山堂一律》：“西寺西头松竹深，欧阳旧迹试游寻。江南山色秀无尽，二月韶光美不禁。四字檐端垂圣澡，千秋座右揭官箴。春巡处处前徽仰，到此尤廑吁俊心。”

52岁第三次南巡到扬州，写下《游平山堂壬午四月朔日》：“画舫轻移邗水滨，人思六一重游巡，阴阴叶色今迎夏，衮衮花光昨饯春。巧法底须夸激水，淳风惟是惭投薪。江南山可平筵望，望岂因山因忆民。”此诗既有诗人的文采，又有治国的伟策，情景交融，哲理深刻，强调心系百姓的为官操守，值得今天官员借鉴。

三首诗里都提到欧阳修，第一首诗中“永叔”为字，第二首诗中“欧阳”为姓，第三首诗中“六一”为号，其施德政、行仁政的思想得到了乾隆的赞赏，其清风廉政，爱民如子的为官之道，更是得到了帝王的高度肯定。

我们应当铭记平山堂，铭记欧阳修及其苏轼，他们代表着扬州历代贤官，记住他们与民同乐的思想情操。正如一块巨石上刻的那样：“蜀冈是邗上文明发轫之地，欧阳修、苏轼先后知守扬州，被誉‘文章太守’，赞为‘贤守清风’。欧阳修遗构有平山

堂、谷林堂。今日扬州，政通人和。为赓续欧苏清风，因设为廉政教育基地。”如今的官员们，如果都能以他们为光辉榜样，最高标杆，一定会凝心聚力，共同建设好精致扬州，富丽江苏，大美中国。

喜闻乐见的对联

——东关古街赏对联有感

对联是中国人喜闻乐见的一种艺术形式，不仅春节，家家户户喜欢张贴春联，喜迎新春，祝福吉祥；而且平时喜欢用言简意赅的对联来做宣传广告，东关古街就是扬州的一个缩影。2022 年 2 月 23 日，我来到了东关古街赏析春联，收获颇丰。

宣传扬州的巨幅春联

东关街东城门西侧有巨幅春联：“虎鸣盛世，春满运河，百舸争流追远梦；龙舞长街，福盈古邑，千门焕彩耀东关。”

“虎鸣盛世”，突出虎年新春，正值当天盛世。“龙舞长街”，突出东关街之古之长，庆新春的热闹非凡，载歌载舞，舞动金龙，以庆贺新春的到来。

“春满运河”，指东关街东侧即古运河的东关古渡。扬州是京杭运河的原点城市，是古运河申请世界文化遗产的牵头城市，运河是扬州的鲜明代表，因为有“到北京，看长城；到扬州，看运河”之说。“福盈古邑”指福满古城扬州，扬州是“三城三都”，即“世界文创名城，旅游名城，赛事名城”和“世界运河之都”“世界美食之都”“东亚文化之都”，扬州人民有满满的幸福之感。

“百舸争流追远梦”，既指过去的繁华，也是今日的繁忙，都是为了追逐远方的梦想；“千门焕彩耀东关”，是写春节来临，万象更新，闪辉着光芒。

东关街东城门东侧春联：“河柳桥波，玉笛谁吹，明月二分辉古邑；市街烟雨，杏花正落，春风十万下东关。”

上联先写古运河边东关古渡周边的景色“河柳桥波”，然后化用“玉人何处教吹吹箫”“天下三分明月夜，二分无赖是扬州”的诗句，充满地方特色和诗情画意。下联写春天生机勃勃的景色，春风既指自然界的春风，也指改革开放的春风，一语双关。可以看出，这两副巨幅春联从东关街这个窗口，看到了扬州的繁华与吉祥，温馨与美丽。难怪有人说：“到扬州，不到东关街，就等于没有来扬州。”由此可见，东关街就是扬州的一个缩影。

新春祝福的传统春联

根据表达重点的不同，新春祝福的传统春联，也可以分为两种：

第一种，是表如意吉祥，现良好祝愿。

1. “春到堂前添瑞气，辉盈庭内起祥云。”对仗工整，主谓

短语“春到堂前”对“辉盈庭内”，虽然“辉”与“晖”同义，因为“春晖”不能写成“春辉”，所以，在这里，若将“辉”改成“晖”，则更好。动词“添”对“起”，名词“瑞气”对“祥云”。都是良好的祝愿。“到”是动词，可改成形容词“满”，或者将“盈”改成“映”，让词性对应起来，对仗就更加工整。横批是“鸿运当头”。

2. “接吉祥百福临门，迎富贵万事如意。”横批是：“吉祥如意”。写人对春节来临时的良好祝福。

3. 玫瑰有约门口：“生意兴隆通四海，财源广进连三江。”横批是“招财进宝”。

4. 扬州包子和盐水鸭门前：“接财接福接平安，迎喜迎春迎富贵。”横批是“平安富贵”。

5. “心想事成好年好景好前程，出入平安顺风顺水顺人意。”只要健康平安，事事顺心，前程自然美好。

第二种，是表生机勃勃，现诗情画意。

1. “青山含翠藏画意，春雨洒珠润诗情。”横批是“诗情画意。”春天来临，青山含翠，蕴藏着画意；春雨如洒下的珍珠，滋润着诗情。新春之际，祖国大地处处诗意画意，令人惬意流连。

2. 东方魔术玩具：“辞旧岁满载丰硕果，迎新春耀启花漾年。”（“漾”同“样”）回顾过去的一

年，硕果累累；展望崭新的春节，有花一样的年华。对联写出了生活的美好，只是上下联贴反了。

3. “瑞气满神州，青山不老；春风吹大地，绿水长流。”写春节的瑞气，春景的美好。

4. “福禄寿三星拱月，天地人六合同春。”横批是“紫气东来”，写人与自然的和谐统一。

广告宣传的实用对联

1. 水包皮文化体验馆（足疗店）：“昨天早上皮包水，今天晚上水包皮。”这是要顾客从时间上来恰当安排自己的休闲生活。

2. 老街足艺：“指间三昧妙，足底五云轻。”这是说足疗师傅技艺高超，顾客做完后身轻如燕。

3. 中华姓氏文化馆：“追本溯源中国梦，志在四方；寻根问祖从哪来，华夏龙脉。”把姓氏文化与中国梦有机地结合在一起，告诉人们，我们是华夏儿女，都应该有为实现中国梦而奋斗的雄心壮志。

4. 扬州三头宴：“跨古街，穿名巷，闻香止步；寻美食，找特色，知味而来。”既写出了扬州美食之都的特点，也体现了东亚文化之都的深刻内涵，更写出了三头宴的独特风味，吸引了诸多中外游客。

5. 扬州漆器厂：“六十春秋漆花出彩，万千气象艺品流芳。”写出了扬州漆器工艺制作技艺的精美绝伦。

6. 谢馥春：“胭脂水粉移妆影，冰麝龙涎醉客心。”谢馥春人香粉闻名天下，让游客一见倾心，是爱美女士的首选。“天香本草，国色粉黛。”

7. 武当行宫：“与天同寿神仙府，长生不老道人家。”武当行宫本用于祈雨，后为道教武当门派的武术发源地。对联反映了人民追求长生不老的良好愿望。

8. 老字号扬州老鹅：“一锅肥汤香四溢，百年鹅肉馋神仙。”扬州老鹅也是闻名天下的美食。肥汤的香气可以让人心醉，酥嫩的鹅肉，让神仙都馋涎欲滴，更何况是凡尘的人呢？

9. 糕兴堂：“盐商故园传匠心，修身闲雅品茶点。”上联写做工匠心独运，下联写休闲品尝。

10. 绿杨春茶叶店：“泰西通海客山商，吉地产金枝玉叶。”写出茶叶的品质好，销路广。

11. 扬州大音大药房：“明代御方，传颂百年济天下；今朝国药，扬名四海泽苍生。”是说中药历史悠久，药效显著，助人长寿。

12. 大麒麟阁："茶香饼熟天时顺应，货真价实童叟无欺。"大麒麟阁是扬州著名的茶食店中的佼佼者："前店后作，现做现卖。"饼、糕、酥、片，形态各异、风味不同；甜、松、香、脆，货真价实，特色鲜明。

13. 竹藤轩："器销四面八方，件件皆精；竹供千家万户，桩桩不缺。"写出竹器应有尽有，做工精细，销路宽广。

综上所述，在东关古街上走上一趟，既可以欣赏到城门上的巨幅春联，感受到东亚文化之都的强大魅力，也可以通过传统春联，感受到扬州古街的市井气息，还能够感受到对联与广告用语有机结合以后，所产生的巨大宣传作用。因此，学好对联，不仅有益于语文考试，提高作文语言的表现力，而且走上社会以后，也大有用武之地。

风格独特的汪氏小苑

2022 年 8 月 22 日，我从骑电瓶车沿渡江南路向北，过渡江路、国庆路，到达文昌中路，再向北走 30 米左右，向右转，就看到东圈门，沿着东圈门一直向东走，经过壶园等几家市级文物保护单位，大约走一公里左右，就看到了地官第 18 号，这是一座坐北朝南的大型住宅，这就是汪氏小苑，是保存最完整的清末民初的扬州盐商汪伯屏的大型古宅，具有中国传统民居的建筑风格，现为全国文物保护单位。房屋布局规整，装饰雕琢精湛，庭院玲珑精巧，文化底蕴丰富。住宅分东、中、西三条轴线布置厅房和内宅，各为三进。

进大门右转，就看到东路建筑，门口有个小花园，有小巧玲珑的假山，有冬天开花的粗壮的蜡梅，还有一株具有 115 年树龄的春天开花的扬州市市花琼花。地面上是用各种颜色的鹅卵石铺

成的花纹，有栩栩如生的仙鹤，有惟妙惟肖的孔雀，也有传说中的麒麟等等，既有赏心悦目的美感，也有吉祥如意的寓意，还能磨练脚底穴位，起到强身健体的作用，真是一举多得。

东路春晖室构建尤为精致。春晖室正厅，是柏木厅，“春晖室”为白底蓝色篆体字，下面的悬挂的横匾和楹联皆为柏木所做，木色底白色小篆体，显得古色古香。横匾的篆文是：“南抵石涧，夹涧有古松老杉，大仅十人围，高不知几百尺。修柯戛云，抵枝拂潭，如幢树，如盖张，如龙蛇走。松下多灌丛，萝茑叶蔓，承骈织翳，日月光不到地。北据层岩，识石嵌空，奇木异草，盖覆其上，绿荫蒙蒙。”这是借白居易被贬为江洲（今江西九江）司马在庐山香炉峰附近所筑草堂后写的《草堂记》中的句子对春晖室屏风中所嵌大理石自然山水及堂前庭院景色作出描述和烘托。两边的楹联为：“既肯构，亦肯堂，丹雘塈茨，喜见梓材能作室；无相犹，式相好，竹苞松茂，还从雅什咏斯干。”上联取自《尚书》，下联选自《诗经》。其大意是，用好的木材及美好的色彩建好的厅堂，汪氏子女亦成栋梁之材。兄弟之间不要欺诈，应友好相处，使家庭兴旺，如竹苞团结，如松茂盛。

第二进东房间南侧有四公子汪泰第居住室，他最年轻，也最有活力，从事最时尚的金融业。抗日战争前，他是扬州中国银行行长；抗战中，他又迁扬州行驻上海公理处负责；1942 年，黑道上的吴四宝逼他迁银行去陪都重庆，他血气方刚，坚决不从，遂被四名土匪用轿车劫持绑架并撕票，年仅45岁。由此可见，国家强大，才是人民幸福的保障。

房间有古色雕花家具，北侧藏宝洞（地下贮藏室），因为当时没有保险柜，贵重物品，只能在房间的地下贮藏。客厅西侧有客厅里陈列着汪氏家史、东侧有古城保护史料和小苑影视集萃等。西侧为母婴室。

汪氏祖籍安徽旌德，以祖传制造销售皮货为业，颇有声望。后产业毁于一炬，汪氏先祖逃难来到全国盐商云集的繁华之都扬州，投入盐号，到第二代汪竹铭时，在盐业经营上已卓有成就，在此购置了住宅，并进行了两次大翻修，形成现在的规模。汪竹铭生有四子二女。长子汪泰阶，次子汪泰麟，三子汪泰科，四子汪泰第。还有两个女儿，一个叫汪泰芬、另一个叫汪泰芳。

很有意思的是四个儿子后一个字联起来的意思是："上阶麒麟，科第有第。"两个女儿，芬芳四溢。虽然这一代未能如愿，扬州沦陷后，汪氏家族逃难至上海，其后人多为学有所成的高级知识分子，有留美博士、大学教授、高级工程师、学科带头人等，总算替祖先争光了。

第三进是次子汪泰麟居室。主要负责"乙和祥"盐号内务，后在上海从事房地产业。长兄去世后，由老二汪泰麟全面负责。抗战爆发后，日军铁蹄践踏扬州，"乙和祥"在战火中轰塌破产。汪家就像第一次逃难到扬州一样，第二次就逃难到了上海。豁达的汪泰麟牢记祖训，不能改变一环境，必定要尽快适应环境。在哪里撒种，便在哪里开花、结果。果断投资了房地产，开始了更大范围内的二次创业，这种不屈不挠的精神值得后人学习。

汪泰麟居室北侧有一堵花墙，上面有五扇砖雕漏窗，皆为水磨砖所砌，此墙把居室和花园隔开，有“隔而未隔，界而未界”的感觉。中间一扇窗户特色明显：是一只倒着飞的蝙蝠，告诉游客：“福到了！”大象表示万象更新，如意的图案寓意为“吉祥如意”。下排中间，蝙蝠正对着门，表示“福气盈门”；整个窗子在房子后面的墙壁上，又表示“必有后福”；此窗与屋后面门楣上的凤凰牡丹相对应，喻示着“荣华富贵”。这不仅充分体现出劳动人民的聪明才智，又体现出汪氏小苑民俗文化的鲜明特点。

次子汪泰麟的居室的东侧是厨房，八角形的北门头上的有“调羹”字样，东墙边偏北方向有五口朝南的烧柴大锅灶，大锅中间的北侧装有四只汤罐。烧锅时，“汤罐里的水带就带热了”，这句话现在用起来与“近朱者赤”意思相同。烟囱与大锅之间的墙上，中间画着灶王爷灶王母，每年春节前的腊月二十四（俗称老年根），要举行送灶仪式，烦请灶王爷：“上天言好事，下界保平安。”左侧画着一盘鱼，象征年年有余；右侧画着一朵牡丹花，象征富贵荣华。两管大烟囱直通屋顶外，保证室内清洁卫生。

北侧的西面的月亮门上方有“迎曦”二字，提醒人们要早睡早起，安排好一天的工作，静静地迎接晨曦的到来。南侧靠近厨房的旁边有古式水井，这样取水就非常方便，现在当然在墙根处安装了自来水。小院春深从东到西有点缀着三座玲珑的假山，显得错落有致。东侧的小山旁边有一块石头，像一只山羊，与其他地方的两只羊，并起来的意思为“三阳开泰”。假山的东墙根，还有一株枝繁叶茂、坚强不屈的柏树，偏北有一棵象征和气生财的核桃树，使小花园郁郁郁葱葱。中间的假山上有一株115年树龄的石榴树，枝繁叶茂。这时，我想到了邵鑫的《石榴花开》：“又是一年石榴花开，满园幽香彩蝶齐来。玉窗对镜理云鬓，娉婷红袖采新艾。”我来的时候，树上已经缀满了象征多子多福的硕大的石榴，压弯了枝头。管理人员不得不在下方巧用立柱支撑起来。西侧假山上是一株桂花树，树的根部有一块石头，像一匹马凝望着“迎曦”二字，这叫玉马迎曦。圆门的下面，西侧长方形的踮脚石上刻有玉如意，东侧的踮脚石是一块半圆形，犹如一顶官帽。寓意是，从此地走过的人万事如意，官运亨通。

北侧东面的八角门头上有“惜余”字样，这是仆人居住的地方，西侧房内有石制浴缸，中间有圆门隔开。

汪氏小苑共有东南、东北、西北、西南四个方形花园，西南一个圆门，东北两个圆门，共有四方三圆，象征四面招财，处处圆满。

东路建筑与中路建筑之间隔着一条火巷，北侧门头的北面有“遗庵”二字，南面有“藏密”二字。通过这条火巷就到了中路建筑。

中路建筑正对着大门，大门一进来，首先映入眼帘的是倚壁而砌的砖雕“福祠”，这是过去大户人家早晚及婚丧喜庆时烧香敬神用的，顺为祭拜土地神，所以也叫“土地祠”。“福祠”屋顶左右两端各有一个龙头鱼尾形的鸱吻。传说龙生九子，鸱吻是龙子的化身，性好吞，辟水火，化凶险；两鸱吻间的屋脊为牡丹花，象征着主人荣华富贵；屋檐正面为一排猴脸，猴脸中间夹着片片枫叶，这里比喻世代封侯；因在封建社会，除皇家外，不能置龙形图，所以这里的屋檐下只能以草龙、夔龙等变形的龙文图案，以表示自己的华贵。这是汪氏小苑民俗文化的部分体现，还有地面用鹅卵石的图案、窗户上的图案、家具上的图案等，无不体现出民俗文化的特征。

中路建筑第一进是树德堂，两边雕刻着花纹的石制门当，体现了主人的地位。这是汪氏小苑原始主要住宅，为汪竹铭居住，第二进为长子汪泰阶居室，他为人憨直，精明好学，随父学习盐务，主要负责“乙和祥”盐号（现在广陵路老中百一店）外事销售联络。父亲撒手西去以后，正值不惑之年的他面对政蔽、官贪、课增、费滥、产减、销绌、枭狂等恶劣环境，想使盐业回光返照的他疲于奔命，心力交瘁，不堪重负，刚 47 岁的他因心肌梗塞，不幸早逝。里屋还陈列着一些鲜为人知的家事，在人们皆叹惋的同时，也知道扬州盐商苦心经营，实属不易，应该有所启迪！

第三进是三子汪泰科的居室，他诚信笃实，立志光大汪氏旌德皮货，将皮装生产与销售开到到南京三山街，前店后厂，号名“庚源”。由于经营有方，在南京皮货同行中堪称“龙头老大”，受到政府要员及名流的垂青。可好景不长，庚源号在南京大屠杀中惨遭蹂躏，所有皮装在装船赴沪时被日军抢烧一空。汪泰科孑然一身避祸于上海，虽也看到了抗战胜利的曙光，但因家仇国恨，悲愤交加，忧郁成疾，未知天命，不幸身亡。

西路建筑南侧是“可栖徲”花园，意为人和鸟可以长时间在此游玩和休息，透过月门花墙，映入眼帘的是，玲珑剔透的嶙峋

假山，绿荫如盖的百年女贞，婀娜多姿的茉莉花树。南墙上有一株有80年树龄的木香遮天蔽日，还有鲜花绿草，参差点缀，恰到好处；还有鹅卵石头铺地，水波荡漾，富有诗情画意，与西侧若隐若现的“绮霞”船厅相呼应，祝愿汪氏这艘大船一帆风顺。花园入口处是水磨砖圆门，圆门外侧脚下，为半圆形白砚石浮雕踏石，画面上雕有“毛笔、银锭、绶带、如意”和“卍（万）”字符，谐意为“必定万事如意”，游人踏一踏也会万事如意。花园地面用鹅卵石和砖块铺成，反复咀嚼品味，仔细猜磨，原来是一只宝瓶图案，象征着平平安安；里面插了三支兵器“戟”，谐意为“平升三级（或一品三级）”，“寿”字和“卍”字符组合，谐意为“万寿”，游人走一走，既升官又长寿，何乐而不为？

月亮门内侧上面有“挹秀”二字，意为采集那些秀丽的景色，吸取那秀丽的风光。由此可以看到西路建筑的正厅为“秋娉轩”，轩名喻为美好的秋色。向北望去，古朴厅堂，深不可测，具有神秘之感，这里有小姐居室，原来这里是供两个女儿和其他女性居住的地方。西侧还有轿房，里面停放着蓝红两顶花轿，供男女分用。红花轿正面写有金色对联："但愿人长久，千里共婵娟。"横批是："花好月圆"。两边有二龙戏珠等图案，还有"双喜""迎亲"字样的红牌立在一旁。可见，此花轿多为婚嫁喜事之用。

经过后面的"静观"八角门，朝北的一面写着"易居"二字，就看到了西轴北侧一座小花园，东侧的月亮门上方有"小苑春深"四个字，中山上长有青青翠竹，具有高风亮节，西侧有一株高大的梧桐，梧桐树有高洁美好之意，是登高枝的象征，素有凤栖梧桐之说。凤凰是传说中的鸟中之王，最乐于栖在梧桐树上。栽在女儿房屋的后面，其用意不言而喻。东侧有一株高大的国槐，这是一种神树：家中有国槐，升官又发财。这样可以提醒家人，一定要珍惜春光，努力工作。这也说明主人一直很勤于家业。

花园北侧的静瑞馆，是接待宾客、商量家事的地方，又是赏花听戏，品茶休闲。厅内两套木雕价格昂贵，一套是冰裂纹飞罩，用海棠木雕三组人物，中间是"福禄寿三星高照"，左边是"文王求贤"（即戏说姜太公钓鱼，愿者上钩），右边是"刘海戏金蟾"；另一套更名贵，取材于金丝楠木，采用双机透雕手法，雕刻的是岁寒三友松竹梅。松树一年四季常青，具有刚正不阿的节操，是英雄永垂不朽的象征；翠竹不惧严寒酷暑，具有不卑不亢的品质，是雅士潇洒不俗的象征；梅花保持迎寒怒放，具有花香四溢的特征，是勇者坚忍不拔的象征。

汪氏小苑，风格独特。房屋近百间，不可谓小。只是东路和西路建筑的前后四个花园小了一点，不过小得玲珑美观，小得精致可爱。墙壁上的精美装饰，门窗的雕花意蕴，地面上的花纹设计等等，处处注意民俗文化的全面展示，以示主人对美好前途的憧憬和向往，并努力以自己的行动去努力实现自己的崇高理想，给游客以深刻的启迪，真是不虚此行。

优美热闹的七里河公园

扬州市七里河公园位于渡江南路与开发东路交叉口的东北角，与西南角的南区大润发形成对顶角，东北角是新建成的东花园小学。周边都是大型住宅区，这里也是南绕城快速路的节点路段。

白天赏景

在公园的西南角，有一处广场，广场后面是一汪水池，水池后面是一座黄石假山，一座座山峰直立陡峭、昂首耸立，高低曲折，连绵不断。最中间的一座高峰上，有“七里河公园”几个苍劲有力的红色大字。北面的小土山上，树木葱茏，郁郁青青。

它的北面是一块平地，这里有各种各样的健身器材，是市民的健身场所。再向东走，就看到北侧的一大片池塘，里面长着碧绿的荷叶，盛开洁白的荷花，零星地看到有一些粉红色，还有很多荷花已经长成了莲蓬。岸边长着芦竹、芦苇等绿色水生植物，呵护着水中娇美的荷花。还有紫薇花林，虽然今年夏天有两个多月 40 度左右的高温天气，有一些银杏都晒枯了，但勇敢顽强的紫薇花的顶部，仍然开着一簇簇淡紫色的灿烂花朵。还有身体比较单薄的木芙蓉也开出了淡红色的重瓣鲜花。地面上，肥硕绿叶中开出了粉色的马缨丹，还有长叶子中间开出的四瓣银灰旋花，在与其他平鲜花争艳。

再往东走，就看到一处曲曲折折的风雨长廊，这里可供市民休息。

再折向北，沿着塑胶跑道走一段路，就看到东门停车场。再往北，就到了城市之光。西侧是一座有五层楼高的黄砖大烟囱，因为这里原来是亚星客车厂等工业区，大烟囱见证了城市的变化，大烟囱的下面就是七里河城市书房，市民活动以后，可以来这里读书，动静相宜，一边看书累了，眼睛看花了，抬头欣赏周边美景，也很惬意。

再往北走，就到了七里河，在整个公园内，河上一共架设了六座桥，最东面公路上的一座叫桥金鱼塘桥，最西面公路上的一座桥叫三里桥。中间有三座钢架平桥，一座白色

石拱桥。清澈的七里河水从公园内悠悠流淌，微风过处，形成阵阵涟漪，在阳光的照射下，形成闪闪发光的波纹，将周边的全部风景清晰地倒映在水中，河中的三只小野鸭，在水中嬉戏，其他水鸟也在自由飞翔觅食，不时发出欢乐的叫声。

再往北走，就看到一座土山，山的东北侧连着几间平顶房屋，这是“唐人琴院”，是扬州人学古琴的首选之地。古琴为华夏始祖伏羲所制，被圣人孔子用来作为辅助礼教的重器，就连苏轼也喜欢弹琴。琴棋书画自古就是文人的标配。唐人御工坊，是古琴演奏家青睐的品牌，坐落在“琴筝之乡”扬州。外面有古琴制作工艺的介绍，要经过优等木材的选择、外观造型的设计、共鸣灵魂的斫凿、面板底板的胶合、木胚裱布的阴干、灰胎工序的制作、琴徽标识的安装等计 11 道工序才能完成。还有对著名古琴演奏家的介绍，如丁承运老师、刘赤城老师、戴晓莲教授、张子盛老师等等。

山的西侧是一方大荷塘，荷塘中，碧绿的荷叶铺天盖地，美丽荷花竞相争艳。岸边，一丛丛的蒲苇亭亭玉立，下半身碧绿似海，上半身有的呈淡青色，有的呈乳白色，有的成淡黄色。用手摸一下，感觉像棉花一样柔软温暖舒服，它们随风摇曳，如诗如画。

西侧路边有渡江南路密封的污水提升泵站，南北两边都有风雨长廊可供来此锻炼的老人休息。公园水系萦绕，浅嬉水滩与开阔水面相结合，以生态、自然、多元、包容的姿态迎接广大市民的到来。

晚上赏舞

夏末初秋的2022年8月20日晚，我来到公园里散步，看见西南角是一处大广场，是市民跳广舞的地方，有两支不同的广场队伍随着音乐的节奏翩翩起舞。走到东南角，就看到一处曲曲折折的风雨长廊，这里有市民演奏乐器，有的市民放声高歌，唱出心中的喜悦和生活的幸福。

随着络绎不绝的散步队伍继续往北走，中间的停车场上也有穿着蓝色服装的跳舞队伍，随着音乐的节奏翩翩起舞，姿势优美，动作整齐。

走过一座小桥，来到东北角，看两支锻炼身体的队伍，南侧有20个穿统一的黑色服装人左右跳广场舞，北侧有200人左右跳健身操，里面穿统一上黑下红服装的是专业人士，还有很多受感染进入队伍中锻炼的，男女老少都有。

再往西走，走到西北角，这里有一座跨越渡江南路的风雨廊桥，桥下的广场上，也有两支队伍，数十人在跳交谊舞，还有12个穿着统一服装的女士在跳扇子舞。说明扬州人民注重体育锻炼，关注身体健康，感受环境优美，体现生活幸福，活得有滋有味。

公园二期在渡江南路西侧，我们有理由相信，待二期建成开放后，这里的周边环境更加静谧美观，适宜人居。

公道自在人心

——参观廉政广场有感

2022 年 11 月 6 日下午，我送孙女去维扬路东侧的扬州市图书馆参加小记者（编辑）活动后，独自来到旁边的廉政广场。对“公道自在人心”这句话有了更深刻的理解。

廉政广场在扬州市政府附近，在文昌西路与维扬路交叉路口的东南角。古人云：“以铜为镜，可以正衣冠；以史为镜，可以知兴替；以人为镜，可以明得失。”其字面意思是：“把铜当作镜子，可以整理自己的衣服和穿戴；把历史当作镜子，可以知道朝代兴盛和替换的原因；把别人当作镜子，可以知道自己做的事情的得体和缺失（不当）之处。”

广场的西北角悬挂着三面放大的铜镜。从右往左，第一面是云雷纹地连孤纹铜镜，上方写着“正衣冠”三个字，是 1993 年于扬州郊区出土（原件直径 21. 3 厘米）的战国时期的铜镜；第二面是神人瑞兽铜镜，上面写着“知兴替”三个字，是1986年于扬州市西郊蜀岗出土（原直径18厘米）的西汉时期的铜镜；第三面是打马球铜镜，上面写有“明得失”三个字，是1965年于邗江县泰安乡出土的唐代铜镜。这也充分证明了扬州作为历史文化名城的悠久历史。

右前方是花坛，从外向内依次是红色的百日菊，花瓣一层一层的，显得很富有，6~9月开花，花期一百天左右，有的热情似火，有的含羞半笑，有的矜持撒娇，会激发人们强烈的上进之心；黄色的万寿菊，生命力顽强，即使没有人照料，依然在恶劣的环境中生长并开花，象征健康长寿；一串红从上到下，开满了一串宝塔花，象征着富有爱心，快乐、祥和、喜庆。背景从右向右的正反面依次是刻有黄字“中国梦”的三只红灯笼，中间的圆形铁雕塑上，刻有文明有礼二十四条标志，其内容是：“学文明条例，树良好家风，做时代新人。”东侧有顽强不屈的银杏，主干粗壮，上面的树枝向四面伸展，到了秋天，还挂了果实，叶子逐渐变成金黄色。左边花坛上的花卉的品种色彩与右边相同，中间有两块抱枕般大的石块点缀其间；中间的大石块有一人高、两人宽，上面刻有“清恪”二字，东侧有两棵两米多高的苍劲有力的罗汉松大盆景，因为有铁丝的束缚，所以显得美观，永葆着青春的活力。

广场中央，由10多位退休老人在唱红歌，有独唱《红梅赞》《亲爱的祖国》《想家的时候》，有男女声对唱《谁不说俺家乡好》《我的兄弟姐妹》等。还有二胡、电子琴、笛子葫芦丝等伴奏，无论是唱功，还是演奏水准，都一点不逊失于专业团队。这嘹亮的歌声把我引到“春风亭”来了。这群老人老有所为，老有所乐。正体现了扬城老人的风采：“夕阳无限好，尽管近黄昏。”

他们唱出了国家的富强，人民的幸福，生活的美好。

春风亭是为纪念清官张伯行而建，向北的一面有楹联："今将去无却子民一点心，公在任止饮江南一杯水。"东侧的一块大石头上有简介："张伯行（1651—1725 年），字孝先，号恕斋，晚年更号一教庵，仪封（今河南兰考县）人。康熙二十四年（1685 年）中进士，历任按察史、巡抚、代理总督、户部右侍郎、礼部尚书等职，始终清正廉洁，关心民生疾苦，民间对他有"止饮江南一杯水""天下第一清官"的美誉。

康熙五十年（1711 年）秋，张伯行因秉公查办科场舞弊案，而遭到诬陷，被朝廷免职。扬州工商市民罢市抗议，数千人围集扬州公馆，哭声震撼扬城。康熙查清事实后，撤除了贪官噶礼，为张伯行平反复职，并称赞他是"真能以百姓为心者"。

张伯行病逝后，雍正赐谥"清恪"，即清政为官、恪尽职守之意。扬州百姓则"建春风亭为先生祠"。由此，我想到了县委书记的光辉榜样——兰考县的焦裕禄同志，想到了平山堂中纪念的扬州太守欧阳修和苏东坡，都是值得人们怀念的清官、好官。

广场西侧有一位清官，受人崇敬；广场东侧也有一位清官，让人怀念。

东面有一块竖立着的巨大黄色石块，朝广场的一面面刻着板桥郑燮站立的全身像，朝路一边刻着他的一首题画诗，诗题是《潍县署中画竹呈年伯包大中丞括》，内容是："衙斋卧听萧萧竹，疑是民间疾苦声。些小吾曹州县吏，一枝一叶总关情。”诗的大意是：我在衙署房间里休息，窗外的风吹动竹叶的声音传进耳朵，让我怀疑是百姓啼饥号寒的疾苦之声。身为县令，级别低微，但民间的一切都与我息息相关，我又怎么敢怠慢呢？西侧的大理石上，也有对郑板桥的较为详细的介绍。

郑燮（1693—1765年），字克柔，号板桥，扬州兴化（今属泰州）人，虽幼年命运多舛，频遭患难，但出身于书香门第，在父亲的精心指导下，能刻苦读书，成为康熙秀才、雍正举人、乾隆进士，是清代中叶杰出的书画家、文学家，其诗、书、画被世人誉为“三绝”，是“扬州八怪”的代表人物。初任山东范县（今属河南）知县，后调维县（今属山东），有惠政。

因遭灾荒，开仓借粮于民；并令富户平粜所积之粮，以济穷人之急。因之得罪豪绅，罢官而归。在扬州，居城北枝上村，以卖字画为生，为人疏宕洒脱，擅写兰竹，亦善书法，自称“六分半书”，后人称“乱石铺街”。诗词多描写人民的疾苦。著有《郑板桥全集》《板桥先生印册》等。

“公道自在人心。”廉政广场的这两位清官都是想人民所想，急人民所急。时刻把人民的冷暖挂在心怀，正如臧克家在《有的人》一诗中所写的那样：“给人民作牛马的人民永远记住他！”如果官员们都能以他们为光辉榜样，就不会出现贪官污吏了，人民当然衷心拥护了。

文化氛围浓郁，学子身在福中

——参观华师广陵初中校园有感

在扬州万福大桥的西南侧，育才东校区的西北方向，朱自清公园北侧，崛起一座全新的现代化校园，说是现代化校园，主要是指它的内部装饰和硬件配置的先进，其实她的外观是灰色为主，与古城扬州的建筑特点完全吻合。门口的白色大理石上刻有带着校徽的红色校牌：“华东师范大学广陵实验初中（简称‘华师广陵’）”，显得很有气魄。

门口风景美如画

从南门走进校园，首先看到两棵罗汉松，枝叶很有层次地向旁边伸展，好似迎客松和送客松，每天清晨，都面带笑容、精神抖擞地热情欢迎师生来到这座美丽的校园，探求知识的宝藏；每天傍晚，依依不舍地欢送满载而归的师生们。

其次看到的是中间掩映在绿树丛中的一把巨大的金色钥匙，学校正是想用这把金钥匙，开启崭新校园里莘莘学子的智慧大门，让他们走向更加广阔的天地。两边八棵高大挺拔、团结奋进、力争上游的榉树，给人一种锐不可当、直冲云霄的强胜气势。其高大挺拔的形象，象征着学生的智慧在不断增长，学生的成绩会步步高升，学习的征途能一路顺风。每到秋天，树叶渐渐泛红，犹如在茫茫学海中永不熄灭的灯塔，一直鼓励着学生竭尽全力，争取人人能够中举，甚至能爬到象牙塔的顶端，成为新科状元。正如学校主楼一楼大厅里的教学理念所说："主动学习，卓越发展。"树上美丽的鸟儿时而上下翻飞，展示优美的舞姿；时而栖息在树上放开歌喉，呼朋引伴。鸟儿悦耳动听的欢叫声与学生琅琅的读书声组成韵律和谐的校园交响曲，奏响华师广陵人奋力前行的凯歌。

南院墙边有常年翠绿的高大香樟树，就像谦虚的人一样，非常低调。即使换叶子，也是在春天悄悄地进行，每长出一片新叶，才催促一片陈叶落下，让你形成一种错觉——香樟树不换叶子。这些香樟树不以硕大的花色和漂亮的花形引人注目，而以它所散发出来的幽幽清香能自觉抵制病虫害的入侵，让自己始终保持健康的体魄。你在香樟树下读书也好，锻炼也罢，让学生永远不会担心有虫子掉下来，伤害到自己。夏天能给师生遮阴降温，冬天能给人们挡风顶雪，虽不在岁寒三友之列，但一直坚守在自己的岗位上，一年四季都保持旺盛的精力，给师生们带来深刻的启迪。如果我们都能像香樟树一样，以自己高尚的品德，自觉抵制一切不良诱惑，排除非智力因素的干扰，保持一种良好的心态，专心致志地投入到氛围紧张、竞争激烈的学习生活中去，就一定能够出类拔萃、独占鳌头。

淡紫色的日本晚樱，在微风的吹拂下，树叶仿佛一个个调皮的孩子，摇头晃脑的。一般四五月份开花，虽然花期较短（只有一周左右），但是桃花一般大小的粉红色花朵，特别鲜艳美丽，像少年儿童的容颜一般；到了秋天，显得更加精神焕发，以自己红扑扑的脸蛋，把秋天的校园装扮得更加艳丽。即使落叶归根，也不忘给温馨的大地再铺上一层红地毯，然后化作秋泥更护树。

两棵高大的朴树，苍劲潇洒地挺立在餐厅东侧，树皮平滑，呈现灰色，树叶卵形，果成球状，成熟时呈现红褐色。虽然是从外地移植过来，经历过截断根部毛细血管、砍除上肢的痛苦磨炼，来到新的校园以后，仍然努力从根部吸收水分和养料，尽情地享受着阳光的哺育和雨水的滋润，拼命地增加自身的元气，争取尽快恢复青春的活力。这对在学习上经受过挫折的同学来说，也有一种启迪作用。据说朴树具有清热解毒的作用，是一种用于消肿止痛的中药材。

东西两侧各有两棵树荫浓郁的桂花，它不以花色花形引人，而是醉人芳香诱人。每到秋天，枝丫处都会开出一丛丛一簇簇米粒般大小的桂花，散发出诱人的香气，让人神清气爽，心旷神怡。枝繁叶茂的桂花一到中秋以后，就会开出散发出醉人的花香，与校园的书香混合在一起，令人陶醉。

这里还有树干光滑的紫薇花，在春末夏初时节，她能让彩云似的花朵盛开在最艰辛的枝头。说她艰辛，是说她要从遥远的根部吸收水分和养料，滋润全身，然后努力在枝头开花，因为枝头光照充足，雨露充沛，可是一旦盛开，重量加大，就会压弯枝头，就像成熟的稻穗一样，显得愈加谦逊。更令人称道的是，它能在放暑假前尽情展示自己美丽的容颜，送别当届画上圆满句号的初三学子到高中深造；暑假中静静地守候着寂静的校园，不怕炎炎夏日的烘烤，电闪雷鸣的鞭打，狂风暴雨的袭击；坚持到秋季开学，迎来新初一学生，才悄无声息地收敛起她的美丽容颜。

这里还有羽毛枫，树冠尽力展开，树枝略微下垂，夏天默默地接受炎阳的考验，待到秋天来临之时，尽情释放能量，逐渐将浑身叶片烧得通红，让人感到秋天仍然充满生机活力。

旁边有低矮的球状植物，一年四季充满绿色的精气神，既不是锦绣杜鹃，也不是光叶海桐，而是光叶细刺枸骨。你可知道，这绿色的穹顶已经历过无数刀剪的戕害之后，仍然平静而顽强地生长，无怨无悔地守护着这一方校园的净土，这种不屈不挠的刚硬品质，值得我们永远学习。

北侧共有七棵马尾松盆景，枝叶对称，姿态优美，令人赏心悦目。但仔细一看，每根枝条上，都被一根根铁丝缠绕着，连着树的根部。虽然它们失去了自由生长的环境，也能感到被束缚的痛苦，但一想到能在最显要的位置，为美丽的校园增光添彩，便觉得是无限的容光。正如胸怀大志的同学为了实现自己的崇高理想，会心甘情愿地接受各种纪律制度和法律法规的束缚一样，不管风吹雨打，我自巍然屹立。正如孟子所说：“天将降大任于斯人也，必先苦其心志，劳其筋骨……”这几棵松树已被 2020 级（1）班级认养，他们的班级口号是：“踏实勤奋，百折不挠。”我想，这也是（1）班向全校各班发出的奋进倡议吧。

不仅校园门口的风景美如画，其他地方也是一样美不胜收，而且内涵丰富，给人以深刻的启迪。

校内文化胜似诗

校园内的立柱、地面、台阶，都能注意到文化建设，让学生耳闻目睹，心灵受到熏陶。

1. 立柱文化

巨大天井的西侧四根梁柱上的名言是：

“诚。诚者，天之道也；思诚者，人之道也。”出自《孟子·离娄上》。意思是：诚，是上天的准则；追求诚，是为人的准则。

“谦。屈己者能处众，谦虚者能处身。”这是苏联谚语，意思是肯于忍受委屈的人能够和众人相处，谦虚的人能做好自己。

“博。博学而笃志，切问而近思。”这《论语》中子夏说的话，博览群书并广泛学习，而且能坚定自己的志向，恳切地提问，多思考当前的事。

“雅。能探风雅无穷意，始是乾坤绝妙词。”这是明代方孝孺《谈诗·其一》中的话。风雅，原意是指《诗经》中的风、雅，指文章教化，引申为文章教化所包含的世情风俗或人情世态。只有对人情世态有了深刻的了解和具体的体察，然后凝聚于自己的笔端，这样写出来的诗歌才是天下最美妙的作品。诗人主张文学创作要接近社会，贴近生活，从现实生活中获得源头活水，而不要受前人的束缚，不能拾古人的牙慧，这种观点是积极可取的。

2. 地面文化

天井西侧的地面上，有来自语文课本上《论语》中的名言。如“子曰：‘三人行，必有我师焉。择其善者而从之，其不善者而改之。’‘学而不思则罔，思而不学则殆。’”提醒学生择善而从，注意学习方法的优化，做到学习与思考有机结合起来；有体现“温良恭俭让”的佳句：“‘人不知而不愠，不亦君子乎?’‘不学礼，无以立。’‘礼之用，和为贵。’”学会与人和睦相处，共同进步；有体现“仁义礼智信”的名言：“‘人之初，性本善。性相近，习相远……融四岁，能让梨。弟于长，宜先知。’‘学而时习之，不亦说乎?’‘学而不厌，诲人不倦。’”努力完善自我，追求卓越。除此以后，还有历史方面的知识，如已经出土的陶器、瓷器；还有地理方面的知识，如地球仪等；学好数学用的三角尺、量角器等，还有做理化实验用的器材等。学生只要仔细欣赏，有机联想，定然觉得趣味盎然。

除此以外，校园内的草坪上也有温馨的提醒：“一花一草皆生命，一枝一叶总关情。”“建绿色校园，享鸟语花香。”“多一片绿色，多一份和谐。”“多一份绿色，多一份健康。”“追求绿色进尚，拥抱绿色生活。”“足下留情，脚下留青。”““绿意浓浓，踏之何忍?”这些有富有温度的提醒，不仅可以让学生自觉爱护校园的花草树木，还能提高语文素养呢，因为有的提醒，就是语文考题的参考答案。

再向远处看，宽阔的运动场，都是以田园生活的绿色相协调，与壮阔的蓝天相媲美。从大语文教学观来看，语文的外延和生活的外延是相等的，学生只要处处留心处，皆能找到隐藏其中的学问。

3. 楼梯文化

每一处的楼梯踏步侧面，就有一条启迪学生智慧的名言佳句，让学生犹如生在幸福的学习生活之中，处处都能受到美的熏陶。

（1）博学笃志阶梯。有春秋时期大思想家孔子的名言，“三人行，必有我师焉。”教育学生虚心学习别人的长处；“知之为知之，不知为不知，是知也。”教育学生不要不懂装懂；有战国时期著名的爱国诗人屈原的名言：“尺有所短，寸有所长。”教育学生要扬长避短，更要扬长补短；有清代林则徐的名言：“海纳百川，有容乃大；壁立千仞，无欲则刚。”教育学生要严于律己，宽以待人，排除非分的私欲。有清代曹雪芹的名言：“世事洞明皆学问，人情练达即文章。”这对学生如何提高自身文学素养指明了正确方向。有战国时期伟大的爱国主义屈原的名言：“路漫温其修远兮，吾将上下而求索。”这告诉我们，无论是学生求学的道路，还是老师从教的道路，都需要付出艰辛的心血和汗水。有唐代韩愈的名言：“业精于勤荒于嬉，行成于思毁于随。”这些大量的名言，对学生学业的精进，行动的规范都是大有裨益的。

（2）文明进步阶梯。楼梯踏步侧面，每一级台阶，都有一句简短的语言，概括一个历史事件。约20~70万年前，北京遗址是迄今所知世界上材料最齐全的直立人遗址之一；5000年前，进入部落联盟时期，炎帝和黄帝被尊为“人文初祖”；前2070年，禹建立夏朝——我国历史上第一个奴隶制国家；前1400年，盘庚迁殷，我国有文字可考的历史人商朝开始……前221年，秦朝是我国历史上第一个统一的多民族封建国家……1971年，第26届联大恢复了中国在联合国的合法席位；1972年，尼克松访华，中美关系走向正常化；1974年，秦始皇兵马俑被发现，被誉为“世界第八大奇迹”……

学生每天走在台阶上，稍加注意，就可以对历史知识了如指掌，甚至倒背如流，岂不快哉？

（3）科技腾飞阶梯。1970年4月，中国第一颗人造卫星发射成功。中国的科技发展实现井喷：中国北斗卫星导航系统实现区域组网并投入运营；中国首颗电磁检测卫星在中国酒泉发射升空；CAP1400实现了中国三代核电技术自主化；中国重型自航绞吸船“天鲲号”试验成功；“嫦娥工程”正式开启中国月球探测工程；“蛟龙号”载人潜水器下潜深度达7020米；“松科二井”科学钻探井入地7018米；“玉兔号”巡视器顺利到达月球表面；CR400BF—C智能复兴号动车组在京张高铁实现自动驾驶；神州十一号飞船与“天宫二号”成功自动交会对接；全国最大口径面射电望远镜（FAST）正式启用；中国自主研发的新能源全景空铁在成都试跑；大飞机鲲龙600（AG600）成功试飞；大型客机C919在上海浦东机场试飞；嫦娥五号实现区域软着陆及采样……国家的这些科技让莘莘学子看得热血沸腾，并立志刻苦学习，将来可以为科技强国的建设添砖加瓦。

（4）艺术欣赏阶梯。勃拉姆斯、巴赫、贝多芬三人并称为音乐史上的3B；莫扎特5岁创作了他人生中的第一部作品《行为与快板》；柴可夫斯基之前是一名公务员，在22岁时转行音乐；海顿被称为“交响乐之父”“弦乐四重奏之父”……我国第一部歌剧是《白毛女》……这不仅对有志于音乐的人有好处，即使写议论文也可以作为有力的论据。

楼梯的墙壁上也有善意的提醒，如："轻声慢步，倡导文明好风尚。""上下楼梯能互让，通道自然就宽敞。""走楼梯，守秩序；进教室，不喧哗。""右行谦让，文明有序。""不要推，不要挤，关心别人爱自己。""轻声细语，举止文明。"这些有益的提醒对规范学生的日常行为是有百利而无一害的。这些校内文化，胜过一首首诗歌，陶冶着学生的情操，激励着孩子们不断完善自我，以利攀登科学文化的高峰。

名人塑像神如歌

学校的东门广场，矗立着一尊朱自清先生的铜质塑像。朱自清是伟大的文学家，是扬州人的骄傲，他身穿着深灰色长袍，项间围着一条深灰色围巾，显得非常地节俭；左后背在后面，右手挟着一本大书；鼻梁上架上一副眼镜，目视东方太阳升起的地方，若有所思，他是从扬州走出去的一位文化名人。今天，他把所有的希望都全部寄托在现在的青少年学生身上，因为梁启超在《少年中国说》中明确指出："少年强，则国强；少年富，则国富。"一看就知道，朱自清先生是一个满腹经纶、学富五车的大学者，是同学们心中的偶像。朱自清是伟大的文学家、诗人、民

主战士、学者，他祖籍虽不在扬州，但他从小出生在扬州，曾在扬州勤苦求学，也曾在扬州中学工作过。扬州老城区的解放桥附近有他的故居，所以他自称是扬州人。

初中生一进校门，就用心品味过他优美的写景散文《春》，他通过视角、听觉、嗅觉、触觉等感觉器官细心描绘的春草图、春花图、春风图、春雨图等给同学们留下的非常深刻的印象；初二，大家又学过他用浓墨重彩精心刻画的体现父子间情深意切的叙事散文《背影》，还对他写的《匆匆》《荷塘月色》《扬州的夏日》《桨声灯影里的秦淮河》《梅雨潭的绿》等优美散文爱不释手。并在写作上受到他潜移默化的影响，可以说朱自清先生就是当今华师广陵学子心目中的偶像。这尊塑像就是对朱自清先生的一首颂歌，以歌颂他“宁死也不吃美国救济粮”的伟大的民族气节，歌颂他伟大的爱国主义精神，歌颂他为后人留下丰富的精神文化遗产的奉献精神。

参观完华东师范大学广陵实验初中后，觉得整个校园文化氛围非常浓郁，是初中学子刻苦求学的好地方，有感而发，忍不住写下了上面的一些文字。

后　记

本人从事教师工作50年，一直喜欢利用业余时间写一些教育教学随笔，总结一些教学经验。

退休之前，一直以写教育教学论文为主，正式出版的书籍有的是与语文教学密切相关的教辅用书，如《成功作文心理探究》《精读乐写》《初中国学经典诵读精选》《初中作文全能学案》等；即使有两本论著，也与教育教学相关，如《开辟绿色写作通道》为写作教学专著，《点亮心灯》属于班主任工作专著。偶尔也会在《扬州晚报》和《扬州时报》以及省级刊物发表一些诗歌、散文等。

即将退休时，经乡文联推荐，本人申请加入了广陵区作家协会，而且成了一名理事；后来，又经广陵作协推荐，顺利成为扬州市作协会员。这样一来，采访、写作、参赛的机会就多起来了，能够读到扬州作家们的精美作品了，还写了不少读后感，有的已经发表，实际是学习到了不少写作技巧。

2017年退休以后，本人先被同济大学吴江存志外国语学校返聘过去专教初中作文；2018年，又欣然接受新东方邀请，回到扬

州任教九年级10个班左右的作文辅导。

同仁们都知道，做教师要写下水作业；做作文老师，当然要写下水作文。作协也有一些写作任务需要完成。这就为我将教育教学与业余爱好有机结合起来提供了有利的主客观条件，也得到了作协领导、学校领导和同仁们的大力支持。让我真切地感受到，只有将事业与爱好有机结合起来，才能享受到生活的真正快乐。

促使我将书稿逐步完善的，是叶捍宁主任在一次教研活动中提到的“学生作文选材面比较窄”的问题，陈庆翔校长在跟我交流时，也提到过“要拓宽学生选材范围”的要求，我觉得作文老师应该身先士卒，率先垂范，多写一些学生想写而又难以写得好的散文，供学生阅读借鉴，模仿创新。

回想过去，在公办学校，我会经常带孩子外出写生，在《扬州晚报》或《小记者报》有专版发表。刚到民办学校的前两年，还经常参加一些外出研学活动，可以现场指导写作。但是最近三年，学生连按时到校上学、住校生按时回家都有一定困难，根本无法外出。

因此，我就萌发了想法：要多写一些身边的让我敬佩的好人、让我有触动的小事、让我感受颇深的活动，还有可以言志的物品、可以抒情的美景等等。

从2022年秋季学期起，劳动所占课时从综合实践活动课程中独立出来，因此，我将《水车车水》《寻觅野菜》等描写劳动快乐和成长感悟的叙事散文收录进来，与读者分享，就是要告诉读者，劳动生活也是写作的源头活水之一。我还利用假期，将一些作品与同学们分享，如《趣游个园》等，学生做摘录、写收获，收到了较好效果。限于篇幅，这些点赞、互动的内容，成书时只好忍痛割爱了。

在写书稿时，高中同学孙明久先生有过良好建议；师范同学夏春萌老师还开车陪我到瓜州古渡公园游览，对如何写出更好的作品进行过一些有益的探讨；在写《诗画瘦西湖》时，瘦西湖讲解员刘芳还挤出时间阅读此文，并提出良好建议；写《趣游个园》时，还通过相关领导，请导游提一些修改意见。在遇到草书、篆书等难认的繁体字时，曾得到曹敦昌老师的及时指点。在校对阶段，双语九（2）班曹雯玺等写作高手，利用清明小长假看完书稿后，帮我找出了一些错别字，觉得很有收获，还给老师留了言。令人感动的是，新东方语文高级教师叶捍宁先生在百忙中抽时间认真阅读了书稿，找出一些需要斟酌推敲的句子，为我修改提供了依据。北京新东方扬州外国语学校副校长沙庆仁先生浏览过书稿后，鼓励说："丁老师好！您的著作专辑，我已经从头到尾做了浏览了，重点拜读了一些篇章，思考了编排在教学上的逻辑。首先非常敬佩您这么多年在写作方面的热情和专注，更是非常感谢您能主动考虑为孩子们的作文学习提供更多的资源和支持。为了让您的想法得到更好的落地，真正让孩子们获得收益，我已经建议骆部长做一些具体安排。再次感谢！"后来，我将书稿打印了50本用于内部交流、学习，按照骆部长的要求，除部分书稿用于学校部分领导、老师和作协的领导、作家征求意见用书外，还有37本，送至学校图书馆，供学生阅读。

扬州中学的戴秀琴老师，扬州市特级教师、开发区实验中学副校长卞永军先生，还有其他一些知名校长、副校长，扬州市语文学科带头人等读了书稿后，在肯定本书对学生具有成长进步作用的同时，也提出了良好的修改建议。

江苏凤凰出版传媒股份有限公司发行集团的汤年华老师也对书稿给予充分肯定，并建议出版；百花文艺出版社的魏青主任提出了许多有益的修改建议。散文家郭翔认真阅读书稿后，给予了热情的鼓励；扬州知名青年散文家徐方芳老师还在百忙中挤出宝贵时间，为本书写了代序。扬州广陵作家协会刘伟红主席来信鼓励："丁老师好，这两天翻读了您的大作，觉得挺好的，特别对于中学生学习作文写作，提高学生的作文水平，有一定的特殊意义。"她还为本书的顺利出版献计献策，这里一并表示衷心的感谢！

丁文宏

2023 年 6 月 27 日